U0062360

粤派批评丛书

专题研究

本项目受广东省宣传文化发展
专项资金资助出版

广东省作家协会
广东人民出版社
组 编

"粤派批评"与现当代文学史研究

宋剑华 主编

SPM
南方传媒 广东人民出版社
·广州·

图书在版编目（CIP）数据

"粤派批评"与现当代文学史研究 / 宋剑华主编. —广州：广东人民
出版社，2022.8
（"粤派批评"丛书）
ISBN 978-7-218-15682-8

Ⅰ．①粤⋯　Ⅱ．①宋⋯　Ⅲ．①中国文学—文学评论　②中国文
学—当代文学—文学史—研究　Ⅳ．①I206　②I209.7

中国版本图书馆CIP数据核字（2022）第021776号

"YUEPAI PIPING" YU XIANDANGDAI WENXUESHI YANJIU
"粤派批评"与现当代文学史研究

宋剑华　主编

版权所有　翻印必究

出 版 人：肖风华

责任编辑：施　勇　陈　晔
装帧设计：河马设计
责任技编：吴彦斌　周星奎

出版发行：广东人民出版社
地　　址：广州市越秀区大沙头四马路10号（邮政编码：510199）
电　　话：（020）85716809（总编室）
传　　真：（020）83289585
网　　址：http://www.gdpph.com
印　　刷：恒美印务（广州）有限公司
开　　本：787毫米×1092毫米　1/16
印　　张：19　字　　数：275千
版　　次：2022年8月第1版
印　　次：2022年8月第1次印刷
定　　价：88.00元

如发现印装质量问题，影响阅读，请与出版社（020-85716849）联系调换。
售书热线：（020）87716172

"粤派批评"丛书编辑委员会

学术顾问：陈思和　温儒敏

总　主　编：张培忠　蒋述卓

执行主编：陈剑晖　林　岗　贺仲明

编　　委（按姓氏音序排列）：

陈剑晖	陈平原	陈桥生	陈思和	陈小奇
程国赋	范英妍	古远清	郭小东	贺仲明
洪子诚	黄树森	黄天骥	黄伟宗	黄修己
黄子平	纪德君	江　冰	蒋述卓	金　岱
李钟声	林　岗	刘斯奋	彭玉平	饶芃子
宋剑华	苏　毅	温儒敏	吴承学	肖风华
谢望新	谢有顺	徐肖楠	许钦松	杨　义
张培忠				

总　序

　　在近百年来的中国文坛，"京派批评""海派批评"以及20世纪80年代崛起的"闽派批评"已是大家公认的文学现象，但"粤派批评"却极少被人提起。其实，不论从地域精神文化气质，从文脉的历史传承，还是从批评的影响力来看，"粤派批评"都有着自己的精神气质和文化品格，有它的优势和辉煌。只不过，由于历史、现实、文化和地域的诸多原因，"粤派批评"一直被低估、忽视乃至遮蔽。正是有鉴于此，我们认为，以百年"粤派"文学以及美术、音乐、戏剧、影视等评论为切入点，出版一套"粤派批评"丛书，挖掘被历史和某种文化偏见所遮蔽的"粤派批评"的价值，彰显"粤派"文学与文化的独特内涵和深厚底蕴，这不仅能更好地展示广东文艺批评的力量，让"粤派批评"发出更响亮的声音，而且有助于增强广东文化的自信，提升广东文化的影响力，促进区域文化发展，从而在当前打造广东"文化强省"的进程中发挥积极的文化效应。

　　出版"粤派批评"丛书，有厚实的、充分的历史、现实、文化和地域等方面的依据。

　　1. 传统文化的影响。岭南文化明显不同于北方文化。如汉代以降以陈钦、陈元为代表的"经学"注释，便明显不同于北方"经学"的严密深邃与繁复，呈现出轻灵简易的特点，因此被称为"简易之学"。六祖惠能则为佛学禅宗注进了日常化、世俗化的内涵。明代大儒陈白沙主张"学贵知疑"，强调独立思考，提倡较为自由开放的学风，逐渐形成一个有"粤派"特点的哲学学派。这种不同于北方的文化传统，势必对"粤派批评"的形成起到潜移默化的作用。

　　2. 文论传统的依据。"粤派批评"的起源可追溯到晚清，黄遵宪的"诗界革命",梁启超的"小说界革命"的倡导,开创了一个时代的风潮,在全国产生了普泛的影响。20世纪二三十年代,黄药眠在《创造周刊》发表大量文艺大众化、诗歌民族化文章,产生了很大影响。钟敬文则研究民间文学,被视为中国民间文学的创始人。中华人民共和国成立后的十七年,"粤派批评"的代表人物是黄秋耘、萧殷和梁宗岱。黄秋耘在"百花时代"勇猛向上,慷慨悲歌,疾恶如仇,高举着"写真实"与"干预生活"两面旗帜,大声呼吁"不要在人民疾苦面前闭上眼睛"。在中国当代文学理论批评史上,萧殷也许不是一流的评论家,但却是一流的编辑家。王蒙曾说过:"我的第一个恩师是萧殷,是萧殷发现了我。"而梁宗岱通过中西诗学的贯通,建立起了现代性与本土经验相融汇的诗歌理论批评体系。新时期以来,"粤派批评"也涌现出不少在全国有一定知名度的批评家。如在广东本土,"30后"的有饶芃子、黄树森、黄修己、黄伟宗;"40后"的有刘斯奋、谢望新、李钟声;"50后"的有蒋述卓、程文超、林岗、陈剑晖、郭小东、金岱、宋剑华、徐肖楠、江冰;"60后""70后"的有彭玉平、谢有顺、贺仲明、钟晓毅、申霞艳、胡传吉、纪德君、陈希、杨汤琛;"80后"的有李德南、陈培浩、唐诗人;等等。在北京、上海、武汉及香港等地生活的"粤派批评"家的有杨义、洪子诚、温儒敏、陈平原、陈思和、吴亮、程德培、黄子平、古远清等,其阵容和影响力虽不及"京派批评"和"海派批评",但其深厚力量堪比"闽派批评",超越国内大多数地域的文学批评。如果将视野和范围再开放拓展,加上饶宗颐、王起、黄天骥等老一辈学者的纯学术研究,"粤派批评"更是蔚为壮观。

3. 地理环境的优势。从地理上看,广东占有沿海之利,在沟通世界方面具有得天独厚的优势;同时,广东处于边缘,这既是劣势也是优势。近现代以来,粤派学者在中西文化交汇的背景下,感受并接受多种文明带来的思想启迪。他们视野开阔,思维活跃,不安现状,积极进取,敢为人先,因此能走在时代变革的前列。黄遵宪、康有为、梁启超、孙中山等是这方面的代表人物。他们秉承中国学术的传统,开创了"粤派批评"的先河。这种地缘、文化土壤的内在培植作用,在"粤派批评"的发展过程中是显而易见的。

"粤派批评"有属于自己的鲜明特点。

1. 从总体看,除发生期的梁启超、黄遵宪外,"粤派批评"家不像北京的批评家那样关注现代性、全球化、后殖民等宏观问题，也不似"闽派批评"那样积极参与到"朦胧诗""方法论""主体性"的论争中。"粤派批评"家有自己的批评立场、批评观念，亦有自己的学术立足点和生长点。他们师承的是梁启超、黄遵宪、黄药眠、钟敬文这些大家的治学批评理路。他们既面向时代和生活，感受文艺风潮的脉动，又高度重视审美中的文化积累和文化传承；既追求批评的理论性、学理性和体系建构，注重文学史的梳理阐释，又强调批评的实践性，注重感性与诗性的个性呈现。比如，古远清的港台文学研究，饶芃子的海外华文文学研究，郭小东的中国知青研究，陈剑晖的散文研究，蒋述卓的文化诗学研究，宋剑华对经典的阐释重构，都各有专攻，各擅胜场，且处于国内领先地位。

2.中国现当代文学史写作，是"粤派批评"最为鲜亮的一道风景线。在这方面，"粤派批评"几乎占了文学史写作的半壁江山，而且处于前沿位置，有的甚至成为中国现当代文学史写作的高地。比如20世纪80年代，钱理群、陈平原、黄子平联合发表的著名论文《论"20世纪中国文学"》，其中的陈平原、黄子平均为粤人。洪子诚的《中国当代文学史》以方法先进、富于问题意识、善于整合中西传统资源和吸纳同时代前沿研究成果著称，它与陈思和的《中国当代文学史教程》被学界誉为中国现当代文学史的"南北双璧"。杨义的三卷本《中国现代小说史》是将比较方法运用于文学史写作的有效实践，该著材料扎实，眼光独到，文本分析有血有肉，堪与夏志清的《中国现代小说史》比肩。此外，温儒敏的《中国现代文学批评史》、黄修己的《中国现代文学发展史》、古远清的港台文学史写作也都各具特色，体现出自己的史观、史识和史德。

3."粤派批评"还有一个亮点，即注重文学批评的日常化、本土经验和实践性。"粤派批评"家追求发现创新，但不拒绝深刻宽厚；追求实证内敛，而不喜凌空高蹈；追求灵动圆融，而厌恶哗众取宠。这就是前瞻视野与务实批评结合，经济文化与文学批评合流，全球眼光与岭南乡土文化挖掘齐头并进，灵活敏锐与学问学理相得益彰，多元开放与独立的文化人格互为表里。这既是广东本土批评家的批评践行，也是他们的共性和个性特征，是广东文化研究和文学批评的可贵品格。

"粤派批评"的这种特色，可以用八个字来概括：创新、实证、内敛、精致。

创新。从六祖惠能到陈白沙心学标榜"贵疑""自得"，再到康、梁，粤地便一直有创新的传统。这种创新精神在百年的"粤派批评"中也得到充分的践行和展示，这一点在当下应受到特别的重视。

实证。康有为的老师朱九江，其著述被称为"实学"，他倡导经世致用的实证研究，这一批评立场和方法，在后来的许多粤派批评家身上也清晰可见。

内敛。"粤派批评"虽注重创新，强调质疑批判精神，但它不事张扬作秀，它的总体基调是低调务实，是内敛型的。正是因此，它往往容易被忽视，被低估，甚至在某些时段被边缘化。

精致。"粤派批评"比较个人化，偏重民间的立场和姿态，也不热衷于宏观问题的发声和庞大理论体系的建构，但粤派批评家的批评实践具有"博"与"精"并举，"广"与"深"兼备，"奇"与"正"互补的特点，这形成了"粤派批评"细微却精致的特色。

建构"粤派批评"，不能沿袭传统的流派范畴与标准，而需要有一面旗帜、一个领袖、一套共同或相近的文学理论主张、一批作品或论著来证明、体现这些理论主张。事实上，在当今中国的文学语境下，纯粹的、传统意义上的文学流派或学派是不存在的。因此，"粤派批评"更多的是描述一个客观的文学事实，即"粤派批评"作为一个实践在先、命名在后的批评范畴，并非主观臆想、闭门造车的结果。它不是一个具有特定文学立场、主张和追求趋向一致性和自觉结社的理论阐释行动。它只是一个松散的、没有理论宣言与主张的群体。因此，没有必要纠结"粤派批评"究竟是一个学派，还是一个地域性的概念，但有一点可以肯定："粤派批评"已是一个特色鲜明的客观存在，即虽具有地方身份标志，却不是局限于一地之见的文艺理论家批评家群体。

"粤派批评"丛书不仅要具备相当规模，而且应做成一个开放、可持续发展的产品链，这样才能产生较大的规模效应，发出自己强有力的声音，并将这种声音辐射到全国。为此，丛书分为"文选"和"专题"两大板块。文选共38本，分"大家文存""名家文丛""中坚文汇""新锐文综"四个层次。

专题共12本。两大板块加起来共50本，计划在3年内完成。以后视情况再陆续补充，使之成为广东一张打得响，并在全国的文艺版图中占有一席之地的文化名片。

　　党的十九大报告指出："发展中国特色社会主义文化，就是以马克思主义为指导，坚守中华文化立场，立足当代中国现实，结合当今时代条件，发展面向现代化、面向世界、面向未来的，民族的科学的大众的社会主义文化，推动社会主义精神文明和物质文明协调发展。"在广东省委宣传部的指导支持下，广东省作家协会和广东人民出版社联合编纂出版"粤派批评"丛书，是贯彻落实十九大关于文化建设发展精神和习近平总书记关于文艺工作的重要指示的一项重要举措，是讲好中国故事、传播中国声音、阐发中国精神、展现中国风貌的一次文化实践。我们坚信，扎根广东、辐射全国的"粤派批评"必将成为新时代坚定文化自信、实现中华民族伟大复兴路上其中一块稳固的基石。

"粤派批评"丛书编辑委员会

2020年5月15日

目录

序 言／1

第一章　林志浩的文学研究

第一节　《鲁迅传》的卓越贡献／2

第二节　《中国现代文学史》的新突破／9

第三节　研究视角和方法的独特性／18

第二章　黄修己的文学研究

第一节　新编中国现代文学史／32

第二节　新的研究视野和方法论／40

第三节　赵树理研究的杰出贡献／50

第三章　洪子诚的文学研究

第一节　文学与历史的研究／62

第二节　文学与历史"叙述"／71

第三节　文学的历史担当／79

第四章　杨义的文学研究

第一节　中国现代小说史研究 / 90

第二节　鲁迅研究的独特贡献 / 107

第三节　文学研究的新方法论 / 114

第五章　陈平原的文学研究

第一节　中国小说叙事模式转变研究 / 130

第二节　清末民初小说史研究 / 142

第三节　武侠小说类型学研究 / 154

第六章　温儒敏的文学研究

第一节　中国文学思潮流派研究 / 164

第二节　中国现代文学批评研究 / 171

第三节　中国现代著名作家研究 / 179

第七章　古远清的文学研究

第一节　文学史家的尺度 / 191

第二节　拓荒台港文学研究 / 195

第三节　诗评家的情理 / 201

第四节　文学批评的批评者 / 204

第五节　学者的道德与良知 / 206

第八章　黄子平的文学研究

第一节　敏锐的观察视角／212

第二节　透彻的分析能力／218

第三节　理性的深刻反思／225

第四节　卓绝的学术奉献／232

第九章　"岭南三剑客"的文学批评

第一节　郭小东的文学研究／242

第二节　陈剑晖的文学研究／255

第三节　宋剑华的文学研究／265

序 言

　　关于"粤派批评"这一概念，首先是由陈剑晖教授于2016年提出来的，随后广东省文艺批评家协会与《羊城晚报》、广东人民出版社等单位，先后多次就这一命题召开学术研讨会，并邀请了国内众多作家学者参与讨论，目前已经在社会上引起了强烈的反响。

　　"粤派批评"这一概念是否能够成立，众说纷纭、看法不一。反对者认为，一个批评流派的成立与否，要看是否具备三个基本条件："第一，城堡上有一面飘扬的旗帜，就是说你的理论主张、理论基础是什么，粤派批评城堡里头的理论主张是什么，现在还不太清晰；第二，需要有一群学者围绕在这个旗帜下面，城堡周围的作家与学者，基本固定，但也可以流动；第三，要有一批作品和著作来证实你的理论主张，所以闽派也好，粤派也好，或者其他地方的学派也好，这个问题还需要继续沉静下来考虑。"（杨匡汉语）尤其是那些出生于广东后来走向全国各地的批评家们，"大家走的道路也是各种各样，文学观念、观察角度千差万别，不像以前那些社团那样有共同的文学主张、文学观念、文学风格，联系也比较紧密，能够被加以分析。当代广东的诗歌批评比较活跃，但小说批评较弱。相比较于中原地区，广东和外界交往更早一点，接受新文化比较方便。这可以是一个话题，但学术价值可能不太大"（洪子诚语）。但赞同者的声音更为强大，他们认为："不论是从广东走出去的学者，还是在广东生活和工作的学者，他们对现当代文学发出的声音总是能切中时代的脉搏，体现出宏观的视野、严谨的学风、优雅的风度、得体的尺度，这可能与广东这样一个沿海省份的开放姿态密切相关。不然，我们又怎么解释从岭南走向世界的容闳、丘逢甲、黄遵宪、孙中山、梁启超等这样一些开风气之先的知识精英呢？"（蒋述卓语）在讨论"粤派批评"时，地理环境是一个重要的因素，"总体来说，地域文化的影响对于文学创作和批评是一样存在的。具体而言，闽南比较多山，这造成了一种比较坚韧的性格；广东跟湖南风格可能比较相近，但也不一样，广东在沿海，跟外面的交往多，接受外面的信息多，尤其是在改革开放、接受西方现代理念这些方面走在很前面，更早走出相对单一、封闭的思维，结合中国现当代文学批评，粤文化或者广东籍的批评家、学者，特点很突出：不保守，有独立性，有很坚韧的个性；比较踏实，不轻浮；善于开风气之先"（贺仲明语）。尤其是改革开放以来，"粤地的粤籍批评家和从外地移民广东多年的批评家，联手打造'粤派批评'，其学术成果得到大家的公认，这方面有以比较文学和海外华文文学研究著称的饶芃子、广东文学批评先锋推手黄树森、文化批评家黄伟宗、高扬自由独立精神的林贤治、有古典情怀的文化学者蒋述卓、在散文研究方面独树一帜的陈剑晖、知青文学研究的开创者郭小东、学术视野开阔的宋剑华、对研究岭南历史做出新贡献的林岗等，他们无不为'粤派批评'与'闽派批评'互相辉映、并驾齐驱奠定了基础"（古远清语）。

陈剑晖教授在提出"粤派批评"这一概念之初，我是参与讨论和构想的，并根据我个人的肤浅见解，表达了一些不太成熟的看法。但随着大讨论的延续和深化，我觉得"粤派批评"不仅能够成立，而且的确有其鲜明的地域特色，以及一百多年的历史传统。如何去看待"粤派批评"，首先我们就必须摆脱一种偏见，不能戴着古南粤文化荒蛮贫瘠的有色眼镜，去认知近现代岭南文化的人文精神。我曾在一次讲演中，阐述过这样一种观点：人们总是习惯性地认为，中国近现代社会的历史变迁，是以北京和上海为中心，与广东没有什么太大的关系，其实这是一种无视历史真相的错误观点。表面观之，中国近代思想启蒙是在北京和上海，但却离不开两个广东人——康有为、梁启超。如果没有他们在那里摇旗呐喊，怎会有全国性的"应者如云"呢？尽管后来的学者都批判他们思想幼稚或不彻底，倘若没有他们的率先启蒙，也就不会有五四新文化运动的蓬勃发展。我们不禁要问，为什么那些生活在北京和上海的知识精英，他们没有成为启蒙的思想先锋，而偏偏由南粤之地的康、梁来担纲呢？关键就在于广东地处沿海，风气开放。实际上自晚清以来，广东不仅是中西经济交流的重要窗口，同时也是中西文化交流的重要桥梁。开放性使得广东在国内率先与西方直接对话，新思想、新知识传播得较早。近代广东兴办学堂之风甚盛，尊师重教更是一种极其普遍的社会行为。广东不同于内地，表现出了广泛吸收新文化的极大热情，比如康有为授课，除了讲述诸子百家，还与他的学生"日夕讲业，大发求仁之义，而讲中外之故，救中国之法"（《康有为自编年谱》）。梁启超就是在他的影响下，走向政治舞台。开放，造就了近现代广东文化的叛逆，所以广东人才会成为中国近代思想史的领军人物。众所周知，1926年7月，国民革命军在广州挥师北伐，拉开了统一全国的革命战争。为什么这场革命战争又是以广东为根据地，而不是北京或上海呢？原因还是其地域与思想的开放性。广东毗邻香港，与海外关系密切，可以获得华侨和外界的资金资助与武器装备，更容易引入外界的新思想，再加上孙中山、廖仲恺等革命先驱本身都是广东人，他们非常熟悉广东这一文化特性，所以北伐始于广东，也就不足为奇了。新时期的改革开放，也是以广东为窗口，广东人那种敢于冒险的精神，再一次走在了时代前面。

从文学批评的风格来说，在新时期中国文学研究当中，"粤派批评"的确客观存在，而且不可忽视。虽然没有统一的纲领和规范，也没有统一的指导思想，但"粤派批评"却仍旧以广东近现代文化的开放意识与扎实学风，在文坛占有一席之地。仅以中国现当代文学批评为例，林志浩先生的《中国现代文学史》，就是这一学科最早的教材范本之一，在当时学界的影响之大，恐怕今天的青年学子无法理解。依照我们今天的眼光来看，《中国现代文学史》明显具有那一时代的思想局限性，比如过度的政治化阐释影响了审美认知性，对作家作品的选择不够客观与严谨等，但这部教材的编撰总体上还是相对客观与务实的，作者以"粤派"的开放意识和扎实功底，较为生动地阐述了中国新文学的发生与发展，对于许多作家作品的分析论断，也不乏精彩之处。洪子诚先生虽然不大赞成"粤派批评"这一说法，但他的当代文学研究，以问题意识为中心，详细论述各种文学史现象，那种一丝不苟的考据学方法论，颇有康、梁的治学遗风。黄修己先生来广东已久，他的中国现代文学史和中国现代文学编纂史研究别具一格，视野开阔、资料翔实、论述深刻。这种思维缜密、求真务实的治学精神，与"粤派"风格不谋而合。杨义、温儒敏、陈平原三人，都是典型的"粤派风格",他们均以知识广博、治学严谨著称。他们三人的共同特点,就是沉稳而大气,注重现代又连接传统,继承与发扬了康、梁所代表的"粤派"学术精神。尤其是杨义、陈平原二人,他们以现代文学研究起家,尽情张扬着现代意识的思想光辉;可他们却又都回归到古典文学研究,从中去发掘中国现代文学的精神资源,完美地反映了中国学术的历史一贯性。他们二人的研究风格,很有点像梁启超那样,纵横捭阖、博古通今,既能够汲取西学知识之精华,又能守住民族传统文化之根,这无疑正是"粤派学风"的集中体现。温儒敏的学术研究,则更有点康有为的沉稳劲,比如他对新文学现实主义流变的梳理与发掘,绝不张扬恣肆、主观随意,而是丝丝入扣、条理清楚、言之有据,令人受益匪浅。古远清、黄子平、郭小东和陈剑晖四人,都是才子型的批评家,他们秉承着"粤派批评"的叛逆性格,天马行空绝不从众,往往是以诗性思考去探索文学现象,其文学批评本身,就具有诗人气质和浪漫色彩。比如古远清的港澳文学研究、黄子平的当代文学研究、郭小东的知青文学研究、陈剑晖的散文研究,其诗性与知性相结合,在许多重大问题的研究领域,都取得了令人瞩目的学术成就。

我个人的学术研究,也被纳入"粤派批评",起初有些诚惶诚恐。但细想一下,从1988年到海南,之后又到广东,也有近30年的时间了,几乎学术研究的大好时光,都与岭南区域文化不无关系,故说自己是"粤派"也未尝不可。作为一个来粤谋生存的外地人,我对广东文化的开放性与包容性,自然是深有体会的。首先,广东文化的开放性,促进和放纵了我的学术"野性"。我记得当年我在徐州读研究生时,写过一篇反响颇大的研究论文——《论〈雷雨〉的基督教色彩》,当时是先给我的导师和师兄弟们看,结果不仅挨了一通批,导师还不同意我拿出去发表。后来是在曹禺先生、钱谷融先生和田本相先生的鼎力推荐下,才得以发表并开辟了曹禺研究的新思路。像这种情况在开明的广东却不多见。1996年,我觉得20世纪中国文学的现代性,与西方文学的现代性并非同一概念,于是与陈剑晖、黄保真、杨春时等人切磋商谈,最后由我和杨春时联名发表相关论文,且在国内引起了一场大讨论。在《论20世纪中国文学的近代性》一文的酝酿过程中,无论是参与讨论的学者还是学校领导,尽管他们并非完全赞同我们的看法,却都对一种新观点的出现持鼓励的态度,否则这篇文章也不会很快面世。其次，广东文化的包容性，我个人更是深有体会。广东人既不守旧也不排外，允许你犯错误也允许你改正错误；当你遇到困境时，他们会毫不犹豫地伸出援手。1990年，我个人因为种种原因，受到了很大的人生挫折，学术研究也几乎中断，是这块土地的热情，重新唤醒了我的生命意识。比如陈剑晖与郭小东，不但鼓励我继续从事学术研究，还积极帮助我寻找发表文章的刊物。我想如果没有岭南学界的宽广胸怀，没有粤地文化的自由环境，恐怕也就没有我后来的成长与成熟。可以毫不夸张地说，我自己30年的学术研究，其主要成果都完成于岭南，故能够成为"粤派批评"之一员，我是深感荣幸的。

　　本辑共分为九章，按照主编的意图，选取了11位"粤派批评家"，并对他们的文学批评成就与风格，进行全面而客观的论述。我个人的企盼，是读者能够通过这11位批评家，去领略和感受"粤派批评"的独特魅力，以及明白一方水土养育一方人的淳朴道理。这一愿望究竟能否实现，还是留给读者自己去评说吧！

宋剑华

2017年10月写于暨南大学明湖苑

第一章

林志浩的文学研究

林志浩先生是我国当代著名学者,在中国现代文学研究领域,尤其在"鲁迅研究"等方面,取得了令人敬仰的成就。先生在高等教育讲坛上辛勤耕耘,诲人不倦数十载,学科研究工作也深入发展。为出色完成教学科研工作,林先生深入经典,博览群书,又高屋建瓴、笔耕不辍,一生在文学史建构、作家作品研究,尤其在鲁迅研究等方面,硕果累累,为学科发展做出巨大贡献。先生著述中很多经典论述,至今读来仍发人深省,余味无穷。比如其代表性著作《鲁迅研究》,被学界高度评价为"在独立探索的基础上进一步充实和完备了原有研究体系的各个环节,并强有力地展现了鲁迅作为伟大的'民族魂'英雄品格的形象侧面,为人们更深入地理解鲁迅提供了坚实的学术基础"[①]。先生不但学识广博、视野开阔,而且功力深厚、勤于开拓,他的许多重要学术研究成果以及严谨治学的精神,一向为学界所称道,很多学术作品已经成为后学积极进取的阶梯。

第一节 《鲁迅传》的卓越贡献

林先生著作颇丰,从先生的学术经历与成就看,最令人敬仰的莫过于鲁迅研究方面的学术成果。

林先生的著作《鲁迅传》甫一问世,即在学界引起较大反响,《鲁迅研究》杂志在纪念鲁迅先生诞辰100周年时发表专题文章,在评述四部经典鲁迅传记时,对林著尤加赞赏:"对鲁迅作品的评述更深刻中肯,且多有精彩之处,所作传记,也就比较符合鲁迅本人所独具的精神面貌。"权威学者王瑶也说,林著"是作者经过长期研究,并吸取多年来鲁迅研究的丰硕成果而写成的一部专著,它有自己的特色和见解,在已出版的几种同性质的书籍中是比较

---

① 赵京华:《传统鲁迅研究体系在当今研究视角转换中的价值和意义——读林志浩著〈鲁迅研究〉随想》,《鲁迅研究月刊》,1989年第3期。

好的一种，出版后学术界反映良好"①。林先生的《鲁迅传》第一版37万字，由北京出版社于1981年出版，此书的顺利出版成为当年文化界的一件盛事，新华社、中国新闻社、《人民日报》《光明日报》《北京日报》《文汇报》《上海文学报》《世界图书》等媒体迅速利用新闻传播渠道，对本书进行积极的宣传推介。该书于1987年2月荣获北方12省、市出版社优秀社科新书一等奖，并于1991年由中国外文出版社出版该著作的法文译本。虽然社会反响很好，但先生对此著作依然心存不满："明显地留下80年代以前的时代局限。"（《〈鲁迅传〉增订后记》）十载辛苦磨砺之后，林先生终于在1991年完成修改工作，并再版50万字新版本，累计印数高达15万册。该书于1991年7月荣获首届中国纪实文学"东方杯"传记作品优秀创作奖，1994年12月又荣获首届"中国青年优秀图书奖"。新版《鲁迅传》不仅增加了更多的第一手材料，并吸收更多80年代的最新研究成果；而且从思想解放的新视角，对以往论述中存在的偏颇观点，进行深入思考与辨析，力求实事求是、公正客观地再现鲁迅先生的生命历程。该书十分重视把鲁迅的生命历程与文化发展过程进行有机融合，因此，鲁迅得以更加立体、形象、生动、真实地展示在读者面前。

林著《鲁迅传》的特色主要体现在以下三个方面。

一是作者广泛搜集第一手资料，尽量忠实历史真实，再现鲁迅的生命与心路历程，考察作品诞生的内因与外缘，很好地体现出"知人论世"的东方文化批判传统的巨大魅力。诚如先生在《〈鲁迅传〉增订后记》中所言："考虑到鲁迅的生平、作品和思想是密不可分的，因此在写法上，我力求把鲁迅的战斗历程、作品评述和思想发展三者结合起来，以时间为线索，进行较为具体的撰述。"鲁迅之子周海婴也评价说："林先生多年努力于鲁迅思想和作品的教学、研究、分析评论，专著多种。而从王士菁先生开始，国内先后出版多种《鲁迅传》。近年来，唐弢先生曾打算写一本，可惜未能完成。林先生这本传记，写作严谨，观点明确，不失为一册好书。"②此处略举两例以作证明。一

---

① 转引自钟轩：《林志浩的〈鲁迅传〉"情结"》，《中国现代文学研究丛刊》，1996年第1期。

② 见周海婴致林志浩信，转引自钟轩：《林志浩的〈鲁迅传〉"情结"》，《中国现代文学研究丛刊》，1996年第1期。

是关于鲁迅的姓名，作者通过仔细考证，梳理出一个比较生动活泼的日常故事："1881年9月25日（清光绪七年八月三日），在浙江省绍兴城内东昌坊口的新台门周家，诞生了一个男婴。他最初取名樟寿，字豫山。后来因为'豫山'两字的读音和'雨伞'相近，不好听，就改为豫才。1898年在南京上学时改名树人。1918年，树人在北京的《新青年》杂志上发表第一篇白话小说《狂人日记》，署了个笔名叫'鲁迅'。从此，鲁迅的名字就逐渐为中国人民所熟悉。"①二是关于鲁迅兄弟之间胸怀与志趣的差异，林先生在多处对之进行分阶段描述，有时候只是比较详细地记叙一个人生故事，两人各自鲜明的个性与趣味差异便赫然显现。比如在30年代曾经发生过周作人的五十自寿诗事件，当时的文化大背景是林语堂主张幽默闲适的文风，并先后出版《人间世》《宇宙风》，鲁迅认为这种插科打诨虽然与人无害，但在国难当头之际，作为文化精英，不去传播知识，担当救国救民重任，只顾个人开心，就是一种不负责任的人生态度。谁知道非但林语堂不"醒悟"，鲁迅之弟周作人也把"发昏"的劲头发挥得淋漓尽致，对玩笑小品乐此不疲。周作人于1934年1月创作《五十自寿诗》："前世出家今在家，不将袍子换袈裟。街头终日听谈鬼，窗下通年学画蛇。老去无端玩骨董，闲来随分种胡麻。旁人若问其中意，且到寒斋吃苦茶。"林语堂认为这是一个可以炒作的文化名人幽默事件，于是号召文界朋友积极应和。林语堂也撰文《周作人诗读法》，赞扬周作人"寄沉痛于悠闲"。但与此同时，批评却越来越多。比如廖沫沙曾对这些文人墨客进行嘲讽："选将笑话供人笑，怕惹麻烦爱肉麻。误尽苍生欲谁责？清谈娓娓一杯茶。"（廖沫沙《和知堂五十自寿诗》）林先生引用鲁迅的回忆对此做出评价，显示出两兄弟截然不同的胸怀，同时也显露出作为兄长的鲁迅，对同胞兄弟贻笑大方的担心："周作人自寿诗，诚有讽世之意，然此种微词，已为今之青年所不憭，群公相和，则多近肉麻，于是火上添油，遂成众矢之的……此亦'古已有之'，文人美女，必负亡国之责，近似亦有人觉国之将亡，已在卸责于清流或舆论矣。"数日之后，作为兄长，鲁迅又不忘及时为弟弟开脱："至于周作人之诗，其实是还藏些对于现状的不平的，但太隐晦，已为一般读者所不憭，加

---

① 林志浩：《鲁迅传》，十月文艺出版社1991年版，第3页。

以吹擂太过，附和不完，致使大家觉得讨厌了。"周作人直到晚年才对兄长的苦口婆心有所领悟，回忆中充满感恩之情："批评最为适当的，乃是鲁迅的两封信……唯索解人殊不易得，昔日鲁迅在时最能知此意，今不知尚有何人耳。"①

二是对鲁迅同情并接受马克思主义思想进行多角度论证。"传记重点描述了鲁迅后期的战斗历程，突出表现其作为共产主义战士的斗争精神。对于鲁迅的作品分析，重点放在了后期杂文上，而且特别强调了鲁迅后期杂文中所体现的共产主义思想。"②关于鲁迅同情无产阶级革命方面的判断，学界争议颇多，原因是这方面的直接材料比较稀缺，但林先生认为，有大量真实可信的间接材料可资证明，也有经认真梳理的一部分直接资料可以证明。为此，林先生博览群书，旁征博引，运用大量来自社会各个阶层、从不同角度展开叙述的第一手材料，使这一判断大大增强了可信度与说服力。例如在介绍鲁迅广州工作生活经历时，通过详细考察，注意到"中共广东区委非常注意团结鲁迅的工作，陈延年等同志认为鲁迅'是彻底反封建的知识分子'，是我们'自己的人'，指示中大支部要好好地做工作，帮助鲁迅尽快地了解党的方针政策和任务。据徐文雅回忆：'有一回，鲁迅和我谈起党的事情，问陈延年是否负责广东党的工作，还说陈延年是他的"老仁侄"，人很聪明。'……鲁迅还向毕磊表示，希望与陈延年见面。陈延年听到毕磊的反映，立即同意了"③。林先生据实书写，虽然并未确认鲁迅与陈延年会谈的具体细节，但通过亲历者的回忆录来佐证，证实了鲁迅对无产阶级革命的同情与理解。同时，林先生还叙述鲁迅和共产党员应修人同行，应邀到广州黄埔陆军军官学校做演讲的经过。鲁迅在这次演讲中表达出对无产阶级革命的深刻理解，他在题为《革命时代的文学》的演讲中说："为革命起见，要有'革命人'，'革命文学'倒无须急急，革命人做出东西来，才是革命文学。"鲁迅所说的"革命"在这里已经明确指向工农解放运动："现在的文学家都是读书人，如果工人农民不解放，工

---

① 林志浩：《鲁迅传》，十月文艺出版社1991年版，第546页。

② 赵焕亭：《林志浩〈鲁迅传〉：为鲁迅马克思主义思想探源寻踪》，《鲁迅研究月刊》，2013年第5期。

③ 林志浩：《鲁迅传》，十月文艺出版社1991年版，第316页。

人农民的思想，仍然是读书人的思想，必待工人农民得到真正的解放，然后才有真正的平民文学。"这些思想显然受到广州共产党人主动与鲁迅亲密接触的深远影响。此外，林著《鲁迅传》认为，鲁迅在30年代创作的大量杂文，具有辛辣嘲讽与爱憎分明的批判立场，这与其马克思主义唯物辩证法理论修养的提高不无关系，比如"给《伪自由书》和《准风月谈》都写了很长的后记，揭露了国民党反动派及其御用文人'阴面战法的五花八门'，鞭挞了革命队伍中的'蛀虫'——叛徒杨邨人之流的下劣……他熟练地掌握马克思主义的锐利武器，用它来分析形势，指导斗争"①。为增强说服力，林先生又梳理更多史料，来佐证鲁迅亲近马克思主义的可信度："1920年，他阅读了陈望道翻译的《共产党宣言》……1925年，他积极支持共产党员任国桢《苏俄的文艺论战》一书的出版。同时，他亲手培植的未名社成立后，就'以介绍苏联文学作为努力的重心'。"②事实上据周作人晚年回忆，鲁迅非常重视陈望道翻译《共产党宣言》的工作，鲁迅曾经赞赏此书说："这个工作做得很好，现在大家都在议论什么'过激主义'来了，但就没有人切切实实地把这个'主义'真正介绍到国内来，其实这倒是当前最紧要的工作，（陈望道）把这本书翻译出来，对中国做了一件好事。"③

三是仔细考察鲁迅作品诞生的时代语境，将鲁迅的作品与其人生经历互相映照，将其生活境遇与逻辑思考紧密关联。比如林先生在讲述鲁迅后期杂文中涌现出很多战斗檄文这一现象时，大量展示鲁迅开展猛烈批判，抨击军阀为一己私利不惮生灵涂炭，而对外敌却甘做缩头乌龟的文章：他们"使兵士们相斗争，所以频年恶战，而头儿个个终于是好好的，忽而误会消释了，忽而杯酒言欢了，忽而共同御侮了，忽而立誓报国了，忽而……但我们的斗士，只有对于外敌却是两样的：近的，是'不抵抗'，远的，是'负弩前驱'云"（鲁迅《观斗》）。在萧伯纳访华期间，萧鼓励青年人积极参加社会主义革命，鲁迅借此批判国民政府对革命青年的无情迫害："不必赤色，只要汝今天成为革

①　林志浩：《鲁迅传》，十月文艺出版社1991年版，第528页。
②　林志浩：《鲁迅传》，十月文艺出版社1991年版，第320页。
③　扬州师范学院中文系图书馆编：《鲁迅研究资料选编》（内部资料），1976年，第272页。

命家，明天汝就失掉了性命。"（鲁迅《颂萧》）萧伯纳的革命言论遭到《大晚报》的嘲讽："萧先生唱着平均资产的高调，为被压迫的劳工鸣不平，向寄生物性质的资产家冷嘲热讽，因此而赢得全民众的同情，一书出版，大家抢着买，一剧登场，一百多场做下去，不愁没有人看，于是萧先生坐在提倡共产主义的安乐椅里，笑嘻嘻地自鸣得意，借主义以成名，挂羊头卖狗肉的戏法，究竟巧妙无穷。"鲁迅对这些抨击嗤之以鼻，迅速还之以颜色。他认为《大晚报》批判萧伯纳的观点实在荒谬至极，是文人堕落的明显标记："小资产的知识阶层分化出一些爱光明不肯落伍的人，他们向着革命的道路上开步走。他们利用自己的种种可能，诚恳的赞助革命的前进。他们在以前，也许客观上是资本主义社会关系的拥护者。但是，他们偏要变成资产阶级的'叛徒'。"这种自我革命的做法虽然对社会进步具有积极意义，然而在维护反革命集团利益者看来，这种从内部分化出来的"叛徒常常比敌人更可恶"，因为"卑劣的资产阶级心理，以为给了你'百万家财'，给了你世界的大名，你还要背叛，你还有什么不满意，'实属可恶之至'"。所以鲁迅嘲讽反革命阵营的荒谬逻辑，他们认为萧伯纳既然生活优越，就不应该鼓吹革命，因为他鼓励中国青年积极参加革命，"所以可恶之至"（鲁迅《颂萧》）。林先生在分析鲁迅后期杂文批判风格的同时，对他积极参加政治活动的事件进行介绍，以此来补充鲁迅创作的思想基础。"1933年1月4日，鲁迅收到蔡元培来函，邀他参加民权保障同盟。1月11日，鲁迅正式加入，会员号第20号，会员证号第3号。1月17日，他赴中央研究院，参加同盟上海分会的成立会，会上选出宋庆龄、蔡元培、杨铨、林语堂、伊罗生、鲁迅等九人为分会的执行委员。"[1]林先生认为，鲁迅参加这一重大政治活动，为他思想情怀的深化，以及30年代杂文的理念倾向，做出非常明确的注解。为利用《申报》广泛传播革命理想，鲁迅"从1933年1月起至次年8月底，每月投稿三四篇至十几篇不等，批判当局卖国殃民的政策和种种倒行逆施，以及社会生活和文化界的不良现象或倾向"[2]。在鲁迅等人的感召下，"左翼青年纷纷出动"，积极占领舆论高地。

---

① 林志浩：《鲁迅传》，十月文艺出版社1991年版，第488页。
② 林志浩：《鲁迅传》，十月文艺出版社1991年版，第489页。

林先生在鲁迅传记写作方面的贡献，在学界影响深远，该作品成为鲁迅研究的入门必读书，也是学科研究方面最重要的基础材料之一。林先生另外还创作《鲁迅研究》（上下册）、《新文化运动的先驱鲁迅》等著作，成为鲁迅传记的延伸作品，对鲁迅一生中的主要贡献进行更加有深度的思考与解析。另外，林先生还参与编写《鲁迅年谱（1931—1933）》。在以上这些作品中，影响较大的著作是《鲁迅研究》（上下册）。改革开放初期，许多西方学说被译介到中国，学界尝试对新文学做出富有启发性的解说。林先生则以自身多年的积累为基础，深深扎根于传统学术研究道路，并大放异彩，显示出深厚的功力和异乎寻常的感染力。"其基本的研究构架是建立在传统的研究体系与格局之上，所解读的主要是社会化、政治化的鲁迅思想艺术、精神人格的方面，终极目的在于说明鲁迅与中国新民主主义革命（包括政治革命和思想革命两大方面）的关系，以及在文化上如何代表了中国新文化运动的发展方向。"①这种判断也正是林先生在题记中所表述的心声："'鲁迅的方向，就是中华民族新文化的方向'，可以说是全书的总论，鲁迅的思想作品及其实际活动，对于中国革命的最杰出的贡献，在于他终于把马克思主义同中国文化革命的实际相结合，创造出'鲁迅的方向'。而'鲁迅的方向，就是中华民族新文化的方向'——毛泽东同志的这个科学论断，既概括了鲁迅的历史贡献，也揭示出他作为伟大人物的卓著特点。"②《鲁迅研究》上册主要研究内容包括：总论鲁迅的方向就是中华民族新文化的方向、鲁迅革命民主主义思想的形成和"尊个性"问题、鲁迅与进化论的关系、鲁迅共产主义世界观的确立、与反动派进行的政治思想斗争、鲁迅的唯物主义文艺思想等。贯穿以上内容的一条主线，便是通过大量作品研读，考察鲁迅早期关于弘扬民主与科学主旋律的发展历程，其间受到西方个性解放以及进化论思想的重要影响。鲁迅的思想发展，在20世纪20年代末至30年代有一个很大的转折，即在左翼文学的影响下，对西方唯物主义哲学和共产主义理想的接触与思考，其思想发展对中国新民主主义文学和政治发展都产生了积极的推进作用。《鲁迅研究》下册主要运用以上理念，解

---

① 赵京华：《传统鲁迅研究体系在当今研究视角转换中的价值和意义——读林志浩著〈鲁迅研究〉随想》，《鲁迅研究月刊》，1989年第3期。

② 林志浩：《鲁迅研究》（上），中国人民大学出版社1986年版，第1页。

读鲁迅大量文学作品中，所蕴含的社会革命激情与推动社会进步的理论思考，在作者看来，"鲁迅是一位伟大的启蒙主义思想家，同时更是一位伟大的社会革命家（革命民主主义者）"，从《呐喊》到《彷徨》的思想转变，可以清晰地发现鲁迅"从注重反封建的思想革命（启蒙）到注意反封建的政治革命（经济、社会制度的改造）的思考重点转移的过程"。在林先生的努力下，作为"民族魂"的鲁迅在社会革命方面的贡献，得到更加详细有力的印证，从而使瞿秋白、毛泽东开辟的鲁迅研究思路更加具有说服力，充分展示出中国传统知人论世研究方法的巨大魅力，从而在学术争鸣背景中有力证明："鲁迅研究的原有体系，作为一种曾经比较成功地说明了鲁迅'民族魂'形象的研究方法，并没有失去其存在价值和发展的前景。"①

第二节 《中国现代文学史》的新突破

林志浩先生主编的《中国现代文学史》，成书缘起是1960年林先生接受工作任务，为中国人民大学本科生编写教材，当时主要参编人员有林志浩、李永祜、周文柏等人，他们以各自多年锤炼的讲义为基础，互相协商，仔细推敲，进行集体编书，教材分别于1961年、1962年在中国人民大学校内出版。1963年又在林先生主持下，王积贤、张慧珠等人积极参与修订，于1964年作为内部教学资料再次出版。1978年，编辑部又邀请李何林、王瑶、陈涌、严家炎、黄曼君、黄修己等人审稿，广泛吸收新时期涌现的最新研究成果，对本书在思想内容和论证材料方面做出大量增补、改写和加工的工作，然后于1979年正式出版。本书成为国内发行的重要高校教材之一，对高等教育事业和人才培养工作影响深远。该书于1985年再次修订出版，累计印数多达30余万册。学界一般认为，林先生主编的这本文学史相对于同时代及之前的著作而言，主要有以下三个方面的突出贡献：

---

① 赵京华：《传统鲁迅研究体系在当今研究视角转换中的价值和意义——读林志浩著〈鲁迅研究〉随想》，《鲁迅研究月刊》，1989年第3期。

第一，"从容地整理、收集材料，并能够拥有自己独到的见解"①。

中华人民共和国成立之前，关于五四以来中国现代文学史的编纂成果主要有：胡适的开山之作《五十年来中国之文学》、陈子展的《中国近代文学之变迁：最近三十年中国文学史》、朱自清的《中国新文学研究纲要》、周作人的《中国新文学的源流》、王哲甫的《中国新文学运动史》、李何林的《近二十年中国文艺思潮论》，以及周扬的《新文学运动史讲义提纲》等著作。由于此时尚处在现代文学30年的发展历程中，多数文学史著作无法运用远距离的宏观视野，对之进行准确历史定位。学界一般认为，以上这些早期文学史著作的积极贡献主要在于：对新文学主要事件及时进行记录，并对鲜活的时代语境予以梳理和保存。"那时的新文学还在发展中，任何一部即时的回顾、总结之作，都不可能是成熟的又都是有价值的。"②从1949年到1966年"文革"前的十七年间，中国现代文学史的写作，曾在学界掀起一次小高潮，林先生主编的文学史就在此时应运而生。教育部于1950年5月颁布《高等学校文法两学院各系课程草案》，对中国新文学史的编纂，提出明确指导意见："运用新观点、新方法，讲述自五四时期到现代的中国新文学的发展史，着重对各阶段的文艺思想斗争和其发展状况，以及散文、诗歌、戏剧、小说等著名作家和作品的评述。"③在此指导思想启发下，由学者蔡仪、王瑶、李何林、老舍四人共同编写的《〈中国新文学史〉教学大纲》，于1951年7月在《新建设》第四卷第四期正式发表。该大纲对新文学史的编写，从研究方法、研究内容、研究目的等方面作出了规范指引，为学科研究的方法、方向等问题，提出详细指导意见。在这个时期诞生的新文学史著作主要有：王瑶的《中国新文学史稿》、蔡仪的《中国新文学史讲话》、丁易的《中国现代文学史略》、张毕来的《新文学史纲》、刘绶松的《中国新文学史初稿》，以及林志浩先生主编的《中国现代文学史》等。这一历史阶段涌现的新文学史整体特征是："能系统整理30年的新

---

① 赵国宏：《〈中国现代文学史〉七大版本的比较和略评》，《内蒙古教育学院学报》，1996年第1期。

② 黄修己：《中国新文学史编纂史》，北京大学出版社1995年版，第459页。

③ 谢泳：《现代文学的细节》，北岳文艺出版社2015年版，第49页。

文学史，用《新民主主义论》思想予以解释，适应建立新学科需要。"①林编教材成书于1961—1962年间，此时正是和平建设与文艺百花齐放时期，该版本表现出显著的个性化风格。

此外，林编中国现代文学史教材在搜集材料方面比较全面详细。随着时间的推移和学科基础建设的发展，反映新文学发展进程的史料整理成果逐渐丰富起来，同时，对新文学进行评价与分析的材料，也越来越深刻、多元。编者在此基础上，广泛搜集材料，进行阅读研究，使得林编教材在搜集材料方面比较全面详细。比如在第十一、十二章，介绍"左联"时期重要作家时，该书除了详细点评主要作家巴金、老舍、曹禺、蒋光慈之外，对"在'左联'的提倡和指导下，小说领域的新人新作"也予以浓墨重彩，揭示出当时无产阶级文学革命阵容的强大和创作的丰富多样。诸如"左联"五烈士、叶紫、张天翼、丁玲、沙汀、艾芜、吴组缃、萧军、萧红等，这些作家的突出表现和代表作品，在文学发展和社会革命中的贡献，都得到一定程度的介绍。编者认为：在主要作家启发与引导下，"这些作家从不同的角度反映二三十年代黑暗中国的社会生活和阶级斗争"，为记录、反思社会历史，推动社会进步做出巨大贡献。在以上这些无产阶级文学作品中，工人、农民等积极参加无产阶级革命的英雄人物，开始成为文学描写的中心形象，这些作品中描写的知识分子，也逐步摆脱早期无产阶级文学"革命加恋爱"的模式化倾向，开始深刻表现出他们复杂坎坷的生命经历，与思想蜕变的复杂心路历程。"总之，题材比起五四时期来，更加新颖、开阔，从东北人民的反帝斗争，到西南边境的特殊风光和殖民地人民的苦难与斗争，以及其他一些过去罕见的社会生活，都在小说创作中得到反映，因而引起读者的重视。"②教材不但在丰富材料方面做出贡献，而且在时代语境中，也经常表现出个人的见解与判断。比如编者在评价周立波的小说《暴风骤雨》时，认为周立波"在人物刻画上，十分注意细节的真实"，无论是人物语言、行为还是心理细节刻画，都能做到"栩栩如生，引人入胜"，并引用周立波自己的创作谈，指出成功描写来之不易："他在反复修改小说的过

---

① 黄修己：《中国新文学史编纂史》，北京大学出版社1995年版，第460页。
② 林志浩主编：《中国现代文学史》，中国人民大学出版社1980年版，第391页。

程中，几次回到原来居住的农村，以新的'调查'和'研究'，对'初稿上的一些不真实、不合理的细节作了重大修改'。"周立波作品中的人物形象，大多有现实生活中的原型做基础，"喜欢用'真人真事作模特儿'"，"目击了'土改工作'这个轰轰烈烈的斗争的整个过程"，这些细致的工作方法，都是《暴风骤雨》获得成功的有力保障。另外，教材分析作品的成功，还在于结构和语言运用方面的别具匠心："整个小说在情节安排上，细致而不繁冗，简练而不粗疏。十分明显，作者已经摒弃了过去所受的欧化影响，努力探求为工农兵大众所喜闻乐见的中国风格和表现形式。"此外，在语言方面，作者大量使用东北方言，使作品人物形象亲切自然、活泼鲜明，编者认为，这些成就得益于作者坚守的创作理念："周立波曾经表示'《暴风骤雨》是想用农民的语言来写的，这在我是一种尝试，一个开始'。应该肯定，这种尝试是很有成效的。"编者一方面赞扬作品的成绩，同时也对其不足提出个人见解：首先是作品太过局限于农村改革描写，而缺乏对风云变幻的革命背景的描写，所以"总览全书，不易从错综复杂的土地改革斗争中，看出当时东北地区革命斗争的变化和全国革命形势的发展，以及它们之间内在的紧密联系，这在一定程度上减弱了作品主题思想的时代意义"。其次在结构方面，安排不太紧凑，尤其是"上下两部的关系不够密切，下部的结构不如上部那么紧凑，其中插入的国民党特务破坏活动的描写，虽然增强了作品的现实性，但由于这一部分的描写没有很好展开，从完整性上说便显得有些累赘"。此外，作品在方言土语的文学表达方面"还缺乏严格的选择和提炼，方言、土语用得过多，也给阅读增添了困难"①。再比如编者评价草明的作品《原动力》，虽然在叙事方法、主题集中正确等方面取得显著成绩，但在人物塑造方面仍欠火候，编者认为"王永明这一形象写得比较单薄。作者在许多关键地方都把他安排在斗争之外，没有让人物在斗争中成长，性格刻画也有概念化的地方"，另外"作品在烘托时代气氛上，笔墨也过少，不能表现出电厂内部的斗争与当时东北地区解放战争的有机联系"。②

———————

① 林志浩主编：《中国现代文学史》，中国人民大学出版社1980年版，第609页。
② 林志浩主编：《中国现代文学史》，中国人民大学出版社1980年版，第613—614页。

第二，坚持以马克思主义思想理论为指导。

编者在绪论中就已经明确表示："中国现代文学的主流是无产阶级领导的人民大众的彻底反帝反封建的文学，属于新民主主义的性质。"在此思想指导下，编者把中国现代文学史分期的开端，确定在"五四时期"，五四以前"中国新文化是资产阶级领导的，属于旧民主主义性质"。五四以后的新文化，则"是无产阶级领导的，指导思想是共产主义的宇宙观和社会革命论"。正是这个性质的改变，"决定了中国现代文学具有不同于过去的崭新的面貌和特点"[1]。林编新文学史在马克思主义思想理论指导下，尊重历史发展的客观事实和规律，把新文学的发展历程与无产阶级革命进程紧密联系起来，描述新文学在社会历史发展进程中，面对各种政治文化力量的碰撞或挤压，做出的调整与奋发图强。编者一边回忆无产阶级作家所面临的严峻历史形势，一边描述他们不屈不挠的斗争精神、坚定的社会信仰，以及充满智慧的发展策略，使两者水乳交融，相互辉映，方便读者深入理解文学现象发生发展的社会背景，和各种文化思想冲突斗争的内在本质。比如在介绍无产阶级文学的兴起过程时，编者首先分析当时的社会背景："一九二七年四一二政变，以蒋介石集团为首的大资产阶级公开叛变革命，接着在南京建立起反革命的中央政权。"中国社会在经历新文化运动洗礼之后发生严重的文化撕裂，其根本原因在于社会利益集团的严重分化，不同利益集团如果能够理性协商，在民主法制平台上公平竞争，那么寻求最大公约数的冲动，就会把社会各界凝聚到追求"真理"的努力中。而一旦强权横行，肆意妄为，导致社会公平不再，公理难寻时，不同利益集团难以进行公正理性的沟通，弱势群体的呼声和愿望遭到轻视甚至蔑视，此时文化的撕裂就一定会发生。一方面，隶属于利益集团的文人，会为现政权歌功颂德；另一方面，受到压制的各个弱势群体，会通过各种文化文学形式，抒发苦闷与理想，宣泄抗争冲动，宣扬不甘受辱的斗争精神。因此，在林编新文学史中，编者认为：在20世纪20年代末，中国无产阶级文学革命的发生，既有国际共产主义运动的宏观影响，也是国内革命形势发展的必然结果。五四时期，对民主与科学的追求，可以说是各个社会阶层寻求公平富强的最大公约

---

① 林志浩主编：《中国现代文学史》，中国人民大学出版社1980年版，第1页。

数，这种对社会现代化转型的共同追求，一旦被国民党独裁政府所压制，不同的价值观与社会发展观念，就必然会被不甘现状的革命者所接受，在石头缝中，顽强地冲出地面，迎接阳光的温暖和雨露的滋润。林编新文学史认为，在这个充满复杂斗争力量的历史背景下，整个社会一定会分化为两大阵营：一是维护专制权力的统治力量，二是抵制压迫的革命力量。编者认为事实上，国民党代表专制集团利益，为清除革命力量，对工农群众的确是双管齐下，他们一方面“从一九三〇年至一九三四年连续五次对革命根据地进行军事‘围剿’，还在全国各地，对共产党员、工农群众和革命青年，进行疯狂的大屠杀”[①]，另一方面，还对宣传革命思想的文学文化力量，进行大规模镇压。但是，一个社会如果无法给人民提供公正公平的对话平台，仅仅依靠强权来剥夺弱势群体的话语权，维护自身的政治经济权力，反抗的怒火就永远不会熄灭。因此，代表工农群众利益的无产阶级革命先驱，在引导国民反抗强权肆虐的同时，积极传播革命理论，就一定会成为一个历史必然事件。在无产阶级革命同仁的努力下，传播马克思主义哲学、政治经济学等主要理论的书籍逐渐出现很多中文译本，比如“《资本论》第一卷、《政治经济学批判》《反杜林论》《国家与革命》《唯物主义与经验批判主义》等”[②]。在风云变幻的时代背景与文化语境中，文学艺术自然也会分化出特色鲜明的阵营，其中最有表现力的两大阵营分别是：标榜追求真理的自由主义文学和崇尚工农革命的无产阶级文学。此外，还有以维护现政权为出发点的歌功颂德派。表面看来，这两大阵营都是探讨社会改革进步的文化争鸣参与者，然而在一个没有民主和自由的社会里，对民主自由开展虚伪的高谈阔论，显然都是上层统治集团的特权，他们可以任意操控舆论，表面上亲近民意，实际上偷换概念，为强权实施专制统治唱赞歌。而对于底层弱势群体来讲，在严密残酷的专制统治下，探讨民主与科学的本质只是一种理想。所以，在这个专制政治还没有得以改变的时期，民主自由改革难以实施，标榜民主革命的虚假舆论也被人耻笑，相反那些鼓励工农群体昂首挺胸，争取正当权利的呼吁，显然会引发国民广泛的共鸣。因此，从20世纪20年

---

① 林志浩主编：《中国现代文学史》，中国人民大学出版社1980年版，第268页。
② 林志浩主编：《中国现代文学史》，中国人民大学出版社1980年版，第269页。

代末开始兴起的无产阶级文学运动，甫一冲出地平线，便在料峭寒风中顽强成长，并在国民群情激昂的呵护中，迅速占领大片文化阵地，为社会革命摇旗呐喊，成为推动社会进步的巨大文化力量。

林编新文学史坚持以马克思主义理论为指导，不但体现在对文学思潮的历史呈现方面，而且广泛渗透于对作家作品的赏析过程中。作为文学史的辅助教材，林先生还主编过《中国现代文学作品选讲》（上下册），该书使用比较广泛。另外，林先生还编写过《鲁迅杂文选讲》《何其芳散文选》等等。在以上这些书籍中，编者坚持以无产阶级革命思想为主轴的原则得到广泛而深入的贯彻。比如在分析殷夫的作品《血字》时，编者引用学者的评论，认为诗人通过作品"坚决表示：作为一个革命者，一定要成为'叛乱'世界的先锋；一定要成为新历史的开创者；一定要像暴风雨中的海燕，搏击黑暗，呼唤光明；一定要做一名站在时代前列的尖兵"①。殷夫为纪念"五卅运动"而创作的作品《血字》，对工人利用工会运动维护自身权利的做法大加赞赏。再比如，在《中国现代文学作品选讲》中，选有鲁迅的杂文《友邦惊诧论》，文中有一段话说："因为'友邦人士'是知道的：日兵'无法劝阻'，学生们怎会'无法劝阻'？每月一千八百万的军费，四百万的政费，作什么用的呀，'军政当局'呀？"编者借评论家的话，对鲁迅这段话评论道："这里的两个问号，问的都是'军政当局'，实际上是不问自明的，都是对'军政当局'的揭露和痛斥。作者所以采用诘问的句式，是为了加强咄咄逼人的揭露和痛斥的力量。两个虚词'呀'，冷嘲热讽，意味深长，既道出了国民党政府名为军政费用实为镇压人民资本的老底，指斥他们不惜一切屠杀爱国青年的罪行，同时这'呀'的语气，还申述了人民在身受屠戮的悲惨处境中苏醒过来的惊讶之情，表达了作者的切肤之痛和无限愤慨。"②这段评论言简意赅，直接揭穿专制政府为维护统治阶级特权，不惜牺牲国家和民族利益，残酷镇压革命力量和启蒙知识分子的真面目，把专制政权的丑陋嘴脸大白于天下，褒扬革命青年坚持进步立

① 林志浩主编：《中国现代文学作品选讲》（下），高等教育出版社1987年版，第66页。

② 林志浩主编：《中国现代文学作品选讲》（下），高等教育出版社1987年版，第225页。

场、勇于斗争、积极推动社会进步的精神，为民族复兴的伟大事业擂鼓助威。

第三，秉承"百家争鸣"理念梳理新文学脉络，尊重各种战线的不同贡献。

林志浩先生主编的《中国现代文学史》，尊重历史发展规律，尊重革命运动历史中各种力量、思想的自由和多元化。重视考察不同阶层、不同观点的作家在中国现代文明发展历程中的差异化表达，认真梳理他们对社会进步做出的不同类型的卓越贡献。特别是在1980年版本中，编者"能给所有在反帝反封建的战线上、从不同方面做出贡献的作家作品以历史地位，并吸收流派、社团、思潮等多方面的研究成果，必能将新文学的编纂，向前大大地推进一步"[1]。中国新文学肇始于清末民初，随着五四新文化运动的纵深发展而逐渐成形，在新民主主义革命精神指引下不断发展成熟，是中国古代、近代文学的自然延伸，也是当代文学的前提和基础。在中国现代文学的发展过程中，东西方文化曾经发生过激烈碰撞，不同阶层、经历、文化背景的国民，在这个剧烈变化的历史时期，发生了一系列观点的激辩与思想的交锋。林志浩先生主编的教材《中国现代文学史》，其可贵之处就在于能够撇开思想偏见，广泛搜集新文学史各个流派的资料，秉承"百家争鸣"理念，认真辨析各派在争鸣过程中对现代文明进程的积极贡献，对争鸣各方都表现出充分的尊重。比如在新文学发生期，林先生就撇开多年的泥古偏见，大力赞扬作家林纾积极进行西方文学翻译，为国民了解西方文化做出巨大贡献，"也启发了部分青年反对封建束缚的要求"。又褒扬黄遵宪先生主张文体变革，推广口语化写作，客观上为新文学的发生进行舆论准备；赞扬梁启超先生积极倡导文界革命，用通俗易懂的语言代替佶屈聱牙的文言，为后来白话文的推广做出表率。清末民初时期，为反对旧社会官场文化，提倡现代民主思想，当时社会上涌现出很多抨击时弊的文学作品，诸如李伯元的《官场现形记》、吴趼人的《二十年目睹之怪现状》、曾朴的《孽海花》等，林编教材认为以上这些作品，虽然都明显带有旧时代的印记，还没有看到时代变化的大方向，但不可否认，其对社会发展都产生了积极的正面影响，"有同中国封建思想作斗争的积极作用"[2]。而真正揭开文学

① 黄修己：《中国新文学史编纂史》，北京大学出版社1995年版，第460页。

② 林志浩主编：《中国现代文学史》，中国人民大学出版社1980年版，第26页。

革命新篇章的斗士，无疑是创办《新青年》的陈独秀及其同仁，他们高举"民主"与"科学"大旗，明确提出革命方向，陈独秀在《敬告青年》中说："国人而欲脱蒙昧时代，羞为浅化之民也，则急起直追，当以科学与人权并重。"国民解放当务之急是让民众明白"各有自主之权，绝无奴隶他人之权力，亦绝无以奴自处之义务。奴隶云者，古之昏弱对于强暴之横夺，而失其自由权利者之称也。自人权平等之说兴，奴隶之名，非血气所忍受。世称近世欧洲历史为'解放历史'——破坏君权，求政治之解放也；否认教权，求宗教之解放也；均产说兴，求经济之解放也；女子参政运动，求男权之解放也。解放云者，脱离夫奴隶之羁绊，以完其自主自由之人格之谓也"。编者大力赞扬李大钊的《青春》一文，该文号召新青年积极推进社会变革。对于传统文化的论争，编者认为，五四精英的主要矛头指向的是专制制度，北洋政府主张尊孔读经的真正目的并非"弘道"，而是为维护专制制度的合理性张目。因此，吴虞故作惊人语，大骂糟粕性的"封建家族制度是专制制度的基础，封建礼教是联系这两者的支柱，并给予猛烈的攻击"[1]。他们攻击传统文化的主要目标是肃清专制遗毒，为民主主义思想传播开辟道路。今天看来，他们对孔孟之道的抨击虽然有点不分青红皂白，其初衷还是推进现代文明的积极发展。同时，编者对启蒙精英的不足之处也毫不隐讳。比如教材首先肯定胡适《文学改良刍议》的积极意义在于"针对旧文学的弊端，批判当时盛行的复古主义等错误倾向"。对其不足之处，他指出，该文"主要侧重于形式'改良'"，而"没有真正接触到文学内容的革命"。关于文言与白话之争，编者坚决支持白话文对社会进步的卓越贡献，并解释说："文言文长期为封建阶级所垄断，是封建思想赖以存在和进行宣传的工具，而白话文则比较容易为人民群众所掌握。新文化运动要宣传民主思想和科学知识，如果不用白话文而继续用文言文，是很难顺利完成任务的。"鉴于此，"我们应该充分估价白话文运动在中国现代文化史、文学史上的意义"。编者高度评价了五四启蒙精英对推进中国现代化的积极贡献，对其不足之处的分析也是鞭辟入里："它曾经回避了当时反对军阀政治的实际斗争，也没有正面地提出反对帝国主义的任务，这就使这一运动未能和政治运动

---

[1]　林志浩主编：《中国现代文学史》，中国人民大学出版社1980年版，第28页。

紧密地结合起来。同时，许多领导人对工农群众的伟大革命潜力认识不足，运动只限于知识分子的范围，未能推向广大的工农群众。"①林编《中国现代文学史》成书时，理性精神与科学思想受到全社会重视，所以作者大都能够尊重历史事实，广泛搜集材料，自由探讨文学作品与文学思潮的历史价值，并能发挥个人的独到理解。但是，毕竟成书时间离文学史事件发生的时间太近，缺乏足够广泛而深刻的讨论，也缺乏科研成果的积累，因而本书存在政论味道较浓等不足之处②。"文革"之后，林先生对原著的诸多不足更加清醒，于是集中精力对本书进行修改之后再行出版，专家对新版本的评论是："修改之处客观、真实、新颖，未改之处，仍有过去的特点。"③

第三节　研究视角和方法的独特性

林先生一生在学术研究方面笔耕不辍、精益求精，并且凭借积极进取的开拓精神和令人敬佩的创新激情，在学术论文写作方面硕果累累，影响深远。林先生一生在《红旗》《求是》《人民日报》《光明日报》《文学评论》等报刊公开发表各类文章、学术论文150余篇，总计100余万字。林先生在学术论文写作方面的贡献，主要表现在以下三个方面：

首先，学术观点具有创新性。林先生在新文学研究方面，结合社会实践经验和国内外学术成果，对很多学术问题进行积极深入思考，勇于探索未知领域，所以在研究过程中不断有新的灵感闪现，并创作出大量富有启发性的学术论文。比如在1959年发表的《"狂人日记"——五四新文学运动的"宣言书"》一文中，作者大胆提出，鲁迅的小说《狂人日记》是一部具有"社会主义倾向"的作品，这个倾向主要表现在宣扬人民当家作主，争取合法的政

---

① 林志浩主编：《中国现代文学史》，中国人民大学出版社1980年版，第30—34页。

② 赵国宏：《〈中国现代文学史〉七大版本的比较和略评》，《内蒙古教育学院学报》，1996年第1期。

③ 赵国宏：《〈中国现代文学史〉七大版本的比较和略评》，《内蒙古教育学院学报》，1996年第1期。

治经济权利，彻底摆脱封建统治阶级和资产阶级的特权压迫等方面。中国社会革命的中心任务，是从政治、经济、文化等方面全方位破坏一切专制骗局，并警告国民不要被专制集团的花言巧语所蒙蔽。诚如狂人所发现："这历史没有年代，歪歪斜斜的每页上都写着'仁义道德'几个字。我横竖睡不着，仔细看了半夜，才从字缝里看出字来，满本都写着两个字是：'吃人！'"林先生解释这段话的含义时说："中国几千年的历史是封建统治阶级奴役和剥削劳动人民的历史，也就是人压迫人、人吃人的历史。40年前的鲁迅还没有建立马克思主义世界观，就能够这么简洁地揭开历史的一切隐瞒和欺骗，剥露一切'仁义道德'的美名掩盖下的吃人的实质，这是何等深刻的眼光！把封建社会的历史归结为'吃人'两个字，实际上就是对整个封建制度及其意识形态的全部否定。"①林先生认为，鲁迅借助狂人之口，批判制度吃人的血腥与狡猾，提醒国民要从根本上改变这种"本来如此"的丑陋状况，资产阶级革命显然不能胜任——如果没有工农群众的觉醒与牵制，旧民主主义革命者在夺取政权之后自然还会形成资产阶级专制。因此，在否定资本主义革命前景之后，人们自然会把最佳革命路径寄托到众多受压迫者的觉醒上。只有发动工农群众积极参加革命，建立民主政权，才能保障祖祖辈辈一直受到沉重压迫的"狂人"们，最终获得自由与平等的权力。林先生关于《狂人日记》具有社会主义倾向性的判断，虽然在学术界引发争议，甚至招致反对者的批评，但是其中的诸多分析，还是富有深刻的启发性和创新性，对深化反思作品的思想内涵与新文学思潮的理论认识，产生了深远影响。在《从〈摩罗诗力说〉〈域外小说集〉看鲁迅早年的文艺思想》一文中，林先生提出，鲁迅的一生就是为"臻于真善美的境界"而斗争的生命历程，因此，正确理解鲁迅对真实性的看法，"就能通过它透视鲁迅文艺思想的大体"。鲁迅的文艺真实观主要是指"作家主观感情的真实"，诚如《摩罗诗力说》中所赞美的摩罗诗人那样"抱诚守真"，只有这样"作至诚之声"，"不取媚于群，以随顺时俗"，才能"致吾人于善美刚健者"。林先生认为，文艺的真实性应该全面考虑两个方面：一是从主观方面

---

① 林志浩：《"狂人日记"——五四新文学运动的"宣言书"》，《教学与研究》，1959年第5期。

看，作家对写作的生活内容要真诚；二是文艺作品中的生活内容正如现实生活一样，鱼龙混杂真假难辨，所以并非只要真诚就能保障真实，还需要作者具备真知灼见，也就是饱经实践检验与考验的明辨是非善恶的能力。只有这两者同时具备，才能保障文学具备客观真实性。正如《中庸》所言："自诚明，谓之性；自明诚，谓之教。诚则明矣，明则诚矣。"主观的"诚"与客观的"明"，两者交融才能达到真实的理想状态。林先生认为，鲁迅早期在《摩罗诗力说》中所表达的真实观，既重视主观的"诚"，又重视经过学习和实践训练的"明"，比如鲁迅认为要"作至诚之声……首在审己，亦必知人，比较既周，爱生自觉。自觉之声发，每响必中于人心，清晰昭明，不同凡响。……故曰国民精神之发扬，与世界识见之广博有所属"。但林先生又指出鲁迅此时真实观的不成熟之处在于：没有把两者的不可分割性表达清晰，"这既说明他的文艺思想的幼稚性，也与他所倡导的摩罗诗派的浪漫主义思潮相适应"。鲁迅此时虽然也有一些比较出类拔萃的想法，但由于思想不够成熟，所以对此真知灼见的重要性一掠而过，没有做出更加清晰的确认。直到翻译《域外小说集》时，这种思想才臻于成熟，这种真实观集中体现在鲁迅翻译安特莱夫的作品《谩》。作品描写一个主人公秉性善良，努力追寻真诚美好的生活，然而他每天在人世间看到的景象，到处都是谎言与欺骗，作者用一位美女象征荒谬的谎言世界，主人公"狂人"在备受欺骗的痛苦之后，终于忍无可忍，拼死抗争，把女友杀死，然而世界并没有改变，女友与真实一起消失，"狂人"依然在谎言世界里龋龋独行。"嗟夫，惟是亦谩，其地独幽暗耳。劫波与无穷之空虚，欠申于斯，而诚不在此，诚无所在也。顾谩乃永存，谩实不死。大气阿屯，无不含谩。当吾一吸，则鸣而疾入，撕裂吾胸。嗟乎，特人耳，而欲求诚，抑何愚矣！伤哉！"[①]在这部翻译作品中，作者已经清醒地认识到，主观的真诚与明辨是非的能力，是获得真实的两个必备条件，这种表达"说明鲁迅对文艺真实性的理解，渐趋于全面，并接近唯物主义的反映论的原则"。林先生对鲁迅通过作品展示出来的真实观进行分析，可谓鞭辟入里，振聋发聩，成为解读鲁

---

① 鲁迅：《鲁迅译文选集》（短篇小说卷），生活·读书·新知三联书店2007年版，第11页。

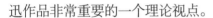

迅作品非常重要的一个理论视点。

其次，学术资料丰富翔实。林先生的学术论文，之所以常有振聋发聩之效，其中一个重要原因，便是用丰富翔实的资料作为论证观点的基石。比如在20世纪80年代，曾经有一个学术争鸣热点，事件的起因是青年学者王富仁对延续30年之久的传统鲁迅研究体系发起挑战。林先生曾梳理传统研究体系的核心观点，认为鲁迅既重视思想启蒙，也重视政治革命。这种观点以及批判体系"由周扬同志开其端，由陈涌同志出色地完成"。其中，周扬的文章《发扬五四文学革命的战斗传统》一文，发表于1954年5月4日的《人民日报》上，"其中的根本观点，就是把鲁迅的小说同中国民主革命的现实和要求联系起来，指出鲁迅小说在反映民主革命的对象、任务和动力这些重要问题上所取得的伟大成就，以及它的不足"。林先生认为，这篇文章的根本观点，"是运用马克思主义、毛泽东思想分析鲁迅小说的第一次成功的实践"。接着，陈涌于1954年11月，在《人民文学》上发表文章《论鲁迅小说的现实主义》，对周扬的研究视角进行进一步开拓和深化，"如果说，周扬的文章只是原则性提示的话，那么这篇两万多字的长篇论文，则是以强烈的艺术感受，对小说的人物和思想进行了很有创造性的、细致而深入的分析"。他们两人建立起来的批评体系总体上认为：鲁迅作为启蒙精英，在小说中既反映了农民要求革命的社会心理需求，又揭示农民缺乏民主主义革命觉悟的事实，但鲁迅并没有找到出路。林先生对此评价说："这说明周扬看到了单靠启蒙主义——思想革命不可能解决这个矛盾，看到了思想革命的有效性是有限的。要真正解决这个矛盾，必须依靠无产阶级的组织领导和思想发动。但鲁迅当时还不认识无产阶级，所以无法解决这个矛盾。"①

学者王富仁对这个学界公认的研究体系提出质疑，始于他在1983年发表于《中国现代文学研究丛刊》的《中国反封建思想革命的镜子——论〈呐喊〉〈彷徨〉的思想意义》一文，当时社会影响并不大，直到1985年，王富仁先生又在《文学评论》上先后发表《〈呐喊〉〈彷徨〉综论》（博士学位论文摘

---

① 林志浩：《关于〈呐喊〉〈彷徨〉的评论与争鸣——与王富仁同志商榷》，《鲁迅研究动态》，1987年第8期。

要）上下两篇。在这组文章中，他明确提出自己的观点：鲁迅小说是"中国反封建思想革命的镜子"。这种观点在大大弱化政治革命的基础上，特别强调鲁迅思想启蒙的意义，"许多人都认为这是学术上的一大突破，但也有些研究者持有不同的看法"，这种是否要弱化政治革命这一主题的批评观之争，迅速成为思想解放背景下，学术界关注的学术热点。林先生感觉这个问题非常重要，有必要对此发表自己的见解，他首先肯定王富仁先生文章的合理性，强调鲁迅小说在思想启蒙方面的贡献无论如何强调都不会过分，因为"鲁迅小说包含有思想革命的内容，这是鲁迅自己早就说过，许多人也早就指出的。所谓反封建的思想革命，王文指的是破除封建传统思想，清除它在人民群众中的影响。这在鲁迅的文章中，用的是启蒙主义的概念"①。随后，林先生用大量篇幅来纠正王富仁先生文章的偏颇，他说在传统研究框架中，学者一般认为"几千年来，农民被封建的经济剥削和政治压迫，被宗法制度、宗法思想、迷信观点以及农村的各种保守落后习惯层层束缚，不解脱这些束缚，农民是不可能彻底翻身的。而作为启蒙主义者的鲁迅最感痛心的是封建统治者对农民精神上的奴役，正是这种奴役造成了农民精神上的麻木状态或行动时的盲目性和自发性"②。由此可知，坚持传统研究体系的学者，大多不会孤立思考鲁迅的思想启蒙问题，而是对农民受到的政治、经济、文化等方面的压迫，进行综合反思，从而把思想启蒙与政治革命紧密联系起来。林先生认为，王文对鲁迅思想启蒙意义的阐发的确更加感人，而他的独出心裁之处是弱化政治革命主题："《呐喊》和《彷徨》不是从中国社会政治革命的角度，而是从中国反封建思想革命的角度来反映现实和表现现实的，它们首先是中国反封建思想革命的一面镜子。"③林先生对此并不认同，他认为，王富仁先生"这样论述的逻辑结果是：必须用思想革命的镜子来代替政治革命的镜子，才符合《呐喊》《彷徨》的'独特个性'，符合鲁迅'实际的思想追求和艺术追求'。这就把问题

---

① 林志浩：《关于〈呐喊〉〈彷徨〉的评论与争鸣——与王富仁同志商榷》，《鲁迅研究动态》，1987年第8期。

② 周扬：《周扬文集》（第二卷），人民文学出版社1985年版，第275页。

③ 王富仁：《〈呐喊〉〈彷徨〉综论》（博士学位论文摘要·上），《文学评论》，1985年第3期。

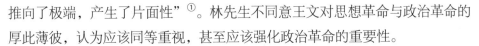

推向了极端，产生了片面性"①。林先生不同意王文对思想革命与政治革命的厚此薄彼，认为应该同等重视，甚至应该强化政治革命的重要性。

为论证鲁迅小说思想启蒙与政治革命愿望的有机统一，林先生博览群书，旁征博引，列举出大量学者的观点以及相关研究成果，还在鲁迅本人的作品中，搜集很多第一手资料，增强论证的说服力。比如林先生认为，鲁迅在文章中早已明确指出，思想启蒙的作用非常有限，政治革命在所难免，因为"大同的世界，怕一时未必到来，即使到来，像中国现在似的民族，也一定在大同的门外。所以我想，无论如何，总要改革才好。但改革最快的还是火与剑，孙中山奔波一世，而中国还是如此者，最大原因还在他没有党军，因此不能不迁就有武力的别人"②。鲁迅甚至认为，思想启蒙本身并非终极目的，最终目的还是发动群众参加社会革命，推动社会政治、经济、文化等方面全面发展进步。"我有时以为'宣传'是无效的，但细想起来，也不尽然，革命之前，第一个牺牲者我记得是史坚如，现在人们都不大知道了，在广东一定是记得的人较多罢，此后接连的有好几人，而爆发却在胡（湖）北，还是宣传的功劳：当时和袁世凯妥协，种下病根，其实却还是党人实力没有充实之故，所以鉴于前车，则此后的第一要图，还在充足实力，此外各种言动，只能稍作辅佐而已。"③林先生在引用以上这些鲁迅本人的言论之后，认为鲁迅显然并不是在孤立思考思想启蒙问题，"他是把思想革命，把宣传教育，把改革民族性，放在整个社会改革、政治革命的范围内来考虑的"④。从以上林先生参与学术争鸣的逻辑思路看，先生既对青年学者的研究予以充分尊重，又对其偏颇之处进行耐心细致的剖析，晓之以理，动之以情。不但如此，林先生对已成定论的文学研究体系，也同样大胆进行反省，提出学者一方面要继承传统文学批判的精

---

①　林志浩：《关于〈呐喊〉〈彷徨〉的评论与争鸣——与王富仁同志商榷》，《鲁迅研究动态》，1987年第8期。

②　鲁迅：《鲁迅全集》（编年版·第3卷·1925），人民文学出版社2014年版，第488页。

③　鲁迅：《鲁迅全集》（编年版·第3卷·1925），人民文学出版社2014年版，第492页。

④　林志浩：《关于〈呐喊〉〈彷徨〉的评论与争鸣——与王富仁同志商榷》，《鲁迅研究动态》，1987年第8期。

华，另一方面也要随着时代发展，针对现实问题做出比较科学合理的回应。

第三，重视文学的审美品格评价。林先生在众多学术论文中，对文学作品的审美风格做出过细致深刻的评价。比如在分析鲁迅小说和散文作品时，林先生对鲁迅在人物塑造方面显露出的独特艺术风格情有独钟，林先生认为，"白描"和"画龙点睛"，可以概括出鲁迅的独特手法。关于鲁迅对白描手法的实践效果，林先生说："它不仅真实，而且朴素。鲁迅从来不喜欢繁冗的描写和辞藻的堆砌，也不借助于曲折离奇的天性，他总是以平易近人的日常生活描写来展现人物的性格。"鲁迅的白描手法，虽然如此天然去雕饰，但作品的诱人魅力不减丝毫，其秘诀便是能够用"画龙点睛"手法，使描写做到入木三分，趣味盎然。"因为是白描，没有曲折的情节和细致的心理描写，也不用陪衬，而人物仍能突现出来，紧紧抓住读者，这就需要一种三笔两画描绘出人物性格的本领。鲁迅正是具有这种本领的作家。他最善于抓取人物的性格特征，以十分简练的笔墨准确生动地写出人物来，这就是'画龙点睛'，或者叫作'传神'的手法。"①林先生以鲁迅的很多作品为例，对其艺术手法进行分析，其中重点提到在《阿长与〈山海经〉》中，鲁迅对保姆长妈妈的精心刻画。对于这样一位非常普通的底层劳动人民代表，鲁迅采取先抑后扬手法，先描写她种种愚昧无知的细节，她"满肚子是麻烦的礼节"，什么"死了人、生了孩子的屋子里，不应该走进去""晒裤子用的竹竿底下，是万不可钻过去的"，除此之外，作为一个凡世俗人，她也"喜欢切切察察"，甚至在家里引起些小风波。睡觉也没有文明相："一到夏天，睡觉时她又伸开两脚两手，在床中间摆成一个'大'字，挤得我没有余地翻身……推她呢，不动；叫她呢，也不闻。"母亲劝说她注意睡相时，她虽然默默听着不说话，"但到夜里，我热得醒来的时候，却仍然看见满床摆着一个'大'字，一条臂膊还搁在我的颈子上。我想，这实在是无法可想了"。林先生评价以上描写说："这样简单的几笔，就把这个讲究颇多的，有点爱唠叨的、整日操劳的老妈妈写出来了。但我们却很难想象她是一个讨孩子喜欢的人物。"事情的转折点，在于鲁迅小时候曾经在别人家见到过绘图《山海经》，此后非常想看却苦苦找不到也买不

---

① 林志浩：《鲁迅散文中真实人物的描写》，《新闻业务》，1961年第5期。

到，于是便成为一个小孩子的心病，由于幼年鲁迅对此总是念念不忘难以释怀，连长妈妈也注意到，她问鲁迅什么是《山海经》，令人难以置信的事发生了："过了十多天，或者一个月罢，我还记得，是她告假回家以后的四五天，她穿着新的蓝布衣衫回来了，一见面，就将一包书递给我，高兴地说道：'哥儿，有画儿的三哼经，我给你买来了！'"幼年鲁迅本来以为她是一个不识字的粗人，根本不会买书，所以鲁迅在若干年后，描写自己的惊喜之情时说："我似乎遇着了一个霹雳，全体都震悚起来；赶紧去接过来，打开纸包，是四本小小的书，略略一翻，人面的兽，九头的蛇……果然都在内。"人到中年，鲁迅对此依然念念不忘，历历在目。林先生对此白描与画龙点睛综合使用的描写手法评价说："这是儿时的鲁迅所万料不到的。试想想，一个不识字的农村妇女，为了满足孩子的希望，要费怎样的心机才买到这么一部'三哼经'呢！通过这个细节，阿长关心孩子的热切心肠，和作为劳动妇女的淳朴善良的天性，便一下子突现出来，使我仍感到她就像自己的母亲一样慈爱可亲。在这里，一切都是平淡无奇的生活琐事，但没有一点是多余的，正是这些平淡无奇的琐事，写活了这个生活在封建社会里的朴实可亲的普通劳动妇女。"[①]鲁迅对这些艺术手段的熟练运用，还大量表现在纪念社会贤达和革命青年的文章中，比如《为了忘却的记念》《记念刘和珍君》《忆刘半农君》《关于太炎先生二三事》等文章。当然，强大的艺术感染力，显然不能停留在感人层面，而应该为主题服务，使文章不但感人肺腑，而且深入人心，影响深远。林先生认为这一点正是鲁迅作品艺术价值的灵魂所在："鲁迅关于真实人物的描写不愧是一面镜子，它反映出被纪念者的真实面目，反映出纪念者的思想与人格，也反映出历史时代的真实情况。读着这些文章，可以明白过去，砥砺未来；就像有一种声音在呼唤我们前进，有一种力量在鞭策我们向上。'文学是战斗的'！战斗的文学是不朽的。"[②]

从以上案例可知，林先生对鲁迅作品的评价，既重视思想内涵的解读，也强调对其艺术审美独创性的研究发微。这种研究思路使先生的学术论文不但

① 林志浩：《鲁迅散文中真实人物的描写》，《新闻业务》，1961年第5期。

② 林志浩：《鲁迅散文中真实人物的描写》，《新闻业务》，1961年第5期。

具备逻辑说服与审美感染的合力，而且还经常体现出独到的研究见解。比如在研究《狂人日记》时，林先生结合鲁迅的创作习惯与艺术风格，总结了作品的审美品格："《狂人日记》不是一般意义的小说，而是具有杂文（或抒情诗）的素质。它是用小说和杂文（或抒情诗）结合的方法写成的，实际上是小说和杂文（或谓小说和抒情诗）的结合体。"这种判断显然是在前人研究成果基础之上发展出的独到见解，虽然乍一看有点突兀，但仔细思考起来，却与鲁迅的表达习惯息息相关，血肉相连。林先生认为，《狂人日记》是一部思想与艺术完美结合的典范之作，"小说采用现实主义和浪漫主义相结合的创作方法，采用主观抒怀、发议论和一些象征手法，虽在形象描绘上，比起自然而然地流露思想倾向的手法略逊一筹，但是在这样有限的篇幅里，它比起单纯地采用现实主义方法，却能够更集中地表现作者所要表现的希望和激情，也达到了高度的历史概括和哲理概括的真实性"①。此外，关于现代派艺术手法对鲁迅创作的影响，林先生认为，西方现代派艺术在创新表现技巧与丰富观察角度方面，做出很多积极贡献，甚至因此对社会人生引发很多新思考，但其缺陷是当它走向极端以后，出现严重脱离社会现实，过分夸大神秘主义与唯美主义力量的不足。鲁迅的很多文艺作品却能够在借鉴其众多优点的同时，又巧妙避免受其负面影响。林先生认为，鲁迅在小说与散文诗中，大量借鉴象征主义的表现技巧，为形成自己独特的写作风格打好了基础。比如小说《药》，明显学习了安特莱夫作品《齿痛》和《默》的表达技巧，《长明灯》《白光》《肥皂》《弟兄》等作品中，有很多对主人公潜意识心理，以及受潜意识支配的下意识行为语言的描写，这些观察角度与描写视角，无疑受到弗洛伊德精神分析学说的深刻影响。林先生又特别借用《肥皂》为例，赞赏鲁迅"借两块肥皂'咯吱咯吱'遍身洗一洗的描写，形象地揭露了道学家四铭潜意识里，对街头行乞孝女的邪念，就是用精神分析法，为现实主义创作服务"。另外如《好的故事》《影的告别》《求乞者》《狗的驳诘》《墓揭文》《死后》《死火》《腊叶》等文章，它们所反映的内容虽然来自现实生活，但是作者并没有对之进行现实主义描绘，而是综合使用"暗示、隐喻、烘托、通感等"艺术手段，通过塑造

---

① 林志浩：《对〈狂人日记〉创作方法问题的争鸣》，《文艺争鸣》，1986年第5期。

生动的象征形象，来表达人物思想与情感，使作品表现出"神秘幽深"的审美趣味。林先生对此概括说："《野草》通过大量的梦境和幻觉的描写，把个人的情绪和感触，化为象征性的形象，从而异彩纷呈地创造出许多象征主义的画面和意境。"①

附：林志浩的主要学术成果

主要著作

1. 《鲁迅传》，北京出版社1981年出版。

2. 《鲁迅研究》（上下册），中国人民大学出版社分别于1986年和1988年出版。该书获北京市哲学社会科学优秀成果一等奖（1991年）。

3. 《中国现代文学史》（上下册），中国人民大学出版社1980年出版，1985年修订再版。

4. 《中国现代文学作品选讲》（上下册），高等教育出版社1987年出版，1994年修订再版。

5. 《新文化运动的先驱鲁迅》，山西人民出版社1986年出版。

6. 《鲁迅杂文选讲》，高等教育出版社1992年出版。

7. 《何其芳散文选》，天津百花出版社1986年出版。

主要论文

1. 《"狂人日记"——五四新文学运动的"宣言书"》，《教学与研究》，1959年第5期。

2. 《对"试论五四新文学的反帝国主义性质"一文的几点意见》，《教学与研究》，1961年第2期。

3. 《鲁迅散文中真实人物的描写》，《新闻业务》，1961年第5期。

4. 《工农兵方向在现代文学史上的伟大意义——纪念〈在延安文艺座谈会上的讲话〉发表二十周年》，《教学与研究》，1962年第3期。

---

① 林志浩：《对〈狂人日记〉创作方法问题的争鸣》，《文艺争鸣》，1986年第5期。

5. 《不要曲解鲁迅作品来为鬼戏辩护》，《戏剧报》，1964年第3期。

6. 《批判"四人帮"发动的围攻歌剧〈白毛女〉的谬论》，《文学评论》，1978年第2期。

7. 《通达彼岸的"桥梁"——评〈《鲁迅杂感选集》序言〉》，《社会科学战线》，1979年第8期。

8. 《关于鲁迅若干作品的考订》，《中国现代文学研究丛刊》，1980年第1期。

9. 《痛"椒焚桂折"，斥"为王前驱"——鲁迅在一九三一年》，《中国现代文学研究丛刊》，1981年第1期。

10. 《坚持能动的革命的反映论——重新学习〈在延安文艺座谈会上的讲话〉》，《中国现代文学研究丛刊》，1982年第3期。

11. 《谈〈故乡〉的主题思想——与安永兴同志商榷》《中国现代文学研究丛刊》，1982年第4期。

12. 《必须正确引用和解释权威性言论》，《中国现代文学研究丛刊》，1983年第4期。

13. 《关于五四文学革命指导思想问题的商榷》，《文艺研究》，1984年第1期。

14. 《关于左联对"自由人"与"第三种人"论争中的几个问题》，《中国现代文学研究丛刊》，1985年第2期。

15. 《从〈摩罗诗力说〉〈域外小说集〉看鲁迅早年的文艺思想》，《鲁迅研究动态》，1986年第2期。

16. 《对〈狂人日记〉创作方法问题的争鸣》，《文艺争鸣》，1986年第5期。

17. 《鲁迅与严复〈天演论〉》，《鲁迅研究动态》，1986年第8期。

18. 《论鲁迅与严复的中外文化观》，《北京社会科学》，1986年第3期。

19. 《五四以后鲁迅的唯物主义文艺思想》，《河北学刊》，1986年第5期。

20. 《评〈鲁迅论孔子〉》，《中国人民大学学报》，1987年第1期。

21. 《对一种"新论"的质疑》，《鲁迅研究动态》，1987年第6期。

22. 《关于〈呐喊〉〈彷徨〉的评论与争鸣——与王富仁同志商榷》，《鲁迅研究动态》，1987年第8期。

23. 《鲁迅与现代主义、象征主义》，《社会科学辑刊》，1988年第2期。

24. 《谈鲁迅与几位文化名人的论争》，《鲁迅研究动态》，1988年第7期。

25. 《在全国鲁迅研究教学研讨会闭幕式上的发言》，《鲁迅研究动态》，1988年第8期。

26. 《评鲁迅与陈源的论争》，《齐齐哈尔师范学院学报》（哲学社会科学版），1988年第4期。

27. 《鲁迅小说艺术风格的主要特征》，《河北学刊》，1988年第5期。

28. 《革命传统与鲁迅研究》，《鲁迅研究动态》，1989年第Z1期。

29. 《〈鲁迅作品词典〉序》，《鲁迅研究月刊》，1990年第4期。

30. 《重写文学史要端正指导思想》，《中国现代文学研究丛刊》，1990年第4期。

31. 《纪念一个殉道者》，《中国现代文学研究丛刊》，1990年第4期。

32. 《鲁迅作品艺术（三题）——纪念鲁迅诞生110周年》，《北方工业大学学报》，1991年第2期。

33. 《〈鲁迅传〉增订后记》，《中国现代文学研究丛刊》，1991年第3期。

34. 《坚持鲁迅研究的正确方向——纪念鲁迅诞辰110周年》，《北方工业大学学报》，1991年第4期。

35. 《评鲁迅研究中的几个问题》，《鲁迅研究月刊》，1992年第2期。

36. 《鲁迅研究中的两个问题》，《北方工业大学学报》，1992年第4期。

第二章

黄修己的文学研究

黄修己先生在其治学生涯当中，曾参与编写"北大试用本""九院校本""唐弢主编本"等几个版本的《中国现代文学史》，独立编写的就有《中国现代文学简史》《中国现代文学发展史》《中国新文学史编纂史》三大本。毋庸置疑，最引人注目的首推他对中国现代文学史研究做出的贡献，除此之外，赵树理研究也是黄修己治学的另一大成就所在。黄修己不仅开风气之先，先后出版了富有创新性和前瞻性的《赵树理评传》和《赵树理研究》，并且紧跟研究现状，从研究者的身份出发，来审视、评判这些涌现的研究成果，厘清各自的贡献和局限，《不平坦的路——赵树理研究之研究》就是这些思考的结晶。本章试从黄修己文学史编写的独特性、文学史及文学批评方法论的独特性和赵树理研究的独特性这三个方面来分析黄修己的治学特色。

第一节　新编中国现代文学史

一、文学史编写的"人性"观

　　黄修己在文学史的编纂过程中一直奉行以"人性"衡量文学价值，他的这种文学史评价标准承自五四时期周作人所提出的"人的文学"的观念。在"文学即人学"的新参照理论的指导下，不仅重新阐释了一大批文学作品，将它们置于新的审美规范之下，使其获得重新解释的可能，并将其放置到一个更为客观和符合人性自然发展的角度去审视和分析，冲破了二元固化思维中"阶级性"与"人性"的对峙，将二者融为一体，从人性角度来厘清其中的缠绕关系，认为人类进入阶级社会后，思想感情带有阶级性，因此文学当然也带有阶级性，这可以说是具有独立性的文学史精神。

　　而这种以"人性"为主要评价标准的文学批评观念在他的文学史编纂、修订、重版当中得以发展和稳定，成为黄修己文学史论著的鲜明特色。在《中国现代文学发展史》一书中，我们可以看到"人的文学"的审美标准始终贯穿在黄修己文学史的撰写当中。他不仅关注到了"人本主义"的文学创作所出现的审美要素，也注意到了"人性"的文学所出现的文本的变异性和异质性，这种纷繁复杂的性质也构成了黄本现代文学史中多元、丰富的文学景观。这样的文学性解读，延续了自五四起的"平民文学""为人生""个性解放"的人本诉求，将"历史现场"与历史的解读相联系，是对五四精神的文学史承续，也是对"人性"的文学的坚持和忠诚。

这种以"人性观"为主的文学史编写标准和审美要求在黄修己思想的不断深化之中，逐渐内化为一个自觉的文学理论的审美框架，它包容了30年来现代文学的各种不同的文学形态，能够卓有成效地解释历史发展的脉络和潜流。就《中国现代文学发展史》一书而言，不论是对不同时期现代文学中具有不同发展动向的具体作家作品的梳理，还是对其中的论争（如对于梁实秋文论的看法解析），左翼文学的"拨乱反正"（对于阶级性明显的作品重新作出评判，进而厘清阶级性与人性的不同关系），一般被评论家所忽视的通俗文学中所体现的"人性精神"，对抗战文学中混乱的局面进行的富有条理、线索清晰的梳理和界定、评价等，都是在"人性文学"的理论框架之内进行的阐发和解释。不仅如此，他还根据"人的文学"的主要思想特征对现代文学发展进程中的部分作品和思潮进行了反思和批评。

这种思想归根结底是受到了王瑶先生的影响。王瑶在评述现代文学史编写的发展时，提出"长期以来，我们的文学史研究始终停留在作家作品论的汇编的水平上，其中一个原因，就在于对文学史这门学科的性质缺乏明确的认识。……现代文学史作为一门学科，它既属于文艺科学，又属于历史科学，它兼有文艺学和历史学两面的性质和特征"[1]。可以说，在一定程度上，黄修己对现代文学史的撰写既尊重历史，又重视文学理论对文学史书写的作用，突破阐释的单向性，在忠于史实的前提下，注入研究者的自我思考和自主意识，达到对于文学史忠实与超越并存的境界。

这种阐释方法也是黄修己在撰写现代文学史编纂史的过程中通过对比、总结、反思之后所形成的结晶，是经过了多方比较之后的产物。以"人性论"

---

① 王瑶：《中国现代文学研究的历史和现状》，《华中师范大学学报》（哲学社会科学版），1986年第3期。

作为理论框架来审视现代文学的发展，也打破了固有的研究范式——以"进化论"为主导的对现代文学发展图景的描绘。单向激进的进化论思维有厚今薄古之嫌，而对于历史本身来说，这也是一种人为的主观判定，把历史的本来面目简单化、一元化处理。在另一个方面，也忽视了文学自身的独立性，即审美的价值，文学一旦丧失了审美，也就自动落入工具论的价值观当中，无法获得自身的文学品格。

二、百年文学的完整性实践

2004年，黄修己主编了《20世纪中国文学史》上下两卷，旨在整体论述20世纪中国百年文学的发展演变，将近代文学、现代文学、当代文学的障壁打通，以统一的概念来论述20世纪的中国文学。在这百年中，社会革命改变了文学的基本格局，三种文学潮流开始交替出现。在他的论述中，启蒙文学、革命文学和市民文学三条线索此起彼伏，显示出混杂共生的多元局面。

启蒙文学和革命文学一直为主流文学史家所喜爱，论述数量卷帙浩繁，黄修己在这部文学史中，给予市民文学极大的关注，并进行了细致梳理，而这也是这部文学史的独特之处。黄修己在20世纪的时间跨度上勾画了市民文学的发展、变化轨迹。20世纪初，梁启超首次提出"新小说"，将小说的功用提到了政治的高度，"欲新一国之民，不得不先新一国之小说"。在这种环境之下，首先发展起来的是市民文学，促进这种文学发展的是报刊的风行，一时之间，市民文学成了人们消遣的重要方式，小说地位也开始得到了提升。在五四时期，这一类文学就被当作是"旧派文学""俗文学"，受到歧视，很长一段时间里发展式微，甚至被禁止、取消。市民文学在中国大陆无法发展，转而在台湾、香港寻觅发展土壤，一时之间金庸、琼瑶等作家的作品发展兴盛起来。改革开放之后，这种文类在大陆（内地）疯狂扩展，人们也不得不重新正视和承认市民文学。黄修己也辟专章专节来对20世纪通俗文学进行论述和分析，针对金庸、张恨水两位作家开辟专节进行讨论。支撑黄修己不断发掘市民文学的是他所秉承的"人性观"，重新发掘市民文学，并为其勾画出发展脉络与历史线索，也是黄修己在《20世纪中国文学史》中所取得的一大独特成就。除了对市民文学的发掘和重视，黄本还引入了"20世纪少数民族文学""台湾文学""香港澳门文学"等专章论述，改变了以往主流文学史以汉民族文学独大、以大陆（内地）文学概括中国文学的局面，观照到少数民族文学与台港澳文学的发展。少数民族文学与台港澳文学一样，在20世纪的历史进程中经历着与主流文学不同但也充满变化的独特历程。针对少数民族文学的发展，还将其分为"世纪初的少数民族文学""辛亥革命后的少数民族文学""共和国文学的重要组成部分"三个阶段分别进行探析，采取了与汉民族文学一致的时间划分，将各个时段的文学发展与社会发展相互联系，对重要作家作品进行了列举与分析。

对于文学史的一统性论述不仅揭示了被学界遮蔽的少数民族文学和台港澳文学，通过在附注当中增添"'五四'后中华诗词发展概述"与"20世纪中国戏曲发展概述"，黄修己还将以往几乎没有被主流文学史家所注意的旧体诗词和戏曲也列入了文学史的论述范畴之中。用黄修己自己的话说："如果热衷于追求纯粹、单一的模式，便很难描述20世纪中国文学的真实、全面的面貌。而长期以来我们的文学史编写，恰恰是单一化的。"他认为症结的表现就在于"我们只写主导的文学潮流，看不到大量非主导的文学成分；我们只注意汉族文学，而不注意各少数民族文学的状况；我们只承认中心地区的文学，忽视边缘的同样有历史意义和艺术价值的文学；我们只看重最先锋的、最现代的文学，不承认实际还大量存在的优秀的旧形式的文学。如果不纠正这些片面性，就难以突破原有的局限，全面描述我国的现代文学"①。将旧体诗词也一并纳入百年文学的发展史当中，这是黄修己对于以往文学史阐释体系的一大思考和改进，避免了激进主义的思维模式，将新旧相连，清扫了单向发展的思维困境，同时又避免了一般文学史编纂仅仅依靠历时性描述的特质，将同一时空中不同区域、不同范围乃至不同发展程度的文学景观一一纳入文学史的叙述框架当中，从历时性和共时性两个层面更为立体、更具穿透性地审视时代文学的发展，更为冷静客观地勾画出潜在的发展流脉，贴近历史现场，避免了将历史简单化和单一化的问题。

《20世纪中国文学史》的上卷主要论述现代文学的发生、发展，下卷论述当代文学。上卷主要分为三个重要文学发展阶段："前五四文学""启蒙文

---

① 黄修己主编：《20世纪中国文学史》（上），中山大学出版社2004年版，第12页。

学"和"共和国文学","前五四"时期的文学主要对五四文学的历史渊源进行了回溯性梳理,从社会转型到文学变革,逐渐跨向了现代文学之门,在第一个十年的发展之后,文学革命很快走向了革命的文学,"阶级性"开始抬头,文学围绕着"阶级性"和"人性"展开了论争。除文学发展脉络和文学论争之外,黄本十分注重作家作品的研究,上卷的后五章中还对鲁迅的作品,对新诗、小说、散文、话剧的发展及代表作家、作品进行了论述。黄修己的文学史指向性非常明显,因为他有着长期教学的实践,深刻地了解在教学过程当中学生的需求和对于老师的要求,在多年的历史写作经验和教学经验的相互作用之下,理论的建设和深度的反思更有效地指导了写作的深入。

三、实践与反思相结合

黄修己的文学史贡献还在于他对自己的编写工作、对同行甚至历史上的现代文学史编纂工作进行的回溯、总结和反思。在吸收他人经验和教训的过程当中,他逐渐形成自己的价值观和创作宗旨,并以此指导实践,不断修正、更新自己的观念,由他主笔或主编的文学史作品不断涌现,保持着良好的创作活力,也是他不断突破自我的一个力证。

从《中国现代文学发展史》到《20世纪中国文学史》,可以看出,黄修己一直在努力改变。他谈道:"'编史'的面貌起变化,一般说来出于两方面的原因。一是发现了新的史料(如考古的发现、新资料的发现等),纠正了原先对某一历史面貌的认识。二是史实不变,但对它的阐释变了。"[1]这是黄修己对现代文学的历史阐释发生的变化所作出的一个总结。在他的编史工作中,受到价值观阐释引导所发生的变化在前期并不明显,但是新史料和新资料的出现不断冲击着已成定论的文学史编纂成果,而从黄修己的实践当中,我们可以看到他不断完善编史工作的努力。首先,从"现代文学"到"20世纪文学"的命名改变就表现出了黄修己自身对于编史工作要求的变化:"我们现在编的20世纪文学史,跨越、包容这三个阶段(近代文学、现代文学、当代文学)。一个世纪在时间上是一个段落,却不一定在文学发展上也是一个段落。但仅就中国

---

① 黄修己:《论中国现代文学史的阐释体系》,《学术研究》,2007年第8期。

文学而言，20世纪这一个百年，大致上具有过程的完整性。"①在这里，他突破了以往学界在研究方法上一直将现代文学与近代文学、当代文学分别论述、割裂开来的研究思路和惯性，将其统一于20世纪百年文学的大背景当中，原因在于20世纪刚刚过去，我们对它不仅有着怀旧式的热情，更想要从一个更为系统、整体、宏观的角度去考量和看待这一历史阶段的文学景观。这种尝试不仅在黄修己这里得到了实践，也在学界当中引起反响和良性讨论，并出现了一系列的百年文学史的论著。2000年，台北的文史哲出版社出版了一套由朱栋霖、丁帆、朱晓进主编的《二十世纪中国文学史》。在这部文学史论著当中，编者们将近代文学纳入现代文学的准备阶段："19世纪末到1917年，大张旗鼓的文学革命兴起前的近20年，是中国文学现代化的发生期，有了这个现代化发生期的基础，才有了五四后30年文学在现代化道路上的迅速发展。"②该书肯定19世纪末文学发展为现代文学所作的贡献，并称其为"现代文学的起点"。2004年由生活·读书·新知三联书店出版，李平、陈林群编纂的《20世纪中国文学》再次秉承这一文学理念，论者将20世纪中国文学的发展定义为"从'启蒙文学'到'文学启蒙'的过程"，并由此来表现"文学不断地介入社会生活，并反映社会变革的过程"③。2013年出版的由丁帆主编的《中国新文学史》，同样以百年中国文学为论述焦点，将民国元年作为中国新文学的起点，体现了共通的文学史分期理念。同时期编著的与上述论著命名类似的文学史作品不胜枚举，比如严家炎主编的《二十世纪中国文学史》（高等教育出版社，2010年）。而于21世纪初这一时间节点（新世纪的开端）对20世纪进行一个总结和回溯，在当时的学界已然成为了较为普遍的共识。很明显，黄修己也认识到了这一点，在对学界进行了批判性反思和"拿来主义"式的吸收后，他将理论认识纷纷运用到《二十世纪中国文学史》的编纂上。

这种理论认识不仅体现在命名上的变化和命名背后重写文学史的努力，

---

① 黄修己主编：《20世纪中国文学史》（上），中山大学出版社2004年版，第2页。

② 朱栋霖、丁帆、朱晓进主编：《二十世纪中国文学史》，文史哲出版社2000年版，第1页。

③ 李平、陈林群：《20世纪中国文学》，生活·读书·新知三联书店2004年版，第1页。

还体现在对不断发展的文学史所持有的批判思维。如黄修己自己所言："中国现代文学史的编纂在30多年的过程中经历了回到《新民主主义论》、突破《新民主主义论》、'重写文学史'讨论、建构'20世纪中国文学史'这样四个回合。"①在这篇文章当中，黄修己分析了现代文学史的编纂随着不同时代价值观的变化而变化的过程，这也是现代文学的一个发展特点，受到社会变革的强烈驱动而发生变化，从而得以发展，当然，这当中也包含了编者自身的主观眼光、审美趋向、文学理念，但在整体上受制于主流的时代价值观。所以说，黄修己是站在文学史发展的一个宏观视角上，整理揭清文学史发展的流脉和具体表现，分析这些文学史作品产生的原因，在这个基础之上以批判性的眼光和思维，用微观的分析方法透视文学史发展的得失。他在论述的过程当中，还加入了自己的思考和建设性的看法，这与他作为文学史编纂者的身份和使命感分不开，在反思文学史的发展当中，他也带入了这种在"写得如何"后面所自然引发的"应当如何写"的见解与思考。在文章的后半部分，黄修己着重探讨了基于现代文学史发展的一些问题，给予了有建设性的意见和看法，通过举例的方式，讨论了诸如少数民族文学的入史问题、文学史研究的双线结合、文学史中旧体诗词的研究、台港澳文学的研究、戏曲的研究等，这些问题的探讨为文学史的发展提供了宝贵的前进思路。在谈到现代文学史版图的扩大时，黄修己认为这种趋势有着必然性、合理性，但同时也存在着一些问题和陷阱，即与传统的关系必须审慎处理。对传统的摒弃和抨击是从五四一代就秉承的单向一元的激进路线，但是在文学史的研究当中，必须清理这一过于激进的思想，因为传统当中本身就包含着"保守性"和"变异性"，具体说来，黄修己认为"中国传统文学千百年来就一直在变化中。作为后发现代化国家的传统文学，受到现代化浪潮冲击，更要在思想上、艺术上作出调整，以适应现代人的审美情趣，以获得新时代的认可"②。这种传统文学一部分改变了形式，直接转向新文学，一部分保持旧有的文学形式，但包含的却是现代性的内容和精神。这

---

① 黄修己：《中国现代文学史编纂创新的点、线、面、体》，《山东师范大学学报》（人文社会科学版），2013年第1期。

② 黄修己：《中国现代文学史编纂创新的点、线、面、体》，《山东师范大学学报》（人文社会科学版），2013年第1期。

种传统文学不容忽视的原因在于：一方面，我们在讨论新文学时必须"关注它对民族文化传统的自觉继承，以及它以'传统'反'传统'的运作策略，而不是刻意阐释它与西方现代文学之间的必然关联"①；另一方面，如果忽略掉传统文化当中及时适应社会、适应现代性的那一部分，现代文学的发展版图将会大大受限，形成难以摆脱的片面性。在此基础之上，黄修己重视传统文学的精华部分，将古戏曲、旧体诗词的研究也纳入现代文学的研究版图之中，从多维度、多方面来丰富现代文学史这个复杂的"体"的本来面貌。

《中国新文学史编纂史》是黄修己对于编纂史所作贡献之大成，该书回顾、评论了新文学史的编纂情况，总结了经验、教训，对其中出现的问题进行了反思，究其根本，追求"什么才是好的历史"指向了对于新文学史编纂工作的最终的认识和思考，在黄修己著书的那个时代，历史学家越来越热衷于抛弃掉以往将历史作为客体进行描述的治学理路，而开始注重对于历史主体的阐发，于是历史学家的主观性大大增强，历史走向以主观阐释为主的道路，这种思想在黄修己这本书中得以体现，并贯穿了黄修己当时在著书立说时的总体思路。在对以往的新文学编纂史进行回顾的过程中，黄修己不仅关注到新文学史的撰写及其不足之处，还将聚焦点放在了关于新文学研究的一些演讲、大学课程的讲稿、教学大纲等文学实践上，这种全面的关注不仅考虑到了时代精神在新文学研究各方面的体现，有助于总体反映新文学史的建设成效和具体风貌，还留意到新文学研究对于新文学学科建设的助推，并且两者的双向良性互动作用形成了一个动态的研究场域。

而在总结新文学史编纂的过程当中，黄修己不仅冷静翔实地陈述、概括这一历史，同时不忘记对其进行反思和总结。全书一共分为"1949年以前""1949年以后""七十年的沉思"三个部分，其中"七十年的沉思"这一编又分五个章节来讨论上述编纂史的问题和发展趋向，总结、归纳为"回顾和展望""新文学编纂与政治""史学主体和史学客体""有关编纂学的问题""研究队伍的素养问题"这几个问题，黄修己在这些主题、关键词下开展自己的思考，并由此生发出关于新文学编纂史发展前景的探讨和建设意见。其

---

① 宋剑华：《新文学对传统文化的批判和承续》，《中国社会科学》，2014年第11期。

立足点服务于"什么才是优秀的新文学史著",并通过吸收、总结新文学史出现以来的编纂史,得出符合优秀史学著作标准的"体、魂、形、衣"的共同特性,即提出未来新文学史著的发展方向和目标。这种发展方向和目标并不是一成不变的,它会随着理论的不断发展而有所变化,而这种变化则是以黄修己为代表的研究者们共同提炼、总结甚至是建构的,也就是说,尽管历史观方法论在现在的社会历史学家们的研究当中开始显现出日新月异的态势,许多"历史"面临被解构的危险,更别说是历史著述了,但是黄修己基于具体历史前提的分析和概括都是通过细密梳理、谨慎治学后的成果,其对于历史观的见解不管是否具有超前性、普遍性,都代表了当时的社会环境和历史语境下史学研究者对于研究现状的不满和对未来发展的憧憬,是新文学史学研究进步的一大基石。

　　而在对史学的反思当中,黄修己也在学习、思考、摸索新文学编纂史所能借鉴的经验,并积极将这些经验应用到自己的史学著述当中。从《中国现代文学简史》《中国现代文学发展史》到《20世纪中国文学史》的出现,可以看到黄修己在反思基础之上的不断探索和积极实践。通过反思,在前人经验成果的基础之上,取长补短,升华和丰沛理论素养;通过实践将这种反思很好地应用起来,并不断提出新的看法和主张,也在一定程度上提升了对于理论的要求,检验了理论的合理性,发展了新文学史著述的理论意识,深化了认识深度。这种实践与反思不断交替的良性循环也成为黄修己文学史研究的独特与可贵之处。在这种不断循环的反思—实践—反思的动态发展过程当中,我们能够看到黄修己不断地突破自我的努力和进取之心。

第二节　新的研究视野和方法论

一、对于现代文学史的基本要求:史论合一

　　在黄修己的文学史研究当中,无论是他对文学史作品的评价标准,还是他在撰写文学史时所坚持的价值尺度,都体现出一个核心要求——史论合一。

　　黄修己认为,新文学史家对于历史客体的总体观念支配着编纂工作的各个关节,关系到对整个新文学史的总评价,当然会影响一部书的全貌。黄修

己在形成自身文学史观的过程当中，对前人风貌各异的文学史观加以批判和吸收，即所谓"先破后立"是也。

由于受制于各个时期不同的哲学思潮、理论思潮和社会意识形态价值观的影响，不同时期的新文学史观也呈现出不同的面孔，黄修己分析了四种不同历史条件下所产生的文学史观：进化论的文学史观、阶级文学史观、新民主主义革命的文学史观、20世纪文学史观，并对其产生环境、原因、内容、表现逐一进行分析和论述。黄修己掌握了大量的论证资料，并在论述时信手拈来，比如在论证进化论的文学史观时就以胡适的《五十年来中国之文学》为例，阐释胡适以革命的历史进化论来分析新文学的开端和发起，受此影响的研究著作包括王哲甫的《中国新文学运动史》、陈子展的《中国近代文学之变迁》，这些以历史进化论为主的观念直接以单向的线性思路来评判文学，忽略了历史的复杂性和丰富性，满足于革命话语下主体对于历史前进的乐观和希望，认为新文学必定优于旧文学，文学的进步与时代的发展一定呈正相关的关系，这种思路是黄修己所不认同的；而阶级论、新民主主义文学史观则以相同的服务于主流意识形态的目的，推扬文学是作为工具附属于主流价值观的，没有将文学放在本体论的位置，文学也丧失了独立的品格。黄修己在看到这种大的趋势之外，还关注到不同时期的文学史观对当时的文学史研究所起到的有限的积极作用，比如阶级论较之于进化论较为优势的一点在于阶级论的史家在运用这一观点的时候，"增强了对新文学历史的说明、阐释能力"[1]，而进化论"未能够说明历史事件与文学发展的关系"[2]，因此"无法揭示历史发展的必然性，无法估计各文学运动的意义，评价它们的贡献与局限"[3]。接着，他对新民主主义文学史观进行了讨论，认为"这是迄今为止影响最大，目前仍起主导作用的新文学史观"[4]。这种史观的理论基础在于"一定的文化是一定社会的政治和经济在观念形态上面的反映"[5]，"新文化则是在观念形态上反映新政治和新经

---

① 黄修己：《中国新文学史编纂史》，北京大学出版社2007年版，第509页。
② 黄修己：《中国新文学史编纂史》，北京大学出版社2007年版，第510页。
③ 黄修己：《中国新文学史编纂史》，北京大学出版社2007年版，第510页。
④ 黄修己：《中国新文学史编纂史》，北京大学出版社2007年版，第510页。
⑤ 毛泽东：《新民主主义论》，人民出版社1940年版，第43页。

济的东西，是替新政治新经济服务的"①。尽管学界对此种史观的评价褒贬不一，但黄修己认为"大家至今仍在这种新文学史观里面打转"②。

值得注意的是第四种文学史观的出现，即"20世纪中国文学史观"。它是对新民主主义文学史观的一次突破和尝试，代表人物有黄子平、钱理群、陈平原，他们希望通过这种文学史观改变新文学研究的格局，将近代、现代、当代的文学障壁打通，从整体的立场上来观照文学的发展和复杂的嬗变过程，并且意图达到将中国文学与世界文学相联系的使命。黄修己认为："20世纪中国文学"的提出"从审美和思维艺术特征上对新文学的考察，也都有助于改变仅从文学与政治革命的单一角度观照新文学的狭窄性"③，是值得肯定的，但是这种做法也会遇到很多的难题和阻碍，需要新方法、新理论的支撑。黄修己也在作这方面的探索，其主编的《20世纪中国文学史》就是很好的例证。

在探讨新文学史观的发展困境时，黄修己提出了自己的看法：第一，从视野入手，扩大研究视野，对于研究者来说，这种视野的扩大主要从时间和空间两个维度展开。时间上的视野，黄修己引用了法国年鉴学派的理论，即"把历史运动的层次分为长短中三个时段"，根据历史事件对于历史现实影响的轻重缓急和影响深远程度进行划分，而这种划分在黄修己看来，"在时间上眼界、视野都是比较开阔的"。这样的理论支撑之下的研究才不会造成历史与现实的脱轨与断裂。而空间的视野则是指"研究与文学发展有关系的横断面空间有多广"④。在这里，黄修己推崇历史学家汤因比的《历史研究》，这本书的创作理念就横跨了时间和空间两大范畴，对历史的梳理做了历时性和共时性的研究，而划分的依据也并非单纯以地区、自然环境为主，而是对其中表现出的各异的文化形态进行区分和界别。而应用到新文学史的研究当中，则以"京派"和"海派"文学的对立为例证，进行阐述。而黄修己也认为"对各个时期各个地区的新文学，都可以再下功夫，扩展视野，以深入审视之"。这种尝试，会开辟出更多新的"处女地"、更多的研究空间和领域，冲击新文学史的

①　毛泽东：《新民主主义论》，人民出版社1940年版，第43页。
②　黄修己：《中国新文学史编纂史》，北京大学出版社2007年版，第511页。
③　黄修己：《中国新文学史编纂史》，北京大学出版社2007年版，第514页。
④　黄修己：《中国新文学史编纂史》，北京大学出版社2007年版，第517页。

研究格局。"视角的开辟、视野的扩展，说明史学主体的巨大能动作用，这种作用还没有被充分发挥，主体的潜力还有待进一步释放"，黄修己强调在尊重客体的前提之下对主体的释放，对主体研究能力提出了更高的要求，这种新文学史观是在充分尊重客体、历史事实的基础之上，不断地挖掘、发现新材料和新史实，在暂时①被既定的"历史"面前，发挥历史研究者的主体性，运用新方法、新观点，对历史做一个"立体"式的返观和阐释。

由此观之，黄修己对于新文学史的研究评价是富有科学性和综合性的，他不仅对其存在的缺点有所批判，还对其所取得的进步和做出的贡献予以肯定和继承，这种批判性的吸收很好地反映了黄修己治学的全面性和深刻性，也被吸收进了黄修己的史学编纂工作当中。

"史论合一"的思想是黄修己在反思新文学史的编纂过程当中所提出的设想和讨论，他认为在文学史的编纂当中必须要求"史"与"论"的相互结合，并对主客体如何结合、研究者应当选取何种路径进行切入、如何扩大自身的研究视野等问题进行探讨。除此之外，黄修己在自身的编纂实践当中也躬行着这一"史论合一"的思想特色。在文学史的研究上，黄修己十分重视史料的作用，曾多次说道："历史研究的第一步，就是要把历史事实弄清楚，史实是历史研究的第一要素；所以翔实是评价历史著作的第一标准。"而"史学方法论讲史料的重要性，它的搜集、考订、使用，都是为了真实地再现历史的本来面目"②。这种作风是"现代文学研究界第二代学者的实证学风，他运用实证方法做学问"③。这一点体现在善于发现新史料、热衷于阅读旧报刊，以及进行田野调查等方面。他认为"我们强调史料的意义，强调史料在研究中的重要性，当然是为了坚持唯物主义的思想路线，也是为了引出科学的理论，使理论以坚实的事实为基础和根据。重视史料绝不意味着可以轻视理论，绝不是认为

---

①　笔者在这里使用"暂时"的"历史"旨在说明，不同的历史观之下"历史"有着不同形态，比如洪子诚就坚决不赞成"历史是凝固的"（可见《问题与方法》），而在这里，沿用黄修己在《中国新文学史编纂史》一书中的历史观，并加以限定，即在一个封闭的时空内，所能发现的"历史"资料，是一种"暂时"的"凝固性""历史"。

②　黄修己：《文学史的史学品格》，《中国现代文学研究丛刊》，1991年第3期。

③　刘卫国：《雄辩与实证的交融——黄修己先生的治学特色》，《中国现代文学研究丛刊》，2015年第3期。

理论不重要，相反地，应该把理论的创造作为科学研究的最终目的"①。无论是在著述上，还是在批评上，黄修己都坚持使用第一手的史料，通过引用翔实、丰富的史实尽量靠近历史的本来面目，比如《中国新文学史编纂史》一书，就引用了五六十本文学史作品，并且在这当中还包括了学科大纲、刊载于报刊的文学史著述，樊骏称其"在史料的搜集和应用方面达到了'竭泽而渔'的地步"②。而有了翔实的史料，掌握了大量的叙述资料之后，考验的便是历史学家的功力了，黄修己认为："历史编纂学也要研究史实的剪裁、铺排、搭架子等学问。如何通过史学家之手，在有限的篇幅中展现历史丰富多彩的面貌，既能保持历史的具体生动的面目，并可从中透视历史的发展规律，不因剪裁而伤筋动骨，孤寡乏味，又要文简意赅，画面集中清晰，事例选择运用得当，而不是杂乱堆砌。"这就是史学家在"论"方面所应下的功夫，黄修己注重史论合一，便是这个道理，偏废其中任何一方，文学史研究都不能产出优秀的作品，"史学品格"也难以得到彰显。黄修己认为在今天这个"看重人的主体作用，重视人的主体性的时代"，重视史料尤为难得，所以愈见其珍贵。

二、对于研究历史的回顾、整理和对研究现状的分析、批评、建设

除了对现代文学史的编纂工作提出批评、要求以外，黄修己还对学界发展动态保持密切关注，时刻掌握着最新的研究资料和研究方向，这种关注和思考使他对文学史上的历时性研究成果十分熟稔，而对于研究现状的关注又令他能够与时俱进地看待文学史的发展和演变轨迹，并有针对性地思考、探讨文学史研究的历史和现状问题，这是对于现代文学史研究的整理、总结和思考。

黄修己认为："中国现代文学研究，经过70年代末的拨乱反正、80年代的解放思想，发生了剧烈的变革。"③而90年代经过扎实的沉淀，成为一个充满学理性、学科意识逐渐成熟的时代，为迈入21世纪的中国现代文学研究提供了

---

① 转引自刘卫国：《雄辩与实证的交融——黄修己先生的治学特色》，《中国现代文学研究丛刊》，2015年第3期。

② 樊骏：《关于学术史编写原则的思考——从黄修己〈中国新文学史编纂史〉谈起》，《文学评论》，1998年第4期。

③ 黄修己：《从"学以致用"走向"分析整理"——20世纪90年代中国现代文学研究取向》，《中山大学学报》（社会科学版），2000年第4期。

基础。在黄修己看来，90年代文学研究的实绩表现在"开始追求独立的学术品格，要求遵循学术规范。研究内容从政治向文化大规模位移，给现代文学作文化的定位，内在外在批评同受重视，拓展边缘课题，提出新的理论视角"①。

现代文学研究的发展与知识分子思想轨迹的发展有着十分密切的关系。黄修己细致考察了70—90年代现代文学研究的发展轨迹问题，透视出隐含在其后的知识分子思想的转变历程。七八十年代，知识分子响应号召，在建设现代文学学科的前提下，提出把文学还给文学，学界开始转向对于内部研究的热烈讨论之中。但是对于内部研究的热衷并不代表这一理论方向就完全适用于国内现代文学研究的发展。接着，林毓生的《中国意识的危机》以十分有争议的姿态出现在学界的风口浪尖之上，他痛陈了五四全盘否定传统的弊端，引起了学界的一片震惊，随之而来的是不断地辩驳、论争的文章。学者也开始觉醒，认为光靠内部研究很难取得显著的突破，越来越多的人返回到了外部研究上，一时间兴起了"文化热"，并且成果不断，比如鲁湘元在《稿酬怎样搅动文坛：市场经济与中国近现代文学》中揭示了文学与市场的互动关系；钱理群在《我的中国现代文学研究大纲》中更是提出了制约、影响20世纪文学发展的"三大文化要素（背景）"——出版文化、校园文化和政治文化。黄修己十分敏锐地观察到了这一现象，并将其记录下来，加以分析探讨，他认为"企图描述、论证新文学的兴起、发展，不仅仅只是一种观念的活动过程，也得益于大的文化环境，跟一些文化组织机构的物质支持有关。或者更在于企图证明现代知识分子往往集作家、学者、教授与出版家于一身"②。对出现的文学研究成果保持距离，审慎谛听，以便于对其进行客观、冷静的分析和反思，这种有论有据式的研究已经成为了黄修己的习惯。

除此之外，黄修己还总结出现代文学研究发展向边缘拓展的研究趋向，他认为："随着思想的进一步解放，学术视野的拓展，学术氛围的相对宽松、自由，90年代宗教文化与现代文学的关系受到一些年青研究者的注意。如谭桂

---

① 黄修己：《从"学以致用"走向"分析整理"——20世纪90年代中国现代文学研究取向》，《中山大学学报》（社会科学版），2000年第4期。

② 黄修己：《从"学以致用"走向"分析整理"——20世纪90年代中国现代文学研究取向》，《中山大学学报》（社会科学版），2000年第4期。

林、杨剑龙等在佛教、基督教与现代文学的关系上，已提供了一批成果。另外，地域文化研究也曾是90年代现代文学研究的一个热点。"①而对于作家心态、思想的研究不仅仅注重在论述宗教文化、地域特征的影响上，研究者们还从其他的理论视角开展这一研究，比如吸收"接受美学"影响的《中国现代文学接受史》（马以鑫著）以及《20世纪中国作家心态史》（杨守森主编）等都是吸收了最新理论并用以研究、编纂文学史的成果，是十分有参考价值、视角新颖的作品。当然，对于这些新兴理论成果，黄修己并不全持褒扬态度，他指出作品还是存在着"创新、开拓的准备不足，既有理论上的，更有资料上的准备不足"②。随着"文化热"的出现，现代文学研究中"文化定位"也开始了新的发展——学界抛弃了以往主要以"政治性质""阶级性质"进行命名的文化定位，八九十年代现代文学的文化定位大致可以划分为三类：激进主义、自由主义和保守主义。而这种定位的变化引起了对现代文学当中各种派别的重新评估，比较突出的是沈卫威对于"学衡派"的重新评价，以及李泽厚提出的"救亡压倒启蒙"，该观点强调现当代文学当中"救亡文学"在历史上的强势地位。这些学说富有新意和思想性，但是涉及庞大而深厚的文化问题，背后需要的是更充足的论证资料，所以，黄修己认为"90年代对于中国现代文学的文化定位研究，还只能说刚刚开始，今后将继续进行，对其成果的评价，还需要时间"③。他的态度不无谨慎严格，既看重这些学说发人深省、启迪思想的一面，又对其学理性的缺乏持审慎态度，不全褒亦不全贬，足见黄修己对于学术研究科学性的追求和高标准。他一再强调"文学研究的任务，是从事实出发，在尽可能真实详尽的事实基础上，作出自己的科学判断，总结历史的经验教训"④。面对20世纪出现的不断转向的学术话题，黄以"真实详尽的事实基础"和"科学判断"两大标准对这些学术成果进行评判，发现其在学理性上不

---

① 黄修己：《从"学以致用"走向"分析整理"——20世纪90年代中国现代文学研究取向》，《中山大学学报》（社会科学版），2000年第4期。

② 黄修己：《从"学以致用"走向"分析整理"——20世纪90年代中国现代文学研究取向》，《中山大学学报》（社会科学版），2000年第4期。

③ 黄修己：《从"学以致用"走向"分析整理"——20世纪90年代中国现代文学研究取向》，《中山大学学报》（社会科学版），2000年第4期。

④ 黄修己：《20世纪中国文学的时代性》，《学术研究》，1995年第1期。

足之处甚多。一方面我们惊喜于这些学术成果的锐意求新，惊叹其论证推理方法的丰富多彩、理论观照的别具一格；另一方面，我们也应当如黄先生一样严谨考察其学理性的部分，保持审慎求实的态度，这也是黄先生的学术观带给我们的启发。

在谈到学术研究当中科学精神的失落时，黄修己总结道："今天研究成果很多，但科学性强的作品不多；各种见解很活跃，论证严密的不多；研究领域有开拓，但史料准备不充分，立论根据不足。"①科学主义传统的缺失、科学精神的毁坏，造成了研究工作一直以来的核心弊端，而回到20世纪的历史语境中，会发现，其中充斥了大量的主观主义的口号和精神追求，在实际的研究工作当中，发挥主观能动性固然重要，但是处于更为基础和核心地位的应当是主客观的结合统一。一直以来，在工作当中"强调理论的指导作用，形成了'以论带史'或'以论代史'的普遍的治学途径，形成了重见解、轻史料，重观点、轻证明的风气"②。这种风气只会造成学术风气的浮躁和学术作品质量的良莠不齐，立论高明而缺乏根据，只会造成学科发展的危机。而重塑科学精神，培养富有学理性的研究意识变成了急不可待的任务。

在总结20世纪中国文学的时候，黄修己用了一个词对其进行大致的概括——"时代性"，其特征表现于："它与当代社会的紧密关系，是历史上任何一个世纪的文学所未曾有过的。"③文学在20世纪初便开始担负起了"启蒙"的重要任务，而在发展过程当中，又逐渐成为"救亡"的一部分，文学与历史紧紧地联系在了一起，由文学观看历史，由历史看懂文学，黄修己认为"20世纪中国文学，之所以如此紧密地伴随着、反映着时代的动荡，具有强烈的'时代性'（亦可理解为'当代性'），除了从根本上说，它是民族精神之表现外，还因为从一开始人们就把文学看得太重了"④。这种"看得太重"主要是在社会变革时期，人们将其作为工具来实现自己的政治、社会需求，而在社会集体认同之下，文学被赋予了超负荷的意义，地位也得到了不断的攀升。

---

① 黄修己：《在现代文学研究中，提倡科学精神》，《学习与探索》，2004年第1期。
② 黄修己：《20世纪中国文学的时代性》，《学术研究》，1995年第1期。
③ 黄修己：《20世纪中国文学的时代性》，《学术研究》，1995年第1期。
④ 黄修己：《20世纪中国文学的时代性》，《学术研究》，1995年第1期。

而在社会平稳发展之后，文学开始逐渐边缘化，开始出现了"玩文学"的心态，这是整个20世纪文学地位和人们态度的总体变化趋势。

在对文学史的研究进行整理、总结和反思的时候，黄修己显示出了从实践中来、到实践中去的理念精神，用文学史编纂的实践经验和态度来认真研究文学史的作品，发掘精华之处，批判其糟粕之处，更多的则是对文学史编纂的方法进行研究总结，与此同时，不断完善和发展自己的文学史观，并不断反思和加以应用，最终返归实践、指导实践。黄修己尤其注重对文学史编纂方法论的批判吸收和总结学习，在谈到这个问题时，他就认为探讨过去的文学史实绩"不在于讨论如何评估这70年的成绩，而在于总结历史经验，以推进今后的发展"[①]。因为是抱着总结经验以推进文学史研究发展的态度在探讨问题，在具体的分析层面也主要是在吸收优点的基础上进行总结和分析，就更需具备基础的文学史意识和批判态度，在对文学史进行分析的过程中，明辨优劣，不被人牵着鼻子走，研究者必须要有大量客观事实的知识储备和公正中立的价值立场，而且还要保持有距离的审视。黄修己在对文学史著作进行评价和总结、分析之前，前后一共研究了150多种文学史著作，对大大小小卷帙浩繁的当代文学史著作进行分析和总结本身就是一项巨大的工程，错杂纷繁的交叉内容也给清理本身带来了难度和阻碍。此外，黄修己一直强调对于"一手资料"的占有，尽量掌握原有历史资料，而不是使用别人转述的历史，防止以讹传讹，保证所著的真实性和可靠性。

三、文学研究与学科建设的互动关系

作为一名研究者和教学工作者，黄修己将"思"与"教"的工作相互结合，推动两者共同前行。基于研究性的"思考"能更好地服务于他的教学工作，从而使得现代文学的教学走向一个更有深度、思辨性、独创性和启发性的阶段；同时教学的不断反馈也要求着黄修己不断地深入和完善自己的文学研究，文学研究和学科建设之间形成了一个良性的互动关系。黄修己在"思"中"教"，在"教"中"思"，两者互渗共融，并指向更深层次的探索，形成了

---

① 黄修己：《回归与拓展：对新文学史研究历史的思考》，《文学评论》，1993年第1期。

独特的治学方式。

教学工作者的身份对于黄修己来说，是他走上现代文学之路的一个契机。由于站上讲台上了一堂赵树理的课，在留校期间他便被委以研究赵树理的重任。而在多年的教学工作当中，他深深感到老师与学生之间形成的良好学术氛围对于学生的重要影响，于是他亲自参与各种教学实践，并关注课堂上老师、学生的反馈和建议，也根据学生的反应和要求不断改变授课方式和内容，既考虑到学生的学习能力，也对学生提出了相应的要求。通过不断反思，他认为，学生在学习现代文学史的课程中，应当做到三点要求："领会教材，读好作品，训练能力。"[1]要掌握教材就需要学生储备相关文学史知识性内容，还需要有自己的思考和理解。训练能力除了训练学生的自我学习的能力，还要求学生具有自我反思、主动提问的能力，并带着问题意识重新投入文学史中，去寻找答案。黄修己的一些学生后来也成为现代文学研究界的坚实力量，而对于教学的这些思考和他从教学实践中所摸索出来的经验也成为学科建设的基础。

除此之外，黄修己对于现代文学的教学方式也提出很多改进意见和建议，他认为现代文学教学存在两个问题，一是学科教材体例大同小异，容易被条条框框所束缚，形成教学的弊病；二是教学内容的单一化和模式化，"大学生或研究生的论文题目，也无非是某作家研究、某作品分析等。我们的科研内容也偏重于作家作品研究，丢掉了许多重要的研究课题"[2]。黄修己在两个方面均有突破，超越既有文学史框架、不断更新体例、重写文学史，是他几十年以来所身体力行的学术实践，同时面向学生的实际情况和需求，也触发了他对文学史编写方式、方法的思考，思考什么样的文学史作品才能够有助于培养学生的问题意识和探索意识。黄修己在与接受主体的良性互动中，深化了对于编写工作的认识和反思。他也开始了对教学改革的思考和实践，在教学改革的研究当中，面对着千篇一律的教材体例，他指出要"打破现有的格局"[3]，而要

① 黄修己：《关于中国现代文学课的辅导问题》，《电大教育》，1984年第1期。

② 黄修己：《现代文学教学也要百花齐放》，《中国现代文学研究丛刊》，1983年第3期。

③ 黄修己：《现代文学教学也要百花齐放》，《中国现代文学研究丛刊》，1983年第3期。

做到这一点，老师必须明确教学的一个基本要求是应当指导学生怎么做和学生应该从中学习到、掌握到、了解到什么。对这一要求，黄修己作了论述："一是使学生对三十多年中国现代文学发展的基本情况有一个概貌的了解，为今后深入学习、研究打好基础；二是指导学生阅读最低限度的各类代表性作品和史料，并有初步的理解；三是通过学习得到运用历史唯物主义观点看待历史和以马列主义文艺观评价作品的启发。"①而教师一旦明白了这一点，对于自己的教学内容有了要求之后，则采用什么体例来讲授这些内容都是十分自由的，不应当受到既有文学史框架和体例的束缚。黄修己认为这种自由是"八仙过海，各显神通"，教师可以挑选自己擅长和有特点的方法去教学，从历时性角度、体裁分类的角度，或者是与世界文学相比较的平行分析角度入手，都是值得提倡的。强调教学方法的自由性和多样性实际上也是对老师的知识能力和思辨、归纳、总结能力提出挑战，正是由于这种任务的提出，才让现代文学这门课程变得更加有活力，学者的研究自由度也大大拓宽，这不仅有助于提高学生的认识水平和思考能力，更是大大加快了学科的建设。黄修己就此点提出希望："如果我们几十所、上百所高等学校的现代文学教学，都活跃了起来，真正做到各逞其能、五彩缤纷，那将是一种什么样的情景、局面啊！"②

即便在今天看来，这些建议和要求都有积极意义，这种反思既有利于学生、老师的专业能力发展，又给现代文学研究的发展锦上添花，特别是助推了现代文学史的推陈出新，从这个方面来讲，黄修己对于中国现代文学研究的贡献具有多重意义。

第三节　赵树理研究的杰出贡献

从20世纪七八十年代起，黄修己就投身到赵树理的研究工作当中，成果主要集中在20世纪80年代，在赵树理研究的历程中起着继往开来的作用。他主

---

①　黄修己：《现代文学教学也要百花齐放》，《中国现代文学研究丛刊》，1983年第3期。

②　黄修己：《现代文学教学也要百花齐放》，《中国现代文学研究丛刊》，1983年第3期。

要有三部专著：《赵树理评传》《赵树理研究》《不平坦的路——赵树理研究之研究》。另外还有赵树理研究资料的汇编《赵树理研究资料》。通过这些专著，我们可以领略到黄修己在赵树理研究工作方面的细致、全面，及其随着时间的发展，持续反思和要求进步的研究精神。

其中，《赵树理评传》作为国内第一部为赵树理作"评传"的专著，其开风气之先，与同时期的赵树理研究作品——韩玉峰、杨宗、赵广建、荀有富合著的《赵树理的生平与创作》（山西人民出版社1981年出版），高捷、刘芸额、段崇轩、部忠武、任文贵合著的《赵树理传》（山西人民出版社1982年出版）相比，黄修己独自写评传构成了文学史上的一道独特的风景。评传与之前的研究成果相比，更科学，更全面，通过系统地介绍赵树理作品、生平和创作影响，为后人的研究提供了可供参考的资料，并修正了当时研究赵树理的一些错误史实，为赵树理的后续研究提供了科学有根据的参考保障。黄修己的这部评传受到当时学界的重视，并在那个时代具有十分重要的地位，一则在于该评传在搜集丰富历史资料、勘正现存史料的前提下，对史料进行归纳、总结和分析，最终"论从史出"，对赵树理各个作品受到的评价和其变化进行了考察、分析和论述，对赵树理褒贬得当，论证有理有据，这得益于黄修己严谨的治学理念和独立的学术品格。二则在于将赵树理放置在具体的生活背景、历史背景当中，去品味作品人物、作品的生活特色。为了做赵树理的研究，黄修己亲自去了赵树理故乡，体验当初赵树理的生活，吃着赵树理最爱的"和子饭"，去过他曾欲跳水自杀的"海子边"，最重要的是，还认真研究了赵树理故乡沁水的县志，将赵树理完完全全置放到一个历史场景当中，去研究社会历史变革对他的影响，并且将这一时期的《沁水县志》编入了评传之中，作为参考性资料，供研究者们翻阅调查，以期获得更多的解读。而这种深入实地的调查和体验丰富了黄修己的感知和体悟。"一方水土养一方人"，而这方水土与作家作品呈现出的风貌也不无关系，在评传的第五章里，黄修己就谈到了赵树理小说中"独特的风格"和"乡土风味"，黄修己认为"赵树理创作的地方色彩就是通过作品中的地方风光、风俗人情和语言这三个方面显现出来的"[1]。在《赵

---

[1] 黄修己：《赵树理评传》，江苏人民出版社1981年版，第310页。

树理研究》当中，更是专门探讨了赵树理作品风貌与地域文化之间的关系。三则在于作者在为赵树理立传的同时，其文学史意识也开始显现。《赵树理评传》第五章《历史贡献及局限》首篇便以"在文学历史的长河里"为题，将作家研究放到文学史的研究当中，并对其进行文学史维度上的评价和考量，充分挖掘赵树理作品的历史价值，突破封闭的历史场域来看文学作品的价值，并对其进行对比、衡量和评判，超越了那个时代的研究水平，在我们今天看来，这种研究方法也具有重要价值。赵树理现象是现代文学史的一个奇异的景观，将其放置到文学史当中，能够更清晰地呈现这种文学景观的独特性。四则在于黄修己的这部评传突破了以往评传仅满足于对作家树碑立传唱赞歌的陈规，在最后一章中列出了赵树理的"金无足赤"之处，向我们展示赵树理作为一个作家，更作为一个丰满的人，所存在的局限性，这种局限性受制于多方面，与作家自身的理论观点有关，也与他的生活背景有关，黄修己提到"对于农村中年龄较大的一辈，作家的直接经验多，而对年轻的新人，他接触得少，了解得不深"[①]。作家经验的不完满意味着他创作中的不真实，在这里，黄修己自然也不是空口无凭，他援引的是赵树理自己的回顾，特别是1949年进北京之后，"和群众接触的机会更少了，来源细得几乎断绝了"[②]，这样一来，对那些无法直接接触到的地方，作家很可能凭借想象而为之，其作品也就出现了更多的与现实之间的隔阂，这也与"现实主义"原则背道而驰。黄修己的这种分析方法立足于对赵树理作品、作家经历的整体熟悉、掌握，从对作品的熟读、综合分析、对比、评价中发现问题，进而寻找问题，在寻找问题的过程中结合作家自身的感受，并以作品风貌为佐证，最终考证出作家思想的变化和创作来源的变化。这样也就很好理解赵树理在创作《三里湾》之后思想的枯竭，进而回到以往的生活经验中寻找创作来源，于是出现了《锻炼锻炼》中的老式人物。黄修己发现，在赵树理的大部分作品当中，都能发现其人物、情节等细节之处的相似性，这种相似性成为赵树理创作的限度，变成了他作品中的局限性。透过这种深入透彻、立于充足史料论据之下的思考和探讨来观察赵树理创作的真实

---

① 黄修己：《赵树理评传》，江苏人民出版社1981年版，第358页。

② 赵树理：《决心到群众中去》，《人民日报》，1952年5月22日。

风貌，对作家作品、思想变化、生活实践进行历时性考察，这种研究方法将黄修己客观严谨的写史精神体现得淋漓尽致。

《赵树理研究》是黄修己在赵树理探索道路上的第二本专著，如果说《赵树理评传》还拘囿于知人论世的人物传记叙述上，那么这本研究性质的著作则加强了赵树理作品研究的理论化色彩，从学理上对赵树理的创作进行了庖丁解牛般的全面探讨。此书出版于1985年，应用了大量西方文学理论方法，包括了发生学、审美批评、社会学批评、整体批评、比较批评和传记批评，在当时来讲，其应用的理论可以说是非常前沿的了，对此黄修己有自己的看法："只有知道的东西多了，才能领略山外青山天外天的境界，才有比较广阔的眼界。这样，才可能看出赵树理这颗星在整个银河系中的位置，把他放在与时代、与其他作家的相互关系中来考察与论述，在比较中找准他的创作特点，找出他的独特贡献，描出他这颗星的异彩。"①黄修己的阐述让我们得以明晰他创作的初衷，因为对赵树理的解读不少，误读更多，所以，他希望站在一个更高的平台上，借助更多、更富有挑战性的方法来解读赵树理的作品，希望能够对他有一个全面、深刻的把握，这种对于方法论的要求是黄修己拓宽自身学术道路、开拓学术眼界、改进学术方法的更进一步要求。对于这些文学理论，他也并非完全听之信之，他在书中写道："重要的是研究外来的方法，从中得到些启发，然后根据我们自己的实际情况，去创造我们自己的新方法。"②而"如果把各种方法综合起来，进行多角度、多层次的观察和分析，摄制出全息的照片，那么，我们认识一部作品、一位作家，就可能比单一的分析更充分、更详尽，因而也更全面些"③。所以说，黄修己在尝试运用这些新方法对赵树理作品及作家本人进行研究的时候，力图开拓的是方法的多样性和研究的创新性，而通过这些多样的方法解读出来的研究结论最终会形成一个解读后的新的整体。这个整体区别于以往对于赵树理评价的单一性或仅停留在"史"的认识层面上，富有启发性，至于其科学性则留待后继的研究者们去考察和分析。

其实，在《赵树理研究》中，黄修己对理论的应用完全建立在对赵树理

①　黄修己：《赵树理研究》，山西人民出版社1985年版，第9页。
②　黄修己：《赵树理研究》，山西人民出版社1985年版，第12页。
③　黄修己：《赵树理研究》，山西人民出版社1985年版，第13页。

的解读上，从方法论角度看，的确是有理论应用的痕迹在，而这些痕迹大都体现在黄修己对于题目的编排上，但是在具体的内容展开过程中，看不到理论的套用和硬用，而是完全融入对作家、作品的解读当中，并且这些解读所依赖的论证、论据大都是来自赵树理本人的言论，或是黄修己对作品中人物的概括、对比而得出的结论，是以史证论，并非套用理论说明观点。在这一点上，可以看出黄修己区别于现如今那些沉溺于理论的学者，秉承着治学严谨的学术品格。

这本书还有一个重要特点，即通过不同方法从不同侧面、不同角度和层次入手去研究赵树理的创作风格，在一个立体的维度中逐渐地建构出赵树理的文艺观和创作观，由此形成的创作观前后相连，丰富全面地展示了赵树理文学观念的点、线、面、体。这种研究理路明显体现在了黄修己的这本著作中，比如在第一章中，他从发生学角度来看赵树理作品原型形象与生活的关系，通过对比作品和作家的生活实例，发现"赵树理创作的特点，使他的作品带有鲜明的纪实性"[1]。而他的这种"纪实性"又区别于其他作家的"故事性"，这一点与赵树理独特的美学观有关，于是，黄修己又自然而然地延展到作品下一章对赵树理美学观的探讨上。可以说，全书有着顺畅的逻辑关系和精巧的论证过程，这既是一种方法论的启示，又是一种愉悦的审美体验。

而随着研究的不断深入，黄修己在建构出赵树理的文艺思想系统的同时，也在不断地对赵树理的创作思想进行解构，深入探讨作家创作的思想轨迹，不断对作家创作进行审视和评判，从而揭示出赵树理创作思想上的局限性，并对其进行一个追根究底式的探讨，展示了赵树理的创作心理机制，丰富了研究维度。比如黄修己就在"构思过程的分析"当中，探讨《十里店》艺术失败的原因，通过对赵树理在创作《十里店》的过程中几度修改过程的剖析，思考小说中两大板块的集中出现造成的问题和矛盾，最终得出"赵树理熟悉的移风易俗的情节与受客观形势影响而不断加强起来的阶级斗争的内容，硬捏合在一起，这是不可能使《十里店》在现实主义上取得真正的成功的"[2]。

---

① 黄修己：《赵树理研究》，山西人民出版社1985年版，第7页。
② 黄修己：《赵树理研究》，山西人民出版社1985年版，第17页。

而造成这种失败的原因一是在于作家生活体验的不足，二是理论上的指导存在错误的部分，所以在这两者相互作用之下，产生的作品自然无法与现实中的农民产生共鸣，自然也成为不了杰出的作品。黄修己从发生学的方法论出发，将作品产生的源头和作品内容相结合来解读作品，揭示作品艺术上的失败之处，并分析失败的原因，是一种别具新意的研究方式。另外，黄修己的赵树理研究还从社会学批评的维度上对赵树理作品及作品中的社会现象进行了解读，在第四章中，黄修己着重探讨了这一点，尤其是对赵树理小说当中，农民生活"女尊男卑"的现象产生好奇。在旧社会，这里的人们好像并不服膺于那套封建话语，出现了十分独特的丈夫怕老婆的现象，黄修己敏锐地看到了这一点，并发现，这种现象在赵树理小说中不只出现了一次，具有普遍性。于是，黄修己开始探讨这个文学现象背后的社会学问题。通过查阅史料，并进行分析，他发现了两大关键问题：一是女子在出嫁时会由男方支付彩礼，即买身钱，二是在农村地区，女子普遍倾向于嫁往自然条件和物质条件相对更好的地区，所以愿意嫁到偏僻农村和山区的女子稀少，因而彩礼也就更贵。所以，山区男子一般会支付更高额的彩礼给新娘，而这种高额的彩礼会让男方在自由离婚制度下面临失去新娘，也即失去大笔金钱的恐慌之中。可以说，这种现象的出现是植根于特定历史条件下的特定地区的，赵树理的小说风貌既具体又写实地表现了这一点，这也让他的小说呈现出一种社会学的价值。用社会学的方法来审视小说，不仅让我们更深切地体悟作者的创作思想，获得对于小说人物形象更丰满、确切的认知，更能够返归到历史原场，真切触摸那个时代人们的生活状况和心理结构，对于自古以来就有将文学看作历史之传统的我们来说，小说提供了更富审美性的历史读本。黄修己对于赵树理的社会学批评研究还开创出了一条新路——作者创作与地理的关系问题。最精彩之处是分析了人物形象的地区性色彩，黄修己先是大致描绘了史料记载中的沁水农民的性格、作风和群体特征，接着为了更加清晰地分析人物形象的独特性，他将赵树理小说中的农民形象与鲁迅笔下的农民人物进行了对比，一个代表着偏僻荒凉的沁水山区，一个代表着浙江的东部沿海地区，两大人物群像呈现出截然不同的性格特征。赵树理笔下的农民人物大多如同史料记载一般，是非常忠厚老实、勤恳忙农活的庄稼人；而鲁迅笔下的人物如阿Q、闰土、单四嫂子等，都是一些辛苦麻木、辗转于冷漠残酷的社会关系中的形象，这些人物塑造的成因很大部分则在于作家身处的环境，这种环境也就是黄修己所分析论证的"地域性特征"。黄修己采用对比的方式对小说人物进行分析，更能够充实论据，表现地域特色，也是一个有效的研究思路，值得后继者学习。

黄修己在《赵树理研究》当中为我们展示了现代文学研究还未被开拓的广阔的阐释空间，在其著作当中，黄修己开辟了新的方法论来对赵树理的作品进行更深和更广阔的开掘，这种尝试是新颖独到且富有见地的，到今天来说都是值得学习和模仿的经验，他向内向外开启了现代文学的研究大门，启迪着无数的后继之辈接受这种革新的勇气和魄力，向人们展现出现代文学研究无穷的活力、开放性和阐释的无限可能性。

在《不平坦的路——赵树理研究之研究》一书当中，黄修己则将关注点移到了新时期的时代背景之下、赵树理研究的新成果之中。黄修己在这种关注和思考之下，承认了席扬、张颐武等人不乏新颖性的赵树理研究，是对于以往研究的一种补充和激活，特别赞扬了席扬的研究中对于赵树理"情趣"的发现，和"赵树理模式"对于作家的影响及其如何导致作家创作"情趣"的消弭，并认为"这是对赵树理创作的深度分析"①。这种对于文学研究的研究体现出了黄修己作为研究者对于文学批评一如既往的关注和反思批判，坚持吸收并推广好的成果，反思过去的不足和局限，跳脱出时代的窠臼，不断涌现出对研究成果新生命、新活力的赤子情怀，是一种挣脱自身束缚，不停与时代赛跑的生命姿态。

从作家、作品研究，到不断地写史、修史、评史，再到重写文学史的这个历程，黄修己始终在超越自身和时代的围限，似乎从来没有停止过脚步。他永远不满于现状，永远葆有创新的活力和进取的动力，并持续不断地思考和实践，在现代文学的研究之路上，留下了自己浓墨重彩的一笔。先生不仅具有一位专业学者的博学风度，其精华荟萃的经典研究也给后辈们留下了财富。

---

① 黄修己：《从显学到冷门的"赵树理研究"》，《中华读书报》，2004年11月。

附：黄修己的主要学术成果

主要著作

1. 《赵树理评传》，江苏人民出版社1981年出版。

2. 《赵树理研究》，山西人民出版社1985年出版。

3. 《中国现代文学简史》，中国青年出版社1984年出版。

4. 《中国现代文学史讲授纲要》，辽宁教育出版社1986年出版。

5. 《中国现代文学发展史》，中国青年出版社1988年出版，1997年再版，此书曾被译为朝鲜文在韩国出版，另有三联书店（香港）有限公司版本。

6. 《不平坦的路——赵树理研究之研究》，天津教育出版社1990年出版。

7. 《中国现代文学研究方法论集》，主编，首都师范大学出版社1994年出版。

8. 《中国新文学史编纂史》，北京大学出版社1995年出版。

9. 《张爱玲名作欣赏》，主编，中国和平出版社1996年出版。

10. 《百年中华文学史话》，主编，香港新亚洲出版有限公司1997年出版。

11. 《20世纪中国文学史》，主编，中山大学出版社2004年出版，教育部跨世纪教材、教育部重点推荐教材。

主要论文

1. 《实践是最权威的回答——谈解放区文艺在民族形式上的创造》，《中国现代文学研究丛刊》，1978年第2期。

2. 《鲁迅的"并存"论最正确——再评一九三六年文艺界为建立抗日统一战线的论争》，《文学评论》，1978年第5期。

3. 《赵树理和〈新大众报〉》，《新文学史料》，1980年第2期。

4. 《赵树理传略》，《新文学史料》，1981年第2期。

5. 《在论争中结束和没有结束的论争》，《北京大学学报》（哲学社会科学版），1981年第3期。

6. 《解放区创作和文艺整风运动》，《北京大学学报》（哲学社会科学版），1982年第3期。

7. 《现代文学教学也要百花齐放》，《中国现代文学研究丛刊》，1983年第3期。

8. 《赵树理创作形象、母题和情节的构成》，《贵州社会科学》，1983年第3期。

9. 《从比较分析看赵树理作品的生命力》，《北京大学学报》（哲学社会科学版），1984年第3期。

10. 《四十年代文艺研究散论》，《中国现代文学研究丛刊》，1987年第4期。

11. 《〈中国现代文学发展史〉朝鲜文译本序》，《中国现代文学研究丛刊》，1991年第2期。

12. 《文学史的史学品格》，《中国现代文学研究丛刊》，1991年第3期。

13. 《回归与拓展：对新文学史研究历史的思考》，《文学评论》，1993年第1期。

14. 《谈我国少数民族现代文学史的编纂》，《民族文学研究》，1994年第3期。

15. 《中国现代文学史理论与实践的回顾》，《中国现代文学研究丛刊》，1995年第1期。

16. 《20世纪中国文学的时代性》，《学术研究》，1995年第1期。

17. 《不识时务亦俊杰——我心中的吴组缃先生》，《新文学史料》，1995年第1期。

18. 《拐弯道上的思考——20年来现代文学研究的一点感想》，《文学评论》，1996年第6期。

19. 《21世纪的中国现代文学史》，《广东社会科学》，1999年第5期。

20. 《提倡写〈补白〉》，《中国现代文学研究丛刊》，2000年第2期。

21. 《从"学以致用"走向"分析整理"——20世纪90年代中国现代文学研究取向》，《中山大学学报》（社会科学版），2000年第4期。

22. 《20世纪的欢乐和悲伤》，《文艺争鸣》，2002年第1期。

23．《旧体诗词与现代文学的啼笑因缘》，《中国现代文学研究丛刊》，2002年第2期。

24．《价值的相对性与绝对性》，《文学评论》，2001年第4期。

25．《披露"毛罗对话"史实的启示》，《文艺争鸣》，2003年第2期。

26．《培育一种理性的文学史观》，《北京大学学报》（哲学社会科学版），2003年第5期。

27．《全球化语境下的中国现代文学研究》，《文学评论》，2004年第5期。

28．《中国现代文学史的建构、解构和重构》，《中山大学学报》（社会科学版），2004年第6期。

29．《现代文学研究的史论关系的再认识》，《汕头大学学报》，2005年第1期。

30．《对"战争文学"的反思》，《河北学刊》，2005年第5期。

31．《论中国现代文学史的阐释体系》，《学术研究》，2007年第8期。

32．《〈中国近现代文学思潮史〉读后感》，《文学评论》，2009年第5期。

33．《中国现代文学史编纂创新的点、线、面、体》，《山东师范大学学报》（人文社会科学版），2013年第1期。

第三章

洪子诚的文学研究

在中国当代文学史学界，素有"北洪（子诚）南陈（思和）"之称。
"北洪"洪子诚先生实为广东揭阳人，出生于1939年4月，1956年就读于北京
大学中文系，师从游国恩、王力、林庚、吴组缃、杨晦、王瑶等名家，与谢
冕、孙绍振、孙玉石等为同事好友。1961年洪子诚留校任教，70年代末起从事
中国当代文学的教学和研究工作，多次参加当代文学教材的编写。面对80年代
中期以来，中国"当代文学"学科建设的相对滞后和史学研究的含混状态，作
为当代文学诸多历史事件的亲历者和见证者，洪子诚先生率先梳理了"当代
文学"概念及其时间界限和性质内涵，并就中国当代文学的发生和发展、文学
规范的"一体化"的过程、当代文学史写作和研究中的诸多问题与方法，做出
了极具价值和前瞻性的论断和评述。凭借扎实的学科基础和潜心治学的认真态
度，洪子诚确立了当代文学史写作新的理论视角和评价标准，运用新的理论框
架和叙述方式，直面"当代文学史编撰"与"当代文学现象""同步"的现
实，注重文学史研究"历史化"与文学史料的"历史情境"还原，尊重当代文
学作家的创作主体性与审美创造性，提倡"回到""历史深处"探讨当代文学
史研究中的焦虑与经验，极大地推动了当代文学史的学科建设进程和研究的深
化。其后的一系列文学史研究著作中，洪子诚先生关于中国当代文学史学科的
整体观念和批评价值体系逐渐确立，理论框架和叙述方式不断更新，其个人的
学术性格与学术精神也日益凸显，成为中国当代文学史学界的一面旗帜。

第一节　文学与历史的研究

一、文学与历史的辩证

通常来说，文学史的研究，与文学理论和文学批评的差异之处就在于，
它特别注重研究文学发展的历史过程，阐释文学现象、文学思潮、文学流派的
发生、发展和演变，总结文学发展的内在规律，揭示文学发展与社会文化其他
因素之间的关联影响。文学史是文学的历史，其学科的特性主要体现于它的历

史形态。而从"文学的历史"到"文学史"的转型与升级，体现的是学科建设的规范性。

正如克罗齐所说，"每一部真正的历史都是当代史"①，文学史家"现在"的兴趣如何能"复现"或"还原"那些"过去的事实"？文学史家的主观性、时代性局限，与历史本相的客观性、确凿性、承继性如何达成一致？克罗齐自己早有解释：精神本身就是历史，历史并不仅是外在经验的简单归纳集聚，历史本来就是精神能动性的产物，是主客观的辩证统一。克罗齐的学生柯林武德更是指出，"一切历史都是思想史"，"都是在历史学家自己的心灵中重演过去的思想"②。这与中国古代文史合一，在史纪言与右史记事的传统，冥冥之中达成了某种相通。简而言之，历史的绝对客观性已成为某种朦胧不可及的"彼岸"存在，历史永远只能是"被讲述"的历史，而不可能是自在的历史本身。具体到文学史学科，它研究的对象是人类精神性、审美性的艺术创造，文学史因为兼具历史和文学这两个不是总能协调的因素，更应注意不能将"历史化"推向极端。

关于文学史的书写，陈一舟认为："广义的文学史研究格局可以分为三个层面，即文学史—文学史论—文学史哲学。"③葛红兵则将文学史的外延概括为"文学实践史""文学史实践""文学史理论"。④综合这两种观点，一部完整的文学史书写应该包括以下三个层面：第一，曾经客观存在的文学事件和文学事实；第二，文学史家主体性介入，对于文学史本相进行"复现"或"还原"，即文学史著作的书写；第三，以一定的文学史观念和哲学理论作为理论框架和逻辑支持，以此实现对纷繁史料的选择、甄别、编排与评价。对此，洪子诚认为，首先，文学史现象的"原初"景观并不是单纯的、一体化的趋势，面对人类复杂精神活动构成的文学，更应保持对文学事实的差异性、精细化书写范式，脱离集体写作走"个人化"的研究路子，去发现、挖掘在历史

---

①　［意］克罗齐：《历史学的理论和实际》，商务印书馆1982年版，第2页。

②　［意］克罗齐：《历史学的理论和实际》，商务印书馆1982年版，第6页。

③　陈一舟、张晶、王锺陵、许总：《中国文学史观笔谈》，《社会科学辑刊》，1991年第3期。

④　葛红兵、温潘亚：《文学史形态学》，上海大学出版社2001年版，第1页。

的缝隙中，无数被掩埋、被遮蔽的材料。①正是在这个意义上，洪子诚的《中国当代文学史》成为当代文学史著作中较早的一部个人化的文学史，以全新的历史理念和书写范式填补了文学史研究的空白，被公认为"完成了当代文学'评论'向当代文学'史'研究的深刻转移"，推动了"'当代文学'学科从幼稚逐渐地走向成熟"。②其次，文学史的价值评判、审美标准，并不是一成不变的，中肯的评价都"和特定的历史情境相关"。文学是一种"生产"，具有构造的性质。50年代以来，当代作家、作品、流派在历史过程中升降沉浮；而文学史家个人的观点、看法，大到文学史的分期、编写体例，小到具体作家、作品的评价定位等，也常常发生改变。文学史研究既要重视"历史"也要重视"文学"，更要把文学放到历史中去观察。文学史是对某一历史阶段文学存在的阐释，历史撰述者主观的意图、倾向不可避免，任何人都不可能绝对"静观"而不做任何"审判"。③第三，文学史的研究和写作，不是史料的杂乱堆积，要重视"理论、方法的地位问题"。80年代后期以来，当代文学史研究处于相对滞后的状态，重写文学史的学术冲动有利于促进寻找新颖、有效的结构历史记忆的理论框架，各种概念、形态、主题等的分类使用也取得了显著的成果，但仍然不能对方法、理论过于迷信。洪子诚先生的这一辩证思想，早在《中国当代文学史》一书的撰写前后就已成型。他在回答李杨提问的通信中谈到，"我们总是从现实的关注点上去把握和梳理'过去的记忆'的。历史叙述事实上是现在和过去的相遇，是它们之间展开的对话"。如果"过去"不能转化为"现在"，就不会成为我们的"记忆"，不会成为"历史事实"而消失遗漏在时间之中。当代文学史写作上一个非常值得讨论的问题，"这就是'当代人'如何书写'当代'的历史"④。当代文学的史学家是这个时代的一部

---

① 李杨、洪子诚：《当代文学史写作及相关问题的通信》，《文学评论》，2002年第3期。

② 谢冕、严家炎、钱理群等：《〈中国当代文学史〉研讨会纪要》，见洪子诚：《当代文学的概念》，北京大学出版社2010年版，第217、222页。

③ 李云雷：《关于当代文学史的答问——文学史家洪子诚访谈》，《文艺报》，2013年8月12日。

④ 李杨、洪子诚：《当代文学史写作及相关问题的通信》，《文学评论》，2002年第3期。

分，就身处在处理的对象之中，并试图"处理""叙述"这个时代。问题是哪一种叙述是对历史的"真实"叙述？谁有"资格"或最有可能做"真实"的叙述？是否历史的"亲历者"最有资格、最有可能呈现"真实"的历史景观？在肯定亲历者的经验重要性的同时，更要警惕历史记忆中强大的情感因素和非理性的狭隘专断。由此，洪子诚提倡一种"靠近历史情境"的书写，既控制非理性情感的破坏，又尽可能把相对客观、相对具象的"历史记忆"的生动形态展示给读者。

二、概念与性质的澄清："中国当代文学"的"一体化"与"多元化"

众所周知，对于20世纪中国文学的命名、历史分期和概括方法，从五四新文化运动到八九十年代，先后出现过"新文学""现代文学""晚清以来的中国文学""当代文学""共和国文学""20世纪中国文学"等概念，文学史的书写也经历了几次轮替和重写。特别是80年代文学进入新时期以后，文学现象和文学思潮的迅猛发展，使得相对滞后的当代文学研究加强学科建设的任务迫在眉睫。洪子诚最早的两部个人学术著作《当代中国文学的艺术问题》《作家的姿态与自我意识》，实质上都是在讨论具体的历史情境中"某些批评界关注的文学现象……将重要文学问题与对具体作家的分析结合"[1]，对于"作家的生存方式与'精神结构'"[2]给予了饱含时代激情的评述与展望，展示了他对当下文学的观照能力。此后，收录在《文学与历史叙述》《当代文学的概念》等书中的一系列论文，则是对中国当代文学概念在特定时间和地域的生成和演变过程，以及这种生成、演变所隐含的意识形态意义的研究。

首先，是对"当代文学"概念的辨析与确认。洪子诚并不从概念的性质、特征、涵义及相应的分期方法的"真伪""正误"辨析出发，而是率先考察"当代文学"这个概念在最初是如何被"构造"的，以及此后在不同时期、不同使用者那里，概念的涵义发生了怎样的变异，即重点研究当代文学的发生

---

① 洪子诚：《〈当代中国文学的艺术问题〉自序》，《当代中国文学的艺术问题》，北京大学出版社1986年版。

② 洪子诚：《〈作家的姿态与自我意识〉后记》，《作家的姿态与自我意识》，陕西人民教育出版社1991年版。

史。五四"新文学"与传统"旧文学"的对立和割裂,确立了"新文学"的"现代"属性:题材、主题、语言、文学观念等发生了重要的变革与更替[①];将社会性质作为文学分期的框架依据,则生发出"新民主主义"文学与"社会主义"文学的辨析,特别是从50年代后期开始,因应"中华人民共和国成立以来"文学性质与以往文学的区别需要,"新文学"概念迅速被"现代文学"所取代,进而指认了"现代文学"(新民主主义性质)与"当代文学"(社会主义性质)新的性质与内涵更替的"预设",正是在文学史叙述上,为40年代后期开始所要确立的以毛泽东《新民主主义论》《在延安文艺座谈会上的讲话》为指导的文学规范体系提出依据。[②]洪子诚十分细致地从概念的时间先后和逻辑关系上,从文学史研究与社会运动以及政治理念的相互关联上,澄清了"当代文学"概念生成的过程,并指出,"当代文学"的特征、性质、内涵,是在其生成过程中逐渐被"描述、构造"出来的。周扬在第一次文代会上的报告建立了当代文学特殊的话语方式,此后得以不断补充和完善。在许多文学史著作中,延安文艺座谈会、第一次文代会和第四次文代会,是中国现当代文学史阶段划分的历史关键节点。从王瑶的《中国新文学史稿》开始,延安文艺座谈会和第一次文代会就作为现当代文学史分期的历史界标,其政治功能被不断强化。进入80年代中期以后,文学的审美性原则以及文学形式的功能日益受到重视。在当代文学史研究论述中,第一次文代会与第四次文代会的分期意义也被反复论证,但各有侧重,学术观点在求同存异中相互激发。此后,越来越多的文学史家基于不同的目的,倾向于采用自然时段来划分文学发展阶段,比如80年代文学、90年代文学、新世纪文学等。洪子诚认为,在考察文学会议与文学史分期的关系时,应当把握三条原则:转折点与过程性的辩证结合,整体观与阶段性的辩证结合,历史史实无可避讳原则。

其次,是将"五十至七十年代的中国文学"的整体特征概括为文学与政治的"一体化"。洪子诚讲当代文学,明确使用两分法,即以"文革"结束为界,把50—70年代这30年和后面的"新时期"区分开来,而不采用通常的

---

① 洪子诚:《〈中国当代文学史〉前言》,《中国当代文学史》,北京大学出版社1999年版。

② 洪子诚:《"当代文学"的概念》,《文学评论》,1998年第6期。

"十七年文学""'文革'文学""新时期文学"的三分法，原因在于他认为50—70年代这30年有其内在规范的"延续性"，是一种文学理念、设计的"极端化"过程，可以作为一个整体来观察。①通过阐述"当代文学"概念的生成、发展和分裂，洪子诚把50—70年代的文学定义为"'左翼文学'的'工农兵文学形态'"建立起绝对支配地位的时期。②朱寨主编的《中国当代文学思潮史》一书也将1949—1978年的中国文学命名为"在中国新文学史上，都具有相对独立的阶段性和独立研究的意义"的"当代文学"阶段。黄子平、陈平原、钱理群在《论"二十世纪中国文学"》的讨论中，也认为这30年间的文学传统与五四新文学发生了"断裂"和"逆转"。洪子诚认为这种"断裂"和"逆转"仍属于"新文学"的范畴，是中国文学"现代化"运动的"产物"，是中国人在社会变革进程中对文学与社会、政治关系的一致性选择，与五四新文学精神具有"一种深层的延续性"。从五四开始的革命文学（左翼文学）经由40年代文学的"改造"，在四五十年代之交的社会政治转折中成为唯一正宗，当代文学"一体化"的目标得以实现。③"一体化"指的就是这一时期文学的生产方式、组织方式，凭借政治力量的"体制化""规范化"过程，主要包括文学机构、文学团体、文学报刊，在文学写作、出版、传播、阅读，以及文学的评价机制等各个环节的"一体化"性质和特征。④当然，洪子诚也指出，与"国家权力话语""主流意识形态"等概念一样，"一体化"概念并不是万能的，其描述的视角和理论依据具有一定的使用限度，不能泛化和滥用。"一体化"并非一个封闭的概念，也并不否认这个时期存在着复杂的文化矛盾与冲突，以及从"一体化"到"多元共生"理想文学生态的想象期待。

　　正如陈晓明所指出的，洪先生在这里对"一体化"做了精当的定义，其基本含义在于，左翼革命文学的传统在1949年之后，通过政治体制化和意识形态的力量形成的具有统一性的文学规范建制。"一体化"确实是概括出了50—

---

①　洪子诚：《我的阅读史》，北京大学出版社2011年版，第284页。

②　洪子诚：《中国当代文学概说》，香港青文书屋1997年版。

③　洪子诚：《关于五十至七十年代的中国文学》，《文学评论》，1996年第2期。

④　洪子诚：《当代文学的"一体化"》，《中国现代文学研究丛刊》，2000年第3期。

70年代的中国文学的显著特征，对于从总体上把握中国当代文学的尝试提供了一个解释框架。在当代中国文学史的研究中，这个概念已经深入人心，在阐释50—70年代的中国文学时，已经不能离开这个概念来讨论问题。[①]80年代中期以来，以洪子诚为代表的围绕"当代文学"学科建设和"当代文学"体制化过程及特征的深入探讨，推动了当代文学史理论研究的开展，也拓展了"当代文学"研究的疆界和当代文学史写作的视域。尽管洪子诚由于学术生涯的时间局限，没有对90年代之后的文学变革做出过多论述，对于从文学与政治的"一体化"到文学与政治，甚至文学与社会的"疏离"，再到文学与市场的"亲密接触"等更丰富多元的文学史内容给予较多关注，这也并不影响"一体化"概念在沟通文学的内部研究和外部研究方面所取得的历史成就，不影响这一概念对特殊历史时期文学史和文学批评建构的历史有效性。

第三，是对当代文学史研究现状和当代文学史写作的基本观念与方法进行描述。在教育部颁布的现行的学科分类中，"中国现当代文学"是"中国文学"这个一级学科下面的二级子学科，而"当代文学"则是中国现当代文学下属的一个研究"方向"。从学科划分的角度，来分析当代文学批评、文学研究现状，分析当代文学史研究以及文学体制、文学机构和文学现象，洪子诚发现，尽管有多部各有特色，观念、方法和体例均有革新的文学史著作不断出版，当代文学史研究仍然落后于现代文学史研究，当代文学史写作也没有取得突破性进展。研究"滞后"的原因，主要在于"当代文学"未能从"现代文学"的学科话语中独立出来，形成"史"的研究优势，而80年代以来当代文学的繁荣发展，使得当代文学史的价值阐释具有了更多的可能性和挑战性。陈思和、黄子平、唐小兵、王晓明、谢冕和孟繁华等人的当代文学史研究，试图寻找新的阐释方法来构建新的"学科话语"，例如："民间"与"潜在写作"的概念、进入"历史深处"揭示"革命历史小说"文本的"生产机制"和"意义结构"、"再解读"式的文本分析与文化研究方法、文学"经典"的重新审视

---

① 陈晓明：《"一体化"：封存还是开放？——洪子诚的文学史思想论略》，《文艺争鸣》，2010年第9期。

和编选、当代文学的"资源"回溯等，都是一种"重新寻找立足点"①的积极尝试。逐步开始寻找在"文学"与"历史"之间建立的内在关联，文学的"外部研究"与"内部研究"不再对立或分离，文学也不仅是作家作品和文学现象，同时也是特定历史条件下的意义生产和传播的整个过程。当代文学史学科存在两个方面的问题，一是寻求更妥切、有效的学科概念与叙述方式，二是对原有的概念和叙述方式的清理。前者着眼于寻找更合适的概括以取代"当代文学"这一概念，后者则是留住这一概念以真切认知它的历史。洪子诚自认为以其智慧和能力，有一定条件做后面这项工作，也就是"设法将问题'放回'到'历史情境'中去审察"，试图呈现这些核心范畴和叙述方式的内在逻辑，揭示它们如何建构自身，产生了怎样的文学形态。

当然，当代中国对文学史的关注和重视，在世界范围内也是极少见的。这不仅是因为中国儒道合一的文化传统对"文"与"史"的重视自古即有，也和当代的学科建制、文学体制甚至文化生产息息相关。在这样的情形下，对中国当代文学史书写的反思与探究，其意义必定是长期和深远的。

三、"经典"重构与"非主流"问题

文学经典的确立，涉及对文学作品的价值等级的评定。谁来评定？谁有权力评定？怎样评定？在什么时间段内评定？这些问题都与经典重构息息相关。在《问题与方法——中国当代文学史研究讲稿》一书中，洪子诚引用了伊格尔顿的经典定义作为旁注："所谓的'文学经典'，以及'民族文学'的无可怀疑的'伟大传统'，却不得不被认为是一个由特定人群出于特定理由而在某一时代形成的构造物。"②因此，洪子诚断言："某个时期确立哪一种文学'经典'，实际上是提出了思想秩序和艺术秩序确立的范本，从'范例'角度来参与、左右一个时期的文学走向。"20世纪中国文学经典评定的不稳定性和变动性，表现为"社会政治、文化的剧烈变革，与大规模的价值重估、'经

---

①　洪子诚：《问题与方法——中国当代文学史研究讲稿》，生活·读书·新知三联书店2002年版，第9—13页。

②　［英］特里·伊格尔顿著，伍晓明译：《二十世纪西方文学理论》，陕西师范大学出版社1987年版，第13页。

典'重评的事件是联结在一起的"①。八九十年代之交的中国当代文学，出现了"精英文学""严肃文学"与"通俗文学"新的碰撞与冲突，大众文化以"解构"和质疑精英文化的姿态出现，并逐渐成为文坛"主流"，对"纯文学"产生了较大的冲击，选择和确立文学"经典"的力量开始出现松动和多元化态势。当代文学史研究的关注点，主要是"当代性"的总体估价和文学审美性的衡量标准之间的"矛盾"与"协调"。

诚如著中所说，中国当代文学的发生、发展和研究，业已走过近70年的历程，但与中国古代文学史、近现代文学史的研究相比较，中国当代文学"史"的建构相对薄弱乃是不争的事实。这种现状的成因是多方面的，其中特定时间内，当代文学"无经典"或"经典化"不充分的事实，已成为制约当代文学史建构的重要原因。对于20世纪50—70年代中国文学经典重评的讨论，势必涉及许多复杂问题。洪子诚曾专门撰文，从三方面提出了若干值得注意的线索并做出扼要论述：第一，文学经典在当代社会生活中的位置，经典重评实施的机构与制度；第二，当代文学经典重评的焦点；第三，经典确立的标准（"成规"）以及重评遇到的难题。②在对"经典""经典化"等相关概念做出梳理和辨析的基础上，分别阐发它们在当代文学史建构中的价值意义，继而以五四以来左翼文学文本"经典化"的历史变革为核心视角，深入探讨当代文学"经典化"的经验教训及其可能的对策，并在"史观"的意义层面探讨"经典化"在当代文学史建构中的独特价值，采用宏观研究与个案研究相结合的方法，对当代文学具体文本、文学现象进行认真探究，探讨"经典化"与当代文学史建构的可能，从而对当代文学史的建构与书写提供有效的理论及实践上的思考与探求，对当代文学学科体系建设产生积极的推进作用。

此外，洪子诚还特别指出，文学史的研究需要保持批判精神或批判立场，并为此做好思想、精神上的各种准备。作家和文学史家在文学和社会体制中，应该保持一种相对独立的位置或者精神态度，知识分子应该建立起批判性视角和多层文化体验，不以孤立的方式、不从当权者的角度来看待事物，而要

---

① 洪子诚：《问题与方法——中国当代文学史研究讲稿》，生活·读书·新知三联书店2002年版，第233页。

② 洪子诚：《中国当代的"文学经典"问题》，《中国比较文学》，2003年第3期。

用另一种观念和经验，对照其他的观念和经验，离开权威，走向边缘。作为对政治化"二元"对立判断的对抗，洪子诚一直关注当代文学史中的"非主流文学"，对小说、诗歌、散文等各类文体中的"另类""异端""地下""边缘""被压抑""潜在写作"等现象①，保持相当高的关注兴趣，也对它们的文学史地位给予了相当大的肯定和赞赏。《问题与方法——中国当代文学史研究讲稿》一书更重要的启发意义在于，洪子诚不仅仅推进了对当代文学学科建设和文学史写作深入和理性的全面认识，更是对文学研究各类基本属性进行了深刻辨析与问题追寻。"在20世纪文艺学的理论变革与历史发展中，我们面临的首要问题是关于问题的问题，即我们如何提出问题，提出什么样的问题是有意义的，它相对于什么对象是有意义，在何种历史、何种语境、何种层面上有意义，不同范式观对问题是如何设定与回答的，即对于今天的文艺学来讲，什么是真问题，什么是假问题。在解释学看来，有关问题的问题在众多问题中具有优先性。"②

第二节　文学与历史"叙述"

一、寻找新的"立场与方法"

1985年，中国现当代文学史研究前辈专家唐弢先生发表《当代文学不宜写史》一文，提出对当代人处理当代事件的"可靠性的怀疑"，隐含了某些难以讲述的经验和无奈："时间过于靠近，心理、情感缺乏距离感，大概就容易看不清楚，过于情绪化。"③1985—1988年，学界就中国当代文学史展开了一场

---

① 洪子诚：《当代文学史中的"非主流"文学》，《南开学报》（哲学社会科学版），2005年第4期。

② 金元浦：《文艺学的问题意识与文化转向》，《中国人民大学学报》，2003年第6期。

③ 洪子诚：《问题与方法——中国当代文学史研究讲稿》，生活·读书·新知三联书店2002年版，第17页。

意义重大的讨论，论及的许多话题已经成为当代文学史讨论的"元话语"。①
面对当代文学究竟能不能写"史"的质疑时，洪子诚概括分析了三个方面的问题：第一，如何理解历史的"真实性"；第二，文学性在文学史中的位置；第三，当代人有无可能"描述""处理"当代发生的文学事件。要突破以往政治图解文学和历史的传统语境，快速找到问题的答案和解决方法，并不那么容易。洪子诚对新的理论资源和文学资源向来执着探求，在《问题与方法——中国当代文学史研究讲稿》一书的第一讲"当代文学史研究现状"、第二讲"立场和方法"中，集中运用了新历史主义的相关阐释，具体分析了中国当代文学史研究"滞后"的原因和寻找新的"学科话语"的紧迫性与必要性，希望能摆脱原有文学史的叙述体系，提出新的文学史理论，建构新的概括方式和描述方式。

新历史主义理论于80年代末传入中国，对于90年代前后的当代文学创作和理论研究与批评产生了重大影响，新历史主义理论在中国的接受和变异，也一并成为当代文学批评史的一个组成部分。新历史主义是诞生于英美的一种对历史文本加以重新阐释和政治解读的"文化诗学"，与福柯的"话语权力"有着紧密的关联。新历史主义对旧历史主义和形式主义文学批评方法加以批判，在张扬"主体""历史"和"意识形态"中，使"文本的历史性"与"历史的文本性"成为批评的主要范畴。②在"主体"与"结构"二元上，此前的形式主义批评选择了结构和语言的文本中心论，传统的历史主义批评选择了历史的客观决定论，而新历史主义在对二者扬弃的基础上选择了主体与历史，使"文本的历史性"与"历史的文本性""历史与叙述""政治解读与文化诗学"成为核心。③总的来说，新历史主义者认为历史和文学同属一个符号系统，历史的虚构成分和叙事方式同文学所使用的方法十分类似，都是一种"叙述"。④新历史主义批评的代表人物格林布拉特通过研究文艺复兴的"自我塑型"来重

---

① 孟繁华：《唐弢与当代文学史研究》，《中国现代文学研究丛刊》，2013年第8期。

② 王岳川：《海登·怀特的新历史主义理论》，《天津社会科学》，1997年第3期。

③ 王岳川：《新历史主义的文化诗学》，《北京大学学报》（哲学社会科学版），1997年第3期。

④ 张京媛：《〈新历史主义与文学批评〉前言》，《新历史主义与文学批评》，北京大学出版社1993年版，第4页。

写文学史，意图打破传统的"历史—文学"二元对立，打破历史的"真实性和具体性"高于文学的判断，将文学看作历史的一个组成部分，是一种在历史语境中塑造人性的文化力量和符号系统——历史与文学共同塑造人类精神；海登·怀特注重"元历史"和"历史话语"的研究，认为历史是一堆"素材"，而对素材的"理解"和"连缀"就使历史文本具有了一种叙述话语结构。

洪子诚对新历史主义理论的借鉴并非简单的横向移植，而是把它作为一种"立场与方法"，同时融入了自己的"经历、经验"，用理性"质疑"与"感性"判断，对作家作品以及文学现象和社会权力关系进行研究，并以此为思想主线，写作了《1956：百花时代》《中国当代文学史》《问题与方法——中国当代文学史研究讲稿》《文学与历史叙述》《材料与注释》等重要文学史著作，著述中关于"历史的真实性"、"文学"与"历史"、"历史"与"叙事"、"碎片"与"断裂"、"边缘"与"话语权力"、"阐释对象"和"阐释主体"、"历史的偶然性"与"不确定性"、"叙事形式"和"真实性"、"历史"与"时间"、"非主流"与"对抗性"等与新历史主义直接对应的概念和表述随处可见，并融入对文学史分期、"当代文学"的概念、文学"一体化"以及文学生产与文学机制、"经典"重构等一系列基本观点之中，形成了他对中国当代文学史的"历史主义"整体态度。洪子诚认为，用新的立场和方法，"以新的历史图景取代原有的居主流地位的历史描述"，对文学历史的"改写""重写"，是文学观念转变的条件之一。[①]文学并不是"本质化"的"抽象的结构"，而是"形成于现实的审美实践之中，受到这种事件的各种意向的制约和影响"，并"历史地"存在着的文本。但文本的"叙述"以及"叙述的历史"，与叙述的年代、叙述的形式以及阅读、讨论"叙述"的年代都密切相关，"历史深处"不仅是"实存的历史本身"，也不仅指"叙述历史的文本形态"，而是"历史本身"与"文本叙述"之间的互动关系。文学史家可以采取"边缘"阅读的"策略"，在不那么"正经八百"，不那么全面、规范的"缝隙"和"字里行间"，去阅读和发现文本的"魂"与"道"，发现"矛盾"与"裂痕"，并在阅读心态和立场上，"与潮流保持一定距离"。

---

① 洪子诚：《中国当代文学史》，北京大学出版社2007年版，第206页。

"文学史问题"如果在"预设"的政治框架之下，从"外部""进行审察，做出判断"，必有其"限度和脆弱"。文学史家要对"一体化"和"非历史的确定性""始终保持怀疑"，不能把文本视为"单纯信奉"的"经典"，也不能"滥用道德主义的、意识形态的批判"，而要"回到历史深处"，去"揭示它们的生产机制和意义架构，去暴露现存文本中被遗忘、被遮掩、被涂饰的历史多元复杂性"①。

二、历史"真实"、历史"叙述"与历史"时间"

文学史的"写作"，首先面对的就是历史的"真实性"与历史的时间因果关系问题。洪子诚深知自己这一代学人做当代文学史研究，由于时间和情感距离过近，"亲历"和"体验"历史导致在对历史的"处理"上，利弊并存。因此，文学理论和文学史观的重要指导和匡正作用就更加凸显。传统的文学史认为文学的事实是客观存在的，历史规律和历史本质是能够被探求的，文学与社会历史的关系可以概括为"反映与被反映"的关系。而新历史主义则对历史的本质和对历史叙述本身持怀疑态度，认为历史与文学的叙述同样具有"虚构性"，从而继续论证"文学的历史性"与"历史的文学性"之间的关联，破除了历史文本对历史事实的真实再现或"反映论"。后现代主义理论先驱福柯"话语"理论，集中论述知识谱系和"权力"的建构方式，他认为不是由说话者"人"来支配控制"话语"，而是"人"由"话语"支配并建构，人的主体性由此遭到质疑，"历史"同样是由"话语"建构的产物，历史的必然性、连续性、可靠性也因此被解构。格林布拉特认为，文学并非游离于社会文化话语体系之外，相反，文学是历史话语的重要组成之一。海登·怀特强调历史的深层结构是"诗性的"，是充满虚构想象加工的，历史话语具有三种解释策略：形式论证、情节叙事、意识形态意义。②从这个意义上说，历史学家就像诗人一样去"预想"历史，阐释理论。洪子诚的文学史实践表述中使用的是"预

---

① 洪子诚：《文本"缝隙"与"历史深处"》，见《文学与历史叙述》，河南大学出版社2005年版，第224—225页。

② ［美］海登·怀特著，陈新译：《元史学：19世纪欧洲的历史想象》，译林出版社2013年版，第2页。

设"一词，国家权力对革命历史的"预设"与规范，影响到文学和文学史对叙述的"预设"。洪子诚反复论证，文学文本的"独立性与自足性"与"历史性"密不可分，要从中国特有的历史叙事传统、作家刻意的反叛姿态与自我意识、当下的现实语境等几个方面，探寻文学与历史的"叙述"。在中国，不论是古代还是现代，"历史"和"文学"都具有一种"分明的等级关系"，历史的讲述是第一位的，艺术自身的审美逻辑和内在合理性反倒屈居其后。从古代的"史传文学"到当代红色经典小说的"史诗性"追求，都体现了"历史"对"文学"的"压力"，甚至到"新历史小说"时期，历史的指向和历史反思的立场、方式已发生了改变，莫言、余华、苏童、格非、叶兆言、刘震云、刘恒等许多作家不约而同地转向"解构"历史，忽略了时间限定与当下现实，弥漫着"暴力"与"沧桑"，本质上也同样体现了"文学"对"历史"讲述的"重要承担"。中国当代文学关于历史的叙述，一直处在"不断修改"的"不稳定的状态之中"，"不仅是评价的不同，而且有历史事实、历史细节的不断更易"。[①]这正好说明历史叙述与小说写作的相似性，"真实"与"虚构"并不是那么界限分明。在叙述之外，并无"历史"。"历史"并不能自动存在，自动呈现，其存在必须赋予形式，必须引入意义。历史的陈述就其本质而言，是一种特定时空情境之下的"意识形态""想象"的产物。与此同时，历史事件本身具有的"复杂性""多面性""含混性"，也导致阐释的多种向度、多种可能。而叙述者身份和处境上的限制、思想和理论的局限性、叙述者"所依据的材料的可靠性""使用材料的方式"都会影响历史"真实"。洪子诚指出，"时间"是历史叙述公正性的一个首要保证，"当代人"阐释历史、"评价"当代性的动机非常强烈，这种"评价的压力"也会给文学史的研究带来许多问题。"当代人"的研究和"后来人"的研究，应该互相参照、互相补充。

尽管"真实性"问题如迷雾一般困扰着文学与历史，洪子诚仍然不放弃对真实、真相、本质的"信仰"，并以此为学术研究的根基和动力。"文学"与"历史叙述"的关系问题，是当代文学史研究者谁都无法回避的问题，洪子

---

① 洪子诚：《问题与方法——中国当代文学史研究讲稿》，生活·读书·新知三联书店2002年版，第18—21页。

诚的当代文学史实践活动，常常直面这一问题展开，他对中国当代文学史的叙述，不仅专注于客观存在的文学事实，诸如文学运动、文学论争、文学创作、文学思潮等，也关注不同的历史亲历者和不同时代的研究者们对"历史"的阐释和接受，从而形成文学史家对文学与社会历史的独特理解。洪子诚的当代文学史不仅从文学历史中感知过去，反思历史，也指向现在，借"历史"反思当下，引导未来，寄托史家的人文精神，用建构文学史的方式参与了文学"历史"的重构。

三、"阐释"与"偶然"

新历史主义认为，对历史的叙述，填平了历史事实、历史意识、历史阐释三者之间的差异鸿沟，在"元历史"和"叙述"的照射下，非连续的、偶然的历史事件按照"阐释"和"编织"的方向发展演进。阐释的语境包括写作的语境、接受的语境、批评的语境，对某种被阐释过的历史的认同，往往不是认识论的，而是"道德的"或"审美的"。其中，谁来叙述（以及谁有权力叙述）、怎样叙述、谁来接受、怎样接受，以及谁来阐释、阐释的语境、影响和接受的后果评价等，共同构成了"历史"。洪子诚的《中国当代文学史》在处理文学与历史的关系、阐释与被阐释的关系时，也重点考察"历史情境"问题："本书的重点不是对这些现象的评判，即不是将创作和文学问题从特定的历史情境中抽取出来，按照编写者所信奉的价值尺度（政治的、伦理的、审美的）做出臧否，而是努力将问题'放回'到'历史情境'中去考察。也就是说，一方面，会更注意对某一作品，某一体裁、样式，某概念的形态特征的描述，包括这些特征的演化的情形；另一方面，则会关注这些类型的文学形态产生、演化的情境和条件，并提供显现这些情境和条件的材料，以增加我们'靠近历史'的可能性。"①"放回""情境"，提供"呈现"的"条件"，是这段话的重点。洪子诚力图以相对客观中立的立场来"评判"历史，避免主观判断，权衡整体与细部，避免评判标准的偏颇，尽力达成读者阅读和理解文学史的可能。然而，文学和文学史的主体都是人，主观性和倾向性在所难免，

---

① 洪子诚：《中国当代文学史》，北京大学出版社1999年版，第5页。

无论文学史家再怎么强调客观、真实，文学史文本对历史真相和历史语境的还
原程度都是有限的，政治、经济、社会、时间、历史等各种现实因素都会影响
历史的呈现和意义的表达，历史真实到底能在哪个点上还原到哪种程度，其实
相当不可知。当然，洪子诚回到"历史情境"去研究文学题材、文学样式、文
学生产、文学阐释的学术意识和学术态度，是相当值得赞许的。从这里申发开
来，黄修己、王宏志、洪子诚等一批当代文学史家的研究方法，已经从传统的
实证主义转向强调主体作用的阐释型史学。历史事实是凝固的，对它的阐释却
是多角度和无穷的。洪子诚注意到阐释主体与阐释客体的"不稳定性"和"相
互制约性"，并从自己的学术研究经验得出这样的结论：同一研究者在不同时
期，对于什么"事实"能构成文学史家的研究对象的标准，具有极大的"偶然
性"。在文学史研究中，总会发生一部分"事实"被不断发掘，同时另一部分
"事实"被不断掩埋的情形。即使同一个"事实"，在不同的历史叙述中，也
会呈现相当大的差异性和变动性。[1]单一的研究主体并不是如启蒙时代所想象
的那样"自足而完整"，绝对的自足性也是一种"神话"和"想象"，因此，
文学史的写作同样具有强烈的"主观性""叙事性"和"想象性"，文学史写
作的形式和叙述话语的形式也是一种"价值观念"的体现。比如，"当代文学
在国外，往往被当作了解中国社会政治问题的材料"，从一个侧面说明这些
"材料"关于政治、革命、历史命运的叙述，其中有当代中国精神生活的投
影，有国家民族命运的投射，与"革命"的话题一样，"的确产生了非常强
烈的吸引力"。[2]洪子诚希望能够发现当代许多被"遗漏"的、"另类"的叙
述，对人的情感、观念表达方法不一样的叙述，他的文学史很大程度上是在整
体研究的框架下，同时注重对这些历史"碎片"的整理，对"非主流"的肯定
与接纳。在大历史的"裂缝"中偶尔存在一些"偏离"规范的东西，文学史
要做的不是忽略或否定，而是考察它在什么点上偏离和偏离到什么程度。文
学史家要把作家作品放回到"历史情境"之中去观察，去处理，去叙述，进
而去"触摸"历史"现场"。这种深入对象之中去探求对象内在逻辑的"历

---

[1]　洪子诚：《问题与方法——中国当代文学史研究讲稿》，生活·读书·新知三联
书店2002年版，第33—34页。

[2]　注释详情，第61页。

史主义"的方法，难点在于很容易被对象同化，因认同式的"理解"而丧失"批判精神"。文学史家需要尽可能抑制这种强烈的情感介入和道德主义的冲动，只讲述"基本事实"（当然是经过编排的，而不是现在常说的什么"原生态"）。①洪子诚在讨论20世纪中国文学问题的时候，50—70年代被作为一个相对独立、相对整一的文学时期看待，不过，对这个时期的性质、特征以及具体起止点的描述上，不同的研究者会出现较大的出入。中国现当代文学受到苏俄文学的深刻影响，都存在简单化、教条化的缺陷，洪子诚没有做横向影响研究，而是从"相关性"的角度出发，提出若干问题，考察这两个国家在处理走向世界文学、对"现实"的理解和态度、"纯文学"和"奉献社会"之间的冲突等问题上的异同。

李杨曾经就当代文学史写作的相关问题与洪子诚通信探讨，洪先生给予了积极回应和耐心解释。李杨认为90年代以后的文学史著述，都有一个潜在的对话对象，那就是针对80年代的主导叙述方式。针对信中提到的80年代文学史叙述中著名的"断裂论"，洪子诚分析说，文学史研究需要面对和"反抗"的是"互相冲突又互相缠绕的两种叙事、两种文学史观"，即：50年代确立的"当代文学"高于"现代文学"的历史观，80年代确立的"多元"和"文学性"框架，它们同时构成文学史写作的潜在背景。洪先生并不认为90年代与此前现当代文学史的传统发生了"断裂"，相反是对五四新文学精神的"深层的延续"。②作为传统历史主义和意识形态主导论历史观的挑战者，洪子诚显示出文学史研究实践向"历史深处"的深层拓展。然而，从理论与实践相结合的高度全面审视，它确实如李杨所说，尚未摆脱文学回归历史与沉沦历史的困境，没能解决颠覆"大历史"与陷入"小历史"的相对主义的问题，强调历史主体的心理情感与"还原"历史的不可知、迷恋"边缘"意识与执着于政治意识形态的悖论、史家代言与作家缺席等矛盾依然存在，当代文学史的写作依然困惑与挑战并存。

---

① 洪子诚：《问题与方法——中国当代文学史研究讲稿》，生活·读书·新知三联书店2002年版，第98页。

② 李杨、洪子诚：《当代文学史写作及相关问题的通信》，《文学评论》，2002年第3期。

第三节　文学的历史担当

一、"公正与共识"：材料叙述的互文性

当代文学史研究中的史料问题是文学史研究的基础，也具有推动学科发展的作用。重视史料是研究者的一种"职业伦理"。[1]文学史不是文学的大事年谱或年鉴，不是材料堆积的流水账，它是在一定的理论模式和叙述框架之下，对材料的选择、整理、编撰、使用和评述，体现了研究者的理论视野和架构能力。从材料的田野式挖掘到材料的深度运用，史家的思想性是组织材料并且使材料得以"说话"，进而体现出某种历史逻辑的重要黏合剂。很多研究者由于主观上认为"当代"离"我们"、离"现在"如此之近，因此不存在史料的搜集、整理问题，因而造成了当代文学研究中出现过多"笼统的""宏观的"大叙事，类似"主流话语""国家意识形态"等宏观概念，替代了具体的材料分析。洪子诚的《中国当代文学史》及其历史叙述，既对应着中国当代文学的编纂史，更折射出1949年后中国的整体历史进程之下，历史个体的精神与行为的具体选择。洪子诚使用的材料及其历史论述，本身就构成了当代文学史的历史对象。面对历史、进入历史、讲述历史、研究历史、评述历史，文学史家要尽可能减少主观，尊重客观。他近年来的一些史学论说，开始显示出个人经验的"抑制"与叙述的"后退"。[2]2016年新版的《材料与注释》一书中，有六七篇文章都是尝试以材料编排为主要方式，探索文学史叙述的另一种可能性，尽量让材料本身说话，围绕某一时间、问题，提取不同人或同一个人在不同时间、情境下的叙述，使材料之间形成彼此参照、对话的互文关系，以展现"历史"的多面性和复杂性。比如1957年的中国作协党组扩大会，从6月初到9月中旬，三个多月的时间里开会的次数达到25次之多，参会者从最初的二三十人达最后的千余人之众，受到批判并被定为"右派分子"的有丁玲、陈企霞、

---

① 洪子诚：《当代文学的史料问题》，《长沙理工大学学报》（社会科学版），2016年第6期。

② 石岸书：《叙述的"后退"——从〈中国当代文学史〉到〈材料与注释〉》，《汉语言文学研究》，2017年第2期。

冯雪峰、艾青、罗烽、李又然、白朗等一大批知名作家。洪子诚把这次在当时被看作革命与反动的文艺路线之争的扩大会议的核心问题，定格于政治结构化的文艺权力阶层在权力分配上的较量。为了全方位立体化地展示它在当代文学史中的重要性，洪子诚将与此次事件有关的材料——包括邵荃麟、冯雪峰、林默涵、张光年、郭小川等人在"文革"刚发生时所写的"交代""检讨"，会上的部分发言内容等，一一进行了编排和注释，用材料和对材料的注释（也是材料）说话，而不是轻易做结论，"以此了解包含在此一事件背后的人、事背景，并通过对同一事件、不同人、不同时间的相似或相异的叙述，让不同声音建立起互否或互证的关系，以增进我们对历史情境的了解"①。之所以放弃对单一材料的调配和使用，是"因为材料掌握上的限制，也因为对这一写作方式的合理、有效性产生怀疑"。他用"历史共识"和自成一家的文学史观来穿透、摄取各种材料，辨识出其中一些史料的文学和史学价值，匡正某些特定历史时期形成的意识形态化的过激论断。这种客观公正的历史态度，正是洪子诚当代文学史实践的治学特点：不断质疑、否定，不断尝试、挑战，在"持续焦灼"与"矛盾""困惑"中，实现文学史叙述与话语方式的新突破和新超越。

从事文学研究的学者都知道，获得文艺方面第一手资料的难度很大。除了公开发表的文章、专著，洪子诚更孜孜不倦地从很多过去的原始会议记录、个人"交代""检讨"等资料中不断挖掘，用不同人、不同时期、不同材料的共时性呈现，共同佐证同一个"历史情境"。洪子诚认为，"文学史研究与叙述简约化"的根本原因，是"激进政治、思想、文化"一体化，"文革"时期精神、思维、语言被清理、被简化、被遮蔽、二元对立化，难以触及本质和深入灵魂的集体无意识，形成了一整套在现当代文学史研究中始终占据主导地位的研究观念与研究模式，如"历史必然性的阐释者""历史真理的宣示者"的角色认定；"将研究者置于道德的、政治的、艺术的'制高点'，进行审判式研究"的态势；"将丰富复杂的文学现象纳入某一理念，进行有序化处理"和"等级叙述"的研究结构叙事等。这些缺乏"对人性弱点的宽容"、缺乏"人

---

① 洪子诚：《材料和注释：1957年中国作协党组扩大会议》，《文学评论》，2012年第6期。

情味"的研究，既偏离了历史，又偏离了文学，其价值和意义值得推敲。

我们能在多大程度上恢复历史的复杂性与丰富性？我们该如何梳理历史叙述者与历史的关系？杨联芬评价道："研究主体与历史之间的复杂缠绕，是激发洪子诚先生不断思索并探求历史叙述可能性的最重要动因。"洪子诚的《材料与注释》的叙述方式，直接用原始材料充当"正文"，将丰富的材料并行排列起来：同一对象的不同材料，同一个人不同时期对同一事件的叙述，以及不同人对同一事件或对象的回忆、评价，这些材料或参差矛盾，或相辅相成，相互证实、证伪，最后还原出逼近历史真实的"现场"。[1]同时，洪子诚借鉴传统笺注的方式，在正文之外，平行并列了另一个信息量大大超出正文的"副文本"。副文本援引大量材料，对以"客观"状态出现的正文本的原始材料进行再注释，形成对正文本中描述的事件、人物、冲突等的多重辨析、探究与评判的张力，使正文本在平行状态下不断横向延伸，促进材料之间"互文"和"对话"的双向"流通"，形成多声部多旋律的"交响乐"结构，从而成就了该书特殊的和自足的形式。

其实，早在2002年的《问题与方法——中国当代文学史研究讲稿》一书的撰写中，洪子诚已经尝试使用这种"笺注"的叙述方式，把一些个人思路、灵感的闪现、相关理论背景材料等有选择性地备注在页边，扩充读者阐释和接受的视野，尽可能满足"回到""历史情境"去进行判断这一最终目的的条件。其1999出版的《中国当代文学史》，也在文末附上了长达33页的中国当代文学年表，2007年修订时更增加到39页，编排了几乎所有当代作家作品的发表情况和文学界的大事要事，这一编年史体例的附录，注重辑录点滴史料，以"大事年表"的形式提供基本史料和基本线索，成为了解当代文坛概貌极佳的材料索引。早期的中国当代文学史往往是以某种主观化或政治化的历史观，有倾向地挑选、屏蔽历史材料，勾勒出相对"清晰"的文学史线索。然而，八九十年代以来，这种文学史观和叙事模式受到了日益高涨的质疑和挑战，洪子诚先生的客观材料编排法尽力避开史学家的主观控制作用，用多角度、多侧

---

① 杨联芬、邢洋：《真相与良知——洪子诚〈材料与注释〉引起的思考》，《文艺争鸣》，2017年第3期。

面的丰富历史材料恢复"历史情境",可以重建人们对历史的信任,推进了当代文学的史料学叙述的系统性和整体性,重构了中国当代文学的书写范式。

正如2016年11月21日洪子诚在中国人民大学课堂的发言中一再表示的:"我只是处理材料,没有构建什么体系。"他以"原装"方式直接呈现某一历史事件(文本),试图避免容易遭到指摘的历史叙述者的"主观"叙述与立场。他总是擅长将"大历史"化为"小历史",把视野投入到一些为"通史家"所不屑或难以发现的小问题、细部问题和见惯不惊的问题上,在他自己熟悉的材料和得心应手的研究领域深入钻研,运用自己潜心梳理的术语和概念,在"文学文本"与"历史文本"之间找到具有沟通性和交流性的可能途径,终究成就了自己"专史家"的名号。

二、真相与良知:文学史叙述的价值判断

洪子诚的当代文学史叙述大部分集中于对中国当代文学史"泛政治化"性质的反思和批评。与中国现代文学"救亡"压倒"启蒙"的政治化和旧时代的商业化趋势相比,受现实政治、学术观念、学术体制和材料获取不易等多种原因的制约,中华人民共和国成立初期,"国家以组织政治和经济活动的方式来组织文学生产,对文学写作、出版、流通、阅读、评价,根据意识形态目标加以管理、调节、控制。这个问题,应是了解当代文学'本质'的关键。"[①]洪子诚和许多人一样,一定程度地"投身到"新时代以来的文化运动以及后来的"文革"之中,但一直坚守这一种"怀疑"的智慧和"批评"的尊严,在不确定中寻找有生命的学术和人生,在责任与焦虑之间寻找治愈"文学焦虑症"的可能途径。

50年代初、1958年前后、80年代末到90年代初,洪子诚曾三次阅读和研究巴金。少年时期是浪漫狂妄地对巴金"激流三部曲"特别是《家》所反映出的"启蒙"美学观念的热烈呼应,大学期间则是在1958年"插白旗、插红旗"的"新文学"审查和文化批判运动中,作为讨论小组的成员,"在事先确定的阐释框架中的阅读,一种非个人的、'公共性'的阅读"[②],"消极"

---

① 洪子诚:《我的阅读史》,北京大学出版社2011年版,第29页。
② 洪子诚:《我的阅读史》,北京大学出版社2011年版,第11页。

与"积极"的社会政治效用成为争辩的唯一中心。这种阅读和讨论有鲜明的"指导性"，个人的阅读感觉和印象"都自觉、紧张地不断加以修改、提升、涂抹"，以便达成统一的"正确"结论。洪子诚对这种"过滤"式的研究方法进行了深刻的反省和质疑，对"当年追求政治进步"的自己的某些"记忆有误"的细节，也丝毫不加以回避，而是真诚地直面和更正。80年代的思想和文学潮流中，《随想录》的研究与分析代表了政治意识形态化阅读的"衰退"，以及知识分子精英意识和"代言"姿态的"冷却"，学界的主流从50年代以来的"干预生活"转变到"回到文学自身"。"纯文学"的诉求尽管同样隐含某种"政治"含义，但洪子诚对知识分子的"后撤"趋势表示天然的"亲近"和"期待"。怀着对文学和人类未来的责任，洪子诚希望把文学史中许多真相加以"还原"和"揭示"，以了却对于历史的"债务"或者自身"怯懦"的遗憾。洪子诚认为，在特定的历史语境中，"讲真话"都是艺术和历史叙述的"至关重要的前提"（尽管不是全部）。巴金和洪子诚同样让我们感动的，是他们作为写作者在面对个人在历史中的责任问题的勇敢担当。洪子诚并不愿意把《随想录》的文本"性质"定义为文学文本，而是把它看作"一部探讨历史责任的书"①，其关键词是"正视历史""反思历史""承担历史""拒绝遗忘"。这不仅仅因为其中不少文字"文学性"的缺失，更因为其中有太多对于现实、思想和历史问题的深入探讨与尖锐反思，是作为一位公共知识分子对于中国当代社会思想文化的批判和记录。重大的历史事件往往牵涉许多人和事，历史亲历者以文字或讲述的形式，在"良知"的召唤和嘱托下，记录已发生的事实，提取亲历的体验和记忆，为历史提供"历史创伤的证言"②，这是历史叙述的重要形式，是呈现"历史原貌"的重要手段。洪子诚极少做斩钉截铁的价值判断，他总在不断反思问题、提出问题、分析问题，同时把不能解决的问题交给"过程"，在搜寻、挑选、编排、评鉴之中，尝试重建新的价值标准。对于许多"当代"历史的参与者以"虚构"或者"纪实参与虚构的方式"来反思"当代史"，去"揭露"或者"塑造"受难的经历，洪子诚更欣赏巴金这种

---

① 洪子诚：《我的阅读史》，北京大学出版社2011年版，第23页。
② 洪子诚：《中国当代文学概说》，香港青文书屋1997年版，第104页。

“严格自省的写作”，因为巴金在80年代反思个体在“历史”中的位置和态度问题中，“通过自审以重建启蒙责任，从公众和自己内心那里重新获得‘文人英雄’”的“民族的良心”。①

不管是阅读、研究或是本科教学，洪子诚均抱着十二分的真诚与善良。“我对夸张、空泛，总是十分警惕。”②20世纪80年代前期，“文学界在纷杂的思想文化‘发掘’与‘输入’的热潮中，寻求反叛‘文革’模式和社会主义现实主义思想、文学话语的资源。人道主义的启蒙精神、‘现代派’的文学等，是集中的关注点。”③洪子诚在早期的《作家的姿态与自我意识》一书中，就谈论过艺术与社会的关系，人道主义的社会理想的力量及其局限。尽管道德之美并不能简单直接地转为艺术之美，但文学的叙述往往贯穿着爱，贯穿着为了爱和正义去反抗荒谬、非正义，贯穿着寻找出路的激情和勇气，这种强烈情感的充盈和“适度”的庄严阐发，就是道德的界限。洪子诚认为，文学不能过分地成为“粗劣”的政治工具或匠人式的娱乐工具，重提巴金，是对写作者和研究者历史责任意识的再度确认和强调。在语言与良知、艺术与道德之间，洪子诚更倾向于后者。在看待、处理历史的“灾难性”事件上，在思想、情感、逻辑日趋“严苛”的时代，相比深刻、冷静、理性、克制，洪子诚更欣赏人道主义的“真诚”与“憨傻”，更享受以个体生命投入文学和文学史阐释的“快乐”以及“伤感”。洪子诚认为，巴金作为作家的“自审”和“忏悔”，不仅是个人的道德修养与自我完善，更是对历史的勇敢担当。面对八九十年代以来的文学转型，一些文学作品对于新的意识形态话语和各种“权力”的追捧、依附、媚俗，洪子诚始终认为，文学与文学史的写作应该与政治保持适当的“距离”，维护叙述者的精神独立地位，摆脱对政治权力或者金钱权力的影响。他们这一代学者治学的严谨、踏实、认真的态度，对于历史反复清理、探究、反思的态度，在承继与接续中革新、超越的态度，以及对于历史强烈的道德责任感、勇于承担的态度，是后辈学人致敬和学习的典范。

---

① 洪子诚：《我的阅读史》，北京大学出版社2011年版，第15—16页。
② 洪子诚：《我的阅读史》，北京大学出版社2011年版，第2页。
③ 洪子诚：《中国当代文学史》，北京大学出版社2007年版，第200页。

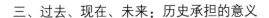

三、过去、现在、未来：历史承担的意义

数十年来对于中国当代历史、文学的"复杂性和深刻性问题"的不懈探究，体现了洪子诚的学术担当与学者尊严。文学史研究的目的不仅在于挖掘出"历史的真相"，让那些未被意识到的意义重见天日，更在于让历史的启发意义和经验教训作用于今天，影响到未来。这正是洪子诚当代文学史实践的出发点和现实意义。无论是历史观念的更新、研究方法的选择、材料编排的对话，或是对作家作品的理解、道德责任意识的担当，洪子诚的文学史叙述都达到了前所未有的广度和深度。

新世纪以来，洪子诚继续延续个人化的史学研究路线，理性分析学界的新动向、新趋势。从重视中国历史特殊情境和尊重历史复杂性的角度出发，"用中国的方式研究中国，用西方的方式研究西方"[1]这一说法颇为合理，但"中国方式"与"西方方式"在20世纪以来的碰撞融合如何彻底分割？观念、学说、方法的借鉴与参考，也并不需要过度焦虑地排斥"他山之石"。洪子诚坦陈韦勒克、伊格尔顿、佛克马的文学史研究给了他直接的启发，而借助西方"新批评"的论文来分析北岛诗作的"意象群"，比较北岛诗歌与波德莱尔《恶之花》的意象和泰戈尔句式的异同，这种进入作品"内部"的方法也已经被批评实践证明是成功而"得意"的。

文学史不仅讲述文学的历史，也讲述这种历史如何被叙述。格林布拉特的"文化诗学"理论，将文学看作人性重塑的心灵史，王岳川教授对此的具体解释是：历史是一个纵向延伸的本文，对历史的讲述是一段压缩的历史，即历时和共时的统一。历史和对历史的讲述构成了生活世界的一个隐喻。历史文本将不确定性的飘逝存在形式化为可领悟的话语符号，过去与未来在文本的意义生成中瞬间接通。历史使文本的写作和阅读，成为生命诗性的尺度。在尺度的历史测量中，人透过文本而寻绎到生命的诗性意义。[2]格林布拉特的文艺复兴历史叙述的"自我造型"论，建立在人的主体性意识、"心灵知觉"和"灵

---

① 甘阳、王钦：《用中国的方式研究中国，用西方的方式研究西方》，《现代中文学刊》，2009年第2期。

② 王岳川：《新历史主义的文化诗学》，《北京大学学报》（哲学社会科学版），1997年第3期。

肉合一"的理论辨识基础之上，人的主体性在生命活动中力图自我塑造而趋向善。洪子诚教授的中国20世纪50—70年代文学史研究，同样建立在当代作家的自我意识和主体姿态之上，认同"写真实"和"自我表现"的叙述需要，是人类意识内省和外察的自主需要，是对"一体化""纱幕"笼罩之下的混沌幻象的不满和排斥，是人对自己精神独立性的自我确认和渴望。人性的自我完善是当代大多数作家的努力目标，也是研究者和读者"对文学的普遍性期待"。①洪子诚说，在当代中国的身份认同上，"代"的归属是个重要问题。②"共和国一代""复出一代""知青一代""50年代""60年代""70年代""80后""90后"等等命名，用"时间"断代法来聚合某一群体，"标示"它的特征及其与历史"大叙事"之间的关系，并"暗示"了各个代际不同的话语权力。"见证式"的叙述正是这种代际身份标志的表现之一。然而，一旦缺失清晰的界限或者找不到代际的归属，就会陷入到没有可信、稳固的叙述基点的"失语"状态之中。

文学史是人类心灵对话的历史，历史的讲述过程大于结果，过程大于评价。洪子诚以毕生的学术虔诚，试图重新标识历史的维度，重申文学话语范式对历史话语的制约，清理历史意识和意识形态话语的权力关系，同样"过程性"地张扬了学院派知识分子严谨踏实的学术品格和开阔创新的学术视野，成为千百年中国文化传统中"君子儒"③的当代"还原"。

附：洪子诚的主要学术成果

主要著作

1. 《当代文学的概念》，与张钟等合著，北京大学出版社1979年初版，1986年修订。

2. 《当代中国文学的艺术问题》，北京大学出版社1986年出版。

---

① 洪子诚：《作家的姿态与自我意识》，陕西人民教育出版社1991年版，第3页。
② 洪子诚：《我的阅读史》，北京大学出版社2009年版，第120—121页。
③ 旷新年：《君子儒：洪子诚的意义》，《文艺争鸣》，1996年第6期。

3. 《作家的姿态与自我意识》，陕西人民教育出版社1991年出版。

4. 《中国当代新诗史》，与刘登翰合著，人民文学出版社1993年初版，2005年修订。

5. 《中国当代文学概说》，香港青文书屋1997年出版。

6. 《1956：百花时代》，山东教育出版社1998年出版。

7. 《中国当代文学史》，北京大学出版社1999年初版，2007年修订。

8. 《问题与方法——中国当代文学史研究讲稿》，生活·读书·新知三联书店2002年出版。

9. 《文学与历史叙述》，河南大学出版社2005年出版。

10. 《当代文学的概念》，北京大学出版社2010年出版。

11. 《我的阅读史》，北京大学出版社2011年出版。

12. 《材料与注释》，北京大学出版社2016年出版。

主要论文

1. 《文学传统与作家的精神地位》，《文学自由谈》，1988年第6期。

2. 《目前当代文学研究的几个问题》，《天津社会科学》，1995年第2期。

3. 《"人文精神"与文学传统》，《文艺争鸣》，1995年第6期。

4. 《关于五十至七十年代的文学》，《文学评论》，1996年第2期。

5. 《"当代文学"的概念》，《文学评论》，1998年第6期。

6. 《我们如何接近历史》，《文艺争鸣》，1998年第6期。

7. 《"中国当代文学"》，《南方文坛》，1999年第1期。

8. 《当代文学的"一体化"》，《中国现代文学研究丛刊》，2000年第3期。

9. 《文本"缝隙"与"历史深处"》，《中华读书报》，2000年6月14日。

10. 《近年的当代文学史研究》，《郑州大学学报》（哲学社会科学版），2001年第2期。

11. 《当代文学史写作及相关问题的通信》，《文学评论》，2002年第3期。

12. 《我们为何犹豫不决》，《南方文坛》，2002年第4期。

13. 《中国当代的"文学经典"问题》，《中国比较文学》，2003年第3期。

14. 《北岛早期的诗》，《海南师范学院学报》（社会科学版），2005年第1期。

15. 《当代文学史中的"非主流"文学》，《南开学报》（哲学社会科学版），2005年第4期。

16. 《当代诗歌的"边缘化"问题》，《文艺研究》，2007年第5期。

17. 《文学的焦虑症》，《文学报》，2010年1月21日。

18. 《"作为方法"的"八十年代"》，《文艺研究》，2010年第2期。

19. 《"当代"批评家的道德问题》，《南方文坛》，2011年第5期。

20. 《材料和注释：1957年中国作协党组扩大会议》，《文学评论》，2012年第6期。

第四章

杨义的文学研究

判断一位学者的研究是否具有贡献，一般看三方面：一是观其是否开拓出宏观或微观的研究领域，二是观其是否提出一套新颖深刻的学术方法，三是观其是否创造出影响深远的学术理论。很明显，杨义的贡献主要属于前两者，但毋庸置疑，博古通今的他是当今罕见的可以称得上"大家"而不仅仅是"专家"的学者。纵观杨义先生几十年来的中国现代文学研究，其贡献大致表现在三个领域：中国现代小说史研究领域、鲁迅研究领域，以及中国现代文学研究方法领域。

第一节　中国现代小说史研究

杨义的《中国现代小说史》，1986年9月出版第一卷，1988年10月出版第二卷，1991年5月出版第三卷。在他之前，以《中国现代小说史》命名的研究著作，较有影响的版本，大概有夏志清版（耶鲁大学出版社1961年英文版），田仲济、孙昌熙主编版本（山东文艺出版社1979年版），以及赵遐秋、曾庆瑞合著的版本（中国人民大学出版社1984年版）。在他之后，则有严家炎主编的《二十世纪中国小说史》（但1989年只出版了陈平原著的第一卷，似无后续之作），以及叶子铭、邹恬、许志英主编的《中国现代小说史》（南京大学出版社1991年版）。

客观来说，迄今为止国内的"中国现代小说史"著作，影响最大的就是杨义的皇皇巨著。甚至可以说，在它出版后30多年来，无人超越，也无人敢冒昧出版新研的"中国现代小说史"。之所以会出现这样的现象，也许是因为该著"史料"翔实、"史观"厚实。

一、以翔实的史料抵抗本质化、粗陋化研究，注重复杂性

杨义在史料的运用上，大致具有三个特征：

一是史料丰富翔实，长于辨析。

在史料的丰富性上，后人的确难以超越杨义，因为杨义用十年时间治

《中国现代小说史》，读了一亿多字的著作和材料，成书一百五十多万字，单是与中国现代作家及其后代的通信就达近百封。①所以后人只能在史料上作些边边角角的修补，例如杨义没有把徐志摩、汪静之等人的小说，或者广而言之，诗人小说，作为一种现象进行挖掘和论述。但即使如此，也只不过是个别缝补，以这种缝补来进行整体的中国现代小说史研究，味同嚼蜡，不如放弃。

该书涉及的作家作品数量惊人，钩沉了很多鲜为人知的作家作品。按照该书内容提要所示，该书分章节论述的作家110人，涉及作家600人，评述作品2000余种。在20世纪80年代，中国现代文学研究刚摆脱高度政治化的研究语境不久，该书能够在高度评述以鲁迅为代表的左翼文学和解放区文学的主潮意义之外，重评和挖掘了大量有艺术个性的作家，这是难能可贵的。例如马宁、侣伦、关沫南、王秋萤等40年代的小说家，在1998年的时候，有的知名学者尚且自觉对之相当陌生，②更何况是80年代呢。

杨义之所以如此重视史料，是源于他的治学理念。他自认在搜集批阅和考证资料的阶段，受到乾嘉学者严肃的治学态度和沉实的治学方法的启发，注重掌握扎实的第一手材料或可靠的第二手材料，以免出现戴东原所批评的"以人蔽己"、以讹传讹的错误。基于这样的治学理念，他批评夏志清《中国现代小说史》"往往是按自己的偏见和趣味，任意裁夺"研究对象，批评夏志清"把中国白话文学的发生几乎等同于胡适的《四十自述》"，而强调"我们的责任是踏寻历史存在的本来面目，使民族在一段历史时期积蓄起来的智慧和生命，不至于被时间的流水和人为曲解的泥沙所吞没，以便给新的创造和追求提供一个可靠的、充实的起点"。"力争读完每个小说家的全部作品，广泛涉猎当时报刊文章，时或不惜运用文献学和考据学的手段，就是为了按照历史的本来面目构筑这个宏大的系统，并使这个系统矗立在坚实的基础上。"③故此，他除了多方搜集史料之外，还对诸多的史料进行勘误辨伪，既注重史料的"多"，还注重史料的"真"，因为只有两者结合起来，史料才是真正可靠可

---

① 杨义：《〈中国现代小说史〉书简录》，《新文学史料》，1991年第1期。

② 朱寿桐：《论中国现代小说史研究的现行格局与发展前景》，《江海学刊》，1998年第1期。

③ 杨义：《〈中国现代小说史〉絮语》，《出版工作》，1987年第7期。

信的，否则研究容易成为无本之木、无源之水。

故此，杨义极为看重史料的辨析，他指出一部有影响的文论选把黄摩西在《小说林》上针对梁启超而发的《小说小话》中一段非常精彩的话，误为梁启超所作；一部有见解的专著把曼殊室主人梁启勋（梁启超的弟弟）在《新小说·小说丛话》的一段文字，误为苏曼殊所作；一些权威性的文学史著作误把《禽海石》的出版时间，推迟了四年。①唐弢先生曾经谈起杨义询问过他彭家煌和彭芳草是否是一个人，面对唐弢和彭家煌儿子的不同答案，杨义通过通读二人的作品作出判断："从作品风格和题材看，他们确实是两个人。"唐弢指出"杨义并不是一个随声附和的人，他能根据自己掌握的材料，独立思考，客观地作出判断，我认为这是专业研究中极其可贵的学术品德"。他不喜欢杨义的"才子气"，而佩服杨义的"硬功夫"。②

杨义在史料运用上的第二个特征是复杂性。

杨义擅长抓住小说思潮的主潮，但是又不忽略支流，不忽略对立面。例如他在阐释梁启超的启蒙主义小说理论之余，除了以王国维、黄摩西、徐念慈、林纾等人注重审美的小说理论观念，对梁启超进行纠偏，还特别提到为前人所忽略的梁启超弟弟梁启勋的小说观念。他指出"其弟梁启勋（曼殊）不苟同于兄长的虚无主义，而推崇中国古典小说：'泰西之小说，所叙者多为一二人之历史；中国之小说，所叙者多为一种社会之历史（此就佳本而论，非普通论也）。……吾祖国之政治法律，虽多不如人，至于文学与理想，吾雅不欲以彼族加吾华胄也。'虽有狭隘或空疏之嫌，但他尊重民族传统小说的意见是不曾随波逐流的"。杨义还指出梁启勋对于梁启超忽视小说源于生活的偏颇，同样针锋相对："小说者，'今社会'之见本也。无论何种小说，其思想总不能出当时社会之范围，此殆如形之于模，影之于物矣。""今之痛祖国社会之腐败者，每归罪于吾国无佳小说，其果今之恶社会为劣小说之果乎，抑劣社会为恶小说之因乎？"③

基于同样的治学理念，杨义在思考林纾的翻译小说时，不盲从，而是指

---

① 杨义：《研究方法上的三个境界》，《文学评论》，1984年第6期。
② 唐弢：《读杨义〈中国现代小说史〉》，《瞭望》，1988年第36期。
③ 杨义：《中国现代小说史》（第一卷），人民文学出版社1986年版，第6页。

出其双重性，即林译小说对晚清小说开通的"功"，对民初小说风气逆转的"过"，认为林纾是中国近代小说史上兼备功过、具有两重身份的人物；而在探讨浪漫抒情派小说的时候，不忘探索其支流以及余波；在30年代的非功利文学观里，除了提到梁实秋、胡秋原、朱光潜等人，还专门提到了李金发。研究40年代小说时，在战区流亡作家小说、解放区小说、上海孤岛小说、七月派小说、东北流亡者作家群小说之外，杨义还独辟蹊径地开拓出华南作家群小说、东北沦陷区小说、华北沦陷区小说，以及孤岛沦陷和复兴时期的小说等研究领域，无论在当时还是现在，这样的史料功夫可谓扎实深厚，这样的学术视野可谓高远开阔，这样的研究框架可谓新颖独特。

换言之，这是注重文学现象的复杂性。历史并非铁板一块，有主流，有支流，也有余波，有汹涌澎湃的巨浪，也有埋伏暗涌的潜流，有各种各样的形态。注重文学现象的复杂性，其实就是尊重历史的复杂性，还原历史的本来面目，使得文学史具有历史的纵深感与多样性，追求一种"深刻的完整"。例如杨义在分析民初鸳鸯蝴蝶派的时候，并非笼统处理，而是根据文体区分出"史汉支派"和"骈文支派"两种派别："所谓鸳鸯蝴蝶派文学就是这种浪子加才子的文学，它们带有对封建传统名教或强或弱的离心倾向，又带有殖民地文化中忽沉忽浮的病态成分，在这种离心倾向和病态成分上，包天笑、周瘦鹃和徐枕亚、李定夷只有量的差别，而没有质的区分。他们相似在本质，区别多在文体，因此可以根据文体特点，把包、周和徐、李分为鸳鸯蝴蝶派总派别中的'史汉支派'和'骈文支派'。骈文支派比起史汉支派，文风更为柔靡俗艳，更多矫揉造作和滥调陈言，因此他们把鸳鸯蝴蝶派的弱点显露得更为淋漓尽致，以致史汉支派不愿和不屑与他们相提并论。"①又例如杨义探讨抗战时期作家对南明史的关注，并未仅仅把南明史看作是一种文学题材，而是视其为一种"潜在的文学风气"，以及"季世气氛"的表现：八一三事变时期的抗战热情已经开始凝缩和沉淀，乱世或季世的悲凉忧郁开始浸染作家的心灵，"对南明史的关注，成为当时进步作家寄托心灵愤懑的方式，算得是一种潜在的文学风气"。在这种季世气氛的浸染下，便有了复社组建，尤兢和阿英编写

①　杨义：《中国现代小说史》（第一卷），人民文学出版社1986年版，第49页。

南明史剧，郑振铎影印《明季史料丛书》，唐弢在杂文中谈论"明季稗史"，探讨"马士英与阮大铖"，著《南明史纲》四卷，流徙桂林后还发动南明史料社。①

杨义在重视作家主要特征的同时，又不轻视作家的其他特征。例如在阐释叶绍钧作为一个真诚的人生派作家的时候，杨义同时指出叶绍钧曾发表文言小说12篇，它们带有由浪漫主义向现实主义过渡的驳杂状况，从中可以看出他受到华盛顿·欧文影响的痕迹。②而在分析上海沦陷时期的小说时，杨义专门论述了杂文家唐弢的小说《海和它的子女们》《稻场上》《山村之夜》，并且相当客观地指出："唐弢的小说不多，但无论抗战前写历史题材，沦陷期写故乡题材，均成不可多得的精品。……他与师陀、张爱玲等作家一道，提高了上海沦陷时期小说的艺术水准——文学史是不应忘记这一点的。"③

杨义在《中国现代小说史》中运用史料的第三个特征是注重中国现代小说的发生。

首先，杨义注重小说体裁发生。例如讨论清末民初小说的发生时，杨义指出清末民初开通小说界风气的，有清末的启蒙主义思潮，有梁启超的报刊文章，更直接的则是林纾翻译的外国小说。最终他从清末民初小说发展来判断五四小说革命的发生具有必然性和必要性，他鞭辟入里地指出清末民初一批政治倾向悬殊的革命志士、启蒙志士，为当时的小说革命加了一把底劲不足的茅草火，经过民国初年的凄风苦雨，这把火在那些文坛浪子和才子的手中，被拨弄得炭残灰冷。在这种基础上，五四小说家虽然在近代小说家那里获得零星火种，但作用不大，故此，"必须另起炉灶，另添新柴，另下新米。总体而言，清末民初小说理论和创作，是破坏性大于建设性，坏做派逐渐抵消新风气的。……他们的作品虽有各种不同的倾向和格调，但多是思想上鲜、腐交杂，形式上新、旧交杂，文字上文、白交杂，半生不熟，这样或那样地败坏胃口。应该说，他们是近代小说的垦荒者，但是他们却把近代小说的处女地变成了一

---

① 杨义：《中国现代小说史》（第三卷），人民文学出版社1991年版，第393页。
② 杨义：《中国现代小说史》（第一卷），人民文学出版社1986年版，第317页。
③ 杨义：《中国现代小说史》（第三卷），人民文学出版社1991年版，第399—402页。

片瓦砾场或烂泥塘"①。

又例如40年代长篇小说热潮的发生或兴起。杨义指出由于作家们自觉的审美意识和踏实的创作实践，导致了中国现代文学第三个十年出现了中长篇小说的热潮，并以翔实的数据，雄辩地反驳了某些海外学者所言的第三个十年新文学小说处于"凋零期"的谬论：根据粗略的统计，1937—1949年出现的新文学中长篇小说有四百部左右，其中，中篇小说一百五十部以上，而长篇小说则超过二百部，这是新文学史上长篇小说超过中篇小说的第一个记录，而且长篇的数量远远超过第二个十年；这些长篇小说绝大多数是1941年以后的产物，在1946年和1947年达到出版高潮，换言之，"这是一个小说大面积丰收的时代"②，而非凋零的时代。这样雄辩而理性的结论，如果缺乏扎实的史料爬梳，是难以得出的。

其次，杨义还注重小说题材发生，例如晚清缺乏农民题材小说的原因，这是我们比较容易忽略的一点。针对阿英的晚清作家没有一本反映农民生活的书这样的观点，杨义雄辩地指出这并非晚清知识分子或者作家的错误，而是由于时代所致。因为从力量动员上，当时的启蒙运动主张"欲开民智，先开官智"，旨在争取王公大臣、上层士大夫对维新运动的同情和支持，后来资产阶级革命为了推翻清王朝，主要精力也是放在动员华侨、联结新军和会党上面。陈天华的《狮子吼》就是很明显的例证，主人公深入四川内地，不是为了了解农民，调查民生疾苦，而是为了联结会党，准备起事。而从学说上，梁启超的"新民说"，也几乎没把农民纳入视野。故此，"小说中写不写农民，如何写农民，自然与作家生活经历有关，但最根本的是由'时代的视野'决定的。新民主主义时代，是无产阶级领导的农民革命时代，农村和农民问题已移到时代视野的中心位置，不管小说家自觉还是不自觉，时代视野的转移已作为一种历史潜流在运动着"③。不能不说，如果杨义没有开阔的视野，没有对中国现代小说的深入研究，很难提出这样深刻的观点。

再次，杨义也关注中国现代小说创作的发生。例如在分析冰心小说的时

①　杨义：《中国现代小说史》（第一卷），人民文学出版社1986年版，第64—65页。
②　杨义：《中国现代小说史》（第三卷），人民文学出版社1991年版，第39—40页。
③　杨义：《中国现代小说史》（第一卷），人民文学出版社1986年版，第136—137页。

候，一开头就特别提到冰心的一篇早期小说《一个忧郁的青年》，杨义之所以特别重视这一篇艺术上不太成熟而没被收入《冰心小说集》的作品，是因为"它的思想内容极为重要，可以视为打开冰心问题小说的大门的一把钥匙"。该小说写了以彬君为代表的五四时期敢于思考的青年形象，这一代青年开眼看世界，以觉醒的理性看待社会的弊端，思考了很多新问题，但是寻求答案的时候却不得要领，忧心忡忡。杨义确信这篇小说"展开了对人生、家庭、社会的种种问题的思考，也可以视为冰心的一系列问题小说的总纲"，他甚至认为基于"冰""彬"音近，所以小说中"忧郁"的"入世之初"的彬君，其实是作者冰心的夫子自道。①应该说，这样对"入世之初"的冰心小说"创作之初"的判断，需要较深的梳理和明亮的慧眼。

除此之外，杨义还关注中国现代小说流派发生发展的线索。

例如讲到京派作家群和上海现代派小说的时候，杨义经过专门梳理，认为京派海派小说之分源自京剧南北分派：京剧正统派在宫廷府邸演出，受贵族审美趣味的浸润，逐渐形成典雅精致的行当家法和严谨规范的表现程式；但是庚子之变导致大批京师艺人来沪，受商埠风气所浸染，演剧寻求突破与开放，注重情节、趣味性和娱乐性，追求声色刺激、火爆驳杂，被注重功力和声乐技巧的北方正统派讥为"海派"。这样的区分影响了后来京派和海派小说的命名。正如鲁迅《"京派"与"海派"》所言："'京派'是官的帮闲，'海派'则是商的帮忙而已。"②

这种对小说流派发生的命名考察需要扎实的史料搜寻和辨析的功夫，对小说流派发生发展线索的考察，对相关史料已经烂熟于心的杨义可谓信手拈来。例如他在探讨四川乡土作家群的时候，指出我国乡土文学从20年代前期到30年代的发展趋势，呈现由东向西的渐进过程，即由20年代前期浙东乡土小说家（王鲁彦、许钦文、许杰等）群体出现，到20年代中期向西传播，从湖南作家彭家煌、沈从文，湖北作家废名，到贵州作家蹇先艾，再到四川作家艾芜、沙汀、周文、李劼人等等。③应该说，这样的概括和梳理是很见功力的。再例

---

① 杨义：《中国现代小说史》（第一卷），人民文学出版社1986年版，第228页。
② 杨义：《中国现代小说史》（第二卷），人民文学出版社1988年版，第587页。
③ 注释详情，第415页。

如在研究东北流亡者作家群的时候，杨义注意到他们对当时文学主潮的发展所产生的三次冲击波：第一次冲击波是1932年初到1933年，以李辉英为代表，处于只有"作家"而未成"群"的状态；第二次冲击波由萧军、萧红于1935年下半年掀起；而第三次冲击波是在1936—1937年全民族抗战爆发前夕，属于东北作家群重聚极盛期，当时舒群、罗烽、白朗、骆宾基、端木蕻良等人的创作极为丰富活跃。杨义继而在史料爬梳的基础上，进行入木三分的概括："东北作家群是一个有潜力、有才华的作家群，在三五年间，它经历了萌发、崛起、成熟的发展过程，艺术上也由初期的粗糙峻急，迅速转向雄健壮阔，深邃凝实。在现代文学史上，如此紧贴时代思潮，波澜迭起、风格独特、丰富多彩的作家群，是不多见的。"①从人员、时间、风格、思潮来入手进行评价，可见其慧眼独具。

另外，杨义还极为重视刊物对中国现代小说发生的作用。对于五四时期到40年代每一阶段的小说史，杨义都非常注重把刊物纳入视野，他展现了各种报刊对中国现代小说的发生、发展、变异、成熟、曲折的不可抹杀的作用。

小而言之，杨义注重杂志封面对中国现代小说潮流变化的彰显。例如他注意到《文艺复兴》在抗战胜利后的封面变化与文学潮流的关联：第一卷是国共谈判时期，封面用的是米开朗基罗的《黎明》，意喻胜利了，人醒了，事业有前途了；而第二卷封面用的是米开朗基罗的《愤怒》，意喻国共谈判破裂，内战又要开始，人民怨恨不已，怨声载道；第三卷封面用的是西班牙著名画家戈雅的《真理睡眠，妖异出世》，意喻当时国统区民不聊生，一片黑暗的境地；最后三期是《中国文学研究号》，封面改成了陈洪绶画的《屈子行吟图》。杨义对此进行了理性的思辨："这种封面设计，不仅具有强烈的现实针对性，而且包含着浓郁的历史哲学思考的气息。经过狂欢后之悲哀的上海进步知识界，面向世界，面向历史，以西方文艺复兴式的智慧，以战国时期屈原式的上下求索精神，沉思着古老的中国文化性格的改造，沉思着近百年深重灾难的出路。这种历史精神和文学空气，使当时相当一批重要的作品，具有宽阔的

---

① 杨义：《中国现代小说史》（第二卷），人民文学出版社1988年版，第523—525页。

时空幅度，具有浓郁的民族新生意识。"①如在《文艺复兴》上刊载的巴金的《寒夜》，钱锺书的《围城》，李广田的《引力》，艾芜的《乡愁》等小说，就是很好的证明。

中而言之，杨义注重报刊对中国现代小说流派的作用。例如海派的发生与三种新文艺杂志《无轨列车》《新文艺》《现代》的关系，京派的发生与三种新文艺杂志《文学季刊》《水星》《大公报·文艺》的关系，他都如数家珍。

大而言之，则是注重五四时期与三四十年代的诸多报刊对小说发生的作用。例如对于30年代的小说，杨义掷地有声地明言："现代作家大多是从杂志、副刊和丛书中诞生和成长的，杂志丛书的繁荣从一定的角度反映了文学的繁荣，杂志丛书的气魄从一定的角度反映了文学的气魄。"他赞成将1934年称为杂志年，因为当时中国各种性质的定期刊物有三百余种，郑振铎、靳以、赵家璧、巴金等等都是30年代涌现的有胆识、有魄力的编辑大家，郑振铎主编的南北两大刊物《文学》和《文学季刊》，靳以参与主编的《文学季刊》《水星》《文季月刊》《文丛》，赵家璧主编的《中国新文学大系》十卷，《良友文学丛书》及特大本四十四种，《良友文库》十六种，巴金主编的《文学丛刊》，十年间出版十集一百六十种，《文化生活丛刊》近五十种，诸如此类，都发挥着重要的作用，他们"既是联系广大作家，以及各文学社团的强大纽带，又是培植文学新人和文学杰作的出色的园丁"②。

二、以开放、深刻的美学史观来对抗狭隘、肤浅的研究

注重史料的丰富性，注重复杂性，注重小说的发生，都彰显了杨义的求真史观。史料越是翔实丰富，越能看清一个作家或一部作品在历史中的位置，就越能按照历史的本来面目来构筑学说体系，让学说体系的楼房建立在更加坚实开阔的基础之上。而探索复杂性，则避免了完全根据自己的趣味甚至偏见来进行学术研究，避免了肤浅与盲目——历史是多层面多声部多维度的，不能掩耳盗铃，闭目塞听。而探索小说的发生，则是以追溯的方式试图还原历史的

---

① 杨义：《中国现代小说史》（第三卷），人民文学出版社1991年版，第404页。
② 杨义：《中国现代小说史》（第二卷），人民文学出版社1988年版，第28—29页。

本真，以"起源"来叩问历史的过程、影响或归宿，因为任何研究都具有"洞见"与"不见"的双重性，"深刻的完整"并不意味着研究要面面俱到，我们回不到历史原场，所以踏寻历史真相需要某种建构或勘测，那么从"发生"或"起源"入手，便是在史料的广阔大地之上找到了勘测点，达到"片面的深刻"，或者更严谨地说是"精深的挖掘"，并最终找到研究的"宝藏"：史实、史观与史识，同时也拓宽或生发了学者的生命史与心灵史，学术研究并不是让生命委顿，而是让生命提升，学者在历史、现实与文化的宏大空间之中，通过学术叩问，寻觅到属于自己的生命空间。而这也许就是文学史研究的"历史性"。

而文学史或小说史研究的"历史性"，在很大程度上具有"心灵史"的特质。就连杨义本人也声明："小说史是现代人和前人的心灵对话，我们自可在这种对话中获得自己的科学智慧和学术个性的满足，但是这种满足应该毫不勉强地、浑然天成地消融在宏观的和深层次的历史发现之中。"另一方面，他希望他的"小说史能给人们提供一些读书的线索和艺术探索的途径，有利于人们认识现代小说史的本来面目，拓展艺术思维的胸襟"[①]。无论是"心灵对话"，还是"拓展艺术思维"，这些属于心灵层面的东西，都要致力于"历史发现"与"认识历史的本来面目"，二者结合，充分体现了文学史研究的"心灵史"或曰历史的"文学性"特质，这样的史观也可以说是美学史观。

杨义的《中国现代小说史》，体现的正是这样一种开放、深刻的美学史观，它不仅彰显历史意识，而且彰显文学意识和文化视野，而这恰恰是更高的历史意识，即超越一般的史料搜寻、钩沉、辨析和总结，而从更高的角度来观照、洞察与思辨，让历史发声的同时，也发出学者自己的独特声音。

首先，杨义的《中国现代小说史》体现出倡导文化视角、反思庸俗社会学的文化史观。

中国现代文学史上曾经流行"庸俗社会学"的批评观念，例如30年代创造社等左翼理论家对鲁迅等人的阶级定性与文学批判，40年代对丁玲、萧军、王实味等人的思想批判。从50年代开始，上纲上线的批判此起彼伏，甚至延伸到

---

① 杨义：《〈中国现代小说史〉絮语》，《出版工作》，1987年第7期。

80年代初期。庸俗社会学背离文学自身的特点和规律，进行观察、研究和处理文艺问题，导致得出不符合文艺创作实际情况的主观的、偏颇的结论。其突出表现在于：在典型问题上，主张阶级决定论；在文艺与生活的关系问题上，主张写本质、写主要矛盾；在文艺与政治的关系上，主张政治标准第一，艺术标准第二，文艺从属于政治；在世界观和创作方法问题上，主张两者之间只能是统一，无视世界观不等于创作方法。[①]

杨义的清醒之处在于以文化视角消弭庸俗社会学对中国现代小说史研究的负面影响。当夏志清本着政治偏见来选择和分析作家作品的时候，当田仲济、孙昌熙突破政治历史分期的文学史格局但并未摆脱典型环境中的典型人物的小说理论框架的时候，当赵遐秋、曾庆瑞或多或少重蹈"政治艺术标准"和"现实主义主导"的覆辙的时候，[②]当赵遐秋、曾庆瑞以及更早的唐弢对资产阶级、小资产阶级作家（例如沈从文）评价偏低的时候，杨义用文化视角审视中国现代小说史，达到了比时人更高的理论高度与更开阔的学术视野。

杨义重视文化视角，这种视角在当时是新颖的，至今也不会过时，就是因为他对文化视角的运用，是建立在扎实的史料梳理和细致的文本发现的基础上的。他所有的努力并非证明某种理论的正确性，而是还原或发现历史与文学的复杂性，直追中国现代小说的文学风气与精神根底。杨义的文化视角大概包含两个内容：一方面注重对作品中文化元素的揭示，因而更为关注作品中的生活风情、习俗民风；另一方面是从文化学角度去评析作品，挖掘其特定的文化价值、文化隐喻、文化心理。[③]

就拿对茅盾小说的评论来说，杨义对茅盾这样一个左翼作家、党员作家，从文化视角切入，反而得出较为新颖和坚实的结论。在分析《春蚕》时，杨义摆脱了一般的农村被帝国主义势力经济入侵以致丰收成灾的政治视角，指出"正由于《春蚕》是以丰厚的生活体验为基础的，小说就能够在'丰收

① 陈辽：《向我国当代文学批评中的庸俗社会学"将"一"军"》，《长江》，1981年第1期，转引自《向庸俗社会学"将"一"军"》，《文艺理论研究》，1981年第2期。

② 杨洪承：《历史在艰难中前进——读国内三部〈中国现代小说史〉》，《文学评论》，1989年第1期。

③ 黄修己：《中国新文学史编纂史》（第二版），2007年版，第161页。

成灾'的主题下，把古老的乡村习俗和深沉的文化心理从容细密地交织起来"①。同时，杨义也指出《春蚕》中的老一代农民老通宝那种勤苦的品性、微末的憧憬和顽强的生命意志，是在古老的乡土文化习俗中形成的，而传统的天命观念和现实的破产遭遇，则给宗法制下农民的心灵蒙上一层黯淡而空幻的浓雾，即使是到了阶级色彩有所加强的"农村三部曲"的最后一部《残冬》，传统文化观念还是老通宝的儿子阿四精神痛苦的根源："'家'，久已成为他们的信仰，刚刚变成为无产无家的他们，怎样就能忘记了这长久生根了的信仰呵！"故此，杨义以文化视角归结茅盾的"农村三部曲"："在整个三部曲中，对旧中国农民的苦难生活和传统文化心理的描绘，始终占据着主画面。"②

而在分析《子夜》的时候，杨义同样没有选择民族资产阶级与买办资产阶级斗法，以及暗示无产阶级革命的必然性这样的政治解读，而从文化视角入手，鞭辟入里地指出《子夜》"从吴老太爷进上海写起，就立意非凡，匠心独具，在强烈的文化反差中隐喻了偌大的中国何者在崩溃，何者在泛滥"③。吴老太爷刚进上海就呜呼哀哉，"象征着近代工业文明对封闭的封建古老文化的撞击毁坏"。而"土财主"冯云卿在公债投机中用女儿做交易，巧施美人计，虽然有着公债利益的都市文化诱惑，但是"诗礼传家"的伦理观念却让他打噤，心跳，落泪，陷入了另一种文化交错之中。④

而对于沈从文，我们现在能够以文化的、生命的诸种视角来看待，但在当时人们更愿意以政治倾向来判断（例如赵遐秋、曾庆瑞以及唐弢版本的《中国现代文学史》对沈从文评价偏低偏略），但是杨义能够摆脱时人的视野局限，用一种超越性的文化眼光来审视沈从文，也就得出了不一样的、经得起时间考验的评价。杨义断言：沈从文的小说少数是自传性的"生命的纪录"，部分用以解剖和嘲讽戴上"文明枷锁"的都市人性（如《八骏图》），而最属于沈从文"自己"的，是包括《山鬼》《龙珠》《贵生》《边城》在内的描写湘

---

① 杨义：《中国现代小说史》（第二卷），人民文学出版社1988年版，第112页。
② 注释详情，第113—115页。
③ 注释详情，第130—131页。
④ 注释详情，第109—110页。

西古老习俗和原始生命的作品,这类作品表现文明与道德的二律背反,发掘未经"文明社会"的社会组织羁绊和污染的边地"人生形式"与淳朴人性中的忧郁。①

杨义的文化视角既是一种方法,也是一种开放、超前的史观。它不是单纯地勾勒文学,也不是附庸政治,而是建立在一种历史意识之上的文化意识。他指出有的小说忽略对民族文化心理的沉思,在明快的文风中缺乏深邃的历史感,"这确实是历代作家困惑的问题:选择了历史文化意识容易使现实社会意识归于潜隐,突出了现实社会意识又容易使历史文化意识淡薄。然而,真正的杰作产生于这种困惑的克服和超越之中"②。这样思辨的史观,不能不令人拍案叫绝。

其次,杨义反对单纯的大陆精英文学史观,而以大文学史观吸纳通俗小说、台湾乡土小说。这将在本文第三部分进行论述,此不赘言。

再次,杨义在《中国现代小说史》中提倡一种美学史观。

中国现代文学史不是中国现代历史的文学部分,而是中国现代文学的历史,所以我们在《中国现代小说史》中能够看到杨义在历史框架中融入美学框架,在美学意识中融入历史意识,而这就是典型的美学史观的表现。

正是由于这样的一种美学史观的作用,杨义以启蒙与美学视角抵抗拜金主义文学,对清末民初的鸳鸯蝴蝶派小说多有批评。也正是由于这样的美学史观,杨义强调中国现代小说史首先是"小说史":"历史离不开人和事,抽掉了作家和作品,就谈不上什么小说史。……我们既可理清一些小说史的线索,又可以阐明作家的创作道路,使作家作品论具有浓厚的历史感、动态感,达到因人见史,因文见史,文史交融的境界。"③

就像《中国现代小说史》的内容提要所言,本书从总论、流派作家群论、作家论三个层面,建立起具有历史感和动态发展过程感的文学史框架。或者说杨义实行的是思潮、作家群、作家个体、作品的写作思路,以此营造文学史的整体性与动态性。而这就是重视文学之为文学的美学史观。更具体地说,

---

① 杨义:《中国现代小说史》(第二卷),人民文学出版社1988年版,第606—608页。

② 注释详情,第127页。

③ 杨义:《研究方法上的三个境界》,《文学评论》,1984年第6期。

杨义把中国现代小说发展的历史当作一个宏伟壮丽、仪态万端而又推移不息的系统来把握。小说史自然包含着作家作品的历史，但是作家作品的存在和发展绝不是孤立和封闭的；在中外文学猛烈碰撞的历史背景中，新文学作家互相呼应又互相竞争，形成了各有追求和特色的社团、流派和作家群，而它们的盛衰沉浮、聚散衍化，又在不同的层面上组成整个时代的文学氛围，而这种文学氛围最终又被社会历史的发展所制约。①

杨义《中国现代小说史》的美学史观主要体现为如下三方面。

第一方面是注重小说意识、小说美学和小说体式的变迁，从晚清到20世纪40年代，每一卷的第一章都注目于此，相当于每一卷的绪论。

就拿第一卷来说，它从源头上梳理了晚清小说理论变迁与梁启超等掀起的启蒙主义思潮的关系，特别提到"现代小说意识的觉醒"。觉醒的重要标志之一是获得科学的尊严，"是以民主和科学的精神，使一向处于被压制和歧视的堪称文学中民主派的小说艺术，获得了一种前所未有的科学的尊严"。小说由此不再是妾小艺术，也不再是单纯的宣传工具，五四以后，对小说的研究趋向系统化和科学化，改变了以往的即兴评点（"小话""丛话"等）的传统形式与观念，出现了郁达夫的《小说论》、瞿世英的《小说的研究》、谢六逸翻译的《西洋小说发达史》、鲁迅的《中国小说史略》、沈雁冰的《小说研究ABC》等小说研究著作。②现代小说意识觉醒的标志之二是战斗的尊严，作家们将批判的矛头直接指向鸳鸯蝴蝶派小说和黑幕派小说，以求净化与革新小说风气。标志之三是各种小说流派的出现，是五四小说对中国传统小说的重大突破。标志之四是新小说美学原则的崛起，杨义每一卷都谈到小说真善美的美学原则，五四时期小说，"真"在文学研究会那里是再现之真，在创造社那里是表现之真；"善"在文学研究会那里是进步的社会功利性，在弥洒社那里是游离于文艺的功利性，而在创造社那里则态度复杂、步法紊乱，时而想调和"为艺术而艺术"和"为人生而艺术"的两种观念，时而提倡小说创作的"无目的论"，时而提倡作家担负时代使命；而对于"美"，创造社认为美具有独立的

---

① 杨义：《〈中国现代小说史〉絮语》，《出版工作》，1987年第7期。
② 杨义：《中国现代小说史》（第一卷），人民文学出版社1986年版，第85—86页。

价值,文学研究会的沈雁冰将真善美统一于真,王统照则把美置于善、知之前。①

第二方面是注重对小说史现象进行命名,注重风格评价与审美分析。

命名意味着一种研究模式的确立,也彰显研究者提升学理、总结规律的能力,只有穿透史料,不被史料所限制,才能突围而出,进行具有历史感和文学性的高度概括与准确命名。我们发现,杨义《中国现代小说史》中命名的小说流派或现象,无论是人生派小说、乡土写实派小说、浪漫抒情派小说、普罗小说、左翼小说、七月派小说,以及京派作家群、上海现代派等带有流派特色的命名,抑或是四川乡土作家群、东北流亡作家群、华南作家群、上海孤岛小说、沦陷区小说、解放区小说、台湾乡土小说等带有地域特色的命名,诸如此类都得到广泛的认可与运用。

与此同时,杨义注重小说流派概念的复杂性,例如乡土写实派小说,杨义阐明他之所以不用"乡土文学",而用"乡土写实派小说","是为了更切实地反映这个流派在创作方法和艺术样式上的特点,使它带上更多一点历史具体性",因为现实主义成为这个流派中绝大多数作家的主要创作方法,乡土写实的作品成为这个流派创作成就的主干。②

命名是一种整体定位,而细致的风格与审美评析,则是一种具体定位。从《中国现代小说史》的章节标题,便能看到杨义对作家风格的评判。例如冰心是"优秀的文体家",庐隐具有"融合中西的婉约文风",叶绍钧具有"朴实浑厚的艺术风格",王统照是开放的现实主义作家,"探索的广泛与风格的发展"是其特征,许地山的风格则是"奇特清妙和苍劲凝实",鲁彦的小说吹着"朴实细密的乡土写实风",废名的小说呈现"精美与朴讷的艺术风格",郁达夫的小说彰显"感伤放荡与愤世嫉俗的心理二重性",郭沫若的小说"追求幻美与抒写穷愁",并且"向写实转化",而茅盾小说体现了"涵容万象而绚丽多姿的文学风貌",巴金小说追求"三部曲形式和热情酣畅的风格",老舍小说倾向于"诙谐俗白的文学风格",沈从文"于边地人性寻觅诗体小说之

① 杨义:《中国现代小说史》(第一卷),人民文学出版社1986年版,第87—110页。
② 杨义:《中国现代小说史》(第一卷),人民文学出版社1986年版,第416—417页。

生命"，风格"清澈空灵又仪态多端"，李劼人的创作类似"小说的近代《华阳国志》"，萧红是"才华横溢的写实抒情作家"，其小说蕴含了"诗的别才和散文的风韵"，张爱玲是"洋场社会的仕女画家"，钱钟书是"才学兼胜的讽刺奇才"，徐訏则"透迤于哲理、心理和浪漫情调之间"。这些评价可谓切中作家命脉而又各显特色，辨析度高，不是泛泛而谈，而是一语中的，独具慧眼，体现了杨义作为文学研究者的文学审美能力与概括提炼能力。例如通过对沈从文小说的整体梳理与探讨，杨义在该节结尾作了收束有力的评价："沈从文有'文体作家'的美誉，他以古朴、雅洁、明慧、潇洒随心又明澈似水的笔致，以诗化和散文化的小说体式，展示一个遥远、奇特而带点神秘色彩的山间水上世界，展示一片纯朴、强健而未为都市商业文化污染的自然人性的天地。他以自然人性、化外风俗和诗化笔墨为三根玲珑剔透的支柱，擎起'京派'小说的顶梁。"[①]客观来说，时至今日，这些评价并未过时，反而发出智慧的光芒，令人深思。

而这一切风格定义都是美学史观的具体表现或者落实，否则所谓的美学史观只是空中楼阁。

第三方面则是注重小说比较。

如果说前面对史料的注重是历时性研究，那么这里对小说比较的研究则是共时性研究。如果说杨义对小说意识的探讨是宏观研究，对小说流派命名与风格评析是微观研究，那么对小说本身的比较研究则是横向研究。通过比较，才能探其根源，辨其特色。

杨义关注小说比较，大致分为几种类型，简述如下：

其一是理论家与理论家的比较，如把周作人和李大钊的平民文学主张进行比较。

其二是作家与作家的比较。除了提到中国现代作家对中国古典文学（作家）的借鉴与吸收，杨义还对中国现代作家进行比较：例如庐隐与冰心，叶绍钧与王统照，钱杏邨与蒋光慈，沈从文与鲁迅、老舍、废名，萧军与萧红，四川乡土作家之间的比较。再例如将中国作家与外国作家比较：如把郁达夫与

---

① 杨义：《中国现代小说史》（第二卷），人民文学出版社1988年版，第630页。

外国作家进行比较，探寻郁达夫的国外精神资源，勾勒郁达夫与佐藤春夫、屠格涅夫、卢梭、道生、契诃夫的文学渊源与精神沟通。还提到李劼人《死水微澜》受到福楼拜《包法利夫人》的影响，师陀《落日光》浸染过哈代《苔丝》的气息，王统照曾以叶芝为师法对象，诸如此类，不一而足。

其三是流派与流派的比较。如把乡土写实小说与五四其他小说流派比较，彰显了乡土写实派的坚实，人生派的开阔，抒情派的热烈或浪漫；如将五四乡土写实小说与四川乡土作家群进行比较；将四川乡土作家群与京派、上海现代派进行比较；将东北作家群与四川作家群进行比较；将京派小说和上海现代派小说进行比较；将20世纪30年代三派都市文学（茅盾、老舍、上海现代派）进行比较。诸如此类，不再赘言。

其四是作家与流派的比较，例如将鲁迅的前期浪漫主义特征与创造社的新浪漫主义特征进行比较。

最后是文学史不同阶段间的比较，如将清末与民初的文学进行比较。

比较并非为了比较而比较，而是建立在翔实史料基础上的高屋建瓴，是思辨考问之后的信手拈来，是在中西的纵横坐标上，确立中国现代作家在中国现代小说史中的位置，辨析其审美风格的渊源，发现其独特性，探听其在历史上发出的声音，哪怕微小如沙，也曾留下痕迹。

无论是求真史观、文化史观，还是美学史观，杨义都极力将之打造成一种辩证史观，极力以辩证的思维去处理问题与文本，努力追求深刻的完整性，而非片面的酷评，这在上述清末与民初小说的比较，林纾翻译小说的功过，五四小说的真善美，茅盾小说的传统文化浸染等例子中可以得知。

试再举几个例子。杨义在研究萧红的时候，他相当辩证地指出"艺术家的清醒，在于具备能够及时而准确地把握本身才华之优势和缺陷的自审力。自审力的养成，是离不开尝试和探索的"。而一个合格的批评家，"他的基本职责之一，是提高和催化作家的艺术自审力。单纯的吹捧或抹杀的文字是易成的，而利于自审力的文字却需要慧眼。萧红在百不幸中有一幸，就是她的风格初经成熟，就得到卓有慧眼的名师的赞赏和点拨"。例如鲁迅为《生死场》作的序，胡风为《生死场》作的读后记，就有利于提高萧红的自审力。[①]又例如在阐释梁实秋、沈从文、朱光潜对文学之真的观点时，在80年代初期的研究风气中，杨义并未一味批判自由主义，而是辩证看待其价值与不足。在40年代小说研究中，杨义指出，1940—1942年，各派的文学观念已经开始形成各自特定的形态和体系，"其后的几年，只不过是这形形色色的思潮在聚首、对抗之中，经历着各自消长荣衰的不同命运"。1942年几乎同时出现在重庆舞台上的郭沫若的《屈原》和陈铨的《野玫瑰》，就是民主与民族这两股思潮渗透文艺界而发生歧异和冲突的鲜明表现。[②]诸如此类的分析，可谓从史出论，辩证理性，扎实深刻。

第二节　鲁迅研究的独特贡献

杨义的中国现代文学研究是从鲁迅研究开始的，他1981年就开始在期刊上发表鲁迅研究的论文，至今一共出版了五本鲁迅研究专著，包括《鲁迅小说综论》《鲁迅小说会心录》《鲁迅作品综论》《鲁迅文化血脉还原》以及《重回鲁迅》，另外他还编选了《鲁迅作品精华》。

综观杨义的鲁迅研究，创造性并非始终如一，就贡献而言，大致存在如下几方面。

一是确立了鲁迅小说的现实主义本质特征。

关于此，杨义在《鲁迅小说综论》中专章论"鲁迅小说的革命现实主义"，在《鲁迅小说会心录》中探讨鲁迅的民族志士之心、时代思考者之心、民众代言人之心，在《鲁迅作品综论》中专门收入《鲁迅小说现实主义本质综论》，在1986年出版的《中国现代小说史》第一卷的《中国现代小说之父——鲁迅》专章，以及后来的《鲁迅文化血脉还原》《重回鲁迅》中，对鲁迅文学的现实主义本质都有所涉猎。

用杨义的说法，鲁迅文学的现实主义本质，一方面在于以文学（小说）

---

①　杨义：《中国现代小说史》（第二卷），人民文学出版社1988年版，第564—565页。

②　杨义：《中国现代小说史》（第三卷），人民文学出版社1991年版，第12—13页。

参与历史发展。杨义认为鲁迅对旧中国的社会结构和心理结构的现实主义探索的深度，对旧文化、旧道德、旧习惯的批判深度，均代表了中华民族在五四时代的智慧水平，甚至超越了当时几乎所有的思想家，鲁迅以文学的巨人而成为历史的巨人，至今找不出第二个小说家足以同鲁迅相比；鲁迅以文学（小说）参与历史的发展，在处理文学与社会（时代）的联系上，开创了一个伟大的传统，体现了他的现实主义精神与情怀。①另一方面，杨义认为鲁迅开创了一个伟大的文学传统，即中国现代文学的现实主义主潮，这是一种开放性的现实主义，鲁迅受到了外国文学和本民族文学的多样性影响，使得现实主义创作方法孵化出新的审美原则和艺术功能，为现实主义的更新和拓展开辟了广阔的道路。②杨义指出彻底的反帝反封建的时代精神和自觉的现实主义文学运动相结合，是鲁迅小说最根本的特征，这种特征表现为宣布旧时代的结束和宣告新时代的来临，对旧体制的存在合理性的根本性质询与批判，在沉重、压抑或绝望中提供一种历史性的期待，具有探索人民命运的社会史诗的风格，不仅写出一代人的社会生活史，而且写出了一代人心史的许多侧面。③

二是提出了"鲁迅小说的艺术生命力"命题。

杨义的鲁迅研究的贡献还在于他提出了"鲁迅小说的艺术生命力"这一重要命题。当人们关注艺术特色而忽视艺术生命力的时候，杨义强调艺术生命力与艺术特色不是同一个概念，而是比艺术特色更为本质的范畴，它不能单纯从艺术描写的内部去解决，而要从艺术与生活的关系中去解决，它存在于艺术深刻的真实性之中。④例如《狂人日记》《阿Q正传》《祝福》《药》等小说，就包含着鲁迅对世界、人生"真实"的审视与"艺术"的发现。杨义从艺术生命力与文学真实观，真实的时代广度与史诗性深度，典型性格的真实生命感与社会精神文化，以及兼容悲剧与喜剧、深刻与诗情、平易与崇高的艺术表现体系，老辣精到、风清骨峻的文体家风范这五个部分来考察鲁迅小说的艺术生命力。第一部分论证了鲁迅是中国现代文学史上第一个恢复艺术真实的权

---

① 杨义：《中国现代小说史》（第一卷），人民文学出版社1986年版，第167页。
② 注释详情，第168—186页。
③ 杨义：《杨义文存》（第五卷），人民出版社1998年版，第520—532页。
④ 注释详情，第99—100页。

威，并把艺术真实和艺术生命力联系起来考察的伟大的作家；而后面四个部分则表明深刻的社会观察和重要的艺术发现，是鲁迅小说高度真实的灵魂；具有巨大概括能力的艺术典型，是鲁迅小说高度真实赖以支撑起来的骨骼；而高度的艺术独创性，是鲁迅小说高度真实的筋脉与血肉；至于富有表现力的文体，则是鲁迅小说高度真实的细胞。所有这一切，使得鲁迅小说获得了具有高度精神文化价值和高度美学价值的强大生命。正因如此，鲁迅小说不仅属于自己的时代，而且跨越了自己的时代，具有了恒久的价值："它的艺术生命力的基础，在于真实，在于真实地描写了我们民族在一个特定的历史时代的社会生活和社会心理，成为一代社会生活的精深的史诗。唯有高度真实地反映一代人生活的文学作品，才能具有传世不衰的艺术力量，这就是艺术生命力这个命题本身的辩证法。"而这种艺术生命力也与鲁迅所处的时代动力以及鲁迅本人的人格力量息息相关。[①]正如鲁迅在《论睁了眼看》中所言："中国人向来因为不敢正视人生，只好瞒和骗，由此也生出瞒和骗的文艺来，由这文艺，更令中国人更深地陷入瞒和骗的大泽中，甚而至于已经自己不觉得。"故此，鲁迅呼吁作家"取下假面，真诚地，深入地，大胆地看取人生并且写出他的血和肉来"。这样具有广度、深度、高度、力度、真实度的艺术生命力，是鲁迅作为伟大作家区别于艺术匠人、普通作家的重要标志。

三是对鲁迅文化血脉的还原。

杨义对鲁迅研究最大的贡献也许在于他对鲁迅文化血脉的还原。虽然杨义也探讨过鲁迅与外国文学的关系，但早在1984年出版的《鲁迅小说综论》以及1998年出版的《鲁迅作品综论》中，杨义就强调了鲁迅跟中国传统文学与文化的血肉联系，直到2017年出版的《重回鲁迅》，杨义还专门列入了发表于2014年的《鲁迅与汉石画像》一节作为强调。但是，客观来说，杨义对之研究最为深刻的还是2013年出版的《鲁迅文化血脉还原》一书。

杨义在学术研究上倡导世界视野和文化还原的双向对质和融合，他认为"没有文化还原的世界视野，是空泛的世界视野；没有世界视野的文化还原，

---

① 杨义：《杨义文存》（第五卷），人民出版社1998年版，第168—170页。

是盲目的文化还原"。甚至希望以文化还原撑起世界视野的脊梁，①希望借助这种双构性的文化方法论，使得一向被压抑的文化还原取得厚重的研究成果。

杨义还原鲁迅文化血脉的时候，十分注重关键词的爬梳。例如对血脉、意境、枢纽等词语，他都一一细致梳理。正因为要对鲁迅的文化血脉进行研究，杨义专门梳理了"血脉"的来龙去脉：血脉是人对自身生命的一种认识，是人的生命自觉的表现；对人的生命与血脉的关系的理解，被引导到养生学上，顺乎人体之自然，保持血脉与身体机能的和谐；而对于血脉滋育人的精气、精神以至生命的理解，导引出家族以血脉相传的血缘说，以及思想学术的学派承传；而在人体生命、家族血缘、学派因缘之外，血脉一词带着生命的体验，向广泛的文化领域渗透，文化血脉如人体血脉，既有经典自身的内在血脉，又有学派传承的纵向血脉，以及文化类型之间互相渗透的横向血脉。②

但是，杨义指出鲁迅对于传统血脉并非全盘照搬，而是做到如《文化偏至论》中所言"外之既不后于世界之思潮，内之仍弗失固有之血脉，取今复古，别立新宗，人生意义，致之深邃"。因此，这种文化血脉还原是具备开阔的世界视野的，是与"世界之思潮"对话而又不落后于世界的，而且其目的并非为了文化还原而还原，并非为了复古和故步自封，而是吸收中外古今的长处，取其精华，弃其糟粕，为了"取今复古，别立新宗"，这是一种双向（中外）三维的结构：如果说"世界之思潮"是第一维度（即"取今"），"固有之血脉"是第二维度（即"复古"），那么"别立新宗"则是第三维度；如果说"别"意味着开放性，"立"意味着坚实性，"新"意味着创造性，那么"宗"则意味着主体性和高度，意味着传承与信仰，而这一切，都需要"立"，即能够真正站立起来，才能真正创造和健康成长。正因如此，鲁迅对待传统文化血脉采取的是建立在这样双向三维结构基础上的三种态度或三种路径：先是"逆向承续"，鲁迅痛心地体会到固有的文化血脉已经到了必须改弦更张、革旧求新的时候，所以以"世界之思潮"和活人的悲观与智慧，对古老中国的"古老的鬼魂"和"气闷的沉重"进行"反戈一击"，形同刮骨疗

---

① 杨义：《文学地图与文化还原》，北京师范大学出版社2011年版，第9页。
② 杨义：《鲁迅文化血脉还原》，安徽大学出版社2013年版，第2—5页。

伤，置之死地而后生，"逆向承续的对象赋予重新出发的支撑点和思考问题的
思想层面，正如百米赛跑需要安置脚蹬以提供反作用力"①，从而迈出现代性
的脚步。例如鲁迅表面上"中些庄周韩非的毒"，对它们进行批判，但实际上
它们对他也有帮助。除了逆向承续之外，杨义指出鲁迅还主张"深层承续"，
不拘泥于表面上的亦步亦趋、循规蹈矩，而是追求内在情调和神韵上的契合，
例如鲁迅为《陶元庆氏西洋绘画展览会目录》作序时就公开宣称"作者是凤擅
中国画的，于是固有的东方情调，又自然而然地从作品中渗出，融成特别的丰
神了，然而又并不由于故意的"。鲁迅在《当陶元庆君的绘画展览时》则进一
步思考："他以新的形，尤其是新的色来写出他自己的世界，而其中仍有中国
向来的魂灵——要字面免得流于玄虚，则就是：民族性。……必须用存在于现
今想要参与世界上的事业的中国人的心里的尺来量，这才懂得他的艺术。"②
无论是自然而然的东方情调，还是画家自己的世界，都表现出"中国向来的魂
灵"或民族性，而这就是"承续"，但是这种承续必须以现代中国人的现代标
准来衡量，才能创造出新的形和新的色，而这就是"深层承续"。最后，杨义
指出鲁迅对文化血脉承续的第三种方式是"建设性承续"。它注重建设性途径
的广阔多样，坚持探索的多元性，所以鲁迅的眼光经常超出单纯的文学范围，
涉及青年时期起便尝试过的艺术形式，例如木刻，鲁迅在《〈木刻纪程〉小
引》中说自己当时一面介绍欧美的新作，一面复印中国的木刻。他认为这只是
中国新木刻的羽翼，并呼吁国人走另外两条道路："采用外国的良规，加以发
挥，使我们的作品更加丰满是一条路；择取中国的遗产，融合新机，使将来的
作品别开生面也是一条路。"很明显，在这两条道路之中，鲁迅是更为关注后
一条路的，毕竟，这样做能够"取今复古，别立新宗"。应该说，逆向承续、
深层承续、建设性承续是层层递进的关系，"逆向"的批判才能达到"深层"
的思考，然后才能谈到"建设"。为此，杨义坚持认为："三者经过历时性探
索，最终形成共时性的互动互补。"③

在具体的鲁迅文化血脉还原研究上，杨义不仅指出鲁迅的作品艺术手

---

① 杨义：《鲁迅文化血脉还原》，安徽大学出版社2013年版，第7—8页。
② 杨义：《鲁迅文化血脉还原》，安徽大学出版社2013年版，第8—9页。
③ 杨义：《鲁迅文化血脉还原》，安徽大学出版社2013年版，第9—10页。

法、风格特征、遣词造句、想象趣味之类受古代文学影响，还指出鲁迅的人格受到古代先贤的影响，例如屈原和嵇康对鲁迅思想人格、思维方式有着内在影响。杨义强调鲁迅小说的力量首先是思想与人格的力量，鲁迅景仰屈原的人格，倾心其诗章，在日本留学的时候，随身携带屈原的《离骚》，1924年9月，鲁迅集取《离骚》的"望崦嵫而勿迫，恐鹈鴂之先鸣"作为对联，并邀请同事书写挂在寓所西壁，以其蕴含的实现历史与生命价值的紧迫性作为警醒。其后鲁迅更是把屈原《离骚》的"路漫漫其修远兮，吾将上下而求索"作为《彷徨》的卷首语。不仅如此，鲁迅还时不时在作品中采用屈原的词语，例如"荃不察"和"上征"等，鲁迅甚至想用"上征"作为《新生》杂志的刊名，这彰显了一个"启蒙主义者的社会进化的理想和蓬勃向上的精神状态"。由于词语的采用是一种文化状态，鲁迅作品对屈原作品词语的采用，"将屈原的精神、人格、色彩，带入自己的想象现场"。但是，鲁迅毕竟不是屈原，鲁迅尊重屈原，但是又不盲从屈原，"尊重是使自己人格连上民族文化的根脉，自由是使自己具有现代性创造的广阔的心理空间"①。

但是，比较而言，杨义指出鲁迅更具有"嵇康气"。例如鲁迅的"横眉冷对千夫指"的"横眉"二字便带有一点嵇康气。鲁迅对嵇康的人品和文章极为倾心，他大概从1913年起从事《嵇康集》的整理校勘工作，到1935年临终前一年终于考订完成最精校本，历时23年。能够让鲁迅付出如此经历和心血的古代作家，嵇康是唯一的一个。杨义指出鲁迅的杂文和小说都承接着嵇康的影响，《狂人日记》《头发的故事》《铸剑》等小说便是如此。不仅如此，嵇康的人格也深深熏染着鲁迅，只不过，鲁迅"从积极的角度上改造了嵇康敢于反抗传统、敢于菲薄'圣人'、敢于拂逆权贵的刚肠烈胆，来辅翼和充实自己向旧世界、旧营垒和旧传统发起毫不留情的批判和攻击的事业"，对嵇康的人格进行革命性的改造。当我们强调鲁迅受西方影响的时候，我们要清楚鲁迅对嵇康的熟悉和理解程度，绝非其早年接触或提及的外国文学家、思想家可比，如果说外国文学家、思想家拓展了鲁迅的世界视野，左右了鲁迅一时的思想方向，但是这些视野、方向的把握方式，最终还是落实到影响了鲁迅的人格、

---

① 杨义：《鲁迅文化血脉还原》，安徽大学出版社2013年版，第28—36页。

气质的嵇康等中国古代人物上。①只有如此，鲁迅的思想才能落地生根，根深叶茂。

而在鲁迅宏观的文化血脉还原研究上，杨义指出鲁迅的诸子观与其文化策略的内在联系。杨义还原出鲁迅诸子观的四个维度，即以启蒙思想家、文学和文化史研究者、小说家、杂文家这四种身份来评说诸子。在这四个维度中，启蒙思想是鲁迅诸子观的大门，通向鲁迅的各个时期、各种文体；而文学和文化史研究，是鲁迅诸子观的基础，它给鲁迅的诸子评述输入充沛的元气，也让鲁迅在小说和杂文中对诸子材料的运用驱遣自如，笑骂由己；而小说想象和杂文神思，则是鲁迅表现其诸子观的两座回廊。但是，鲁迅不同于守旧派和疑古派，他是变古派，变古是鲁迅的文化方略和归宿："鲁迅诸子观之四个维度的差异性，是统一于鲁迅进行文化革新的'现在性'上。'现在性'，乃是鲁迅作为变古派的一个核心观念。"鲁迅借助"世界之思潮"来更新和深化"固有之血脉"，必然走向变古，不以古人束缚今人，主张用活人的思想来想问题，将古人的智慧融合新机，化为今人的智慧，因为文化究其实质是一个过程，那么如何发出创造性的"中国的声音"，同样表现为一个过程，而非用凝固的"现在性"代替"过程性"，只有如此，中国知识分子才不仅仅"是文艺上的遗产的保存者，而且也是开拓者和建设者"②。但是，鲁迅对文化血脉的还原、承续、思考与建设并非轻而易举，它体现的是一种《墓碣文》所言的"抉心而食"的文化态度，"抉心而食，欲知本味。创痛酷烈，本味何能知？"在中国思想文化里，"心"是核心器官，是最具哲学意味的，所以鲁迅对之频频回首和反省并不奇怪。③在一定意义上，这是一种类似"自在暗中，看一切暗"（《夜颂》）的融合痛苦、清醒、勇敢与反思于一体的文化精神。

客观来说，杨义是以鲁迅作为方法的。

杨义从研究鲁迅起家，1981年就发表了《论鲁迅小说的艺术生命力》，1984年、1985年连续出版《鲁迅小说综论》《鲁迅小说会心录》两本专著。杨义以鲁迅研究敲开了中国现代文学研究的大门，登堂入室，并且以鲁迅为路

---

① 杨义：《鲁迅文化血脉还原》，安徽大学出版社2013年版，第48—61页。
② 杨义：《鲁迅文化血脉还原》，安徽大学出版社2013年版，第245—248页。
③ 杨义：《重回鲁迅》，上海三联书店2017年版，第5页。

径，走进了研究中国古代文学与诸子学的殿堂。用杨义自己的话来说，鲁迅研究是杨义研究中国现代小说史并孜孜探寻中国古往今来的文学，乃至整个中国思想文化的本源和本质的第一个驿站，让他"储备了弥足珍贵的思想批判能力、审美体验能力和文化还原能力"[①]。故此，当杨义重新回到鲁迅研究中来的时候，他以鲁迅为方法，主张的就是复合型思维，客观而又深刻地研究鲁迅，以求达到"深刻的完整"，而非"片面的深刻"，希望超越以往"半鲁迅"的研究局面，还原一个"全鲁迅"。正是在这种意义上，杨义希望学界既关注鲁迅对外来思潮的借鉴，也需要顾及鲁迅植根于本国文化血脉这一事实。[②]也是在这种意义上，杨义希望通过疏通文化血脉、还原鲁迅生命、深化辩证思维、重造文化方式、拓展思想维度来推进鲁迅研究，也郑重思考鲁迅给我们留下了什么——鲁迅的眼光、智慧、骨头和情怀。

以鲁迅作为方法，杨义为我们了解现代中国思想，还原中国文化血脉、丰富现代人生提供了参照。

第三节 文学研究的新方法论

杨义曾经有言："对于从事研究工作的人，不下一番探幽索微、勘误辨伪的工夫，而一味地在研究方法上追求新奇，是很容易把自己的研究成果建立在沙滩上的。"[③]但是，这并不是说杨义本人的研究缺乏新颖的学术方法，恰恰相反，杨义在坚实的史料基础上，慢慢建筑了他方法论的大厦。

客观来说，杨义提出的重绘中国文学地图，以及中国文学的民族学、地理学、文化学、图志学问题，都隶属或者近于其大文学观。以下我们主要论述杨义的中国现代文学大文学观、文化学方法与图志学方法。

第一个方面，杨义的中国现代文学大文学观。中国现代文学的大文学观并非杨义独创，但是经他推广，影响较大。

就学人提出的大文学史观而言，从名实的角度来看，"大文学史"也存

---

① 杨义：《重回鲁迅》，上海三联书店2017年版，第213页。
② 杨义：《重回鲁迅》，上海三联书店2017年版，第222页。
③ 杨义：《研究方法上的三个境界》，《文学评论》，1984年第6期。

在着"宏观文学史"（陈伯海、董乃斌）的提法，以及其他相近的史观概念。例如2000年前后，学界从新旧角度，考问现代中国的旧文学尤其是旧体诗的归属问题，如此"中国现代文学"的概念也许随之改为"现代中国文学"更为合适；也有从民族角度，叩问多民族文学的问题，呼吁中国现代文学不应限于汉族文学；也有从雅俗兼顾的视野，提出市民通俗文学的归宿问题。"仅就这三点而言，若能实现，中国新文学史必将给人以焕然一新之感。但真要做到，又要下大功夫。……从认识到目前新文学史的局限，到完成'大文学史'的目标，还需要很长的时间和艰苦的劳作。"①

另外，有的学者从文本角度审视中国现代文学，开辟大文学史的道路，认为文学文本并不等于作品，还包括版本、辅文等等，例如序跋、题辞、图像、注释、广告、笔名、标题、版权页，诸如此类都是辅文。为此，出现了姜德明的《新文学版本》（江苏古籍出版社2002年版），金宏宇的《新文学的版本批评》（武汉大学出版社2007年版）和《文本周边——中国现代文学副文本研究》（武汉大学出版社2014年版）等专著。而有的学者则对语言视角中的中国新文学史观情有独钟，例如朱寿桐近十年来就大力挥舞"汉语新文学"的大文学史观念的大旗，提倡像西方的英语文学史、德语文学史、法语文学史等以语言作为区分角度一样，统筹海内外以汉语写作的新文学，重构中国新文学史，并且编有《汉语新文学通史》（广东人民出版社2010年版）。

而从纵横的角度来分析，大文学史的观念史并非近几年才初露头角，而是具有近百年历史。1909年日本学者儿岛献吉郎出版了《"支那"大文学史》，这也许是最早使用"大文学史"字眼的学术论著；而1918年，中国学者谢无量则出版了《中国大文学史》。据研究，"如果从文学史观的演变来考察20世纪中国文学史的写作，可以发现其间主要经历过三个阶段"②。第一个阶段是文学史草创的20世纪一二十年代，学者们将文字学、经学、哲学、史学等等都列入其文学史，此时的文学史接近于学术史；而20世纪30年代则采用西方的纯文学概念来写文学史；此后的文学史写作可称为第三阶段，20世纪80年

---

① 黄修己：《中国新文学史编纂史》，北京大学出版社2007年版，第332—333页。

② 刘怀荣：《近百年中国"大文学"研究及其理论反思》，《东方丛刊》，2006年第2期。

代中期，学者们以大文学的观念来研究古代文学，到了2000年左右出现了大文学史观的集中系统的专论，而最大改变是"对大文学和大文学史的认识逐渐由中国古代文学学科扩展到中国现代文学、文艺学乃至比较文学等其他学科领域"①，贾植芳、黄曼君、杨义等人便是代表。

相较于贾植芳、黄曼君等人对大文学观的感性或局部认知，杨义的大文学观相对理性与全面，视野更加开阔。

就理论主张而言，杨义在2000年的《认识"大文学观"》一文中指出从杂文学、纯文学到大文学的"文学三世"之变化：即从中国古代文史混杂、文笔并举的"杂文学"观念，转变为20世纪以诗歌、散文、小说、戏剧四大体裁划分文学，体现出对西方"纯文学"观念的接受，再到21世纪以来，认为文学应该在文化深度与人类意识中获得对自己存在的身份和价值的证明，从而逐渐地形成了一种"大文学"观念。②

20世纪文学堪称大视野的文学，因为它在文言文学之外发现白话文学，在正统文学之外发现平民文学，在文献文学之外发现口头文学，在中国文学之外发现世界文学。只不过这种文学奉行纯文学观念，起码隐藏着三个缺陷：本体论缺陷、功能论缺陷和动力学缺陷。本体论缺陷在于当人们引进他者眼光对文学进行提纯处理时，它很可能把一些历史学、文化学的知识放置在文学体验的边缘或圈外；功能论缺陷在于西方观念源于西方文学经验，往往与中国经验存在错位，如果不经辨析、校正和融合，就轻易地套用，很难回到中国文化的原点，很难从本源上发挥中国文学思维和理论概括的优势；而动力学缺陷在于如果单纯以从西方引进的五花八门的文学思潮为动力，单纯追慕新潮而忽略中国经验和生命神韵，忽略它们与中国社会发展、人生方式和文化现实之间的距离，很容易产生类似于邯郸学步的负面影响，这也许是一些不乏才华的创作缺失大家风范和传世素质的一个原因。③

正因为纯文学的过度提纯带有某种人为的阉割，使文学与整个文化浑融

---

① 刘怀荣：《近百年中国"大文学"研究及其理论反思》，《东方丛刊》，2006年第2期。

② 杨义：《认识"大文学观"》，《光明日报》，2000年12月27日。

③ 杨义：《认识"大文学观"》，《光明日报》，2000年12月27日。

共处的自然形态被割裂了，故此新世纪的文学观要把传统的博识与20世纪的精纯，在新的时代高度上进行大文学观的创造性整合，催生出一种具有精审的现代理性的文学。大文学并非纯文学可以概括，它是一种具有世界视野与文化胸怀的文学，当今科技和经济的全球化浪潮来势迅猛，知识、信息瞬息间就可以在全球传播，文学与高科技缔缘并在愈来愈深的本质层面改变着文学存在形态，包括它的书写方式、传播方式和接受方式。本是以深邃的人文精神为依托的文学，面临着普泛化、快餐化、通俗化和个人化的尴尬。

在此意义上，文化成了文学参与全球流通和竞争的身份证。文学变成一个完整的生命历程，它必然会在大文学观念下返回自己的本性、本位、本体，并开拓自己广阔自由的运思空间，使文学成为千古文明和真实生命的现代倾诉，从而以一批里程碑式的创作，实现新世纪的辉煌。从这种意义上说，大文学观不仅是一种知识构成或知识重组，更重要的，它是一种世纪性的文化胸襟。①

2010年，杨义在谈及重绘文学地图的时候，重提大文学观，希望拓展研究对象发生和存在、发展和变异的可开发范围，在博学深思上做到文学与文明互训、中原与边缘互动、文献传统与口头传统互生、古代与现代互贯，以此展示"文学—文化—文明"的整体性，确立大文学观，"去纯文学观的阉割性而还原文学文化生命的完整性，去杂文学观的浑浊性而推进文学文化学理的严密性"②。2013年，也许鉴于他以往的大文学观涵盖几千年的中国文学，针对性不够强，杨义专门指向中国现代文学史研究，直陈其不足与弊病，在《以大文学观重开中国现代文学史写作的新局》一文中重申大文学观。他鞭辟入里地指出：学界必须坚持大文学观，才能总览文学纷纭复杂的、历史的、审美的文化存在，深入其牵系着人心与文化的内在本质，展示其广阔丰饶的文化地图，揭示其错综纷繁的精神谱系；研究中国现代文学应该以一种博学多识的心态，对于与新文学处在不同层面、不同维度上的通俗小说、文言诗词、传统戏曲、少数民族文学进行全方位的研究。基于此，他呼吁全国高校和研究机构应该分工

---

① 杨义：《认识"大文学观"》，《光明日报》，2000年12月27日。

② 杨义：《〈文学地图与文化还原〉代序》，《文学地图与文化还原》，北京师范大学出版社2011年版，第14—15页。

合作，对百年文学多样、多层、多维的史料资源，进行地毯式的清理，然后从纷繁复杂的历史文化存在中，抽象出属于自身的原创的原理、法则，用自己的声音与当代世界进行平等的深度对话，以此重开中国现代文学史写作的新局。①到了2015年，杨义继续呼吁以大文学观对20世纪中国文学进行研究，提倡全史意识，认为它是大文学观的一种展开与落实。

我们应该明白的是，杨义并不止于单纯的观念提倡，而是以一系列扎实的研究来展示其大文学观的可行性、发展性与深刻性。杨义对大文学观的践行远远早于理论，它是建立在大量的、长期的实践上的观念。例如他的《中国现代小说史》，早在1986年出版的第一卷，以及1991年出版的第三卷中，就把通俗小说纳入论述视野，而在1988年出版的第二卷以及其后的第三卷中，他把台湾乡土小说纳入研究范围。而1995年于台湾出版的《二十世纪中国文学图志》，除了创造"以图出史、图文互动"的文学史写作模式，也把通俗文学甚至传统戏曲纳入研究视野，这很明显是大文学观的实践。中国现代文学研究尚且如此，更不用说他对中国古代文学、文化研究和对少数民族文学的关注了。②

而就其理论影响而言，杨义践行其大文学观的著作例如《中国现代小说史》《二十世纪中国文学图志》等都影响甚大。有不少学者直接撰文呼应其大文学观，例如刘纳的《"大文学观"的生动范例》，胡景敏的《大文学观与文学史研究的文化转向》以及《我赞成"大文学观"》，李怡的《大文学视野下的近现代中国文学》等，不一而足。而刘怀荣的《近百年中国"大文学"研究及其理论反思》、黄永健的《从纯文学到大文学》、张华的《中华民族大文学史观和世界文学》等文则以整体的方式对包括杨义在内的学者所提倡的大文学观演变历程进行综述。李怡在2014年就开始撰写一系列关于大文学观的论文，并且带领他的硕士、博士、博士后以专题研究或圆桌会议的方式，对大文学观

---

① 杨义：《以大文学观重开中国现代文学史写作的新局》，《湖北大学学报》（哲学社会科学版），2013年第3期。

② 杨义是全国"格萨尔"领导小组组长，著有《中国古典文学图志——宋、辽、西夏、金、回鹘、吐蕃、大理国、元代卷》，建议在20世纪文学全史中为少数民族文学独立成卷。

进行再思考与再创造。黄修己虽然没有明确呼应杨义的大文学观，但是他2007年出版的《中国新文学史编纂史》（第二版），在谈及20世纪与21世纪之交的大文学史观念的时候，所提的20世纪中国文学的文言文学、少数民族文学、市民文学，几乎都是杨义大文学观的中心内容。[①]我们甚至可以认为，诸如钱理群等的《中国现代文学三十年》（1998年修订本），朱栋霖等的《中国现代文学史》，几乎都把通俗文学和台港文学纳入其中，在某种程度上，也是对杨义大文学观的理论与实践的有意无意、或明或暗的呼应。

第二个方面，杨义的文化学方法论。

杨义的大文学观，旨在催生出一种具有精审的现代理性的文学—文化的生命整体性，它不仅是一种知识构成或知识重组，更是一种世纪性的文化胸襟。这里要重点审视"文化学"一词，可以说以作家论为基础的文化学方法，是杨义研究中国现代小说甚至中国文学的方法论。而鉴于"民族学或者地理学，有些问题也可以放到文化学里面去讲"[②]，地域文化也是文化，我们有必要把杨义对中国现代小说地理学与文化学的问题研究一起放到文化学里面分析。

就地理学视角而言，杨义曾经指出文学的地理学，需要关注几个问题：地域文化的问题，作家的出生地、宦游地、流放地问题，大家族的迁移问题，以及文化中心的转移问题。[③]他也曾经宣称"我就是在大家习惯的文学研究的时间维度上增加并且强化空间维度"，"我编写的三卷本现代小说史与其他文学史的不同，除了文化研究和审美体验的视角转换之外，很重要的是在大量原始材料基础上展开丰富的空间维度、地理维度。东北流亡作家群、四川乡土作家群、京派海派、华南作家群，东北沦陷区、华北沦陷区、孤岛、还有香港台湾"就是例子；他认为"空间问题，地域文化问题，是我们研究的一个新关注点所在……讲中国文学不讲空间，不讲人文地理，是说不清楚中国文学的内在奥秘的"，"应该强调的是，地域文学研究必须有全国眼光、全球视野，才能

---

① 黄修己：《中国新文学史编纂史》，北京大学出版社2007年版，第332页。
② 杨义：《文学地图与文化还原》，北京师范大学出版社2011年版，第69页。
③ 杨义：《文学地图与文化还原》，北京师范大学出版社2011年版，第61—65页。

在总体和分别的参合中发现新问题，开掘新意义，达到新境界"①。

在这个意义上，杨义的中国现代小说的地理学问题研究，不仅仅限于某个地域，而是具有空间维度、开放视野、文化意味的，毕竟地域文化同样属于文化学范畴。但我们必须注意的是，杨义的地理学（地域文化）视野中的中国现代小说研究，是以作家论为基础的。就拿杨义的《中国现代小说史》来说，在四川乡土作家群中，他单独研究了李劼人、沙汀、艾芜、周文、陈铨这几个作家的小说；而在东北流亡者作家群中，他单独探究了萧军、萧红、李辉英、舒群、端木蕻良、骆宾基、罗烽、白朗、孙陵等作家的小说；在华南作家群中，他单独分析了马宁、司马文森、黄谷柳、于逢、易巩、陈残云、侣伦等作家的小说；在台湾乡土小说中，他单独探讨了赖和、杨逵、吴浊流、钟理和等作家的小说。杨义不仅区分了不同地域流派的文化特色，甚至在研究同一流派的时候，也对处于不同地域的作家进行了辩证对待，例如在研究左翼小说主潮的时候，他还区分了上海左翼作家和北方左联作家，在探讨乡土写实派小说的时候，他对寓居北京和寓居上海的乡土写实作家也分别对待。他还指出王统照的《山雨》等作品与齐鲁文化的内在联系。诸如此类，不再赘言。

这样做的好处在于既不会忽略地域文化对中国现代作家创作潜移默化的影响，也没有轻视作家个体的独特性与主观性。例如就东北流亡者作家群而言，杨义既从整体上指出东北沦陷的三五年间，东北青年作家陆续南下上海，"把北国的血与泪、剑与火和胸间的民族情、乡土情凝聚于作品，成为方兴未艾的抗日反帝文学的劲旅，以一个地区作家的群体意识给全国文学主潮的发展打下了深刻的血的烙印"，"关外地域文化的开放性，潜移默化地涵养了他们的艺术胸襟"，东北作家群"尽力地从广阔的时代社会、人生背景中发掘白山黑水间血染的民族灵魂。……作为流亡者，这个作家群是失去乡土的，然而外在的失去却转化为内在的苦恋，他们作品洋溢着东北旷野、河流、草原山林的寥廓而悲郁的气息，由此产生一种粗犷而雄健的艺术格调"②。又从个体上指出萧军也许是最典型的东北作家，因为他的作品"带有极充分的关外气质。

---

① 杨义：《中国文学地理中的巴蜀因素》，《重庆师范大学学报》（哲学社会科学版），2010年第1期。

② 杨义：《中国现代小说史》（第二卷），人民文学出版社1988年版，第522—529页。

读他的作品，仿佛在东北的荒甸山林中探险，扑面而来的是粗犷、强悍的气息"，或者呈现出一种"从辽阔荒凉的土地上蒸腾出来的'力之美'"。即使是文笔稍微凄婉温馨的端木蕻良的作品，也展示出一种"晓风残月"其表，"大江东去"其里的独特风格。①

客观来说，杨义以地域文化区分作家流派的做法有可能潜在地影响或启发了湖南教育出版社1995年出版的"二十世纪中国文学与区域文化丛书"，从其中逄增玉的《黑土地文化与东北作家群》、刘洪涛的《湖南乡土文学与湘楚文化》、吴福辉和严家炎的《都市漩流中的海派小说》、魏建和贾振勇的《齐鲁文化与山东新文学》等著作便可略知一二。

杨义的地域文化视野与他的文化学视野息息相关，应该说杨义从《中国现代小说史》开始，就一直运用文化学视野来进行中国现代文学的研究，《中国现代小说史》如此，《二十世纪中国小说与文化》也如此，《京派与海派比较研究》《京派海派综论》如此，《鲁迅文化血脉还原》亦如此。鉴于前文已经对《中国现代小说史》与《鲁迅文化血脉还原》的文化学视野进行了一定的探讨，这里将对杨义其他中国现代文学研究专著的文化学视野进行略述。

这些著作也是以作家论为基础的，从目录就可知晓，杨义在探讨作家个案的时候也注重文化学视野。《二十世纪中国小说与文化》就单独探讨了鲁迅、郁达夫、丁玲、张天翼、茅盾、巴金、老舍、萧军、萧红、废名、沈从文、赵树理、路翎、钱锺书作品的文化内涵与品格，而《京派与海派比较研究》将沈从文与穆时英、萧乾、废名进行比较，也将施蛰存与刘呐鸥、穆时英进行比较，在比较研究之中领略作家作品的文化意蕴。例如在《二十世纪中国小说与文化》中，杨义指出丁玲的《莎菲女士的日记》等作品透视出都市病态文化对人的灵魂的压迫和扭曲，《奔》折射了城乡对比意识，《我在霞村的时候》对人的灵魂给予了关注，故此，杨义认为"丁玲是有文化意识的作家，她的文学思维空间是非常开阔的"②。

而在流派比较研究中，杨义也以文化学视野进行探析。杨义对京派、海

---

① 杨义：《中国现代小说史》（第二卷），人民文学出版社1988年版，第529—531页。
② 杨义：《中国现代文学流派》，人民出版社1998年版，第134—137页。

派进行比较研究，他不仅在创作上将京派、海派作家的文学—文化意识进行比较：如废名从华中领略到"美在自然中"的哲学，沈从文从湘西体悟到"神在生命中"的哲学，施蛰存小说的怪异色彩，穆时英小说的死亡意识，京派作家的乡土抒情诗和人生抒情诗的小说体式，海派小说对带有官能刺激性的都市现代人心理小说体式的探索，诸如此类进行比较，他还把京派与海派的争论归因于"文化的差异引发了这场争论，文化的差异又渗透在这场争论的方式之中"，所以京派理论家如沈从文带着明清帝都的古朴之风，即使是争论，也具有宁静、恬适和随和的风度，而海派理论家如杜衡的审美文化心境则是敏感、亢奋而骚动的，非辩个明白，争个高低不可，但是他们后来又互相支持，可见京派与海派之争是礼仪之邦的"君子之争"。①

另外，杨义也关注40年代文化中心的转移，即解放区文学、国统区文学、香港文学、上海孤岛文学的文化意味：解放区文学对苏俄文学采取认真的采纳态度，对中国传统文学采取宽容的借鉴态度；国统区文学思考民族命运和社会积弊，追求民族新生，四方求索；而香港文学融国际自由港的开放性、作家的流动性、岭南地域文化特征于一体；上海孤岛文学则由于上海都市、外国租界、政治高压的多重因素的综合作用，或采用曲笔（如杂文），或在洋场风味与东方文明的缔盟中走向纯艺术（如张爱玲）。②

而这已经不只是中国古代的"南北"（地域文化）之别，而是晚清以来的"东西"（本土文化与外国文化）之别在起作用了。明乎此，我们才会明白杨义所强调的"文学文化学问题的内涵极其丰富。文学作为审美的精神文化方式，它与文化之间存在着深刻的千丝万缕的互相制衡和互相渗透的关系。一方面，文学存在于文化的巨大网络之中——我在你中；另一方面，文化的因子以文学为精微的载体——我中有你"③。

第三个方面，杨义的图志学方法论。

杨义的中国新文学图志学也是值得关注的方法论。杨义于1995年在台湾出版《二十世纪中国文学图志》。1998年，该书由人民出版社出版，书名改为

---

① 杨义：《中国现代文学流派》，人民出版社1998年版，第293—298页。
② 杨义：《中国现代文学流派》，人民出版社1998年版，第248—252页。
③ 杨义：《文学地图与文化还原》，北京师范大学出版社2011年版，第69页。

《中国新文学图志》。2009年的生活·读书·新知三联书店版增加新序和小序，改名叫《中国现代文学图志》。杨义的图志本文学史不止这一本，他还著有《京派海派综论（图志本）》《二十世纪中国小说与文化（插图本）》和《中国古典文学图志》。

客观来说，杨义的图志本文学史一如既往地强调其文学研究的大文学观，即文学研究不只是研究文字，还应该研究图画，或者说强调文学研究的空间维度，正如上述的地理学问题凸显了空间维度，图志学同样体现了空间维度。杨义指出：图志学提供了文学文献学之外的另一个文学存在空间和解释空间，在文字空间与图画空间之间开拓出一个相互对照阐释的互文性系统，并且经由互文性沟通了文学史、艺术史和文明史，为文学地图重绘开拓了更多可能的模样和范式。①

但是，中国现代文学图志学并非弄到一堆图片就可以了，它需要一定的前提。因为图志不是插图，而是由图出史，为图作史，所以必须在熟悉文学史的同时，熟悉图像史，"花上一番考证功夫，去清理装帧者、画家与出版社和作家的关系，去熟悉他们的风格和特殊的署名方式"，熟悉20世纪中国书刊装帧史和绘画史，打牢相关学科的知识基础，"缺乏这种跨学科的知识，面对装帧插图就会产生隔膜感，就难以产生真切的心的交流"②。除此之外，还必须掌握一定的研究方法，所以杨义除了借鉴中国古代的史志和图志，还吸取了现代艺术形态学、心理学、文化学，以及古老的考据学的一些思维方式。③

根据杨义的《中国新文学图志》，图的绘制形式有几种：一是作者自绘，例如鲁迅自绘《呐喊》封面，萧红自绘《生死场》封面；二是请人绘制，例如《彷徨》封面是鲁迅请陶元庆绘制的；三是借用他图，例如沈从文的《月下小景》借用了美国爱特华·华惠克的套色木刻《会见》。

而作家、编辑选择图画的意图，大概存在如下几方面：

---

① 杨义：《文学地图与文化还原》，北京师范大学出版社2011年版，第83页。
② 杨义：《〈中国新文学图志〉序》，《中国新文学图志》，人民出版社1998年版，序言第9页。
③ 杨义：《〈中国新文学图志〉序》，《中国新文学图志》，人民出版社1998年版，第6页。

一是折射作品风格或内容。例如北新书局出版的《呐喊》，封面是鲁迅自己设计绘制的，自写黑长方框中的"《呐喊》鲁迅"隶体字样，显得大方而雄浑，较好地契合着苍劲悲凉、富有风骨的审美格调。而《彷徨》的封面是陶元庆所作，底色橘黄，上面有三个人坐在椅子上百无聊赖地观看太阳，人物多用几何线条，椅背顶端卷曲，太阳颤颤巍巍的，不圆，作落日状，画面兼具象征与写实，相当贴切地传达了彷徨的精神状态。沈从文的《月下小景》封面是两只健美的麋鹿在密林野花之间含情相对，它借用的是美国爱特华·华惠克的套色木刻《会见》，从中可以感受林野之间万物皆灵的意味，这封面极为契合该小说中描写的山寨边民男女野性而又自然的幽会，以及最终以死来追求爱之永生的场景与意蕴。其他如鲁迅、周作人翻译的《域外小说集》封面，以及田汉翻译的《莎乐美》的封面，诸如此类，都具有相似作用。

二是折射作家的心灵世界。书刊装帧插图是主客观融合渗透的产物，可以从一个特殊的视角，透过装帧插图，一探作家或隐或显的心灵世界，了解他们个人的修养和趣味，以及民族命运和中西文化在他们心灵中的投射和引起的骚动。[1]例如萧红自绘的《生死场》的封面，她在血红色的东三省地图上斜劈一道直线，反映了她从关外流亡到上海时失去故土的沉重，以及对人的生死和民族生死的反省。

三是折射作家、刊物或流派的创作态度与宗旨。例如晚清《新小说》杂志封面左侧的"新小说"三字是魏碑体，充满力量，这暗示该刊物崇尚阳刚之美，所以它的不少小说、论文，甚至一些戏曲、歌谣，字里行间都荡漾着政治文学的英雄主义气息。[2]其他如晚清的《绣像小说》封面、40年代上海《诗创造》封面，作用类似，不再赘言。

四是折射编者或刊物的文化态度。例如梁启超主编的《新民丛报》卷首图像中，既有外国的拿破仑、华盛顿、苏格拉底、伏尔泰、卢梭、培根、康德、达尔文、西乡隆盛、福泽谕吉，又有中国的六祖慧能、王安石、王阳明、曾国藩、左宗棠、邓世昌、谭嗣同，前者显示了主编开阔的文化眼光，后者显

---

① 杨义：《〈中国新文学图志〉序》，《中国新文学图志》人民出版社1998年版，序言第3页。

② 杨义：《中国新文学图志》，人民出版社1998年版，第12页。

示了主编沉厚的文化心态。

五是折射编者或刊物的时代感受。例如张爱玲的《传奇》增订本封面，借用了一张晚清时装仕女图，画中少妇无聊地玩弄骨牌，却在窗外增添了一个绿色的、鬼魂般的现代人形，造成了一种十里洋场时空错综的不安感和神秘感。又例如上述所言的《文艺复兴》一至三卷封面分别用米开朗基罗的《黎明》《愤怒》，西班牙著名画家戈雅的《真理睡眠，妖异出世》，来表达对时代变化的强烈感受。

六是通过一些被忽略的图来还原文学史的复杂性，挖掘被忽略被遗漏的史实。例如用旧派文人办的《戏杂志》的图片与内容，弥补新文学运动的盲点。再如人们对鲁迅支持出版的马克·吐温的《夏娃日记》和裴多菲的叙事诗《勇敢的约翰》，只是欣赏其插图但不考究文本，几乎把这两本书遗忘了，究其原因，"主潮文学执着于现实，较少心灵余裕，使得借神话原型和民间传说的狂幻去探索深层的人性、人格和种族精魂，成了一个未了的课题"[1]。

注重作者、编者对图片的选择意图的阐释，并非杨义的目的，他的目的在于建立一种新的文学史编写模式。他把古代和民国以来的图片只是衬托的插图史志，变通为图志，即以图出史，以图统史的"文学图志"，他认为作家选作装帧插图的画面也是一种特殊的语言，一种以线条、色彩、构图、情调为符号的心灵语言，它包含着极为丰富的信息量，从中可以窥见文化心态、文学气氛以及文学史，故此，他追求的是图要有神采，文要有情趣，使图文之间产生一种互动、互映的效果，打造以史为经，以图为纬的特殊形式的文学史。[2]换言之，"以文引导图进入文学史的思潮、流派、社团、报刊、主题、文体、语言形式的脉络之中，又以处在文学史脉络中的图强化重点、展示现场、再现载体、披露奥秘、点染情趣，从而在图与文的互动互释互补中，敞开文学史存在的空间，深化文学史解释的意义，提升文学史表达的魅力"，"以史带图，由

① 杨义：《〈中国新文学图志〉序》，《中国新文学图志》，人民出版社1998年版，序言第8页。

② 杨义：《〈中国新文学图志〉序》，《中国新文学图志》，人民出版社1998年版，序言第2—10页。

图出史，图史互动，图文并茂"。①

杨义的《中国新文学图志》影响甚大，一方面影响了国内外的学界读者和普通读者，被他的前辈和同辈师友称为"换一种眼光打量文学史"，被萧乾先生赞为使他仿佛走进图书馆一排排尘封已久的书架前的"旷世奇书"。另一方面，它还引发了其后林林总总的以图释史的文学、文化史写作的潮流。②例如陈思和的《中国当代文学史教程》、贺绍俊和巫晓燕的《中国当代文学图志》、程光炜等主编的《中国现代文学史》、吴福辉的《中国现代文学发展史（插图本）》、许道明的《插图本中国新文学史》、范伯群的《中国现代通俗文学史（插图本）》、于润琦总主编的《插图本百年中国文学史》、唐文一等编著的《20世纪中国文学图典》、徐迺翔的《20世纪中国文艺图文志》、龚宏和王桂荣主编的《图文本中国文学史话·现当代文学》，诸如此类，甚至陈平原、夏晓虹编注的《图像晚清》也难以避免地受其影响。

一言以蔽之，无论是中国现代小说史研究，还是鲁迅研究，抑或是中国现代文学研究方法论，无论是多维史观还是文化学、地理学、图志学，无论是大文学观还是空间维度，都彰显了杨义开阔的文化视野、深厚的学术功力、严谨的学术态度、深刻的学术创造与追求进步的学术精神，足见其对中国现代文学研究的贡献。影响深远，足见斯人可贵。

附：杨义的主要学术成果

主要著作

1. 《鲁迅小说综论》，陕西人民出版社1984年出版。
2. 《鲁迅小说会心录》，光明日报出版社1985年出版。
3. 《中国现代小说史》三卷，人民文学出版社1986—1991年出版。

---

① 杨义：《〈中国现代文学图志〉新序》，《中国新文学图志》，生活·读书·新知三联书店2009年版，第9页。

② 杨义：《〈中国现代文学图志〉新序》，《中国新文学图志》，生活·读书·新知三联书店2009年版，第8—9页。

4. 《二十世纪中国小说与文化》，台湾业强出版社1993年出版。

5. 《中国历朝小说与文化》，台湾业强出版社1993年出版。

6. 《京派与海派比较研究》，太白文艺出版社1994年出版。

7. 《二十世纪中国文学图志》（上下册），与中井正喜、张中良合著，台湾业强出版社1995年出版。

8. 《中国比较文学批评史纲》，福建教育出版社2002年出版。

9. 《中国叙事学》，人民出版社1997年出版。

10. 《杨义文存》1—7卷，人民出版社1997—1998年出版。

主要论文

1. 《废名小说的田园风味》，《中国现代文学研究丛刊》，1982年第1期。

2. 《路翎——灵魂奥秘的探索者》，《文学评论》，1983年第5期。

3. 《中国叙事学：逻辑起点和操作程序》，《中国社会科学》，1994年第1期。

4. 《张恨水：热闹中的寂寞》，《文学评论》，1995年第5期。

5. 《〈西游记〉：中国神话文化的大器晚成》，《中国社会科学》，1995年第1期。

6. 《京派和海派的文化因缘及审美形态》，《海南师范学院学报》（人文社会科学版），1996年第1期。

7. 《〈离骚〉的心灵史诗形态》，《文学遗产》，1997年第6期。

8. 《道家文化与中国现代文学》，《中国社会科学》，1997年第2期。

9. 《五四运动与现代中国人文建设》，《文学评论》，1999年第3期。

10. 《文学研究走进二十一世纪》，《文学评论》，2000年第1期。

11. 《作为文化现象的京派与海派》，《海南师范学院学报》（人文社会科学版），2001年第2期。

12. 《重绘中国文学地图》，《文学遗产》，2003年第5期。

13. 《五十年代作家对旧作的修改》，《中国现代文学研究丛刊》，2003

年第2期。

14.　《重绘中国文学地图与中国文学的民族学、地理学问题》，《文学评论》，2005年第3期。

15.　《鲁迅与中国文化的现代启示》，《文学评论》，2006年第5期。

16.　《经典的发明与血脉的会通》，《文艺争鸣》，2007年第1期。

17.　《五四：一种新文化哲学的考察》，《陕西师范大学学报》（哲学社会科学版），2009年第3期。

18.　《中国文学地理中的巴蜀因素》，《重庆师范大学学报》（哲学社会科学版），2010年第1期。

19.　《鲁迅的文化哲学与文化血脉》，《鲁迅研究月刊》，2012年第10期。

20.　《以大文学观重开中国现代文学史写作的新局》，《湖北大学学报》（哲学社会科学版），2013年第3期。

第五章

陈平原的文学研究

中国文化史学自来发达，现代文学史、小说史更是堪称显学，但向来的小说史大都是政治史、文化史的附庸，其主体多为政治文化背景介绍加上作家作品罗列，作家作品部分也是政治文化背景加上作品内容及艺术特点介绍。陈平原革新了小说史研究和叙述的模式，他不是描述、复述小说史，而是建构解释的、剖析的系统理论，以探讨文学形式本身的特质及文学演进的规律等课题；他不是把小说史当作政治、社会史的附庸和例证，而是梳理小说艺术形式独立的演进史，揭示小说形态及形式演进的动力与过程；他不是机械地拼凑社会文化背景、作家思想和小说艺术特点，而是以形式为中心，沟通文学的外部研究和内部研究，考察社会文化背景、主体心理在小说形式变迁中的投影，小说形式成了社会文化和意识形态变迁的镜子，小说是外部文化背景与内部艺术形式化合的产物；他超越或新或旧的单一视角、或主或客的片面立场，以丰富的史料为基础，尊重客观对象和史实，构建了系统、多元、复杂、动态、还原的阐释与评价模式。

第一节　中国小说叙事模式转变研究

一、精确测定中国小说现代化的进程与节点

在1988年版的《中国小说叙事模式的转变》中，陈平原对1898年到1927年的小说创作在小说史上的地位的判断是："完成从古代小说到现代小说的过渡"[①]，亦即中国小说的现代化的初步完成。学术界对小说现代化的研究，在内容层面较早达成共识，大致是指反帝反封建，在形式层面共识很少，而且常犯内容与形式两分之病。

依托于流行的政治历史叙事话语，泛泛勾勒文学现代化、小说的现代转变，这是人尽皆知的，但陈平原致力于精确测定文学现代化的进程和节点，辨

---

① 　陈平原：《中国小说叙事模式的转变》，上海人民出版社1988年版，第1页

析提炼文化变迁特别是文学形式演变的大量材料，严密测量推动文学发展变化的诸因素。据陈平原统计，中国小说叙事模式的转变——即现代化——在1922年至1927年"基本完成"，突破了传统的连贯叙述、全知叙事、以情节为中心的叙事模式。①当然，叙事模式的转变或现代化并不等于"艺术价值"一定更高。②晚清小说家没有最终突破传统叙事模式，因为他们无力突破"中体西用"的价值模式和旧道德体系，其中最重要的是，现代独立的个体意识没有彻底建立起来。小说现代化是形式和主体同时的现代化，没有主体个体意识的树立和思维方式的变化，主观抒情小说、叙述时间的变形等不会出现，小说现代化也不能彻底完成。

小说现代化的初步实现应当是在五四时期，这是许多人的共识，陈平原的贡献是给出了科学的、严密的论证，他不是依附在政治史、意识形态模式下套用流行的现成理论，而是细密讨论了中国小说形式的嬗变，以实验室分析的精神和方法，梳理辨析大量史料，确定到五四时期，小说才突破了传统的连贯叙述、全知叙事、以情节为中心的叙事模式。例如叙事角度的转变，在古典作家基本上是全知叙事，而在晚清作家虽然有了限制叙事，但作家并无限制视角的自觉，仍是从谋篇"布局"等传统思维出发。③五四作家自身虽然没有普遍的理论自觉，但三分之二的小说作品采用的叙事角度不同于传统小说，这使得陈平原可以论定五四作家有了现代的叙事视角意识。

二、重视形式层面的理论创新

陈平原明确表示他的研究旨在反拨学术界以往过分强调"内容层面"的现象，而应关注作为形式层面的叙事模式，过去的文学改良、文学革命重视的是思想内容、社会政治意义，但作为近现代小说及文学改革重要层面的形式革命，往往被忽略了。他对于小说叙事模式的转变与现代化的辨析很细密，的确有足够的形式意识。晚清与五四小说家都使用倒装叙述，对此晚清作家引以为重，五四作家则毫不在意，然而五四作家的倒装叙述不在于拿故事的起伏曲

---

① 陈平原：《中国小说叙事模式的转变》，上海人民出版社1988年版，第13页
② 陈平原：《中国小说叙事模式的转变》，北京大学出版社2003年版，第239页。
③ 陈平原：《中国小说叙事模式的转变》，北京大学出版社2003年版，第70页。

折来吸引人，而在凸显人的"情绪"与营造审美"氛围"。①晚清的倒装叙述模式化、表面化，仍较近于传统的以故事情节为中心，五四小说重视的是现代人对心灵和世界的探索，以及文学形式本身的美学效果。②晚清作家的说教意图压倒了对形式探索的敏感，五四作家个体、自我意识更突出，心灵体验更丰富广阔，自然而然地在文本中展现为随着情绪、意识自由流动的叙述时间，倒装、交错等自由的时间结构只是个性、心灵自由化的自然结果。在讨论社会文化背景时，陈平原重视的是与文学形式发展相关的层面。晚清小说写作的繁荣，与写小说有利可图相关，这吸引了一大批文人，而这一批擅长其他各种体裁、却可能并不精通小说的文人，对小说形式的转变起着重要的作用，他们在小说中融入各种文体成分，动摇了小说以情节为中心的传统模式。

三、主观概念与客观史实的审慎辨析

理论家从来要面对理论演绎与事实归纳的矛盾，要面对主观的抽象理论与客观的具体文本的冲突，从处理这一基本矛盾的方式可以看出理论家的不同立场、追求。陈平原擅长抽绎理论、范型，但他更尊重客观史实。他指出英雄与历史文本是以民间叙事为根基的，儿女与社会文本是以文人想象为主体的。当然，英雄与历史也是文人热衷于想象的，儿女与社会更是民间所流行的。在传统小说中，文人与民间又是一体的。所以，他经常要将理论加上限定，辨析例外，划定理论合理性成立的范围。他同意托多洛夫的看法，让理论经受文本的质疑："从理论中推导出来的样式必须得到文本的验证，在文学史所遇到的样式都必须交由一个前后一致的理论去说明。"③文学研究往往归纳不完全，材料总是提出反例，文学史中的抽象一般都是特称判断，而不是全称判断。所以陈平原称文学史的抽象都是假设性理论，要根据发展的、常读常新的文学事实不断修正，以保持其活力，理论总要受到材料的修正。但理论家的任务不只是描述材料，他需要抽象出理论，给材料清理出秩序和规则来。成功的理论家提出前后一致的理论来规范、解释材料，平庸的理论家提出的理论轻易便被材

①　陈平原：《中国小说叙事模式的转变》，北京大学出版社2003年版，第52页。
②　陈平原：《中国小说叙事模式的转变》，北京大学出版社2003年版，第50页。
③　陈平原：《陈平原小说史论集》（下册），河北人民出版社1997年版，第1320页。

料修正，必须被迫重作。研究者提出的概念和论断，需要材料不断来验证、修正，有些研究者会对与自己的理论相冲突的材料视而不见，有的会曲解材料原义。陈平原对此是比较严谨审慎的。他指出晚清小说中的环境、背景、氛围描写未获得本体地位，与此同时，他正视《老残游记》这样的例外，但认为这样的个案改变不了整体的结论，又展示了所见晚清小说中的景物、风俗描写，辨析其套语、附庸性质。①晚清小说偏重社会政治、故事情节的文本，对于景物描写没有自觉的美学意图和趣味，但陈平原又补充指出传统的"反例"：由于抒情文学的发达，古典小说情节叙述与景物、氛围描写融合，外在行动与内在诗意并重，并不亚于现代小说，虽然古人对此没有足够的理论自觉，或者其理论体系异于现代。

对史实的尊重也带来了研究者评价的全面性，他不会只看一面便下断语。晚清小说好议论，其艺术价值虽不高，但客观上冲击了以情节为中心的传统叙事模式。本着对史实的尊重与严格细密的辨析精神，研究者对历史当事人的主观声明也持审慎态度。五四的种种主义不一定名副其实，各种主义与派别的冲突、差异本质上可能相近相通，创造社与文学研究会的浪漫主义、主观抒情倾向一般浓厚。陈平原特别喜欢辨析反例，五四小说心理化的反例是凌叔华，但实际上她的客观叙事仍然是以人物心理为结构中心的。②同样，五四作家激烈的反传统言论和姿态常常掩盖了他们与传统文化深层的血肉联系，传统文化制约了他们对西方文化接受的方向、程度与效果。作家大谈外国文学的影响，而避言传统文化的作用，这需要研究者拨开迷雾，纠正当事人有意无意的错误证词。

四、研究对象和事实更重要的史家标准

陈平原坦承叙事学之类的新方法对他的研究的启发，但他认为研究的对象和目标比研究方法更重要，他尊重研究的对象相对于研究理论和方法的优越性，研究的思路和分析的方法必须适应研究对象。但他并不是简单地强调材料

---

① 陈平原：《中国小说叙事模式的转变》，北京大学出版社2003年版，第114页。
② 陈平原：《中国小说叙事模式的转变》，北京大学出版社2003年版，第128页。

高于历史叙述和主观阐释，他的更高的目标在"更准确地透视历史"①。要更准确地透视历史，就必须既深入研究对象，占有尽可能多的材料，又高出研究对象，提炼出历史发展的某些普遍的结论。提炼准确的普遍结论，需要各种合适的方法。过去流行的方法和理论不能圆满地解决问题，单靠现在的新方法也不能完全解决问题，需要新旧多种方法、视角、理论的综合，最关键的是，要尊重、切近历史实际，好的方法和视角有助于更好地切近、唤醒研究对象，研究对象更全面的材料也会召唤恰当的方法和视角。方法与对象是对话的关系。他似乎认为历史事实和规律比研究主体和方法更重要，历史真实或其规律、本质是研究者的神圣目标，在他的理论话语体系里占据最高的价值位置。因此，他更自信的地方在于，似乎是历史材料自动推出了他的论断，这种研究和论断的客观性比流行的理论与方法更有价值。

在探讨叙事模式的转变时，陈平原探索了史学研究的规范。他从大量的史实抽绎出文学演进的历史规律，这些规律几乎都是当事人、史料自身的说法，读者听得到史家的主观议论，但这些议论达到了很高的客观性，几乎是代史料发言。史家有其标准、价值、论断，显然是主观的，但他这里的主观是从史料凝炼出来的，是史料所首肯的。史料首肯的结论，一种是结论本身就是从大量史料直接提炼而来，一种是史家从史料中间转译的，但也达到了很高的客观性。晚清对于第一人称叙事最初不接受，往往改译，后来才直译，对此作家、理论家极少讨论。陈平原重建了这一转变的过程。早期第一人称叙事讲述的并不是"我"自己的故事，他只是一个观察者、记录者、旅行家，而这是古已有之的，到《禽海石》《断鸿零雁记》等才出现真正的现代的自叙体小说。到五四个性解放、自我解放时代，作家袒露心灵、解剖人性、探索潜意识，才有了自叙体叙事的自觉与流行。基于对史实的尊重与梳理，陈平原提出了20世纪初中国小说形式演变过程的结论：西洋小说输入引起小说家对其表现技巧的模仿，中国小说从边缘到中心的运动引起对传统文学养分的吸收以及传统文学形式的创造性转化，两者的合力造成了"中国小说叙事模式的转变"②。西洋

---

① 陈平原：《中国小说叙事模式的转变》上海人民出版社1988年版，第1页。

② 陈平原：《中国小说叙事模式的转变》，北京大学出版社2003年版，第13页。

小说的输入是"第一动力"，传统文学的转化也不可忽视。[①]陈平原补充了传统文化对新文学运动的作用，而且是着眼于文学的形式层面进行考察。

正因为史实和对象更重要，所以研究者的主观理论和评价需要置于合理的位置发挥作用。没有主观的理解和综合，史料与对象便不能被激活，但将主观理论强加于对象之上，对象和史料同样被埋没。因此主观理论的价值和力量，反而在于其能更好地与对象对话，还原对象的全貌与本相。因此与顾颉刚对孟姜女故事的卓越研究一样，陈平原一视同仁地对待所有史料，控制主观评价，令对象和史料自我运动，自己发声，重建更近真实、更有说服力的历史。清末民初有太多对于外来西洋文化与文学的误读，陈平原没有轻视这一事实，而是从中解读误读的原因与后果。这种"误解"与正确的理解一起参与了对传统文学的改造和对现代文学的创造。[②]

因为尊重研究对象与历史事实，所以在援用叙事学理论和方法时，陈平原因地制宜，化用理论，而不是生搬硬套理论。他所讨论的叙事模式的转变，包括叙事时间、叙事角度、叙事结构。这些概念是对叙事学术语的改用或增补，他的目的不在移植外来的理论，而在阐明小说形式现代化的实际进程。因西方小说形式的启发刺激与本土传统小说形式的创造性转化，中国小说实现了叙事模式的现代转变，在叙事时间方面，不只是传统的连贯叙述，还有倒装、交错等多种方式；在叙事角度方面，不只是传统的全知叙事，还有限制叙事、纯客观叙事等多种角度；在叙事结构方面，除了传统的以情节为中心，还有以性格、背景为中心等多种结构。为了解释20世纪初期小说叙事模式转变的动力，陈平原参考了俄国形式主义关于文学史演进动力的理论，由于文学追求陌生化，低级文学、民间文学对高雅文学的革新起了推动作用，但他从事实出发，对这种理论模式做了改造与补充。虽然陈平原的改造其实质可以视为对形式主义文论的另一种理解，但他的可贵之处，是时刻抱有一种拥抱史实、革新理论模式的自觉。

---

① 陈平原：《中国小说叙事模式的转变》，北京大学出版社2003年版，第242页。
② 陈平原：《中国小说叙事模式的转变》，北京大学出版社2003年版，第243页。

五、沟通内部研究和外部研究

陈平原自觉追求"沟通文学的'内部研究'与'外部研究'"①。单纯的形式变革并不足以充分说明中国小说的现代化进程及原因，文学变革少不了外部文化因素的作用。他认为小说叙事模式是一种"有意味的形式"，一种"形式化了的内容"，从小说叙事模式的转变中可以看到社会文化背景的变迁。这是对形式的外部研究。这个论点并不新鲜，但他的贡献是在辨析梳理对小说形式起作用的文化要素的具体情形和过程。形式主义、结构主义者追求文学独立性，严格辨析文学形式自身内部的嬗变，将外部文化因素视为外在的东西排除掉。若笼统含混地讨论，世上几乎无一物没有关联，但这不是科学的精确研究，所以形式主义者致力于抓住只属于文学自身的因素，受此影响，陈平原所补充的外部文化因素也是经过选择的，他不再大而化之地讨论政治、经济对文学的影响，他只选择对小说叙事模式直接起作用的历史、文化因素。总之，形式主义者可能纯之又纯，只剩下语言的突出、形式的新颖，而陈平原既反对大而化之的时代文化影响论，也反对纯之又纯的语言与文学形式自我更新论。

缺乏外部研究视角，内部研究无法得到完满的答案，陈平原强调了社会文化变迁、作家主体人格对叙事模式转变的重大作用。历史事实是，近现代中国人感时忧民、强国保种的意识导致了小说地位的抬高，从而推动并限制小说叙事模式的转变。正视和尊重外部文化因素影响内部形式的事实的同时，陈平原强调了作家主体对于小说叙事模式变革的影响，尤其值得重视的是，这些影响的确是关联于形式本身的，而不是笼统的、游离于形式之外的。晚清作家之所以没有最终实现小说叙事模式的转变，因为文学不只是形式的变革，而是形式与主体、思想的同时嬗变。五四时期叙事时间的变形、叙事角度的内视限制、叙事结构的转向情绪，都是与五四的解放个性、张扬自我、反叛传统分不开的。除了社会文化思潮之外，小说的书面化倾向和作家知识结构的变迁给中国现代小说叙事模式的演进也带来了重要的影响，只有说书的听众才会要求以说书人的口吻连贯叙述以情节为中心的故事，这些故事也大都是关于帝王将相、才子佳人的。五四小说的主要读者是接受了"新教育"的青年学生，作者

---

① 陈平原：《中国小说叙事模式的转变》，北京大学出版社2003年版，第14页。

主要是出洋留学或懂外语的新式知识分子，他们往往能够直接借鉴西洋小说技巧。[①]陈平原没有泛泛论及晚清与五四作家的差异，他拈出两代作家与文学形式变革相关联的知识结构上的差异，即晚清作家喜谈"政治学"，而五四作家通晓"心理学"。[②]喜谈政治冲击了以情节为中心的叙事结构，但也压抑了小说的审美情致。心理学知识使五四作家尝试小说结构的心理化和叙事时间的自由化、情绪化。晚清以来的新式教育和社会文化思潮的变革，给五四作家根本的影响是产生了现代的自由人格，与传统的群体伦理依附型人格彻底相异。五四作家有了清醒执着的个体意识，他们独立思考，站在个体生命的立场来改良社会和人生。晚清官方办学旨在实用与尊君卫道，而民间办学则滋长了自由、独立、反抗的风气。陈平原讨论社会文化因素时，特别关注的是与叙事模式变迁相关联的层面，他强调"新教育"对奴才意识的批判和对独立人格的培养，由此而来的主体意识、自我意识的加强，催生了小说叙事模式的诸多变化，如日记体、第一人称、心理结构、情绪化的叙事时间，以及日记体由记录外在见闻转变为抒写内在情思，等等。

文学的解放、形式的变革伴生于人的解放、社会文化的变迁，现代小说叙事模式的转变与现代的个性解放思潮是联系在一起的。现代小说由外在情节叙述转向内在心理展示，由情节结构转向情绪结构，源于现代作家自我意识的觉醒和对人的心理探索的深入。情绪变化多端的、受潜意识支配的现代人，被呈现在小说当中时，必定导致叙述时间的扭曲，不再有连贯自然、常态概念的时间。五四之前对人的理解，是道德的、理性的、概念的，五四时期对人的理解，是欲望的、情绪的、冲动的，小说要描写、探索这样的现代人，心灵的自由流动必定压倒秩序分明、依循常态概念时间的故事。《狂人日记》中凌乱激越的狂想与愤言，打破了正常的自然顺序，正是对停滞的、凝固的、"正常的""理性的"旧文化风俗和旧世界的挣脱与抗击，叙事时间是人格个性与意志情绪的外化。古典小说、晚清小说的连贯叙述，对应的是道德的、常态的、因袭的人，五四小说的时间扭曲，对应的是唯我的、逆众的、反常的人，正如

---

① 陈平原：《中国小说叙事模式的转变》，北京大学出版社2003年版，第21页。
② 陈平原：《中国小说叙事模式的转变》，北京大学出版社2003年版，第24页。

陈平原所指出的，"当个人意识真正觉醒后，第一个感觉到的必然是与他人的精神差异以及不可避免的隔膜"①。

有时陈平原对形式的讨论，在考察影响形式的历史文化因素时，其中心是在作家主体。作家作为历史文化主体，对形式产生了特有的理解、兴趣、追求。无论是历史文化的变迁，还是文学形式的革新，都是作家主体在时代刺激、文艺变革推动下产生的反应和追求。与晚清小说家不同，五四作家对叙事视角理论有了切近的理解和富有表现力的运用，因为他们开始强调真实性、个性化，有了更为深刻独立的理性思考，对文学本身、对形式与美的感悟有了更深刻的感悟与追求。艺术形式的变革是主体嬗变的产物，虽然这个主体是复杂的、与多元文化对话的。

六、客观的文化比较

中国小说叙事模式的转变是在中西小说的双重影响下展开的，在讨论西方小说对中国小说的影响时，陈平原对异质文化的影响—接受、文化差异作了细密辨析，他的文化比较是客观、平等、多元的。虽然限制叙事是现代的，但它在价值上并不必然优于传统的全知叙事。异质外来文化的引入，往往能创造、激发、重释既有的文化结构和因素，给文化演进带来活力。中国文学批评关于小说的理论是混融的、笼统的、表面的，往往是关于文章的品评，但关于人物、情节、背景的西方理论的引入，给了批评家和作家一个全新的视角和理论途径，也使作家有了理论自觉和勇气去发展不囿于情节的叙事方式。文化比较需要价值评判，文化之间的相互反应不一定是建设性的，在晚清，哈葛德比托尔斯泰更受欢迎，前者说故事，后者探索人心，表面符合传统模式的作品更受欢迎，但对本土文化没有改进、提升的价值。早期的翻译注重情节的曲折，常常删去原著中场景的描写和心理的分析，正如中国古典小说只注重外在行动的叙述。文化交流向来的本能反应是为我所用，文化是富于保守性的，晚清小说家将西洋小说情节化，五四作家将西洋小说诗化，都是为我所用，都是文化误读。

---

① 陈平原：《中国小说叙事模式的转变》，北京大学出版社2003年版，第127页。

当然，有时候崇西抑中、崇新抑旧的流行话语也影响到了研究者，比如轻视情节的倾向。实际上，小说的本色还是情节，是人对于自己在这个世界中的境遇的探讨，没有情节，不成小说。现代小说注重氛围、环境、心理，但其根本还是脱离不了人在这个世界中的行动，氛围、环境、心理等描写或语言的象征、复义，仍然是以人在世界中的境遇与行动为中心的。一方面，有些小说家缺乏基本的情节构建的能力，以联想的泛滥、语言的堆砌来回避讲故事的困难；另一方面，情节并不只是单一的故事，它可以与氛围、环境、心理、象征交织在一起。讲故事的艺术，可以是很有深度和诗意的艺术。情节、环境、人物实际上是一体的，通常的小说理论过于机械地割裂三者了。对于五四小说的诗化的高度评价也留着新必胜于旧的、五四情结的影子，有着梁实秋所批评的五四浪漫主义文类混乱的影子。研究者并没有自觉张扬文类杂糅与跨越的价值，单是肯定诗情画意的可贵，但这并不是小说的本色，而是散文和诗歌的光荣，五四作家和后来的评论者有时将散文和诗歌冒称为小说了。[1]小说当然可以也应该有诗情与潜意识，但这些因素应该融合在叙述语言的曲折多义、行动叙述的细节、环境氛围的象征当中，如陀思妥耶夫斯基、普鲁斯特与卡夫卡，他们是将诗意、潜意识和象征渗融在小说中，而不是将小说写成了诗歌、散文和心理调查。《地下室手记》当中充斥着大段的心理倾诉、潜意识流动与哲学议论，但这些被框范在一个荒诞世界里的一个荒唐人这一图景当中，所有这些是以这一个作为存在主义先驱者的荒唐人的性格、行动、面貌为中心的。《菊英的出嫁》中的风俗并不是主体，在这样的风俗中的菊英与中国人才是主体，他们的悲剧与动作才称得上是小说的主体。散文化与诗化并不是小说的光荣，小说当中的散文化与诗化之所以可贵，是因为这些有助于表现世界与人的深度、复杂性。

七、科学的系统眼光和史家的大局意识

陈平原注意文化的系统特质，他在分析任何一件文学事项时，都要将其置于传统土壤与外来风气的影响网络中去考察。在进行中西文化的比较时，他

---

① 陈平原：《中国小说叙事模式的转变》，北京大学出版社2003年版，第236页。

总要将对象放在整个系统里考察，辨析某些文化因素的似同实异。虽然中国传统小说也用到限制叙事，但与西方并不相同，中国这类小说的文本情节单纯，更接近记人记事散文，所以容易保持视角的统一，中国缺乏长篇小说限制叙事的范例。关于现代小说的氛围、环境描写，陈平原追溯到传统文人对风土人情的重视，但又指出晚清小说家对此并没有自觉的意识。文化在传播中会产生各种复杂的变异，外来文化进入，会被改造、同化，也会引起本土文化的变化，正如晚清小说翻译家面对叙事角度的差异，翻译家既没有完全忠实于原著，也没有一味迎合本国读者口味，而是"互相渗透互相改造"①。外来文化的表面特质最容易被传播，西洋小说的外在形式很快被小说家所模仿。但重要的是，表面上的变化也有一些涉及文化的根本层面，如"欲知后事如何，且听下回分解"之类的套话逐渐消失，这意味着近千年传统小说中全知全能的"说书人"视角被取代。某些系统成分的改变将引起整体的变化，晚清对西方小说某些叙事技巧的认可与模仿，导致了对传统的重新认识与转化，最终推动了小说叙事模式的转变。

陈平原心细如发，善于辨析异质文化的各种同中之异、异中之同，也善于辨析同质文化或相似文化现象的同中之异。中西小说家都追求真实性，西洋小说的努力方向之一是限制视角，而晚清小说家将真实性建基于历史叙述、新闻轶事、叙述者现身指认等手段。晚清小说家会舍去不可知的情节，但不是因为视角人物无法知道，而是因为作者认为不应该叙述。陈平原的系统眼光和作为史家的大局意识，使他将俞明震关于限制视角的表现力和真实性的理论看作个案和例外，认为这并不能代表晚清小说叙述意识的进展。在文学传统和思维惯性的影响下，晚清小说家也悟到了限制叙事方法，但由于传统的制约，他们的限制叙事大体上只是古老的、源远流长的布局意识，而不是现代的追求真实、科学和严密的叙事方法。晚清小说家满意于以一人一事为贯穿线索，随后不自觉地触及以一人的视角来看世界、叙故事。最终，晚清小说家靠限制视角来加强文本的整体感，这在艺术上仍只是谋篇布局的传统技巧，在文艺与世界

---

① 陈平原：《中国小说叙事模式的转变》，北京大学出版社2003年版，第66页。

的关系层面，他们青睐的还是全知全能叙事，借此构建历史大局图景和社会生活全景。①

　　系统思维使研究者对同质文化或相似文化现象的同中之异特别敏感。晚清小说家和五四作家都有对于艺术真实性的追求，但他们对真实性的不同认识，导致了他们对于叙事视角的不同把握。五四作家追求的是新的艺术真实性，他们不拘泥于生活和历史的偶然、表面的真实，而探索普遍的、本质的、内部的真实，而晚清小说家仍停留于眼见耳闻、史乘笔载为真的传统观念。叙事方式的彻底变革，伴生于社会文化思潮、民族思维方式、群体心理人格的现代嬗变当中，全知全能叙事的背景是道德、概念、单一、信仰的传统思维方式，客观限制叙事的背景是怀疑、民主、自由、自我、多元的现代思维方式。五四作家本无企图提供对世界和历史的权威教训，他们更乐于展示底层、局部、个体、特殊的生命对于旧文化、旧道德的抗议。他们不用大一统的话语去整理现实，而乐于代形形色色的边缘人立言发声。鲁迅就是只管站在当下，直面现实困境，客观呈现各种传统观念和信仰解释不了的问题与痛苦。晚清、五四同有第一人称叙事，但晚清用以叙事，五四用以释放自我、充分抒情、追求个性。自古至今，中国小说家都爱教训，但晚清的教训是传统道德和政治见解，五四的教训是个人的抗议和人生的困惑；晚清的教训是直接的、脱离文学情节的说教，五四的教训是自悟的、隐含在描写和叙述之中的。同样忽视传统的创造性转化，五四作家是因为过于看重了西洋小说的作用，而晚清小说家则是过分看轻了西洋小说的作用。系统思维又使研究者看到了新旧文化的异中之同。表面上看，晚清小说与古典小说趋同，五四小说与古典小说相异，实际上从系统和整体的视角来看，两代作家都受到作为一个文化整体的古典文学的影响，两代作家同在传统的创造性转化和叙事模式的转变的这个过程中，只是处在不同的阶段而已。同样是传统文化的创造性转化，晚清作家注重史传，所以引逸闻、游记入小说，五四作家注重诗骚，所以多引日记、书信入小说。

　　大局意识使陈平原从不将论断说满限死，他敏锐精细地不漏过例外、多义、文化交织，并恰当地将多重因素安置在相宜的层面、时空、角度里。五四

---

　　①　陈平原：《中国小说叙事模式的转变》，北京大学出版社2003年版，第71页。

作家的确似乎很唯我多情，也有偏激、极端的一面，但他们也有理性多思、批判怀疑的一面，对于自我叙述可能存在的陷阱、泛滥、局限，五四作家常通过转换视角来制约，启发理性的审视与多元的思考。优秀的、超出了时代与庸常的作家，甚至会潜在地反讽、"间离"夸夸其谈的自我叙述者。①

系统思维与大局眼光使得陈平原对推动整个系统发生根本变化的关键细节和因素特别敏感。如以人物性格为中心，表面看起来这是自古有之的，历史叙述的传记体，便是以人物为中心的。但陈平原指出，现代作家的以性格为中心，其实是以心理意识为中心，这便导致了小说叙事模式的根本转变。系统思维更使研究者在看到某一时代关键文化成分的重大推动作用的同时，也看到诸种文化成分漫长的演进轨迹和前代作家的努力，现代作家在叙事结构上以心理或氛围为中心的突破，是以晚清小说家的种种尝试为先导的。

系统思维使研究者常观察整体，综合了大量的史实和当事人自觉的理论表述用以论证，又揭示出整体性、结构性的文化转变的明显完成，方才作出相应的整体论断。五四作家对西洋小说心理描写的重视，日常的几乎无事的悲剧的视角，理论家普遍的对热衷于叙述离奇情节的娱乐消遣习气的批判，创作实践中大量的诗化、心理化的文本的涌现，所有这些事实方才证明叙事模式的彻底转变。

第二节　清末民初小说史研究

一、小说史叙述理论的自觉：小说史的对象与时期

陈平原志在整合出独特的考察文学演变规律与范型的理论时，之所以着眼于清末民初到五四这一段过渡、多变时期，是因为这一时期最宜于考察文学演变的多种因素、动力及复杂过程。虽然书名从时间着眼，但陈平原对对象的定位是从近代小说革新运动开始的。近代小说革新的起点是戊戌变法，此时期对西洋小说的翻译介绍，对小说地位的高度评价，对创作新的小说形式的号

---

① 陈平原：《中国小说叙事模式的转变》，北京大学出版社2003年版，第99页。

召，逐渐催生了近现代的小说革新潮流。陈平原的界定着眼于整体、系统的发展，兼重形式和内容，还原中西撞击、古今对话的多声部的现场语境，并以形式层面的变革为中心。以形式变革为中心，陈平原将小说现代化的尝试定位在晚清，而其初步实现是在五四，因为到这时叙事模式的转变才最终"'初步完成'"①。陈平原不忽略社会文化背景的重要性，但其卓见与新的尝试并没有把文学史当作社会政治史的附庸，而是以形式为中心，探讨小说的发展演变，社会文化因素的影响是通过形式的运动与反应才起作用的。这里也不同于陈寅恪的以诗证史，虽然同样注重文学与社会文化因素的互动与对话，但陈平原更侧重于解决文学自身的演进规律，以及形式如何包孕、化合、呼应外部社会文化因素等问题。

陈平原细密地辨析了晚清域外小说的输入如何成为20世纪中国小说现代化的起点。这是文学从传统发展到现代的转折、过渡时期，域外小说的启示是小说演进的主因。晚清能被视作起点，因为这个时代所开启的模式、所遇到的困难，在接下来的20世纪具有普遍性，仍是后来的作家需要不断尝试去解决的课题，如政治化与娱乐化的压力、中化与西化的矛盾、艺术形式的更新等。晚清某些半新不旧的实验，也是部分五四作家曾参与过的。接受西洋小说的影响，自觉革新传统小说，寻求新的小说叙事方法与技巧，是这两代作家共同的任务。

名为"小说史"，其实主体不在叙述平面的文学史，而旨在从理论上探讨文学发展的规律。因此，与流行的文学史不同，陈平原不照搬政治、经济、文化背景的介绍，不求全罗列作家作品，而致力于探讨文学发展的动力与过程，以文学形式的发展作为文学史演变的主体。因为着眼于形式，所以他将域外小说的刺激与启迪作为小说演进的主要动力，就算接受中有误解，这些文化误读最终仍然从不同方面对小说现代化产生了积极的影响。社会文化背景在诸方面影响于小说，最重要的在于小说市场的形成和职业小说家的出现，因为这二者对现代小说形式的演进最为重要，由此导致的商品化和书面化给叙事方式带来了根本的变化。新式知识分子与传统文人、小说市场带来了晚清小说的雅

①　陈平原：《中国小说叙事模式的转变》，北京大学出版社2003年版，第240页。

俗互动与并存局面。传统小说模式与阅读趣味、新式小说叙事方式与时代新需求，影响到小说的结构，晚清小说结构类型主要为长篇的珠花式与集锦式，以及短篇的盆景式与片断化。与时代的过渡性、转折性相呼应，小说文体文白并存。总之，以形式为中心视角，陈平原的小说史关注的是推动小说叙事演进的动力，对小说叙事形式、叙事风格有直接影响的社会文化因素和主体文化性格。另外，他所考察的小说结构类型、小说文体、情节模式、叙事角度及文本风格的变化与流行，都构成了叙事形式演进史，展现了独特的小说发展史的面貌，同时这些形式演进无不折射社会文化、意识形态的变迁，因此小说史成了文学形式与文体史、社会文化变迁史、民族心理变迁史的结合。

二、建构系统解释模式：小说发展的外因、内因与合力

晚清小说的发展变革是在中西文化的合力作用下完成的，是在西洋文化和文学的冲击下产生的整体变革，同时也隶属于中国文学内部诸形式和文体的嬗变过程，而以西洋文学的冲击为主要的"内在动力"。①这也是得益于系统思维的结论。欧美与日本的政治小说直接启发了晚清的"小说界革命"，由此逐渐推动了近现代文学的一系列变革。在晚清，小说的地位由边缘到中心，与知识分子欲借小说来启蒙国民、改良社会有关。这一整套理念源自西方的压力与启示，由于西方文化视角的开启，晚清知识分子超出了明清文人的认识水平，提高了小说的地位，也超越了教化劝善的传统框架。尽管重视西方的刺激和启发，陈平原更强调晚清知识分子的主体性，这种西方的刺激和启示，实际上更源自理论家的焦虑、想象与抱负，他们幻想宣扬爱国图强的小说会使国人与国家立地成佛，民智立开，国家立强。陈平原的分析总是注意到任一文学现象背后的中西文化因子，并注意到这些因子流变、互动的背景与过程。言必称希腊，借助西方话语，从政治影响角度来抬高小说地位的同时，其实关注的仍是传统的"世道人心"与家国至上。②即便当事人现身说法，陈平原也能从中抉发出古今与中西等各种影响源的投影。晚清小说家反叛传统时离不开传统的制约，他们回归传统时又带着西方文化的影子。

① 陈平原：《二十世纪中国小说史》（第一卷），北京大学出版社1989年版，第9页。
② 陈平原：《中国小说叙事模式的转变》，北京大学出版社2003年版，第17页。

　　域外小说这一外因如何促成中国文学的变革，陈平原对此提出了一个精致的描述框架。对于异质文化的传入与刺激，中国文人的初始反应是排斥，天朝中心的心态使他们漠视西方文化的存在，"以中拒西"①。正如费正清的"冲击—反应"模式所揭示的，在西方势力与文化的长期的强势侵入与压迫下，中国人不得不面对和承认异质文化及其优长的存在，但由于追求有用，鄙弃无用，加上自认本国文学优越，所以对于域外文学仍是淡漠的。本土文化中心的心态，对外来文化的封闭反应，惯性思维与情感，导致翻译界意译远比直译流行，能附会本土文化观念、信仰和趣味，能类同本国精英文化话语，才能得到读者的首肯与欢迎。对于文学作品的翻译，整个社会都持功利实用的心态，甚至怀疑原作的艺术价值，所以删改很普遍，甚至自以为改作高于原作。由于文化误读，晚清知识分子夸大了文学对西方社会发展的积极作用，开始主动积极师法对方的文学，或以促进政治改良、群众启蒙，或以侦探小说、言情小说一新耳目、占领市场。翻译介绍西方文化成了颇受推重景仰的工作，高明的翻译家甚至被视为社会之导师，比如严复。渐渐地清末民初文人对西洋小说，开始有了表面的模仿与粗糙的移植，进而是自觉的、有分析地借鉴，最后才达到学习借鉴异质文化只是为了更好地独立创造的水平。当晚清作家学习揣摩西洋小说，创作出与传统文本大不相同的作品时，便意味着中国小说开始走出传统接近现代。

　　陈平原善于从各个角度、不同侧面来考察文学的演变，例如从不同时代对域外小说的翻译介绍，便很能看出文学观念的差异与发展。晚清文人多翻译长篇，而五四作家多翻译短篇；晚清多译侦探小说、历史传奇、科学小说、军事小说，五四多译社会小说；晚清多译通俗小说，五四多译严肃小说；晚清偏爱欣赏离奇有趣的故事情节，五四偏爱欣赏文本的审美效果与艺术技巧。

　　陈平原注意到小说发展的多重动力，他总是以系统思维、整体眼光注意到各种"合力"的存在，进而又以多元的视角来给出全面的评价。城市文化的发展、市民文化的发达是小说发达的基础，民族国家存亡的危机催生的政治、社会改革激情，带来了对小说唤醒国人、推动改革的期待。但社会经济发展、

---

① 陈平原：《中国小说叙事模式的转变》，北京大学出版社2003年版，第242页。

政治局势、爱国激情只是文学发展的外部因素，它有重要的推动作用，但也是有限的，常常还带来消极负面的影响。新式教育则给新小说的出现准备了作者与读者。小说市场化、文学"商品化"、作家专业化对文学发展有重要的作用，以形式为中心的视角，使得陈平原将它们视为诸文化因素中影响小说演进最为重要的因素。小说发展的内在动力主要在域外小说的冲击与启示，以及传统文学整体的熏陶及"创造性转化"。①

小说市场的形成，催生了一批职业小说家。写小说收入颇丰，能养家糊口，也能成名成家，加上科举停开，更加诱惑文人立志创作。小说市场化使得作者必须迎合读者而不像过去那样载道代言。小说可以卖钱，作者便可能唯利是图、粗制滥造；但无需听命于权力与权威，也带来作家的独立、自由与叛逆。批判现实、宣泄不平类型的作品大为流行，迎合大众仇官、反政府心态的作品，深得读者欢迎，但常沦为堆砌话柄黑幕的速成低劣之作。因为读者爱看香艳尺牍，徐枕亚创作大量篇幅为言情尺牍的《玉梨魂》，虽然有时流于恶俗肉麻，但推动了书信体小说的译介与创作。读者、市场导向，最终导致不少作家堕落到为迎合读者而大量炮制黑幕小说，一如后世网络小说的类型化跟风模仿。②

新小说的书面化倾向给小说的叙事形式带来极大冲击。纸质出版物的形式使得传统章回小说的口述形式消亡了，作品的快速传播冲击了作家对作品的精益求精、传之后世的理想。传统的说书人模式采用全知叙事、连贯叙事，以情节为中心，通俗易懂，而现代的纸质小说则可以不再沿袭这些模式，更倾向于向内转、多义性、引人深思。阅读而不是听书，使得小说文本变得复杂曲折多了。小说书面化促成了"叙事模式的转变"，也催生了政治小说的好发议论、言情小说的堆砌诗词、谴责小说结构的集锦化。③小说好议论冲击了情节中心结构，好议论本身并无不妥，但其艺术效果取决于小说家的才能和具体文本语境，没人会认为陀思妥耶夫斯基小说中的长篇大论是累赘。同理，小说穿插诗词也看作作者手段高低和具体文本的需求，《红楼梦》《金瓶梅》中的诗词令人百看不厌，但大量旧小说中堆砌的诗词也令人生厌。

---

① 陈平原：《中国小说叙事模式的转变》，北京大学出版社2003年版，第246页。
② 陈平原：《二十世纪中国小说史》（第一卷），北京大学出版社1989年版，第88页。
③ 陈平原：《二十世纪中国小说史》（第一卷），北京大学出版社1989年版，第90页。

系统思维使陈平原不是将各种动力和因素简单加减，他看到了各种文化因素之间错综复杂的叠加影响和连锁反应。也许研究者都能注意到文化的多元现象，不再囿于现代作家模仿西方范例的直接影响模式，以及因时代政治经济变动和传统文学变革而推动文学转变的自力发展模式，但陈平原在建立起"合力说"的同时，进一步建构起诸种力量相互错综影响的解释模式。[①]他从来没有简单断言外来文化和本土文化的直线单一的作用，他认为这些文化因素从来都是纠葛在一起，时隐时现地相互影响。外来影响与内部演进并不是两不相干的，而是缠绕在一起的。传统文学整体由俗到雅的位移，古典文学整体对作家的熏陶浸染，对近现代小说家必然产生影响，而这种影响又离不开外来文化输入后中西"对话"带来的对传统的重释与转化。[②]

对多元文化与合力的重视，使研究者注意到历史的过渡、空白、夹缝、混沌的存在，并给予补充、同情与合理的评价。陈平原还原了历史的原生态，又澄清了历史变迁错综复杂的真相与历程。从古典章回小说的角度看，晚清小说家不如前代，从现代小说叙事艺术来看，他们又不如后来者，但他们的半新半旧、半生不熟更有其难得的历史价值，他们是历史中间物，是旧文学的变体、新文学的先声，使史家得以观察到文化变迁的各种细节和过程。

三、贯彻以形式为中心的视角：文学是以形式为中心的复合文本

在讨论小说发展的动力、小说文本的形态、作家创作心态、文学接受效应时，陈平原总是不忘从形式视角加以考察。虽然晚清小说重政治、好议论不足为训，但陈平原从形式着眼，指出当时小说文本中的议论和思想的丰富、热烈和新鲜，具有一定程度的吸引力和感染力，与古典小说陈陈相因的板结固化的说教不同，古典小说的说教在形式上几乎没有什么作用了。陈平原特别强调西方各种类型小说对小说叙事形式的潜在影响，政治小说影响作家谈时事发议论，侦探小说、言情小说影响作家安排情节，社会小说启示作家将视角转向下等社会……这不只是题材的变化和人道主义精神的表现，同时也意味着艺术形式，如叙事视角、结构的变化。

---

① 陈平原：《中国小说叙事模式的转变》，北京大学出版社2003年版，第241页。
② 陈平原：《中国小说叙事模式的转变》，北京大学出版社2003年版，第244页。

对于中西文学给现代小说演进的影响，陈平原更注重外部因素对形式的作用。外部因素的作用最终只有关涉到了形式层面，才真正成为文学变迁过程的一部分。

以形式为中心来考察文学史的演进，使得陈平原关注晚清小说结构的变迁及其对小说史的影响。清末民初的长篇主要有珠花式、集锦式两种结构，短篇小说则有盆景化与片断化两种结构。珠花式结构追求完整与变化的统一，实际上仍然是传统小说组织结构的方式，一方面有贯穿始终的主人公和连贯完整的情节，另一方面又追求复杂多变的结构。清末民初流行的仍然是这种传统的珠花式结构及其变体。①部分小说家借鉴域外小说，以一人一事的儿女情长来写家国大事，以儿女情来建构小说结构。一人一事限制了小说的表现范围，所以另一批小说设置正反、主从、虚实并行的双线结构，如《瞎骗奇闻》中因相信算命而遭祸害的土财主和穷人两条线索，《孽海花》中金雯青夫妇和众名士两条线索。小说家有从表面上情节结构的完整性、统一性出发利用一人一事的，也有将这一人的性格、心理作为叙事的中心，从而产生了新的、现代的叙事角度、方式和风格，使得传统的外在情节讲述转向了现代的内在心理剖析，传统的表面化的类型化性格转向了现代的复杂性格。

集锦式结构被鲁迅、胡适批评为短篇的不连贯的连缀，后来的研究者有的肯定其中各个故事是以深刻的"语义"统一起来的。②陈平原则重在梳理其为何独在清末民初风行一时，分析小说形态流变之后的文化、文学动力。集锦式小说多为一类故事的集合，其深层的主旨和叙述语调统一，如谴责官场，其结构与古代类书的编纂方式相似。清末民初不少小说家靠搜集逸闻轶事、串联实事新闻写成小说，因而结构不讲究，挖掘也不深。由于传统小说在晚清由边缘位移到中心，在这一过程中，各类文体都融进了小说文本中。忠奸对立模式的消解以及小说的书面化，都使得小说失去作为结构中心的情节而日益"片断化"。③报刊连载的传播方式使得小说不得不随写随讫，更导致了小说的断续残缺。这便让作家能够致力于每一章节刊出时故事自成一体，只是全书出版后

① 陈平原：《二十世纪中国小说史》（第一卷），北京大学出版社1989年版，第125页。
② 陈平原：《二十世纪中国小说史》（第一卷），北京大学出版社1989年版，第131页。
③ 陈平原：《二十世纪中国小说史》（第一卷），北京大学出版社1989年版，第149页。

便成了短篇的"集锦"。①

　　传统短篇小说在晚清已失去了发展的活力和动力，由于报刊的发达和域外小说的影响，现代短篇小说在晚清至五四崛起成为20世纪中国严肃文学里最重要的文学体裁。由于晚清报刊的涌现，产生了对短篇小说的大量需求，随后由于西洋文学的影响，作家体会到短篇小说的文体特质，对短篇小说的价值和地位有了新的认可。当时译介短篇小说的代表有周氏兄弟、周瘦鹃等，十几年间，莫泊桑的小说被译介有12篇之多，可见当时文学界的风气和眼光。传统短篇小说结构趋于盆景化，只是长篇小说的缩小或截取；而现代短篇小说结构趋于片断化，截取横断面而自成一个完整独立的艺术作品，是与长篇小说完全不同的具有独立特点的文体。较早的短篇如传记，概述人物的一生，或者如话本，追求完整的故事情节。较晚的短篇开始由措意于社会的大而全、历史的长时段转向截取横断面，逐渐弱化情节。清末民初的短篇小说创作出现了叙事时间的创新，如倒装、穿插等。更为现代的实验是不再着眼于完整的情节，而是直接呈现平淡无奇的生活片段，作者期待读者能够品评情调氛围和审美风格。在鲁迅《怀旧》等文本中，叙述者持客观的个体立场，多采用限制叙事，不再叙述曲折的故事，而以几个场景画面的并置来暗示意旨。场面化与叙事性也有矛盾，只有场面化而失去叙事性质，便不再是小说，这是后来的作家也要遇到的难题。片断化的短篇小说在清末民初并不多，但它是五四以后20世纪中国短篇小说主要的结构形式的先声，具有重要的首创意义。

四、多重语境中的小说评价标准

　　陈平原的小说史重在历史发展、形式演进的理论建构，而不以具体的作家作品为中心和线索，但在具体分析中，他对作家作品有着精当的评价。陈平原的文本评价的最大特点是时刻注意作品的多重语境，顾及文本的正反、新旧、内外、多重价值，他总能揭示每一个文本在历史时空当中的多重形象与多元性质，文本有其消极与积极、现代与传统、形式与文化、一时与后续的多种意义。他指出清末民初小说的雅俗互动并存性质，这一阐释评价范式对其他非

---

　　①　陈平原：《二十世纪中国小说史》（第一卷），北京大学出版社1989年版，第137页。

过渡、转折时期的文学也有启示价值，因为多元才是现代人所体会到的世界的本质属性。

传统小说基本上是通俗文学，不登大雅之堂，虽然《红楼梦》《金瓶梅》等为文人雅士所称赏，但整体上小说仍是俗物。晚清人自王国维、梁启超等人开始，均以小说戏剧为文学之正宗，开始贬抑正统的诗文；又以西洋小说为改良政治民生之利器，欲以域外小说为楷模改革本国文学。当时的外国小说以侦探小说等通俗小说势力最大，严肃小说影响力甚微，因而改革所师法的范本便是等而下之之作了。由于功利主义思维，改革者倾慕俗文学启蒙群众的魔力，而忽略了纯文学，对侦探小说的叫好则是因为晚清人以情节离奇有趣为文学的上乘。因此晚清的求雅是出于政治功利意图，他们要在小说中注入爱国图强的精神和新的知识，政治小说和科学小说的确完全不像过去的章回小说，如此形态的小说简直拒下层群众读者于门外了。这些小说的作者也是传统知识分子转化而来的新型人物，以社会改革家、人类导师自命，高高在上的精英姿态也影响到写作。晚清人的求新往往也是出于保守的审美趣味，这都是传统的思维模式，小说形式的转变只是不自觉的副产品而已。

文学追求雅到极端便转向“极俗”，陈平原认为雅俗两极的力量是均衡的。[①]新小说起初陈义过高，在一部分新知识分子内部倡言改良群治、移风易俗，脱离普通读者，后来为了赢得市场、取悦读者，便海淫海盗，只为游戏消遣。初期新小说普遍出现模式化的国家话语、宏大叙事、启蒙主义，后期新小说表面上也紧跟时代步伐，时时不忘宣传说教，但为了赢得市场，本质上却是游戏消遣的。正如俄国形式主义者的陌生化理论所指出的，厌倦了教化的读者，自然欢迎消闲的小说。初期新小说为移风易俗而竭力通俗，其实质却是过雅，后期新小说竭力包装关心世道人心，其实质却是牟利与媚俗，哀情小说与黑幕小说正是如此。

清末民初少数论者超越功利主义的文艺观，坚持艺术的独立性，如周氏兄弟、王国维等。黄摩西、徐念慈等人则反对将文学作为政治的工具，既重视

<hr />

① 陈平原：《二十世纪中国小说史》（第一卷），北京大学出版社1989年版，第109页。

文学的社会价值，又正视文学的娱乐、情感性质。一意追求艺术独立性而"脱离读者大众"，在文学市场并没有成功，如周氏兄弟早期的理论和译作。①但由此股潜流支派发展到五四小说，既反对教诲、消闲，又坚持文学的社会使命和独立的艺术价值。至此雅俗开始分流"并存"，作家与读者及市场也进一步分化，作为晚清小说否定者的五四小说，是严肃、高雅、小众的，而晚清小说则后续演变为以章回小说形式为主的通俗小说。②文学史里的雅俗文学，总是既对立起伏，又互动融合、交织转化。

清末民初文学语言的文白并存与竞争消长是这一时期多元文化的表征。语言是文学文本的本质、主体成分，清末民初小说的文白并存与竞争，既与小说家的审美追求与趣味有关，更是时代的社会文化变迁的表征。由于时人注重文学的社会功用，所以通俗易懂的白话小说地位高于文言小说。由于明清章回小说的繁荣发达，小说语言表现力很强，这也增加了白话小说的威望。随着晚清白话文运动、启蒙运动的展开，白话作为启蒙大众的工具，进一步受到推崇。但白话被当作宣传、教育的工具，常被强调的是它的工具价值，审美表现能力却被忽略了，所以文言在部分对审美效果有追求的作家那里仍受重视，晚清文言小说成就不低。文言表达深奥玄妙、严密精确的思想颇有其长处，而白话有时显得浅近粗糙颇不堪用。文言优美含蓄，白话生动活泼，作家逐渐开始兼收综合二者之美。尽管20世纪中国文学史上文言销声匿迹，白话一统天下，但后来的白话融合吸收了方言、文言、"西洋句式文法"等多种成分。③

晚清白话小说为求通俗、传播性，其语言以官话、明清白话小说为基础，进一步浅白化了。文白夹杂、新旧交错的时代，小说家逐渐追求文体的纯净，尽可能文白分离，不夹诗文，不用套语滥调。文言白话各有所长，要达到情致曲尽，需要文白并采。白话描写细腻、真切，但叙述语言和人物对话混同，人物语言失去个性。说书人夸大其词的口吻，加上白话的恣肆，带来了晚清小说的辞气浮露、夸张失实。文体风格鲜明的小说家大都兼采并收文白之所长。李伯元、吴趼人承续说书传统，更采弹词、笑话成分入小说，刘鹗、曾朴

---

① 陈平原：《二十世纪中国小说史》（第一卷），北京大学出版社1989年版，第120页。
② 陈平原：《二十世纪中国小说史》（第一卷），北京大学出版社1989年版，第122页。
③ 陈平原：《二十世纪中国小说史》（第一卷），北京大学出版社1989年版，第163页。

采用章回小说形式，更多文人文学的色彩。晚清人有用方言写作的意识，但由于影响传播，方言小说虽然生动传神，但并不多见。用官话作小说，有利于传播，但未免单调。而京话间于两者之间，所以"京话小说"作品较多。①

晚清文言小说作家中，林纾的影响很大，他的小说主要"浸润唐人小说之风"②，既不如严复高古艰深，也不像梁启超平易近俗，所以广受欢迎。林纾用古文传达滑稽诙谐风味，善用碎屑风趣之笔写蠢状，又善用古文抒写儿女情长。古文简练，小说需铺叙，一些小说家于是兼采传奇的铺叙和白话小说的琐碎，创造兼容变通的文体。白话小说热衷于铺陈荒唐时事，宣传新学知识，而古文小说讲究情致趣味，颇多状景写情之文。古文小说写景虽能暗示氛围和情绪，但成语辞藻往往掩盖了山水的个性特点。晚清过渡时代，文无成法，小说家有用骈文作小说者，以迎合青年对缠绵爱情与香艳文辞的爱好。

晚清小说语言和文体无疑受到外国语言以及译本语言的影响。标点符号取代了欤耶噫嘻，句式也产生了变化，又在中文中杂以西文特别是满纸"之"字的东洋句式。译本文体对晚清小说影响最大的，还是"新名词"、新概念的输入。③五四承续晚清的事业，在白话文运动中进一步欧化和口语化，并糅合文言成分，再加以天才作家的创造性语言运用，最终使现代文学语言和小说文体建立起来。

晚清文人面对选择的困惑，新旧、中西、正统文化和非正统文化之间的对立令他们无所适从。陈平原从整体结构的视角发现，思想的困惑、文化的冲突反映在晚清小说的主题和题材上，体现为官场小说中的"忠奸对立"模式的消解和"官民对立"模式的转化，以及情场小说中"无情的情场"和"三角恋爱"模式。

晚清官场小说、谴责小说盛行，其最重要的特点是没有好官，不像明清小说爱叙"忠奸正邪"的对立。④小说家痛骂官场，也痛骂人世。官场没有好官，好官早就被陷害了，即便有清官，也伤天害理，比赃官更可恨。这使得

① 陈平原：《二十世纪中国小说史》（第一卷），北京大学出版社1989年版，第173页。
② 陈平原：《二十世纪中国小说史》（第一卷），北京大学出版社1989年版，第177页。
③ 陈平原：《二十世纪中国小说史》（第一卷），北京大学出版社1989年版，第189页。
④ 陈平原：《二十世纪中国小说史》（第一卷），北京大学出版社1989年版，第195页。

官场小说失去了中心矛盾和高潮，失去了整体感，怪现状一幕接着一幕地转换呈现，导致了官场小说的漫画化和类同化。官民对立模式也转变了，受西方小说的影响，晚清出现了虚无党小说。革命道德化的思潮，侠客的传统，使得小说家赞美刺杀，然而民主平权的主张，使得"官民对立"仍然没有成为小说的普遍模式。[①]痛骂官场和人世，导致小说中多有传统的佛老隐逸出世模式，而佛道本身并没有成为小说中的解决危机的理想途径。新小说里没有真正的对官场的反抗，因为所谓的维新志士只是官场候补而已。

五、抽象的理论范型如何解释复杂、丰富的史实

抽象理论与具体文本、混沌史实常常是冲突的，缺乏史实淹没在浩如烟海、众声喧哗的史料中，或者无视史实，简单独断地强加标签于历史进程之上都是史家常犯的错误。陈平原建立的是复杂的、多元的、系统的解释模式。在空间上，他顾及中与西、中心与边缘；在时间上，他注意到古与今、历时与同时、直线与多线、单线与重叠、前进与回流；在文化上，他兼收雅与俗、官与民、士与商；在解读上，他辨析表与里、似非而是、似正实反。域外小说影响作家创作是人尽皆知的，晚清文人翻译了诸多西洋小说，但只有一些文本对本土小说叙事产生了实质性影响，而且对不同时期、不同作家的影响又不尽相同。现象是混沌的，需要研究者的抽象概括与梳理来理清线索与格局，但同时又要避免理论的简单片面导致对历史真相的偏离。陈平原指出域外小说对本土创作的影响先后在主题、情节、题材、叙事方式等四个方面，但这并不是截然分明的四个独立阶段，而只是借此表明这一借鉴过程是从小说形式的"外部"逐渐向"内部"深入的。"茶花女"的形象与故事深入人心，被小说家普遍引述或借用，出现了很多模仿的作品，但《茶花女》的叙事方法和经验却没有人借鉴到位。[②]那么多的茶花女式的小说，情节离奇复杂，但人物的感情与心灵却越写越单薄空洞。

克服视角的"简单"和"表面"，超越理论范型的惯性与限制，陈平原

---

①　陈平原：《二十世纪中国小说史》（第一卷），北京大学出版社1989年版，第201页。

②　陈平原：《中国小说叙事模式的转变》，北京大学出版社2003年版，第47页。

总是尽可能从浩瀚史料中还原历史的本质与实相。[①]一些作家作品在当时红极一时，有些又如昙花一现，但史家的任务在辨析哪些只是匆匆过客，而哪些尽管默默无闻，却仍然产生了实质性的影响，哪些虽然久负盛名，其实与文学的演进却毫无交集。例如被视为最伟大小说家的伏尔泰，在晚清却从未有人译过他的作品，但他作为通过写小说以针砭时世、促进社会进步的范例，的确影响到晚清的政治小说潮流。哈葛德的作品被翻译有32种之多，但对作家创作没有影响。茶花女与福尔摩斯是在晚清真正产生巨大影响的文学形象，但前者并没有给中国小说家以创作的启发，而后者则催生了侦探小说类型，刺激中国作家模仿学习其叙事技巧。对于文化误读，陈平原也指出了原因，如译本的不忠实，日本作为文化桥梁的影响，更主要的是接受者自身的期待视野的限制。对于域外小说的传入起重大作用的，不是论者盛赞的政治小说、科学小说，而是侦探小说。前两者满足了知识分子改良社会、教化民众的意愿，但只有侦探小说才真正满足了中国人对曲折离奇故事的喜好。所以侦探小说虽然对域外小说的传播接受起了重要作用，但它对晚清的小说叙事艺术却产生了副作用。晚清文人误以为西人小说都是写一人一事，但这种误读有助于小说家尝试新的叙事角度。陈平原一方面不以主观视角和评价遮蔽史实，另一方面对任一对象又都能从多方面给出合理评价和批评。

第三节　武侠小说类型学研究

一、文本内部的生产机制、表意模式和外部文化因素

陈平原通过考察武侠小说，企图从类型学角度来阐释中国小说的古今变迁，因为雅俗对峙是文学也是20世纪中国文学发展的重要动力。

正如在陈平原的小说史研究中已经显现的，他的方法是多元系统的，融合了传统史学和现代各种新理论的精髓。例如他对"侠"的看法："武侠小说中'侠'的观念，不是一个历史上客观存在的、可用三言两语描述的实体，而

---

①　陈平原：《中国小说叙事模式的转变》，北京大学出版社2003年版，第237页。

是一种历史记载与文学想象的融合、社会规定与心理需求的融合，以及当代视界与文类特征的融合。关键在于考察这种'融合'的趋势及过程，而不在于给出一个确凿的'定义'。"①他不否认历史中有客观的"侠"的存在，但不可能复还客观的侠，只能重建文化多重对话中的"侠"。主客互动对话，任一史料都是如此，"任何一部历史著作都不能不包含史实与评价两大部分，只不过评价往往隐含在事件的叙述中因而不易觉察而已"②。即便不直接涉及"侠"的史料，也能折射当时对侠的某种态度。所以，陈平原将侠视为一种精神风度及行为方式。

陈平原的方法向来是史论结合，历史描述和理论概括并重。在共时态的形态分析中引入历史文化因素——各种类型都离不开社会历史文化背景影响；在历时性的发展描述中抓住类型特征——无论哪个时代的观念都是某一共相的产物。

武侠小说文本一旦建立，侠客就不只是现实存在的人物了，而是具有文本内部自身生产意义的性质了，在文本的人物类型体系里，产生自身运转的动力。侠客的某些行为方式和形象，便自动规范了后世对于侠客的想象。作家别出心裁的想象和创造，社会历史的思潮观念变迁，都会影响到侠客形象，但基本的动力和资源仍是武侠小说内部的文本传统。

侠客离不开读者大众的心理需求。武侠小说要与普通人的趣味吻合，符合大多数人的道德观念。要写读者欢迎的小说，又必须迎合读者的阅读水平、能力，由此选择相宜的文类和叙事方式。文类制约了侠客形象：史书中的侠客是实录的产物；诗歌中的侠客是个人理想的象征；戏曲中的侠客锄奸斩恶、济困扶危。③

由于重视文本内部形式的考察，陈平原质疑了向来的新、旧派武侠小说之分。尽管经历了政权的更迭及创作中心的转移等外部的大事件，但新、旧派

---

① 陈平原：《千古文人侠客梦——武侠小说类型研究》，人民文学出版社1992年版，第2页。

② 陈平原：《千古文人侠客梦——武侠小说类型研究》，人民文学出版社1992年版，第5页。

③ 陈平原：《陈平原小说史论集》（中册），河北人民出版社1997年版，第951页。

武侠小说仍同属一个谱系和模式。

清代与现代武侠小说之别，与各自的生产方式相关。现代小说的商品化和作家的职业化，导致武侠写作主要考虑的是市场需要，作家要迎合脆弱的读者对侠客的崇拜，和对紧张曲折的情节的欣赏习惯。武侠小说家大都将消遣娱乐作为创作的首要目的，他们的作品满足了城市大众的娱乐需要。

正因为文学形式也是社会文化因素的折射，所以陈平原在考察现代武侠小说中的剑和内功时，发掘了这些描写背后深刻的文化内涵。练武需要悟性、慧根、缘分，也需要良师与秘籍。秘籍象征着对传统的认同和对文化的推崇。内功和顿悟的描写，将武功提升为精神境界、人格力量、中国传统哲学中的悟道的象征。虽然有时小说中引入庄禅很勉强，但由此启发的人生感悟、文化解读和哲理思考还是很有价值的。清代侠义文本中侠客为清官驱遣，跪拜于帝王之前，这只是说书人底本的本色，是对当时追求功名富贵的社会流行观念的认同。

更值得称道的是，在考察形式后面的文化因素时，陈平原不忘文化之后的形式动力。比如武侠小说注重快意恩仇，既是中国社会基本的伦理观念，也是叙事形式所需要的。因为社会性的是非功过叙述起来难以简单处理，而个人性的快意恩仇则很容易引发打斗厮杀，作家能以此随心所欲构筑长篇。

二、对武侠小说的重新评价：“白日梦”与“程式化”

陈平原根据类型学理论提出了独特的评价小说价值的方法。首先要归纳出某一小说类型的基本叙事语法，然后描述其演变的趋势，最后将具体作品置于这种小说类型发展过程中给予评价。陈平原没有勉强拔高武侠小说的价值，他认为武侠小说只是娱乐色彩很浓的通俗小说，但他重视武侠小说的研究价值，因为它是重要的文化现象，是文化研究、群体心理研究的重要材料。这类小说中写到的嗜杀嗜血现象，被他用作考察民族性和人性的材料，他指出武侠小说读者对手刃仇敌的快感的需求。武侠小说是人类寻求拯救的欲望的投射，它昭示了人类的脆弱渺小，映照“现代人对自身处境的不满与困惑”①。

---

① 陈平原：《陈平原小说史论集》（中册），河北人民出版社1997年版，第928页。

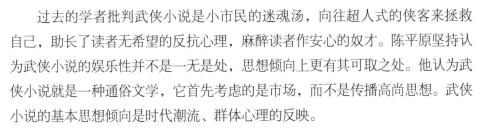

　　过去的学者批判武侠小说是小市民的迷魂汤，向往超人式的侠客来拯救自己，助长了读者无希望的反抗心理，麻醉读者作安心的奴才。陈平原坚持认为武侠小说的娱乐性并不是一无是处，思想倾向上更有其可取之处。他认为武侠小说就是一种通俗文学，它首先考虑的是市场，而不是传播高尚思想。武侠小说的基本思想倾向是时代潮流、群体心理的反映。

　　正如金庸所说的，武侠小说基本上是娱乐的，只要求作家把故事讲得生动热闹，而这一点并不容易做到。武侠小说有其思想艺术价值，但它的基本特征的确是娱乐性与可读性。因此陈平原明确指出作为通俗小说的武侠小说不能用纯文学标准去评价，这是一种使用程式化手法的类型小说。武侠小说也在发展提高自己，比如在小说中增加文化蕴含，武侠小说的书卷气的增加也反映了作者与读者文化素养的提高。20世纪武侠小说表现了江湖世界、武术技击、佛道观念及其蕴含的文化意味。江湖世界所彰显的自由洒脱、人格独立、生命解放赢得了现代读者的欣赏。江湖世界也寄托了平民大众对公道和正义的希望，小说人物形象更宣扬了大侠精神、人格力量。

　　有志气的小说家也致力于提升武侠小说的艺术性，他们不满小说落入固定的形式，尽量吸收其他文学作品的经验，创造新的风格。除了文化蕴含，现代武侠小说突出了感情色彩。现代武侠小说正视人的儿女情长、男女之欲，有些优秀作品甚至表现人格的自我完善和生命价值的自我实现，着力表现男女侠客复杂而微妙的感情变化。现代小说家甚至拓展了感情与人性的表现领域，他们描写各种各样的缺憾的男女之情甚至性的病态。现代武侠小说的重大进步是不再局限于讲述曲折离奇的故事，而是探讨人性与感情，注意描写人物心理、刻画人物性格。

三、类型学视角中的武侠小说的演进

　　陈平原所说的类型学即根据小说"共有的题材、结构、情调以至叙事语法对小说进行分类，不局限于对个别作家作品分析或按编年叙述"[①]。这种方法来自结构主义叙事学的启发，它要寻找文学创作中惯例性的规则，作家写

　　① 陈平原：《千古文人侠客梦——武侠小说类型研究》，人民文学出版社1992年版，第188页。

作相应类型的小说，或多或少都受这些规则的制约。武侠小说的形态，既受社会文化背景、读者心理和传播媒介的影响，更受文学传统和类型规则的制约。武侠小说类型的确立，视乎其内部诸因素，如相对固定的行侠主题、行侠手段和文化观念，相应的叙事方式和结构技巧。文学创新是在规则变异中显现出来的，天才作家的创造性写作只是对规则偏离幅度较大而已。任何创作，既有对自然的表现，也有与其他文学作品的对话和对其的模仿。类型学将文本放在文学的传统和类型的流变中，能更精确清晰地展示作品的特点和创新之处。开拓性作品的创新可能只是一小点，但这一小点带来了极大的审美效果，类型学能将这创新的一小点辨析清楚，比含糊笼统地声称艺术独创性更为科学。创新往往是牵一发而动全身，结构中某一成分的变动，带来了整体结构的转换，从而使整体呈现出全新的面貌。

要评价文人小说的审美价值，不能参考通常类型学从情节推进角度概括共同功能的方法，而需要更多地考虑对情节推进意义不大而对审美效果很重要的形式技巧。类型学研究者所关注的类型特征，因研究者的视野和评价的不同而各不相同。陈平原注重的是决定类型性质和发展方向的主导因素，这一因素同时关涉内容和形式。陈平原相信，内容与形式不可分，叙述对象规定了叙述方式，叙述方式也重构了叙述对象——这里的主导因素还是形式的，即"形式化了的内容"①。路见不平拔刀相助，既是故事，也是结构技巧，但是故事的效果、力量、形态来自于形式，来自于叙事行为对故事的安排处理。

陈平原有自己理论上的追求，他认为西方的类型学提供的只是理论和方法，但简单化、过于抽象。研究者需要根据文学史事实修正理论框架，寻找某一类型小说的基本叙事语法，从而更科学到位地评价作家作品，为作家提示创新的界限与可能。类型学不能罗列小说类型的主要场面，而要弄清为什么叙述者要选中这些手法和场面，"开掘某一小说叙事语法的文学及文化意义"②，特别是其在文学系统中的功用、意义，以及对整个类型小说艺术发展的作用。类型学还需要考察基本叙事语法的变化，其变化如何改变了小说的整体结构。

① 陈平原：《中国小说叙事模式的转变》，北京大学出版社2003年版，第238页。
② 陈平原：《陈平原小说史论集》（中册），河北人民出版社1997年版，第1133页。

最重要的还是基本叙事语法的提炼是否得当，能否借用来充分解释这一类型的特点和演进。基本语法需要指明这一类型小说叙述的核心动作、道具、背景、行为人、目标，进而组织起小说的恒定结构，并具有产生变体的能力。

　　类型小说的产生是文学自身运动的产物，它也受到其他类型小说的影响。公案小说、英雄传奇、风月传奇对清代侠义小说影响很大，神魔小说、历史演义对20世纪武侠小说影响很大。公案、侠义小说最初融合在一起，后来便各自独立了。侠义小说受公案小说结构技巧影响较大，即由一个清官串起所有断案故事而获得小说的整体感。英雄传奇给武侠小说的启示更多，如粗豪的侠客形象，打斗场面的描写和行侠主题的构思，再到细节和场面的安排。明清风月传奇改变了侠女形象，开启了侠情小说模式。清代侠义小说中侠客不妨娶亲，有妻子作为"帮手"甚至有利于行侠仗义，这也是风月传奇的影响。①

四、文化和形式在基本叙事构件中的融合

　　陈平原的理论创见之一是融合文化研究和形式研究。文化是外部的偏于有形的因素，形式是内部的偏于无形的因素，要将两者结合起来困难不小。文化的影响往往通过作家主体实现，文本的形态和形式的变迁则能折射历史文化的演化。例如，陈平原考察武侠小说中的江湖场景时指出，江湖不但提供了侠客活动的文学氛围，同时有文化背景的价值。

　　每一种小说的典型场景与其类型直接相关，如风月传奇中男女幽会的后花园，英雄传奇中列阵厮杀的战场，公案小说中清官断狱的衙门。这些典型场景具有自动产生意义和折射文类的作用，通过这些场景读者辨识出其类型与情节的走向。江湖的主要场所是悬崖山洞、大漠荒原和寺院道观，这是虚拟的法外、化外世界。习武者必须自我放逐在这种脱离外物干扰的场所，方能心无旁骛。悬崖山洞在叙述时作用很多，练功时可以隔断俗世，打斗时则令人陷入绝境，主角奇遇往往也在此，情节突转也可发生于此。悬崖绝壁令侠客处于绝境，但绝境能最大程度激发人的潜能，展现英雄、超人本色，也印证"了无牵

----

　　① 陈平原：《千古文人侠客梦——武侠小说类型研究》，人民文学出版社1992年版，第58页。

挂"的禅心觉悟。①而大漠荒野则能营造审美氛围和境界，渲染悲壮感与崇高感，凸显文明社会、礼仪社会被规训以至消失的野性。

附：陈平原的主要学术成果

主要著作

1. 《在东西方文化碰撞中》，浙江文艺出版社1987年出版。

2. 《二十世纪中国文学三人谈》，与黄子平、钱理群合著，人民文学出版社1988年出版。

3. 《中国小说叙事模式的转变》，上海人民出版社1988年出版。

4. 《二十世纪中国小说史》第一卷，北京大学出版社1989年出版。

5. 《千古文人侠客梦——武侠小说类型研究》，人民文学出版社1992年出版。

6. 《小说史：理论与实践》，北京大学出版社1993年出版。

7. 《陈平原小说史论集》（三卷），河北人民出版社1997年出版。

8. 《陈平原自选集》，广西师范大学出版社1997年出版。

9. 《中华文化通志·散文小说志》，上海人民出版社1998年出版。

10. 《中国现代学术之建立——以章太炎、胡适之为中心》，北京大学出版社1998年出版。

11. 《文学史的形成与建构》，广西教育出版社1999年出版。

12. 《学者的人间情怀——跨世纪的文化选择》，生活·读书·新知三联书店2007年出版。

主要论文

1. 《论"二十世纪中国文学"》，与黄子平、钱理群合著，《文学评论》，1985年第5期。

---

① 陈平原：《千古文人侠客梦——武侠小说类型研究》，人民文学出版社1992年版，第154页。

2. 《林语堂的审美观与东西文化》，《文艺研究》，1986年第3期。

3. 《"史传""诗骚"传统与小说叙事模式的转变——从"新小说"到"现代小说"》，《文学评论》，1988年第1期。

4. 《学术史上的"现代文学"》，《中国现代文学研究丛刊》，1997年第1期。

5. 《超越"雅俗"——金庸的成功及武侠小说的出路》，《当代作家评论》，1998年第5期。

6. 《西潮东渐与旧学新知——中国现代学术之建立》，《北京大学学报》，1998年第1期。

7. 《在图像与文字之间》，《读书》，2000年第7期。

8. 《经典是怎样形成的——周氏兄弟等为胡适删诗考》（一），《鲁迅研究月刊》，2001年第4期。

9. 《经典是怎样形成的——周氏兄弟等为胡适删诗考》（二），《鲁迅研究月刊》，2001年第5期。

10. 《现代中国的述学文体——以"引经据典"为中心》，《文学评论》，2001年第4期。

11. 《思想史视野中的文学——〈新青年〉研究》（上），《中国现代文学研究丛刊》，2002年第3期。

12. 《思想史视野中的文学——〈新青年〉研究》（下），《中国现代文学研究丛刊》，2003年第1期。

13. 《晚清教会读物的图像叙事》，《学术研究》，2003年第11期。

14. 《分裂的趣味与抵抗的立场——鲁迅的述学文体及其接受》，《文学评论》，2005年第5期。

15. 《文学史视野中的"大学叙事"》，《北京大学学报》（哲学社会科学版），2006年第2期。

16. 《知识生产与文学教育》，《社会科学论坛》（哲学社会科学版），2006年第2期。

17. 《有声的中国——"演说"与近现代中国文章变革》，《文学评论》，2007年第3期。

18. 《晚清辞书视野中的"文学"——以黄人的编纂活动为中心》，《北京大学学报》（哲学社会科学版），2007年第2期。

19. 《中国戏剧研究的三种路向》，《中山大学学报》（社会科学版），2010年第3期。

20. 《文学史、文学教育与文学读本》，《河北学刊》，2013年第2期。

第六章

温儒敏的文学研究

温儒敏先生作为中国现代文学研究大家之一，以其在中国现代文学研究领域作出的卓越贡献获得了中国现代文学研究、语文学科教育等领域重要的学界地位。他的主要著作《新文学现实主义的流变》《中国现代文学批评史》《中国现代文学三十年》《中国现当代文学学科概要》《中国现当代文学专题研究》《现代文学新传统及其当代阐释》以及他所秉承的"坚持本义、守正创新"的研究精神对推进中国现代文学的研究进程起到了重要的历史性作用，也将中国现代文学研究提升到新层次、新高度、新水平，既为后来者奠定稳健根基，也开辟出新的文学生长点供后继者启悟开掘。本文主要从历史叙述观照下的文学思潮流派研究、独具一格的文学批评研究、涤故更新的重要作家研究三大方面着手，对温儒敏先生中国现代文学研究状况进行简要述评，以期掌握其在中国现代文学研究中的关键点、突出点及创新点之所在，追寻温先生于治学中孜孜求新、笃实拓进的步伐。

第一节　中国文学思潮流派研究

一、影响研究、比较研究交融互渗

　　现实主义在中国现代文学发展过程中能够占据文学主潮的地位，与欧美、苏联等外来文学思潮的影响密不可分，温儒敏先生深刻认识到这一问题，在研究著作中，立足于中国特定的国情，对各种西方文学思潮（现实主义、浪漫主义、现代主义）在五四时期各类文学思潮相互争鸣后逐渐趋于一统的原因进行了详细深入地研析与探究，采用影响研究、比较研究相互交织、相互共融的方法，对中国现代文学自1919年发展以来现实主义逐渐成为主要思潮的过程从源流上进行了追溯，对其受到的外来思潮因素的影响进行全方位地呈现。特别是在新文学发展的第二个十年，外国文学思潮对中国现实主义影响直接且深远，温儒敏在《新文学现实主义的流变》中专辟章节，并在章节中分出《新写实主义的演变与得失》《唯物辩证法创作方法的实际影响》《社会主义现实主义的传入》等几个小节的内容对外来思潮深刻影响下的现实主义进行了系统论述分析，并对其所呈现出来的样态特征进行了完整透彻的深入剖析，这些外来思潮的影响既对中国现实主义创作注重社会剖析、追求人物典型化塑造的风气形成促进作用，又导致文学创作过于政治化、理想化，忽视艺术审美效果，温儒敏在其著作中都对这些进行了详细化、系统化的阐释。同时温儒敏还对现代文学史上的部分作家在接触西方现代社会之后所产生的变化做出归纳，认为其一方面批判中国古老文明传统文化，一方面又狂热地呼吁社会革命，使中国新文学现实主义在动荡、摇摆中前进，对其轨迹状况进行了鞭辟入里的辨析，并引用鲁迅先生"拿来主义"的观点对一些文学理论家们引进、借鉴外国文学思潮时轻率和粗暴的态度做出批评。

"现实主义思潮完全是现代的产物……它基本上是在对外国文学横向吸收和改造中形成的新的文学思潮，可以说是世界性现实主义思潮传入的结果。"①中国现代文学比任何时期的中国文学都具备更多的外国文学色彩与世界性因素，而现实主义思潮原本就是欧洲文学发展的产物，温儒敏正是深刻认识到这一关键之所在，以世界性的眼光，将现实主义的流变过程放置于世界文学发展的坐标系中去认识，通过影响研究、比较研究方法的运用，对浪漫主义、现代主义等其他外来文学思潮对现实主义思潮在中国现代文学史上所形成的发展轨迹、流变过程，及其影响作用进行巧妙把握与生动演绎。

现实主义思潮的演变必定是受到各种哲学思潮、文化思潮、社会思潮、文学思潮混杂交互的影响，温儒敏摒弃单一的研究模式，强调在相互联系、相互影响中进行思潮研究，在对中国现代文学发展过程中现实主义思潮流派的研究中，着力探索思潮流派产生的渊源，寻找它们与研究对象本身的内在联系，使思潮研究呈现出多姿多彩的面貌。温儒敏在其博士毕业论文《新文学现实主义的流变》中，并不只是单独将中国现代文学发展史上的现实主义作为唯一的叙述线索，其间还尝试为浪漫主义、现代主义在中国现代文学的潜行过程勾绘出淡淡的轨迹，充分把握住了在中国文学发展历史上其他处于较弱地位的思潮对于现实主义的影响，这些思潮能够为现实主义提供合乎历史逻辑的参照，

---

① 温儒敏：《新文学现实主义的流变》，北京大学出版社2007年版，第2页。

对现实主义成为中国现代文学发展历史的主潮起到了不容忽视的作用。温儒敏在其著作中突显了浪漫主义、现代主义对作为主流的现实主义所形成的影响，如鲁迅"写灵魂"时的浪漫主义主观性、象征手法、陌生化写实，胡风"主观论"对浪漫主义主体性因素的吸收等，均是温儒敏在现实主义流变的探究过程中，对影响研究法、比较研究法交融互渗运用的充分诠释。他将中国的现实主义文学思潮作为五四以后现代文学意识的一部分，针对其对外国文学的横向吸收与改造进行了认真考察，例如20年代，新文学现实主义主要受19世纪欧洲现实主义包括俄国现实主义的影响，三四十年代又逐渐融汇了苏联社会主义现实主义的成分，这些外来思潮的影响，使现实主义逐渐形成属于自身的特殊品格。将现实主义的发展过程放置于世界文学发展史的背景中，使论述现代文学发展史的深广度得到了系统地强化。

在研究新文学现实主义的流变过程中，温儒敏没有预设所谓本质意义的现实主义，而是在研究的过程中有意识地融汇了一些中外的对比，这些比较的运用，意图在于了解和把握某些西方的或者东方的现实主义理论与创作进入中国之后，在中国的文学领域所产生的影响和变形。温儒敏的这种对比研究，不仅对于我们理解和深入掌握现实主义有较大裨益，在学界也被看作是比较文学界的收获。

二、"史述"视角的运用

作为新文学发展的主潮，现实主义概念本身的包容性就非常强，思潮、流派、创作方法或者其他各个角度都可以作为切入点去对现实主义进行分析，而温儒敏先生主要从现代中国新文学中的现实主义思潮方面切入，在介绍这类思潮的过程中，无可避免地也涉及文学社团、流派、创作、批评和论争等，但也均从思潮的角度去讨论。他以明确的中心线索贯穿、梳理新文学以来的文学发展历史，对现实主义思潮的发展流变的过程、涵盖的范围，进行完整、明确的呈现，采用历史叙述的方式对新文学现实主义在整个文学发展史过程中变化、发展的脉络进行观照，以"史述"为主要叙述方式，从繁复冗杂的文学历史现象中去选取借鉴一些最为突出、显著的"点"，以点带面，点面结合，以斑见豹，进而达成对五四以后30多年间现实主义发生、发展与变化轨迹的明晰把握。在这个过程中，温儒敏也将现实主义思潮与其他思潮流派的关系纳入了考察视野，在探究现实主义思潮与其他思潮流派关系的进程中，辨析现代文学思潮在众多文学思潮中脱颖而出，成为特定时期主要文学思潮的各方面因由，在此基础上，逐渐揭示和推导出现实主义思潮对整个新文学所起到的推进或制约作用，以及它在世界文学发展背景下所表现出来的某些特色。

关于文学史的研究，王瑶曾有一段经典的界说："文学史既是一门文艺科学，也是一门历史科学，它是以文学领域的历史发展为对象的学科。因此一部文学史既要体现作为反映人民生活的文学的特点，也要体现作为历史科学，即作为发展过程来考察的学科的特点。"①而师从王瑶先生的温儒敏则秉承了这一观点，将这种注重从"历史联系"中发现与考察"文学史现象"的观点与方法进行了深入具体的实践，提高了现代文学研究的科学性。

现实主义作为现代文学发展中的主流，融汇于中国现代文学发展的三十年中，其连贯性之强，非"史述"不足以将现实主义自身更替、变化的脉络辨析明了，在《新文学现实主义的流变》的小引中，温儒敏明确表示该著作"将以'史述'为主"，并在编写过程中将这一方法进行了全面恰切的贯穿与实践，同时又注重"述"与"辨"、"源"与"流"，这样既能够更具思辨性地理清现实主义流变的历史线索，又能够以点带面，使现代文学思潮研究"具备整体感"。②例如前三章依据文学史发展的纵向时序，述中有评、史论结合；第四章横向共时性总体呈现也遵循历史发展的顺序展开历史叙述，严守"史述"原则，运用"史述"视角对新文学现实主义进行全面观照，坚持"史"与"论"结合的论述方式，将现实主义在复杂的中国现代文学史发展长河中困阻、断流、停滞、逆转的流变过程进行了完整揭示。

温儒敏以"史述"入手，深入细致地追踪历史，对现实主义思潮的流变得失进行全面客观的整体把握。"史述"意味着历史资料与阐释论述相结合，他重视掌握当时文学争辩、创作风气和文艺理论建设的第一手历史资料，注重

---

① 王瑶：《关于中国现代文学研究工作的随想——1980年7月12日在中国现代文学研究会学术讨论会上的发言》，《中国现代文学研究丛刊》，1980年第4期。

② 张岩泉：《现实主义：在反思中激活与开拓——读〈新文学现实主义的流变〉》，《中国现代文学研究丛刊》，1989年第4期。

史学的可靠性与真实性，勾勒出现实主义文学思潮发生、发展和流变的轨迹；同时也注重以新的审美感受和文学观念对史实进行辨析和认识，以时代所赋予、所呼唤的新的认识高度对历史做出新的理解与阐释，让历史与现实进行互动"对话"。在进行历史梳理的过程中，他会将自身对于当前文艺运动的独到见解和相关看法加以袒露，赋予现实主义思潮紧密的历史感与现实感相互交织的时空联系。

注重从各个时期的作品出发探讨现实主义思潮是温儒敏先生新文学"史述"的特点之一，而这是以往的研究所忽视的，以往的研究把现实主义仅仅看作一种理论形态，只是从宣言的张扬、理论的阐发中去认识它的历史作用，而他善于通过对各类作品进行分析，敏锐发现时代的创作意识与批评意识对它们的制约作用，从而更加清楚地对现实主义流变的得失进行厘定，更具有可靠性也更加符合文学思潮的规律。另一个特点是在"史述"的过程中熟练地运用比较文学中的"影响研究"方法对历史进行细致梳理与宏观考辨，以世界性的眼光加强了"史述"的深广度，他在"史述"这种原本古老的方法中融入了现代的意识和新颖的方法。

温儒敏先生的"史述"功力在针对"革命的罗曼蒂克"的辨析过程里得到了凸显。通过把这一思潮产生的各方面因由、所涉及的政治形势方面的影响、文学发展过程的过渡、作家情绪的切换，以及社会审美接受心理的迁移，整合为社会空前全面的"政治化"，使文学无可避免地遭受渗透、冲击，导致从题材人物到表现方法都产生了异化。

"过去发生的无数大小事件，共同构成了历史，后人是无法真正回到过去的现场去接触历史本身的，只能通过历史的叙述去想象和建构历史。"[①]"文学史的阐释不可能一次终结，而是不断与历史本身提供的可能性对话，彼此相碰撞、穿越与融合。现代文学研究应当是具有历史品质的研究，它的前行途中总有不断的对话与反复的阐释。"[②]他在中国现代文学现实主义

---

① 温儒敏、陈晓明等：《现代文学新传统及其当代阐释》，北京大学出版社2010年版，第6页。

② 温儒敏：《现代文学研究的"边界"及"价值尺度"问题》，《华中师范大学学报》（人文社会科学版），2011年第1期。

思潮的研究中，采用"史述"视角，历史叙述与历史阐释一以贯之，将现实主义这一文学思潮的历史流脉进行细致精密的梳理整合，避免了文学史叙述的空洞化与空泛化，充分复现了历史原场，体现出文学史研究的历史厚重感，同时也展现出他宏阔的历史视野与审慎的历史观。

三、历时性、共时性交斥互动

在中国现代文学发展的历史过程中，当文学冲破文化禁锢而重新获得正常发展的生机时，对现实主义传统的价值重估与清理就显得尤为迫切，而对虚假的现实主义普遍的反感腻味，对真诚的现实主义普遍的渴求，对发展或超越现实主义普遍的希望等，这种种"普遍"的心理衍化，都将作为"文学历史现象"，有待往后的文学史家们进行研究。而温儒敏正是从这种迫切需要入手，摒弃"独尊""君临"一切、扼制其他文学创作活力的"虚假"现实主义，满足新时期文学呼唤与追求真诚现实主义的诉求，将兴趣投注于之前所体验过的"普遍"的文学心理引发的对历史的沉思，思考新文学现实主义近乎戏剧性的历史命运。

温儒敏将现实主义看作一道不断综合创新的"流"，从不同时期不同流变得失中感悟总结出客观规律与历史经验，躬身实践，接触史料、追踪历史，避免了盲目地评赞与轻率地否定，对新文学现实主义流变的历史进行客观、整体的把握。现实主义是中国现代文学发展中的主要思潮，现代文学研究无论是追随哪一派别或者理论都不能绕开现实主义，都必须对现实主义传统进行"表态"，如果对新文学现实主义的历史缺少完整的认识，就不可能扎稳当今文学发展的历史根基，因此对现实主义思潮的研究客观上要求必须采用历时性研究的方式，追溯其传统渊源，梳理其脉络，追踪其流变的过程轨迹，温儒敏也正是希望以这种方式对新文学现实主义传统有一个较为系统全面的了解，以期能够给现实主义这一既古老却又新鲜的话题增添一些更为厚重的历史感。

现实主义作为中国现代文学的主流，其发展贯穿整个中国现代文学史30年，具有非常强的连贯性，温儒敏采用历史归纳法对新文学现实主义进行阐述："社会思潮或政治运动每一波浪潮的掀起，都总是拍打着现代文学的堤岸，催迫文学史家不断去追溯历史原点，梳理解析百年来的'革命传统'，为共和国的'修史'做注脚。"①他追溯文学史发展的源头，重视对现代文学发展的传统进行重新认识与价值重估："面对近些年许多关于文化转型与困扰的讨论，包括那些试图颠覆五四与新文学的挑战，我们有必要重新思考现代文学研究的传统，以及这个研究领域如何保持活力的问题。就是说，现代文学学科自身发展离不开对当下的'发言'，也离不开对传统资源的发掘、认识与阐释。"②他在研究中国现代文学思潮的过程中，有意识地回溯历史发展的源流，对历史原点进行追寻与重现，并结合时代的发展诉求与迫切呼吁，将现代文学的传统进行重新阐释评估，从而能够恰切地把握住现代文学思潮这一潮流在文学发展史上的涌动状态，密切追踪其走势，追索新文学现实主义思潮在现代文学历史长河中发展、流变的历时性脉络，把握新文学现实主义思潮发展的历史归趋。他在《现代文学新传统及其当代阐释》中提出要从历史变迁的角度来观察现代文学传统："现代文学传统不是完整的、固定的、同质性的，而是包含着多元、复杂和矛盾的因子，要看到它在延传过程中可能存在的变异、断裂和非连续性。……要从历史变迁的角度来观察现代文学传统，力图寻找它的'变体链'，包括它的形成、生长、传播，以及不同时期的各种选择、阐释、提炼、释放、发挥、塑造，等等。"③这正是对现代文学思潮研究中历时性研究方式运用的有力证明。历时性研究主要采用纵向的视角，依据时序追踪现实主义思潮的发展流脉，而对不同时期现实主义的不同阐释、提炼、释放、发挥、塑造等横向层面的展开却是共时性研究方法深入贯彻的体现，温儒敏融汇历时性研究与共时性研究于现实主义思潮的研究中，纵向横向相互交织，穿插互动，形成丰富致密的网状研究结构，有效避免了现实主义思潮研究的单一化思维方式，将研究的纵深打通，更为立体化，也提升了现代文学研究的层次感与丰富性。

温儒敏在《新文学现实主义的流变》的前三章内容中，力图追寻历时性

① 温儒敏：《现代文学研究的"边界"及"价值尺度"问题》，《华中师范大学学报》（人文社会科学版），2011年第1期。

② 温儒敏：《现代文学研究的"边界"及"价值尺度"问题》，《华中师范大学学报》（人文社会科学版），2011年第1期。

③ 温儒敏、陈晓明等：《现代文学新传统及其当代阐释》，北京大学出版社版2010年版，第6页。

的动态过程，寻绎并理顺同新文学现实主义相关的主要文学现象，将诸多文学现象的"点"联结在一起，勾勒出新文学现实主义发展的基本轨迹，而在最后一个章节则主要是从共时性层面针对现实主义思潮自身发展的特色及其得失进行总体呈现，是对现代文学现实主义思潮横向面研究的铺陈与展开，对现实主义发展过程自身的丰富性进行了全面完善的诠释。

而温儒敏对现代文学现实主义思潮的共时性研究还在其参与编写的《中国现代文学三十年》中得到了深入印证与体现，在对每一个十年进行分别研究论述的部分中，均专辟章节，细致阐述、分析论证现代文学发展历史中文学思潮在每一时期的时代背景、社会情势影响作用之下的发展面貌与形态变化，并结合当时政治形势论述文学思潮的样态，全面展示与辨析相应历史发展时期社会整体状况所导致的文学思潮的变化发展状态，突出了社会与政治等因素对文学思潮发展所产生的制约或促进作用，对文学思潮发展的历史面貌进行横向铺陈与展开，辐散开去，拓展了现实主义思潮研究的范围，而历时性的纵向线索又把这些辐射面加以贯穿勾连，形成现代文学历史绵延不断的发展脉络，使现代文学思潮的研究广泛而又具体。

第二节　中国现代文学批评研究

一、对批评史独立品格的追寻

在研究中国现代文学的过程中，温儒敏不仅在文学思潮研究方面作出了突出的成绩与显著的贡献，在文学批评史的研究方面也颇有建树，显现出别具一格的风貌与特色，尤其是他编写的《中国现代文学批评史》，在众多文学批评史著作中以其自身独特的品格脱颖而出，展现出与同类文学批评史著作不同的研究风貌与治史特点，具有丰富的研究价值。

温儒敏在对中国现代文学批评历史的研究过程中，跳脱出学界普遍运用的依据时序记录中国现代文学批评发展的脉络线索，单独选取中国现代文学批评史中最具有代表性的批评家及相关的批评流派进行重点分析与解读阐述，由此以斑见豹，由点及面，总览中国现代文学批评史的总体轮廓与整体面貌。

正如他在《中国现代文学批评史》的自序中所言："本书的目标不是全景式地扫描中国现代文学批评史的详细地貌，而是集中展示批评史上一些最为重要的'景点'，有选择地论评十四位最有代表性的批评家及相关的批评流派，以此概览现代批评史的轮廓。"①而在其编写实践中，温儒敏深入贯彻落实了他自己的编写预期，并完整实现了他所设定的编写目标。

在这种"景点"式的研究过程中，温儒敏考虑到在中国文学批评的历史长河中诞生的批评流派不胜枚举，而无数批评流派中又包含众多的批评家，对文学批评史的复杂性与丰富性进行了全面的考量，敏锐把握住了文学批评史的特点，具体问题具体分析，有针对性地选取有代表性的批评家进行理论分析与重点阐释。比如有些批评流派可能会有众多批评家，如果彼此的理论观点和批评角度比较一致，就只选其中最有代表性的一家，创造社中的郭沫若、郁达夫、田汉等都曾以浪漫主义的"表现论"为批评的标志，观点比较一致，而且批评成就的"等级"也差不多，在书中就独选更有特色的成仿吾作为这一派的代表。而如果同一个大的批评流派中有不同的理论发挥与批评方法，甚至有不同的批评体系，便同时并选几家，在作为主流的马克思主义批评流派中，就选论了冯雪峰、周扬和胡风等数家。另外有些独立的批评家难以划入某个批评流派，或者是跨流派的，他们的批评个性往往更为突出，这在《中国现代文学批评史》中也专辟章节进行选论，如王国维、周作人、朱光潜等。温儒敏充分考虑到文学批评史发展过程中的多元性与复杂性，同时还考虑到批评的实际影响并不能只注重"轰动效应"，有些曾红极一时、知名度很高的批评家却并未专题选论，而有些在学理上的确有所建树，但在当时可能比较孤寂，其后又长期不被文学史编写者所重视的批评家也辟专章进行论评，发掘其在文学批评新方法、新境界上的创见。这些在建构中国文学批评史过程中根据批评历史发展的具体实际情况对批评家进行精当筛选并最终整合出独具特色的现代文学批评史的一系列尝试与构想以及最终的完整实践，正是温儒敏对于批评史独立品格不懈追寻的努力之体现，他自己也在针对选取代表性批评家进行重点阐述的前期

①　温儒敏：《〈中国现代文学批评史〉自序》，《中国现代文学批评史》北京大学出版社1993年版，第1页。

考虑中谈到："在选论这十四家批评时，我最注重他们的理论个性和批评特色，还有他们对文学运动与创作所产生的实际影响，同时也考虑其在某种批评倾向中的代表性。"①正是基于理论个性、批评特色，对文学运动产生的实际影响以及在某种批评倾向中的代表性等几方面的考虑，他有针对性地选取了十四位在文学批评史上具有代表性的批评家，对他们的文学批评理念、文学批评观以及所受西方文学理论的影响演化等进行深入细致的研究论述，由这些批评家入手进行开掘，呈现出中国现代文学批评史总体的发展面貌。

　　不同于其他文学批评家们对于中国现代文学批评史所采用的一直以来通用的历史叙述的研究方式，温儒敏对中国现代文学批评的研究，不仅将批评史作为现代文学史研究的关键部分进行重点观照，同时也格外重视对文学批评史自身独立品格的把握与追寻，文学批评史不仅仅是现代文学发展历史过程中的一部分，更是以其作为文学批评的部分所显现出来的独立性与独特性而具有与众不同的独立品格，而温儒敏对中国现代文学批评的研究实践无论从前期的研究构思还是从之后实践过程中的实际贯彻来看，无不体现出他追寻探求文学批评史独立品格的不懈努力与积极实践，而这始终贯穿在其对文学批评史独立品格不断追寻的意识与对文学批评史编写的实践中，最终呈现出更为独特与更具特色的文学批评史风貌，开创了中国文学批评史新的呈现方式，也为其他文学批评家以及后继的研究者们提供了良好的研究范式。"批评史不等同于文学史，也不等同于思想史，虽然彼此有关联，批评史应有自己的研究视角，它所关注的是对文学的认知活动与历程，是对文学本质、文学发展、文学创作的不断阐释与探讨。"②他所提出的"文学批评史应有自己的研究视角"这一问题特别值得关注，因为这是确定文学批评史作为一门独立学科的前提和依据，文学批评史既不是一般性地描述文学的发生、发展及其规律，不是文学史的附庸，也不承担再现不同历史时期社会思想状况和脉络的历史任务，不是思想史的工具，文学批评史的研究要着眼于文学自身的规律和问题，特别是文学的本

　　①　温儒敏：《〈中国现代文学批评史〉自序》，《中国现代文学批评史》，北京大学出版社1993年版，第1页。

　　②　温儒敏：《〈中国现代文学批评史〉自序》，《中国现代文学批评史》，北京大学出版社1993年版。

质所在和文学创作中的根本问题，基于这种学理性的建构方式，《中国现代文学批评史》极为重视文学批评家们对文艺内在审美特性，即"艺术视景"的考察，而并不热衷于对文学外部联系进行细致剖析，同时也体现出了明确的学科意识，根据自身特有的本体观和方法论，依靠这些本体观和方法论显示出文学批评作为"文学"的批评的独特个性所在，从而防止把批评史与文学史、思想史等相互混同，进而维护文学批评史的独立品格，无论是在观念的建构还是在具体的个案分析中，温儒敏都作出了较大贡献，彰显出鲜明的特色，他非常看重批评文本的细节性剖析及其审美立场，并且通常会上升到对批评家们的总体特色和批评方法论的揭示，批评文体也是他关注的焦点所在。也正是由于秉持着这种批评史不同于其他文学史、思想史的定位理念，他在选论十四位现代批评家时，格外重视与关注各家对文学的认知活动与历程，同时在选"点"论评时，还将当代批评的许多类似现象加以联想，并力求以当代的眼光去重估现代批评，将批评家们已经固定为历史传统的批评业绩，将他们所创设或依傍的批评规范投置于当代批评的氛围，关注其适用性与可行性，关注这些批评家所使用的理论在当今文学批评领域的延伸，而这种针对代表性批评家的专题探讨，也将强化这种"传统连续感"，拓宽批评视野并增加理论上的自觉，他在《中国文学批评史》的自序中曾针对其批评史的编写理念谈道："本书并不企求对现代批评史完备的叙述，而重在对主要批评派系做系统的彼此有联系的专论，其中力图贯穿对现代批评传统的了解与重估，其研究探索的意义大于历史记录的意义。"①对所选录的十四位批评家，编者重心在挖掘他们理论主张的特殊价值，无论是观念本身还是其产生的渊源都进行了系统、深入的阐释，而这也正是温儒敏对他自己编写的文学批评史的定位与目标，显示出这部文学批评史的独特性。

温儒敏的文学批评史的覆盖面较为广泛，不仅仅满足于批评派系中的二元界分，在他看来，多种批评取向和多元文学观念并存、彼此互补构成了现代批评史的格局，而他对《中国现代文学批评史》的内容建构正是在还原这种更

---

① 温儒敏：《〈中国现代文学批评史〉自序》，《中国现代文学批评史》，北京大学出版社1993年版，第1页。

接近历史本来面目的多元格局，这种"还原"意向的背后也正是他对文学史观的总体调整的反映，也是忠实于科学精神的深入体现，更是不懈追寻批评史独立品格的直观呈现。对现代批评家批评成果的总结与价值重估，是之后的文学批评工作进行甄别和选择的前提，也是一项具有价值的基础性工作，这要求研究者有公允的研究眼光和研究态度，减少不必要的偏见，从而能够避免主观倾向的过分介入导致价值的偏枯，这或许是批评史写作较为艰难的所在，而温儒敏的理论视野却有一种兼容性，这种兼容性体现在他在写作中所采取的不偏不倚的价值立场，这种价值中立的姿态近似于韦伯的"价值无涉"理论。所谓的"价值无涉"，并不是指去回避价值判断，而是指不以自身的价值标准作为规范或准则去裁定研究对象，按照韦伯的话来说，即研究者不能混淆"是什么"和"应当是什么"。温儒敏正是在研究整个中国现代文学批评史的过程中深入贯彻了这种"价值无涉"的研究立场，将批评史还原为各种批评话语和声音的交响。

二、塑造批评史动态结构

在文学批评史的建构过程中，对批评史动态结构的不断追求与主动实现是温儒敏一以贯之的自觉与诉求，他也在文学批评史的建构实践过程中充分做到了对批评史动态结构的呈现与把握，塑造了生动丰富的文学批评史，为我们展现出异彩纷呈的文学批评景观。而在中国现代文学批评史的时间划分问题上，温儒敏也显示出他别具一格的处理方式。他认为中国现代文学批评的开端应该追溯到20世纪初，即1907年左右，以王国维发表的《〈红楼梦〉评论》为现代批评的开篇，原因在于"当时已经出现了大批评家王国维，他在从事现代批评的开拓与奠基工作，并取得了不可忽视的成果"①，"传统批评的某些特点在他引来的西方理论的渗透刺激下发生化合反应，逐渐酝酿成一种新型的批评"②。他认为中国现代文学批评史的开端应当以王国维对西方文学理论特别是叔本华理论的误读为开端，并认为"误读"是一种外来理论中国化的有益且必要的尝试。这种分期方式，代表了新的观点，以文学批评现代质素的产生为标记，从文化、理论的一贯性和传承性来看待现代文学批评的分期，是从一种

---

① 温儒敏：《中国现代文学批评史》，北京大学出版社1993年版，第1页。
② 温儒敏：《中国现代文学批评史》，北京大学出版社1993年版，第2页。

内在视角出发而非外在的社会学视角,内在视角是一个研究者所站立的基本出发点和立足点,从内在视角出发进行分期表现出对批评自身的重视,具有合理性。温儒敏的文学分期方式是一种回到文学本身的分期方式,他对中国现代文学批评史的建构是受到了美国著名学者、新批评派中坚力量韦勒克的深刻影响,韦勒克无论在其《现代文学批评史:1900—1950年的英国文学批评》,还是在《20世纪西方文学批评》中都试图摒弃受社会、政治等外部环境因素影响的研究,力图使文学批评回到文学自身:"我们依然被旧的风气、习俗和文学批评史上的返祖现象包围着。今天的书评仍然起着沟通作家和一般读者的中间作用,仍然使用着惯用的印象主义的描述方法和只凭欣赏趣味的武断评价。历史研究法在评价批评中继续起着重大的作用。在文学与生活之间进行的简单对比始终有其地位,因为对当代小说的评价仍用着反映在作品中的社会状况的可能性和精确性作标准。"①由此可以看出,韦勒克并不认同外部批评,温儒敏与韦勒克的观点有着不谋而合之处,重视文学自身现象和问题的批评史研究模式在他对中国文学批评史的建构过程中得到了充分的发扬,而他在尝试将现代文学批评史研究的起点尽量向前追溯的这种自觉意识与实践,作为一种传统也曾经是学界许多人的共识,王德威在《想象中国的方法》中就明确提到"没有晚清何来五四"的观点。温儒敏以"景点"式的研究方法对中国现代文学批评史进行建构和观照,蕴含着对研究问题深入、精准的考量,所以并没有将龚自珍、梁启超这些人都编入《中国现代文学批评史》中,但他的批评史分期在学界对现代批评史的分期与断代问题研究中仍具有重要的启发性意义。

温儒敏在选论十四位批评家时,统筹全局,每分论一家都兼顾其在整个批评格局中的"方位",探究其到底处于批评史的哪个环节、与其他批评倾向和流派有什么关系,所论的各家批评并不是按照严格的历史进程排列,但大体上还是能够通过这些具有代表性的批评家看清整个批评史的流脉,特别是各派批评的得失以及彼此间的对立、互补、循环等结构关系。例如五四时期的批评承受多元的外来影响,形成了众多不同的倾向和流派,如果作比较简单的分

---

① 〔美〕雷内·韦勒克著,刘让言译:《20世纪西方文学批评》,花城出版社1989年版,第1—2页。

类，则有"为人生"的现实主义批评、"表现论"的浪漫主义批评、印象主义的批评、心理分析批评以及古典主义的批评等，一般的文学史通常容易将这多元竞争、互补并存的状况简化为二元对立，只注重文学研究会的"为人生"与创造社的"为艺术"两大批评派系的区别与争论，但事实并不是二元对立，而是多元竞存互补，因而温儒敏论评周作人时，就特别注意到这位原本属于"为人生"派的批评家在短短几年间批评观念的变迁，注意到他后来对"为人生"与"为艺术"两派的综合与超越；同样，在秉持"表现论"的浪漫派批评家成仿吾身上，也看到其对文学社会性、功利性标准的吸纳，这种互补的情况有时又体现在不同批评倾向的冲突中，如梁实秋几乎对五四新文学进行了全盘的否定，他的新人文主义观点可以说与浪漫派针锋相对，他的保守而带清教色彩的批评又始终是"反主潮"的，他的许多批评结论并不一定正确，又时常歪打正着地指出了主潮派文学的某些偏弊。而温儒敏在对现代文学批评史的研究过程中，充分注意到这种现象，从整个批评史格局进行考察，特别指出不同派系的批评之间的冲突存在着某种制衡和互补的作用。明显的情形还可以在三四十年代的现代文学发展中发现，当众口一词赞赏社会—历史的批评，大多数批评家都极为看重文学的时代性、现实性，而对审美批评进行忽视的时候，像李健吾、沈从文、朱光潜等重直觉、重审美的批评也就起到一种制衡互补的作用。温儒敏精妙地处理了这些批评家之间在建构现代文学批评史工作中的关系，明确把握住了其文学批评流派之间的互补并存，主流与支流融会贯通，共同构成现代文学批评史全面、完整的格局，从而塑造出现代文学批评史的历史全貌。

中国文学与外国文学不同之处在于，外国文学中的文学思潮通常依次出现，"各领风骚"若干年，而中国文学对世界文学的认同方式则另具特色，是将西方文学史上纵向递变上百年的浪漫主义、现实主义与现代主义一概推倒在同一平面上，然后作横向铺排、选择与重铸。在一定时期内，各种文学思潮都能够一定程度上互相汲取养分，求同存异，现实主义在其取得中国现代文学发展历史中主流地位的流变过程中，并没有形成彻底扼制浪漫主义、现代主义等其他文学思潮发展的独尊局面，浪漫主义、现代主义也一直作为支流存在与发展，这些作为支流的文学思潮能够给现实主义这一文学主潮带来助益，现实主义从中汲取营养来丰富与壮大自身，对浪漫主义乃至现代主义兼收并蓄，这种于中国文学发展过程中所呈现出来的文学景观与文学发展整体面貌，是新文学现实主义的显著特色的彰显，而和谐共存的现代文学发展状况也正体现了温儒敏先生在文学批评史研究与著述中所注重的各类文学批评多元并举、动态发展共同形成的"合力"，也是塑造现代文学批评史动态结构的深入体现。

在评价文学历史现象时，通常容易着重突出主流，贬抑支流，批判所谓的逆流，进而评定主流、支流、逆流对文学发展所起到的促进或者反动作用。而如果承认文学的历史发展是由各种不同导向的力所构成的合力所支配，那么就没有理由去对通常被看做"支流"或"逆流"的批评进行否定，客观上它们起到某种制衡作用，不应当简单否定或贬斥这一部分制衡的"力"，温儒敏在现代文学批评史研究过程中对各个专题的选定也可以看出他很注重在多元竞存互补的批评格局中，去分析批评史的"合力"。《中国现代文学批评史》中就将"合力说"鲜明地体现出来并加以实践，温儒敏认为应该注意到各种批评流派、批评体系所形成的不同导向的力如何构成"合力"，而这种"合力"又是如何去支配历史的，充分展现主流与非主流批评，以及中心与边缘的批评之间的对立、竞存、互补以及制衡等关系，像李健吾、朱光潜、梁宗岱等一些通常被看作"支流"的批评，也各自在批评方法的某些方面有特异的创造，并且可以在对主流批评的纠偏中客观上起到某种制衡的作用。温儒敏并不拘泥于用一般的思想史格局去解说批评史，而是围绕对文学的不断阐释去考察各家批评理论的特色所在，深入探讨文学批评史的代表性批评家的论评，呈现出丰满且符合历史实际的现代批评史的动态结构。

《中国现代文学批评史》的研究模式，不同于其他文学史家们以新民主主义为总体性叙事模式的著述方式，从这个角度看，温著可以说是现代文学批评史上的开山之作，而它也是最早把"现代性"这一概念引入现代文学批评史叙述的著述。温儒敏在塑造文学批评史动态结构的同时对文学批评史的总体性判断进行适当悬置，而这种悬置处理给温儒敏的批评史写作带来极大的便利。原因在于，通常总体性的历史叙事为了达到叙述的统一性效果必须针对批评家进行排列、分类、编排和裁剪，进而勾画出一条清晰可见的有某种指向的运动虚线，最终通过这条虚线来印证总体性叙事中蕴含的历史理性与目的论，这样的历史过程充满了必然性，是"必然性之眼"所描绘出的历史图景。而温儒敏对总体性历史叙事进行适当悬置，以写作者的"个体之眼"来代替"必然性之眼"，他采用个案式的体例来安排处理评述对象，依据写作对象的批评特征来灵活处理批评家的研究，因此批评家们代表性的文学主张或鉴赏活动可以不因为寻求标准的统一而被遮蔽或是被过分地凸显。例如，温儒敏对王国维的阐释，重点把握王国维文学批评所蕴含的"现代性"；而对周作人则侧重于他的"人的文学"观念及随后的变动等，依照这种突出特色、突出重点的研究方式，温儒敏勾勒出了在他看来批评家们最有特色的部分。又例如，对周扬，温儒敏观照他一生的文学批评，而对成仿吾，作者就只讨论他前期创造社时期的批评活动；同是左翼批评家，周扬的批评可以讨论到80年代，而茅盾在1949年以后的批评则被忽略，这种对写作对象自由灵活的处理方式，可以很大程度帮助凸显写作对象的批评特色与成就，从而彰显出叙述对象的批评特色与批评亮点之所在，而这些灵活处理也正是温儒敏对文学批评史动态结构进行塑造的深入体现。陈平原认为："所谓'著述体例'，不仅仅是章节安排等技术性问题，还牵涉到史家的眼光、趣味、学养和功力，以及背后的文化立场等等，不能等闲视之。"[①]温儒敏对现代文学批评史的研究成果可以反映出其自身文学观的宽容与多元，而这其实也和他对文学史总体性判断的悬置有关，正是这种巧妙的悬置，这种"去总体性"的叙述研究方式，才能够使《中国现代文学批评史》彰显出与其他文学批评史与众不同的品格，也从侧面反映出温儒敏在塑造现代文学批评史动态结构方面的不懈努力与深入实践。

第三节 中国现代著名作家研究

一、"知人论世"

要对一个作家进行全面透彻的理解与把握离不开对作家自身的生活背景、人生经历的关注与研究，即所谓"知人论世"。文本反映了作者的人生经历与思考，而作者的人生经历与个人思考又渗透在作品中，二者互为表里，因

---

① 陈平原：《中国文学史编写研究笔谈》，《南京师范大学学报》（社会科学版），2007年第3期。

此了解一个作家的创作，必须先从了解作家这个人开始。温儒敏对现代文学发展史中重要作家的研究充分展现了"知人论世"的特点，这种特点主要体现在三个方面：以作家所处的时代背景、社会环境及其自身经历作为切入点开展作家专题研究；梳理、归纳、总结目前学界对作家即研究对象的研究现状与研究概况；对作家目前在学界的身份定位作详细全面的交代。这种针对"知人论世"的切入方式，提供前期的知识性铺垫，完善对作家的全方位认识与把握，有助于对研究对象的深入了解，使研究更具有学理性与科学性，符合现代文学研究的规律。

梳理、归纳、总结目前学界对作家的研究现状与研究概况，这一特点在温儒敏的《中国现代文学三十年》以及《中国现当代文学专题研究》这两部著作中都有确切具体的表现，可以发现在介绍重要作家时，他通常是先分析总结学界目前针对这个作家的所有研究状况，阐释这些研究的独特性与新颖之处，分析这些研究者的研究视角和研究方式，作为作家研究的知识性铺垫，为之后的研究者提供多角度的研究思路与可供学习和借鉴的研究方法。温儒敏在其所编著的《中国现代文学专题研究》中针对一些特色鲜明、风格独具的作家进行了深入的开掘探究，在对这些作家作品、文学创作风格、艺术内涵的阐述中，辟专章来介绍目前学界对作家的研究现状，分不同的方面总结当前的研究概况，梳理出前人的研究成果，为后继者提供借鉴。例如在《第五讲——曹禺与现代话剧艺术的成熟》第一个章节中，温儒敏对目前学界研究曹禺的五个方面内容进行了细致梳理，分析这五个方面内容的具体表现情况，指出其优劣，同时还列举学界相关的例证，并给予客观述评。这五个方面分别是：其一，从基督教文化的影响来考察曹禺戏剧——论述了宋剑华教授从基督教文化影响的角度切入，试图建立一个用基督教文化来解释曹禺戏剧的理论体系。其二，运用精神分析派的观点来研究曹禺的戏剧——精神分析学派的观点是作者的无意识心理会以某种经过伪装的方式在其作品中流露出来，这种理论方法的长处是可能发现深层的创作心理模式或动力，从而超越性地解析作家创作个性的形成。温儒敏在论述结尾处评述道："这一类研究方法与结论往往是别开生面的，有些深度的心理分析确有新意。但使用这种方式的评论应注意分寸，若离开审美的意味只顾一味地深掘探奇，结果难免钻入牛角尖。"①其三，把比较文学视角引入曹禺研究——主要包括影响研究，即着重研究曹禺所受的外国戏剧影响，以及运用比较的方法研究曹禺与同时代剧作家之间的关系，从而显示出曹禺的特色。其四，关于传统文化对曹禺影响的研究——目前这方面的研究较少，是有待开掘的重要领域，也有学者探讨了传统文化与曹禺研究的深层联系，曹禺所受传统文化影响包括仁学、民本思想、和而不同、托古求新等，从不同方面给曹禺的戏剧创作以积极影响。温儒敏在论述中还指出传统文化对曹禺戏剧的内在影响，这一研究受到研究者的关注，有可能形成一个新的研究生长点。其五，从接受美学的层面研究曹禺，主要分析了曹禺剧作的大众接受状况，这方面的研究加强了曹禺研究的理论色彩，显示了曹禺研究的深入发展。温儒敏在对重要作家进行研究的过程中针对学界目前的研究状况进行归纳总结，梳理出五个不同方面的研究现状并给出评述，提供了不同的研究角度，供后续的研究者进行更为深入的思考开掘。

二、"推陈致新"

完整的研究述评，应当包含课题研究的历史、现状以及未来这三个方面，温儒敏对重要作家的研究述评则非常全面地把握了这三个方面，对作家目前在学界的各类研究现状、研究成果进行细致而全方位的铺陈述评，并进行梳理、归纳与总结，同时详细交代作家目前在学界的身份定位，其在文学史上所起的作用，最为关键的是对研究的未来方向做出导向性的指示与引领，提出新的问题，促生新的讨论，引发新的思考，提供可供进一步拓展研究的相关论著与资料，引发对不同研究角度与研究方法的探讨，拓展探究的空间，使得对作家的研究述评呈现出相当大的牵引力与延展性。在《中国现代文学专题研究》中温儒敏曾提道："每一讲都多少介绍了有关的研究状况，有的还提供了基本的研究书目。我们正好可以顺藤摸瓜，找一些研究论著来参考，从中或许就可以得到某些启发，帮助我们进入研究状态，找到自己进一步探讨的空间。每一讲后面还设计有思考题，也是为了引起研究者的兴趣，训练文学史眼光和鉴赏

---

① 温儒敏、赵祖谟：《中国现代文学专题研究》，北京大学出版社2013年版，第72页。

分析能力。"①这正是他在重要作家研究的未来导向性方面做出实践的印证。也正如著名的论评者张梦阳所言："学术史应是一条前后衔接的观念之链：过去、现在和将来是它的三个环节。一部好的学术史，既要回顾过去学者的艰辛足迹和曲折道路，同时也要使今天的研究者清醒地意识到自己所处的位置，并为将来的发展提供历史的借鉴与启示。过去、现在和将来三个环节的衔接，应和谐统一，富有启发性、探索性和建设性。回顾过去全然是为了现在和将来。"②温儒敏对重点作家的研究完整而全面地实现了这种统摄过去、现在和将来这三个环节的价值诉求。值得引起重视的问题是，现在的研究述评大多数都根据社会历史和政治分期来划分作家研究的历史阶段，而这样的分期是否都符合课题研究的实际问题，是否真正反映自身发展的规律，特别是对那些内容繁复、历史漫长而曲折的作家们来说，这是理应认真探索的问题。在研究述评中，回顾历史、考察现状的同时，必须进入课题，研究历史的本体，找准内在发展变化的关键点，做到准确地展示研究发展脉络，避免简单化。通常在研究述评的三个环节中，未来导向的薄弱是普遍存在的问题，主要表现在导向过于简单，缺乏对未来研究导向必要的针对性与具体性。温儒敏在对重要作家进行研究的过程中，按照时间顺序与研究分类相结合的述评方式，既有研究脉络，对研究的整体面貌进行展示，又有针对重要问题的分类述评。以时序和分类的结合作为述评框架，过去、现在和将来这三个环节所包含的丰厚内容得以被充分且清晰地展示，充分发挥了述评的作用，他的述评方式，既可避免发展脉络不清楚的弊病，又能够避免对于同一问题的述评分散、重复的现象；既有助于读者全面系统地了解研究对象的发展历程和全貌，又便于集中述评研究中的重要问题，特别是一些历史长且曲折、内容丰富复杂的作家研究。

温儒敏在对现当代文学史重要作家的研究述评中的选题内容方面也有着教学上的考虑，通过重点作家作品的分析，"以点带面"，尽可能全面占有已有的文献资料和相关史实，研究信息丰富密集；背景资料特别是研究成果的观点、内容和特点的归纳表述符合史实与文本，叙述的全面性、客观性有所保

① 温儒敏、赵祖谟：《〈中国现代文学专题研究〉第二版序》，《中国现代文学专题研究》，北京大学出版社2013年版，第2页。

② 张梦阳：《鲁迅杂文研究六十年》，浙江文艺出版社1986年版，第11页。

证；全面反映研究情况，保证最有代表性的内容和观点得到充分展示，并将两者进行有机搭配，将"文学现象"的考察带起来，将对重点作家的研究方式转变得更加具有可教学性与可接受性，使学习者在解读的过程中也能够"以点带面"，充分运用，从文学潮流发展变化的历史联系中，在特定的历史文化氛围中，去讨论文学现象产生的因由，评判作家作品的得失。他有意识地注重学习者研究能力的培养和训练，对于当下发生的文学，运用相应的文学史眼光去考察，尽可能在文学历史发展的坐标中评定其得失，有助于增加理解的深度、深化认识，而他也有意识地在《中国现代文学专题研究》中对学习者进行学术训练，提升其文学感悟力、对问题的分析概括能力，这种由初步的学术训练所带来的眼界的拓展和能力的提高，对每一个求学路上的人来说都是获益匪浅的。

三、"生命阅读"

温儒敏曾说过："我们所谓的'素质教育'，其中很重要的部分就是要用人类最高尚的精神与文化去熏陶青少年，文学经典因为负载着这些精神智慧，是学生人格成长最好的营养……读文学作品不是为了当作家，甚至也不只是为了学习写作，更重要的是人格的熏陶，品位的提高，是生活的乐趣。"[1]"所谓素质教育，最重要的就是用人类最精华的智慧成果去熏陶、感化，让人格思想得以健全发展。"[2]这正是他对生命阅读教学模式的企盼。当今时代日趋功利化、应试化的行进节奏中，思想观念的灌输成为常态，而温儒敏所提倡的则是对学生生命情性的培养与熏陶："重要的是学会如何读作品，如何看待文学现象，以及培养艺术感悟力和思想力……摆脱过去那种'应试式'学习习惯，转向个性化的、富于创新意识的研究性学习……'转化'的措施之一，就是把文学感受与分析能力的培养放到重要位置。"[3]这离不开对作品的深入阅读与思考，通过阅读引发的感悟与读者自身生命体验的结合能够产

① 温儒敏：《关于语文学科的定位及其他》，《温儒敏论语文教育》，北京大学出版社2010年版。
② 温儒敏：《把阅读放在首位》，《温儒敏论语文教育》，北京大学出版社2010年版。
③ 温儒敏：《我讲现代文学基础课》，北京大学学报（哲学社会科学版），2009年第6期。

生出新的效用，反作用于读者。同时温儒敏也对阅读这一促进生命体验升华的关键过程进行了强调："注重结合学生阅读印象和问题来分析作品，处处强调发掘与培育对文学的想象力、感受力和分析评判能力。"①唯有通过阅读才能真正将学生的生命感受力与生命情性进行极致的张扬与挥洒。

温儒敏先生在其为广大教学者提供借鉴与参考的教学实践模式中，全面灌注了"生命阅读"的培养方式，注重学科知识的延伸与拓展、对学生的学术性思维与写作能力的培养，以及对学术问题研究探索能力的训练，在提升学生文学素养，完成对知识的透彻理解与内化重塑，生发新的理解与感悟体验等方面作出了重要的方向性的指引，使得文学与生活、生命能够通过"生命阅读"这种体验式教学紧密结合起来。

这种"生命阅读"的实践在温儒敏编著的《中国现当代文学专题研究》中得到了深入体现。他曾明确表示此种专题研究的课程相对基础课程的学习要更加深入，主要是针对一些比较集中的课题，让学习者与研究者们能够了解现有的研究成果和研究趋向，包括一些有争议的问题，同时能够通过课题中某些方面的重点分析，引发对不同研究角度与方法的探讨，增强学习的主体性，从而拓宽批评与鉴赏的眼界，继而学习如何评论作家作品与文学现象。同时他也有意识地引领学习者运用相应的文学史眼光去考察当下发生的文学现象，增加理解的深度，这种带研究性的学术训练，注重提升学生的文学感悟力、分析概括问题的能力。认知心理学认为："一个人的知识目的不是停留在知道客体是什么，而是要将这种知识内化到主体自身的知识结构和情感体系之中，也只有成为了主体自身的价值、态度、信念的知识，才能达到安顿自身情感的目的，也才是主体真正的知识。"②温儒敏在研究过程中，认为要使这种研究获得更好的传授效果与接受效果，"最重要的是学习者与研究者们要在课程讲授之前阅读作品，有自身的第一印象与感受，最好是还能同时读一些相关的评论与

---

① 温儒敏：《我讲现代文学基础课》，北京大学学报（哲学社会科学版），2009年第6期。

② 石欧、侯静敏：《在过程中体验》，《课程·教材·教法》，2002年第8期。

研究成果"[①]。他在强调阅读的重要性的同时也在教学方式上进行了改良与实践，曾经北大的现当代文学选修课就是由不同老师来讲授，治学与讲授风格的不同，研究和鉴赏角度的差异，能够使同学们领略不同的学术风貌，改进了文学作品的解读方法，使学生"应试式"的阅读习惯得到了较大程度的改观，拓展了视野。

从中国现代文学思潮研究、中国现代文学批评研究到中国现代著名作家研究的一系列研究的过程与成果实绩来看，温儒敏将他一直推崇并躬身践行的"坚持本义，守正创新"的文学精神发挥到了极致、贯彻到了实处，在原有文学研究的基础上锐意创新、笃实进取，开拓了中国现代文学研究的一片新天地，使得中国现代文学研究拥有了更加广阔的前景，为后继者们提供了新的文学研究理念与文学研究范式。

附：温儒敏的主要学术成果

主要著作

1. 《中国现代文学三十年》，与钱理群、吴福辉、王超冰合著，上海文艺出版社1987年初版，北京大学出版社1998年修订版；有台湾五南图书出版公司2002年繁体字版。

2. 《新文学现实主义的流变》，北京大学出版社1988年出版。

3. 《中国现代文学批评史》，北京大学出版社1993年出版。

4. 《文学课堂：温儒敏文学史论集》，吉林人民出版社2002年出版。

5. 《中国现当代文学专题研究》，与赵祖谟合著，北京大学出版社2002年出版。

6. 《文学史的视野》，人民文学出版社2004年出版。

7. 《中国现当代文学学科概要》，主编，北京大学出版社2005年出版。

8. 《书香五院：北大中文系叙录》，北京大学出版社2008年出版。

---

① 温儒敏、赵祖谟：《〈中国现当代文学专题研究〉第二版序》，《中国现当代文学专题研究》2013年版，第2页。

9. 《现代文学新传统及其当代阐释》，主编，北京大学出版社2010年出版。

主要论文

1. 《论郁达夫的小说创作》，《中国现代文学研究丛刊》，1980年第2期。

2. 《鲁迅前期美学思想与厨川白村》，《北京大学学报》（哲学社会科学版），1981年第5期。

3. 《以历史和美学的眼光看〈野草〉》，《中国社会科学》，1984年第1期。

4. 《欧洲现实主义传入与五四时期的现实主义文学》，《中国社会科学》，1986年第3期。

5. 《三十年代现实主义思潮所受外来影响及其流变》，《中国现代文学研究丛刊》，1988年第1期。

6. 《新文学现实主义总体特征论纲》，《北京大学学报》（哲学社会科学版），1988年第2期。

7. 《〈围城〉的三层意蕴》，《中国现代文学研究丛刊》，1989年第1期。

8. 《〈狂人日记〉：反讽的迷宫——对该小说"序"在全篇中结构意义的探讨》，《鲁迅研究月刊》，1990年第8期。

9. 《成仿吾的文学批评》，《文学评论》，1992年第2期。

10. 《王国维文学批评的现代性》，《中国社会科学》，1992年第3期。

11. 《胡风"主观战斗精神说"平议》，《北京大学学报》（哲学社会科学版），1992年第5期。

12. 《"灵魂奇遇"与整体审美——论李健吾的文学批评》，《中国现代文学研究丛刊》，1993年第2期。

13. 《历史选择中的卓识与困扰——论冯雪峰与马克思主义批评》，《文艺研究》，1994年第5期。

14. 《茅盾与现代文学批评》，《文学评论》，1996年第3期。

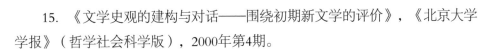

15. 《文学史观的建构与对话——围绕初期新文学的评价》，《北京大学学报》（哲学社会科学版），2000年第4期。

16. 《论〈中国新文学大系〉的学科史价值》，《文学评论》，2001年第3期。

17. 《鲁迅对文化转型的探求与焦虑》，《北京大学学报》（哲学社会科学版），2001年第4期。

18. 《"苏联模式"与1950年代的现代文学史写作》，《北京大学学报》（哲学社会科学版），2003年第1期。

19. 《王瑶的〈中国新文学史稿〉与现代文学学科的建立》，《文学评论》，2003年第1期。

20. 《现当代文学研究中的"空洞化"现象》，《文艺研究》，2004年第3期。

21. 《40年代文学史家如何塑造"新文学传统"》，《中国现代文学研究丛刊》，2003年第4期。

22. 《现代文学课程教学如何适应时代变革》，《北京大学学报》（哲学社会科学版），2003年第5期。

23. 《从学科史回顾八十年代的现代文学研究》，《北京大学学报》（哲学社会科学版），2004年第5期。

24. 《现代文学基础课教学的几点体会》，《中国现代文学研究丛刊》，2006年第3期。

25. 《谈谈困扰现代文学研究的几个问题》，《文学评论》，2007年第2期。

26. 《文学研究中的"汉学心态"》，《文艺研究》，2007年第7期。

27. 《现代文学传统及其当代阐释》，《中国现代文学研究丛刊》，2008年第2期。

28. 《中国现代文学的阐释链与"新传统"的生成》，《文艺研究》，2008年第11期。

29. 《"文学生活"：新的研究生长点》，《中国现代文学研究丛刊》，2012年第8期。

30. 《“文学生活”概念与文学史写作》，《北京大学学报》（哲学社会科学版），2013年第3期。

31. 《莫言历史叙事的“野史化”与“重口味”——兼说莫言获诺奖的七大原因》，《中国现代文学研究丛刊》，2013年第4期。

32. 《为何要强调“新传统”》，《文艺研究》，2013年第9期。

第七章

古远清的文学研究

2016年5月26日，暨南大学中国文艺评论基地联合文学院在暨南大学校友楼召开主题为"文学评论与20世纪中国文学史生成"的研讨会，其中一个次主题是"粤籍学者与文学史研究"。这一话题显然是将文学地理学的研究方法论移植到文艺批评的再批评中，方法论的移植具有一定的风险，其学理的合法性常常为学人所质疑。可能出于这样的原因，会场上对这一话题的讨论响应平平。当然也有例外，古远清教授的发言即为是。学术会议的发言要么是照本宣科地读稿，要么是脱稿讲演，但古远清竟然将他的学术讲稿改成相声台词，找了一个学生配合自己，一捧一逗，严肃的学术发言竟成了相声表演，平淡的会议现场顿时鲜活起来。古远清的发言也因为创意的形式和中肯的内容而获得满堂喝彩。

我惊讶于古远清作为一名教授，竟然敢如此"创新"。会议后，我通过网络资源寻找古远清的资料，赫然发现他生于1941年，又是一惊，也就是说他已近杖朝之年。心理学常识告诉我们，老年人的心理状态趋于保守，由此看来，古远清毫无老态。从古远清的精神面貌、心理状态出发，进而关注他的学术成果，笔者索引各大网络学术资源，发现古远清出版的学术著作、发表的学术论文量大质高：出版著作57种，全非资助出版，总计1624万字，其中台湾出版17种。近几年更是毫无"廉颇老矣，尚能饭否"的困境，依然笔耕砚田，勤奋不辍，退休后出版专著和编著31种，计1020万字。若非对学术抱有炽热的执着之心，这是绝对不可能达到的境界。

就中国知网的收录情况来看，古远清首发学术论文于大学一年级的1960年，至今已有六秩。其中以1994年为分界线，其后的学术成果猛增，每年都有10篇以上的文章，多者高达34篇。如果再加上笔者不完全统计出来的20余部学术专著，古远清著作等身，当之无愧。从古远清目前所搭建的学术大厦来看，其学术成果大体有四个方面，分别是文学史著作、台港文学研究、诗歌研究、文学批评的再批评。古远清之所以能取得如此丰硕的学术成果，与其身为学者所具有的学术道德是分不开的。

第一节　文学史家的尺度

作为一名优秀的文学史家，古远清的文学史著作大体分为三类。一是诗歌史，如《台湾当代新诗史》《香港当代新诗史》等；二是批评史，如《台湾当代文学理论批评史》《香港当代文学批评史》《中国大陆当代文学理论批评史》等；三是文学现象史，如《当代台港文学概论》《海峡两岸文学关系史》《台湾新世纪文学史》等。

古远清著史最为明显的特点是"私家治史"，即凭一人之力撰写了七种文学史，难怪有人称之为"古远清现象"①。可以说，任何一位有追求的文学史家都渴望写一部属于自己、能立足于史林的文学史。然而，这并非易事。文学史是一个复杂统一的有机体，且不论其中涉及宏观与微观的相宜把握，涉及作家、作品、世界、读者四维的关系，仅史料的收集，作家与作品的择取、阐释，这些就已经是凭一人之力难以处理的麻烦事。文学史家的精力和才识限制了"私家治史"的路径。当下的文学史写作更多是一种生产模式，一群志趣相投的文学史家先聚在一起开个会，讨论文学史的写作框架、体例等问题，再将任务分配下去，每人各写一部分。这种方法的优势是速度快、集众人之所长。问题也很突出，如各史家之间的学术水平、思维方式、学术观念难以统一，内部矛盾明显。古远清显然看到了这样写史的弊端，故此，他追求穷一人之力创作属于自己的作品。古远清的文学史呈现出鲜明的"古式"特色。如他在两岸同步发表的《夏志清研究的几个前沿话题》，文章的个人色彩甚浓。坦白说，当前的学术论文大多写得正襟危坐。学院派的论文是否一定要摆起脸孔来写，一定要隐藏自我、没有个性？当然鱼与熊掌不可兼得，有趣味性可能就缺乏学术深度；学术深度太深了，又味如嚼蜡。当前味如嚼蜡的论文满天飞，而有情趣的论文打着灯笼都找不到。不少权威期刊"重视废话一吨，轻视微言一克"，宁愿刊登很难下咽的高、深、涩的论文，不愿意刊登像黄秋耘当年在《文艺报》上发表的理论性远比不上王元化，但能敏锐发现问题且见情见性、

---

① 傅修海：《古远清当代文学史著作系列述评》，《中国现代文学论丛》，2013年第1期。

文采斐然的论文。古远清的台湾文学研究有点类似黄秋耘，缺乏深度阐发，但为新世纪台湾文学研究留下了值得忆念的众多印痕。

第一个方面的印痕体现在史料的辩证空间方面。

史学著作的创作，起步于史料的收集。古远清无疑是一个收集史料的高手，他提及史料收集时不无自豪之感地说自己"搜集了大量珍贵图书和各类研究资料，每每经历各种惊险状况，方才得以坐拥书城"①。这个说法在古远清的老友凌鼎年那里得到进一步证实："我还佩服他搜集资料的劲头，他手里，关于港澳台、东南亚，以及世界各地的华文文学集子、刊物、资料，就个人研究者而言，占有量不是第一位，也是前几位的。"②学者曹惠民猜测古远清可能是当时大陆学者中唯一拥有全套台湾《文讯》杂志和现今唯一拥有全套《台湾文学年鉴》的人，足见其收集资料的良苦用心。这里值得提出的是，古远清酷爱收集史料却不"拥兵自重"，常常急其他学者之需，不少台港文学研究者都曾受惠于古远清的史料库。③

当然，史学大家之"大"，不在于史料量之"大"，而在于处理史料的匠心之"大"。史料譬如一座宝山，如果缺乏登山门径，也只能望山兴叹，无法身登高山绝顶。在阅读古远清史学著作的过程中，笔者发现他分析史料的方法既沿袭传统史学家的正统，又有自己的创新。

其方法之一是因果分析法。史料的因果分析法是指在历史原场的语境中对史料进行分析，考究事件发生的原因、经过、结果及其造成的历史影响，有时候也可以在史料中总结出相应的概念或者理论体系。这种方式属于史料研究比较常见的方法，也是古远清用得比较多的一种。因果勾连的创新取决于史家的眼力：如何在常见的史料中创见他人发现不了的逻辑链和结论。例如关于张爱玲的政治身份，两岸均有不少学者，如台湾学者刘心皇，大陆学者司马文侦、陈辽、何满子等认为她是"文化汉奸"或"附逆文人"，古远清在《海峡

① 古远清：《假如我有九条命》（上），《名作欣赏》，2015年第4期。

② 凌鼎年：《论战一级水平，呼噜也一级水平——记古远清》，《世界华文文学论坛》，2011年第2期。

③ 曹惠民：《一脉清流——古远清教授印象》，《常州工学院学报》（社会科学版），2011年第4期。

两岸文学关系史》中对证明张爱玲"汉奸""附逆"的史料一一列举并逐条批驳，得出"把张爱玲定性为汉奸，从法律的角度来说证据严重不足，属冤假错案；从学术上来讲，逻辑欠通，论点与论据不符"①的结论。古远清以前人已有的史料为前提，补充自己发现的新史料，逻辑清晰，得出自己的结论，可见他独特的观史眼力。

二是比较分析法。史料比较分析法是指将同类或者异类的史料放置在同一时空进行各角度的比对分析，从而找到史料的联系，发掘其内在的本质。按史料时空向量的角度来看，可以分为共时性比较和历时性比较，这些都可以在古远清的文学史著作中大量看到。共时性的比较，如《中国大陆当代文学理论批评史》第十四章第七节《"京派""海派"中的评论新秀》中，将"京派"代表黄子平、陈平原和"海派"代表季红真、陈思和、王晓明、吴亮等置放于同一空间进行比较，论述各学者不同学术理路的同时，更说明了京派、海派文学批评的不同风格和特色。②历时性的比较，如《香港当代新诗史》的第四章《中生代本土诗人》与第五章《新世代本土诗人》；第六章《五六十年代的南来诗人》与第七章《七八十年代的南来诗人》，这两组章节罗列论述香港"本土诗人"和"南来诗人"的代表人物及各自的艺术风格，并且从历时性的角度进行比较，反映诗歌"文变染乎世情"的艺术风格和思想内涵之变迁。③

三是数量分析法。数量分析法显然是与理工科更有亲缘关系的研究方法，其在历史学研究中也有借鉴价值，如在经济史的研究领域，这一方法就很常用。古远清的文学史著作也使用了这种研究方法。如在《香港当代新诗史》第十二章《从本土出发的诗评家》中，古远清对《香港文学新诗资料汇编》（下）中收录的诗集、史料集、评论集的数据统计和汇总。④

第二个方面的印痕体现在现象之间的组合空间方面。

碎片化的史料只有在史家通过历史眼光黏合成为现象时才能呈现价值和

---

① 古远清：《海峡两岸文学关系史》，福建人民出版社2010年版，第247页。

② 古远清：《中国当代文学理论批评史》（1949—1989年大陆部分），山东文艺出版社2005年版，第418—426页。

③ 古远清：《香港当代新诗史》，香港人民出版社2008年版，第125—215页。

④ 古远清：《香港当代新诗史》，香港人民出版社2008年版，第296页。

意义，而现象与现象之间的组合成了史学家应该考虑的第二个环节。古远清对文学史现象的组合主要有两种方式，一是将历史总体性和文本细节性放在一起进行互动对话。一如古远清自己说自己喜欢"用'大叙事'与小细节相结合的笔调描述"①历史现象。茅海建认为："从长时段来观察历史，可以看到历史的某种规定性，但是，历史的发展却时时伴随着多样性和偶然性；也就是说，历史的必然似只存在于长时段之中，历史的偶然似由细节所致。"②对应于文学史的建构，文学现象与文本细节是互动关系。故此，古远清处理历史的方式，首先展现的是对相应文学现象的整体把握，而后是深入历史内部、解剖各现象内部的文学主体与文本现象。《中国当代文学理论批评史》整体上是线性思维的叙事策略，将1949—1989年中国大陆文学理论批评史进行宏观勾勒，同时不忘补充宏观架构空隙中的细节，以第五章《以现实主义为基础的小说评论》为例，它不仅总概论述了非文学的沉闷氛围对小说评论发展的制约以及小说争鸣的泛政治化倾向，同时在其中补充了侯金镜、冯牧、朱寨等人的小说评论。二是现象之间的合作与对抗。现象与现象之间并非各自为政的独立个体，其中存在历史总体性运作下被动推进的"衔接物"。所谓的"衔接物"，主要体现在两个方面。首先是历史主体对历史主流的反叛。历史主流与非主流的边缘地带间存在不可消磨的张力，两力相抗而推动文学史的发展。如果说中心与边缘的张力是历史历时性的表现，那么"衔接物"第二方面的表现无疑是现象对现象的历史共时性反拨。后一种文学思潮对前一种文学思潮的反叛是历史车轮前进的动力。如《中国当代文学理论批评史》中，多元化的80年代的文学研究的新视野是建立在对"文革"批评反拨的基础上。古远清从现象组合的角度发掘推动文学发展的动力，具有深刻的文学史价值。

第三个方面的印痕体现在体例选择的逻辑空间方面。

如果我们把不成逻辑的碎片化史料比作是泥沙的话，那么史家对现象的组合就是将泥沙烧成砖块。然而，这依然不够，还需要混凝土将砖块黏合在

————

① 古远清：《〈海峡两岸文学关系史〉前言》，《海峡两岸文学关系史》，福建人民出版社2010年版，第2页。

② 茅海建：《〈戊戌变法史事考二集〉序言》，《戊戌变法史事考二集》，生活·读书·新知三联书店2011年版，第2页。

一起才能成为系统的大厦。所谓的"黏合剂"指的是史家的体例选择。正如存在主义哲学家雅斯贝斯所认为，"没有一个独此一家的历史总概括能使我们满意。我们得到的不是最终的、而只是在当前可能获得的历史整体之外壳，它可能再次破碎"①。不满足于已有的文学史著作，20世纪80年代中后期中国文学研究界出现了一股学术热潮，即"重写文学史"。其中，体例的选择问题也成了"重写文学史"的重点讨论对象。就目前市场上能看到的中国现当代文学史而言，其体例大体上都是"线-块型"，即按线性时间为脉络，以文学思潮、小说、诗歌、戏剧、散文为组块，将不同时间段的中国现当代文学组合成体。《中国现代文学三十年》就是典型例子。古著文学史，在借鉴常见文学史写作体例的基础上有所突破：线性逻辑的大框架下以现象牵动史的发展。古远清的文学史叙述不以分析名篇为核心，他"花了相当篇幅从动态考察诗歌现象、诗歌论争以及诗歌理论批评发展"②。在台湾当代新诗史的研究过程中，古远清挖掘其总体特征，概括为"论争"，可以说，台湾当代新诗史在古远清看来就是一部诗歌论争史。古远清的文学史还以重要作家为引子，春秋笔法品评其人、其文。重要作家设置专章专节论述是文学史的常例，古远清也不例外。古远清对于名家的文学史地位有中肯的美学评断，常常字里行间暗喻褒贬。在《台湾当代新诗史》第五章第三节《余光中：中国现代诗坛祭酒》中，古远清以"回头的浪子"评断余光中的诗歌追求，认为其既渴望打破传统又反对全面向西方取经。

　　概言之，古远清的文学史有其独特的学术意义，他力求普及型和学术型的融合，更多的是以学术探讨为主要目的。

第二节　拓荒台港文学研究

　　古远清的文学史大部分都与台港文学有关。古远清从研究鲁迅、诗歌和文艺学入行，转入台港文学，他真正意义上的台港文学研究应该始于1989年由

①　［德］卡尔·雅斯贝斯，魏楚雄、俞新天译：《历史的起源与目标》，华夏出版社1989年版，第307页。

②　古远清：《〈台湾当代新诗史〉自序》，文津出版社2008年版，第4页。

花城出版社出版的《台港朦胧诗赏析》，从这个时间点来看，毫不夸张地说，这一领域显然在古远清这一辈学者的手中成熟。古远清台港文学研究的贡献大体有三个方面。

一是拓宽了中国文学的地图。谢冕主编了《中国新诗总系》，古远清在充分肯定这一志业基础上，提出了自己的质疑之声，认为该著在选取诗人时考虑并不全面，遗忘了个别外籍中国新诗创作者，提出"中国新诗是否一定要用中文书写"和"中国新诗用中文书写是否一律要用北京话"等疑问。[①]显然，古远清的质疑主要受其文学观的影响。在古远清看来，中国文学应该是疆域辽阔的肥沃之土，它不仅包括大陆（内地）文学，还包括台港澳文学、海外某些华文文学，甚至包括各地方言创作。他曾致力于向大陆介绍台湾专题文学，认为台湾少数民族文学也是中国文学的一部分。这一理念一直贯穿于古远清的学术研究中。古远清这种宽阔的文学研究视野无疑拓宽了中国文学研究的关注面。

二是台港文学理论的建构。在国内文学研究领域，理论建构处于先天不足、后天发育不良的尴尬处境。古代文学占强势地位，中国现当代文学患有严重的理论建构的失语症，台港澳及海外华文文学就更明显了。古远清身处如此时代语境，当然不可能有太前瞻性的超越，然而他也做出了自己的努力。古远清认为学界对当下华文文学的本质研究不足，[②]努力深化"世界华文文学"等概念。除此之外，古远清还创造性地提出"战后台湾文学理论"[③]概念以探究台湾文学的特征。古远清的台港文学理论建构，还表现在方法论方面。如古远清以"经验"介入讨论香港文学，在《外来诗人的"香港经验"》中，以"作家经验"讨论韩牧、原甸、余光中、钟玲和林幸谦等作家的文学表达；在《香港文学理论批评的基本特征》中以"地域经验"研究香港文学理论批评的基本特征。再如，古远清引入"互文"概念剖析"两岸文学社团的同质性"。[④]

① 古远清：《对〈中国新诗总系〉的三点质疑》，《文学报》，2011年7月7日。

② 古远清：《我们对华文文学本质研究得太少》，《文艺报》，2002年5月14日。

③ 古远清：《"战后台湾文学理论"范畴的界定》，《世界文学评论》，2012年第2期。

④ 古远清：《海峡两岸文学关系史》，福建人民出版社2010年版，第20页。

三是对台港文学作家与作品的挖掘、定位和推介。台港作家水平良莠不齐，十分考验研究者的审美定力。古远清从文学性的角度出发开山采铜，挖掘了众多优秀的台港作家和作品。古远清认为香港作家梁秉钧是自由出入于现代与后现代之间的诗人，梁因立足于香港的文化空间创作而成为香港重量级作家。① 又如古远清对散文家王鼎钧的推崇，认为他是台湾一流的散文家。②

古远清之所以对台港文学研究有重要的学术贡献，根本原因在于其独特的研究方法。

首先是古远清以政治的视角介入台港文学研究。李怡认为："一个民族和国家的文学史叙述，所依赖的巨大背景肯定是种种具体的历史情态，包括国家政治的情状、社会体制的细则、生存方式的细节、精神活动的详情等，这种种细节的呈现，来自历史事实的'还原'而不是抽象的理论概括。"③可见文学与政治之间有千丝万缕的关系。古远清在创作《海峡两岸文学关系史》时也说，该书"所叙述的史实和问题，几乎均与政治紧密相连"④。可以说，古远清擅长从"文学—政治"互动的角度切入台港文学研究。一则，古远清关注政治对作家艺术性和思想性的影响。在《记台湾作家陈映真》中，古远清先揭示陈映真的成长环境是台湾戒严期间，陈映真读了很多禁书，这影响到后来的创作。此外，还揭示了陈映真因政治原因被投入监狱的史实。古远清勾勒陈映真一生中与政治挂钩的重大事件，揭示陈映真的文学与政治之间深刻的同一性，例如陈映真的文风受到鲁迅的影响就是以政治因素为前提。古远清还关注政治对作家的身份认同的影响作用。古远清从政治文化的角度出发，认为台湾作家存在三种身份认同方式："原生论""结构论""建构论"。⑤由此出发，古远清进一步讨论外省作家、第二代外省作家、本土派作家存在身份认同裂缝的原因。二则，古远清关注政治推动文学的历史进程。2014年11月6日，他在

---

① 古远清：《梁秉钧：重量级香港作家》，《华文文学》，2013年第2期。

② 古远清：《王鼎钧：台湾一流散文家》，《名作欣赏》，2009年第14期。

③ 李怡：《中国现代文学史的叙述范式》，《中国社会科学》，2012年第2期。

④ 古远清：《〈海峡两岸文学关系史〉前言》，《海峡两岸文学关系史》，福建人民出版社2010年版，第3页。

⑤ 古远清：《台湾文学身份认同的裂痕》，《文学报》，2014年10月9日。

《文学报》发表《用政治天线接收台湾文学频道》。在古远清看来,无论是顺从还是抵抗政治,台湾文学自始至终都没有摆脱政治的干预。

古远清的《分裂的台湾文学》一书中随处可见"文学—政治"互动分析方法。需要说明的是,古远清不是只用"政治天线",还有审美天线、语言天线,只不过这些天线没有政治天线那么醒目罢了。有评论认为古远清以论争著称,缺乏探秘解微的功夫。其实,古远清还出版过纯艺术分析的《留得枯荷听雨声——诗词的魅力》,又出版过《台港朦胧诗赏析》《海峡两岸朦胧诗品赏》,还与孙光萱合作在台湾出版过《诗歌修辞学》,另写有系列幽默散文赏析。

其次是古远清尊重区域文学的主体性地位。古远清将区域文学放置在互相借鉴的语境中。其一,以台港为本位观察台港文学。就政治角度而言,台港是中国不可或缺的部分。因为历史的原因,各地政治、经济和文化语境又有所不同。古远清视野中的大陆(内地)、台港互为参照物,它们多声部发声。其二,反映了台湾社会剧烈变化中作家们的心路历程。区域文学的代表作《台湾新世纪文学史》勾画了2000—2013年台湾文坛的风云变幻,不啻是一部别样的文学断代史。它除了开掘出一个具有特殊意义的新研究领域、对台湾21世纪文学首次作出厘清和定格外,还以前沿、前卫方式滑行于一切之上的书写姿态,成为一朵独具色泽的"木芙蓉"。古远清以其卓绝的学术勇气和发现能力,以及所传出的真诚、善意、锐利的声音,让该书有了些许"木芙蓉"式芬芳,即独特的理论品格。此外,对于陈映真21世纪的左翼叙事,以王鼎钧为代表的回忆录,还有"在台的马华文学"以及"数位文学"、少数民族文学的论述,古远清均以求是、求真之精神辨析,尽可能给读者展现一处不同于大陆的文学新天地。其三,肯定方言文学的文学价值。中国疆域广阔,方言千姿百态,主流学者们在编著文学史时常常是以现代汉语创作为宗,几乎不涉及方言文学。现当代文学史家们连台港文学的关注都很少,更遑论台湾地区的方言文学。古远清发掘台湾文学中的客家文学,认为应当关注这一块的文学创作,"在强调族群独特生存境况下形成自成一格的文化个性的同时……要凸显客家意识写作"①。

再次是跨学科的研究视野。一般认为跨学科研究是比较文学的概念，比较文学学者亨利·雷马克认为，比较文学的定义之一是"研究文学与其他知识和信仰领域之间的关系，包括艺术如绘画、雕塑、建筑、音乐、哲学、历史，社会科学如政治、经济、社会学、自然科学、宗教等"②。回顾大陆（内地）的台港文学研究历程，其研究的起点就是从比较文学开始的，例如饶芃子教授从研究比较诗学开始，带着比较的视野进入海外华文文学研究。古远清亦不例外。台港众多作家本身就不是专事文学，常常是行有余力则以为文。作家所从事的行业会对各自的文学创作有一定的影响，文学研究者必然需要关注这一现象。如"1990年代的台湾社会，许多人出于对生活的困惑求神拜佛，宗教在各个阶层大行其道"③，这影响了一代诗风，如许悔之、洛夫的部分诗作，古远清对这一类诗歌的研读以佛教的美学思想为切点。同样与宗教有关的香港诗人胡燕青，古远清概括其诗为"以诗传播福音"，并从基督教宗教哲学的角度进行解读。除作家个人人生阅历存在跨学科的情况外，文学思潮、文学流派、文学现象等同样存在跨学科的情况。如古远清《海峡两岸文学关系史》，不是两岸文学发生的重大事件或运动的汇编，或两岸文学关系的简单相加，而是以台湾文坛为主，把主要目光放在对岸，即作者明显站在大陆立场、用大陆视角写作。这部书鲜明的主体性还表现在它以年鉴的方式，引领读者从宏观视野了解两岸文学关系所走过的波峰浪谷。该书是从文学关系史切入的另类历史叙事，是一种非传统型的文学史，一种散漫的、重视细节的、质感较强的、放弃树立经典企图的文学史。写作的着力点不在为作家作品定位，不以作家作品分析评价为主，不以建构典律为目标。在评述两岸文学关系时不局限于文学思潮的更替，还包括文学制度、文学生态和文学事件、文学传播等项，并多次比较两岸

---

①　古远清：《弘扬本土文化，恢复客家尊严——谈台湾的客家文学》，《嘉应学院学报》（哲学社会科学），2004年第1期。

②　［美］亨利·雷马克著，张隆溪译：《比较文学的定义和功用》，参见北京师范大学中文系比较文学研究组选编：《比较文学研究资料》，北京师范大学出版社1986年版，第1页。

③　古远清：《台湾当代新诗史》，文津出版社2008年版，第345页。

文学的异同。在写法上，真正用整合方法将两岸文学融合到一块。该书下限写到完稿时的2008年，有鲜明的现实感，出版后在两岸引起了反响。

在台湾文学中，有一类文学样式非常值得关注，它包括台湾少数民族文学、台湾大河小说、台湾客家文学等。这些文学成果或是台湾少数民族的创作，或是方言创作。古远清对这一块的梳理，从方言学、人类学、社会学与神话学等角度切入，揭示台湾少数民族的苦难史、奋斗史，发掘其民族主体性和尊严。

最后是实地考察与文献结合。有学者反思华文文学研究，认为其“脱离了对华人生存处境的体察”①。因为不了解原地居民的文化现状而导致研究“有隔”，甚至闹笑话的情况屡有发生。尤其是大陆（内地）的台港文学研究起步阶段，信息交流困难，史料相对匮乏，研究举步维艰。古远清对台港澳文学及海外华文文学研究的这一困境心有体会并努力克服。故此，古远清自谓无论是开学术会议还是旅游，古远清到了外地，必会做三件事情：体验当地风土人情；收集当地图书馆史料；与该地的作家、学者进行学术交流。三维视角考察当地的文学生态和文学周边，以此更贴近实际地考察当地文学的内核。古远清这一研究理路，我们从其《难忘的文学之旅——访台日记》《我的第六次台湾行》等文章中所记录的各种“参观、游览、购书、考察、演讲”可管窥一斑。《台湾文坛的“实况转播”：一个大陆学者眼中的台湾文坛》一书分为《文学批评》和《实地考察》两辑，如果不是深入台湾内部，如何敢用“实况转播”“实地考察”这两个具有强烈现场感的词汇？其中，《实地考察》一辑翔实记载了2000年6月古远清在台湾生活、交游、收集史料等各种活动的具体情况，从学者的角度反映台湾的现状。此外，古远清非常注重与作家交谊，这是直接了解作家生平和性情的最佳方式。古远清曾与余光中、刘心皇等知名作家均有或面谈或笔谈的交流。难能可贵的是，作为文学研究者，古远清不因情谊而人为主观拔高作家的艺术特征。就笔者看来，《世纪末台湾文学地图》属于古远清梳理台湾文学现状的一部经典之作。这部著作中扫描台湾文学体制、文学生态、文学生产、文学事件、文学人物等众多内容，若非掌握翔实的史料

---

① 朱立立：《华人学的知识视野与华文文学研究》，《福建论坛》（人文社会科学版），2002年第5期。

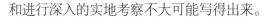

和进行深入的实地考察不大可能写得出来。

古远清的台港文学研究，有时会扩大至澳门文学及海外华文文学研究，都是属于拓荒式的成果。总而言之，古远清不仅是这一研究领域的先行者之一，更拓宽了中国文学的地图。

第三节 诗评家的情理

古远清醉心于诗歌研究约40年，这些年里所产生的研究成果有诗歌史、诗人论、诗歌理论、诗歌文本赏析等。这些研究成果，褒者甚众，贬者也有。客观地看待古远清新诗研究方面的贡献，包括以下三个方面：第一，对台湾和香港当代诗史的创作有开山之功。第二，对诗歌修辞学、诗歌分类学这两块领域进行拓荒式的研究，并为该领域的研究留下一定的范式意义。第三，对台港经典诗人与诗歌的推介、鉴赏，如在大陆（内地）不留余力地推举余光中。统观古远清的诗歌研究，其诗歌研究理路，大体可以概括为"缘情"和"缘理"两个关键词。

首先是缘情。"诗缘情"与"诗言志"是中国诗歌理论的两大范畴，对阐释中国传统诗歌的内在机理具有重要的作用，古远清不但认为诗歌缘情而发，其研究同样也是缘情而作。德国汉学家顾彬认为"20世纪中国文学并不是一件事情本身，而是一副取决于阐释者及其阐释的形象"①。易言之，文学接受的意义生成取决于阐释者的精神境界或者个性特征。可以说，对文本的阐释是阐释者带着自身的思想与阅历进行的二次创作。古远清诗歌解读的缘情色彩就是从这一方面开始的。诗歌是具有深刻人生体验之人创作出来的艺术，阅读者也应当用自我的生命体验还原诗歌的艺术性和人文性。这是阅读者对诗歌和诗人的尊重，也是发掘其内涵的根本途径，更是妙契诗人内心世界的根本方法。古远清作为台港文学研究的名教授，深谙学术生活的方方面面。古远清常常以此情绪记忆介入诗歌研究，如对台湾学者型诗人叶维廉的论述。古远清的

---

① ［德］顾彬著，范劲等译：《二十世纪中国文学史》，华东师范大学出版社2008年版，第9页。

诗歌解读方法属于"我注六经"的现代演绎,同时他从诗歌中证悟的诗歌精神和艺术气质又注入自我生命中,是"六经注我"。

其次是缘理。学术研究是理性的建构,无"情"则难以入乎其内,无"理"则难以出乎其外。古远清的诗歌研究的"缘理",表现在四个层面。

第一,从诗歌和诗人的本体出发研究诗歌,并借鉴中国传统诗论,融汇西方诗论。古远清的史料收集能力已在前文备述,他在各大小杂志中汇集诗人的生平、作品,从诗歌内部出发,研究诗歌艺术的本质。此外,古远清对古今中外的诗论也有所化用。当下诗歌研究普遍存在以西方诗论套论本土诗歌的现象,古远清一直在努力尝试摆脱这一局限,这也是他在台湾、香港当代新诗史中对诗人得失的总结部分具有重要的学术价值的原因之一。例如对王良和诗歌的品评。王良和大量的景物诗和咏物哲理诗分别对传统山水田园诗和咏物诗有承袭的一面,如《剑客》《柚灯》等。古远清对这一类诗歌的论述,用传统山水诗和咏物诗的解诗法进行解读,可谓深入肌理。当代诗人的创作立足于当代语境,王良和也不例外。古远清以传统诗论论诗的同时并没忘记王诗的当代性价值,他认为《柚灯》呈现的是"物我存在的本质、宇宙事物的规律,以及人类对外界认知的可能与局限"[1],是当代城市人对自然、万物、宇宙的思考。中国诗歌研究如何看待西方诗论是困扰国内学者的难题。学者们各有理论观点,以理论阐释理论,当然可以彰显学者们的理论素养和逻辑辩证能力,但是解决中国诗歌的实际问题的可能性不大。古远清对西方诗论的态度非常谨慎,这个我们在他对也斯的论述中可见一斑。古远清认为:"在香港诗坛,很难找到像也斯这样精通外国文艺理论的学者。他在美国几年,读了俄国形式主义和布拉格语言学派的书,也跟米高·大卫信(Michael Davidson)等修过'后现代主义''当代美国诗''诗与画'等课,这对他后来的创作产生了重要的影响。"[2]因为也斯主动接受西方文论的影响,故而古远清对也斯诗歌的解读自然而然使用西方文论,如对也斯《从现代美术博物馆出来》的分析。由上可见,古远清的诗论有一个原则,即诗人决定诗论。古远清脚踏实地,从诗人的

---

① 古远清:《香港当代新诗史》,香港人民出版社2008年版,第169页。

② 古远清:《香港当代新诗史》,香港人民出版社2008年版,第146页。

具体情况出发讨论文论与诗歌的互动关系。此外，古远清还以诗歌文本为出发点，研究诗歌分类学和诗歌修辞学，为新诗分类和修辞的理论建构奠定基础。

第二，注重时代与诗歌的互动关系。正所谓"文变染乎世情"，随着时代的变迁，诗歌常常反映时代之政治、经济、文化等的变异。古远清的诗歌研究充分关注"时代—诗歌"之间的互动关系。如古远清将台湾《创世纪》诗刊的发展史分为三个阶段，分别是"新民族诗型时期""超现实主义时期""回归东方时期"，这三个时期的界定，当然是指《创世纪》诗刊诗歌内质的变化，而其变化是由政治等外在因素所致。诗歌除了接受时代的影响外，有时还表现出对时代语境的对抗。例如，古远清认为"葡萄园"诗社"健康、明朗、中国"的诗歌纲领很大一部分是为对抗时代政治而产生的。①

第三，注重诗歌团体与个人的互动关系。诗歌社团是台湾当代新诗界很有趣的现象。古远清的《台湾当代新诗史》基本上根据这一思路展开，认为整个台湾当代诗坛的总体特征是"结党营诗，论战不断"，他关注诗歌团体的诞生、成长、消亡的历史流变的同时，还关注诗人个体对诗歌群体风格形成的贡献和诗歌团体对内部诗人个体的影响。如以"现代派"总论纪弦、郑愁予、方思、羊令野、李莎、梅新、林泠等人的诗歌创作，并一一分论个人特色。当然，台湾诗坛依然有一群"单干"的诗人，古远清将这些诗人放在第十章《其他重要诗人》，为这些无法归入社团的诗人寻求文学史地位。

第四，注重诗歌性的挖掘。诗歌不全是时代和社团的事情，更是诗歌自身的事情，诗歌的语言、结构、意象等构成诗歌的本质内涵。古远清的诗歌研究非常注重这一层面的解读。例如《海峡两岸朦胧诗品赏》《台港现代诗赏析》《中国当代名诗一百首赏析》这些倾向于诗歌文本解读的专著，其选辑、品鉴的重心都落在诗歌性上。像古远清对纪弦、罗门等诗人的诗歌语言张力的挖掘，对钟伟民、陈灭等诗人的诗歌结构的挖掘，对周梦蝶、马朗等诗人的诗歌意象的挖掘，对郑愁予、蔡炎培等诗人的诗歌音乐性的挖掘，都体现了他作为解诗家的艺术眼光。诗歌性是古远清诗歌研究的内在学术道德，还表现在他对一些枯燥无味、缺乏诗性的政治诗的批评上。虽然古远清肯定了台湾80年代

---

① 古远清：《台湾当代新诗史》，文津出版社2008年版，第200页。

的政治诗"有强烈的使命感"，"作者常常借助于讽刺的手段惩恶扬善，针砭时弊"，但这些诗歌的艺术性却有待辩证；而"到了民进党执政后，另一类批判陈水扁贪腐政权的政治诗悄悄兴起，但比起之前的政治诗无论是在气势上还是质量上，均相形见绌"①，可见古远清非常注重诗歌性的价值意义。

第四节　文学批评的批评者

古远清的文学研究，还有一个类型的成果，内容庞杂，天南地北，如果勉强加以概括，大体可以称之为文学批评的再批评。

第一，对他人学术著作的再批评。学界有股风气，一学者出书，其好友、学生或主动或被动，出于人情都会写文评之。当然，其中不乏确实对学术著作有所触动、有所启发而为之的情况。古远清的书评当属此类。古远清不唯亲而亲，不唯敌而敌，唯学术而论。例如台湾成功大学马森出版三卷本《世界华文新文学史》，古远清凭借深厚的学科素养发现该书存在"区域失衡与生平错漏""陷入意识形态写史误区"等问题，认为该书与书中所宣传的"首部全面探讨海峡两岸、港澳、东南亚及欧美等地华文作家与作品的文学史专书，完整记录百年以来世界华文文学发展的源流与传承"的定位"名不副实"。②又如，在《华语文学研究的歧路——评藤井省三〈华语圈文学史〉》中，古远清认为藤井省三以哈贝马斯"公共领域论"和安德森的理论言说生搬硬套汉语文学研究，这种不以史料出发研究文学而从理论套读史料的做法，导致藤井氏的研究"滑向为'皇民文学'张目，与'台湾民族论''台湾民族文学论'的反中国意识同流合污的泥塘"③。

第二，学术商榷和论争。例如对谢冕、吴晓东、姜涛、洪子诚等人编纂的《中国新诗总系》的商榷，古远清质疑该书编选诗人的选择向度过于狭窄。

---

① 古远清：《台湾当代新诗史》，文津出版社2008年版，第54—58页。

② 古远清：《名不副实的〈世界华文新文学史〉——兼谈台北有关此书的争论》，《南方文坛》，2015年第5期。

③ 古远清：《华语文学研究的歧路——评藤井省三〈华语圈文学史〉》，《中国文学批评》，2016年第3期。

古远清的《台湾当代新诗史》出版以来，受到不少批评，刘正伟、谢辉煌等都是贬多于褒的诗人。古远清面对重重质疑，反思自己著作确实存在问题的同时，对那些有意误读的观点，不遗余力地一一辩驳，主要文章是他采用汉大赋主客问答的形式写成的《为台湾当代新诗发展提供"证词"——对〈台湾当代新诗史〉种种批评的回应》。学术商榷和论争并非是针对谁而发，其旨在使学术研究形成百家争鸣的局面，正如古远清所言："只有通过争论，才能为学术的发展注入一股活力，就好比铁锤打碎石，在撞击时有时会迸发出真理的火花。"①

第三，文学批评现象的再批评。如《"粤派批评"批评实践已嵌入历史》一文对"粤派批评"这一现象做学理探讨，讨论粤派批评家的学术贡献。又如国内反思夏志清《中国现代小说史》的学术成就和缺陷，古远清对反思进行反思，认为有些文章可能存在矫枉过正的问题。②古远清还对大陆（内地）的台港文学研究进行了反思。

第四，校勘他人学术著作错讹。这主要得益于古远清手中掌握的齐备史料。一部文学史著作，可能是初登文学堂室学子的教材，可能是文学爱好者了解文学的纲要，其史料的准确性非常重要。古远清常常为各种文学史勘探错讹，如《破绽甚多的〈中华文学通史〉》一文，批评了张炯等主编的《中华文学通史》一书。又如《陈芳明的〈台湾新文学史〉工程及其十种史料差错》罗列包括"社团名称及创办人和时间上的差错""著作权的错误""作家生平的不准确之处"等在内的十项错误类型。

文学批评的再批评很容易得罪人，这时候再批评者的态度显得尤为重要，古远清的态度非常鲜明：一是平等对话。古远清的再批评既不存在倚老卖老、欺压后辈的情况，更不会因对方供职学校地位之高、名声之大而有所忌惮、有所偏袒，而是作为平等的学人对相应问题进行对话商讨。二是据理而争。对他人的合理指正，古远清从善如流；对于那些无理的主观误读，古远清据理而争，维护学术立场和学术成果。古远清在给他人学术作指正时，并不

① 古远清：《文坛"恶人"韩石山的板斧》，《文学报》，2014年3月13日。

② 古远清：《给张爱玲戴的帽子太沉重——质疑〈中国文学批评〉的一篇头条文章》，《南方文坛》，2017年第2期。

会穿小鞋、贴标签、扣帽子，自始至终谨遵实事求是的态度。三是维护学术尊严。古远清再批评的目的，用他自己的话来说，是要"维护学术的尊严"①。在古远清看来，学术之尊来源于学人对学术的身份认同和自觉维护；而学术之严来源于史料和结论的正确无误。

第五节　学者的道德与良知

古远清之所以能取得以上众多的学术成就，与其天分、勤奋是分不开的，然而这也得益于其作为学者的道德与责任。

先谈人文关怀。纵观古远清的学术历程与人生轨迹，可以说他一直在追求打破书斋苦读与改造世界实践之间难以消除的鸿沟之理想。书斋生活，古远清说自己是"用命来读书"②，这算是学者的分内之事，姑且不表。古远清的学术言说绝非是"书呆子"的梦呓，而是有温度与厚度的现实关怀之作。这与古远清的人生阅历有莫大的渊源。古远清回忆自己的人生历程，说自己"一生道路坎坷，双亲目不识丁，小时候被人贩子卖给地主做过短期的贵族公子，土改后回到老家，放牛、砍柴、种地、挖煤、当苦力，样样干过"③。坎坷的人生阅历直接影响了古远清的研究向度，这主要体现在他对文人之苦的关注，《几度飘零——大陆赴台文人沉浮录》就是这样的一部著作。书中勾勒胡适、林语堂、梁实秋等共22位作家或学者从大陆赴台后的因缘际会、命运飘零。古远清深情地回眸处理大量的一手资料，字里行间透露沉重的情怀质感，无论是胡适定居台湾的晚年凄凉还是叶公超事业失利的寂寞，都被他一一呈现。

概言之，古远清的学术之路不仅仅是一条书海泛舟的路，更是一条充满真切的人文关怀精神的路，其对文人生存境况的思考既是一种艺术思维，更是一种建立在人文关怀基础上对文人苦难的本质与存在之思。

再谈反抗现实。古远清对现实的反抗首先表现在对自己研究领域中不足

---

①　古远清：《维护学术尊严——〈台湾新文学史〉史料差错纠谬》，《世界华文文学论坛》，2012年第4期。

②　古远清：《假如我有九条命》（上），《名作欣赏》，2015年第4期。

③　古远清：《假如我有九条命》（上），《名作欣赏》，2015年第4期。

之处的潜心挖掘上，可以说，古远清所开辟的每一研究领域，都印证了其学术的独创性。此外还表现在其作为"学术警察"的行动力。在古远清看来，学术界并非至高无上的圣地，而是一个值得深入探究的客体，学术神圣的本质性伦理倍受考验，学术被边缘化严重损害了学术生态的健康发展。古远清希望通过文字清扫文坛糟粕，还学术一方净土。如针对学术评判机制上只重论文之量而忽略质的弊端，古远清呼吁建立"宁可少些，但要好些"的学术论文评断机制。此外，质疑与商榷也是一种反抗精神。从古远清所写的文章来看，他无疑是个快人快语的妙人。古远清臧否学术界，对其他学者学理充分的学术成果毫不掩饰地表示赞赏，对学术成果的缺陷乃至学人的品格缺陷，他也直言不讳。例如，他对大陆（内地）对台港文学研究病相的指正[1]、评马森的《世界华文新文学史》为"厚得像电话簿"[2]等，这并非古远清好战，而是他坚信反抗具有学术伦理价值。

随着市场消费时代的到来，学术似乎与时代语境格格不入。曾经被冠以天下公器的学术在被剥离了神圣性之后成为商品的附庸，插上草标待价而沽。因此，坚守成为知识分子宝贵的品质。现代知识分子实现自我公共性的方式不外乎两种：一是书斋，二是媒体。书斋苦读具有无与伦比的重要性，这是反抗浮躁社会最伟大的方式；媒体是治疗失语症的良方。古远清无疑是成功的，他深入当下学术生态各种问题的内部，不为尊者隐，不为看似真理在握却空洞无物的话语权力所桎梏，如同《皇帝的新装》结尾处的小孩那样扒开华丽的谎言说出真相，如同西西弗斯坚持对石头的行动力一样，时刻处于行动状态中，哪怕效果甚微。

最后是独立思考。反抗现实应当立足于自我建构的道德情感，正是这样的学术追求使得古远清的学术研究摒弃鹦鹉学舌和人云亦云，占领独立思考与独创精神的高地。只有当一位学术者拥有"我们可以说所有的人都是知识分

---

[1]　古远清：《中国大陆台港文学研究的走向及其病相》，《中国现代文学研究丛刊》，2013年第6期。

[2]　古远清：《厚得像电话簿的〈世界华文新文学史〉——兼谈台北相关的争论》，《文学报》，2015年6月18日。

子，但并不是所有的人在社会中都具有知识分子的作用”①的高度觉悟时，才能真正做到知行合一，古远清无疑算一个。台湾作家陈映真曾赠一雅号于古远清，是为“独行侠”。笔者看来，所谓的“独”，就有独立思考的意味。独立思考的品质体现在对自我知识体系的坚守和对真理的敬畏之心。夏志清《中国现代小说史》所确立的张爱玲的文学史地位素来褒贬不一，袁良骏就是其中有所质疑的一位。②古远清认为夏志清“把张爱玲捧上天”，而袁良骏却“把张爱玲打入谷底”，“均有悖于文学批评客观公正的原则”。③在此学术论争中有学术界的重量级学者参与，同时还夹杂有意识形态的问题，不可谓不复杂，古远清以自己的独立思考做出回应，理节清晰。古远清自涉足学界以来，常常为《中国文学批评》《文艺争鸣》《扬子江评论》等名刊纠错，向学术权威“开火”，这不仅仅需要扎实的史料积累、严谨的学术思维，还需要勇气。古远清的身上体现了“在世俗的世界里，知识分子只能凭借世俗的工具，坚守意见与言论自由的堡垒毫不妥协”④的学人品行。

所谓的学者或者知识分子之情怀不在学者自叙散文或学术著作的自卖自夸中，而在其学术著作的遣词造句、思维逻辑中，在其对社会困境与苦难的关怀和不尽的虔悯心态中，在苦苦思索困境解决之道的苦心中。古远清的写作姿态和学术气质，令人赞赏。

附：古远清主要学术成果

主要著作

1. 《中国大陆当代文学理论批评史》，台湾文史哲出版社1999年出版。
2. 《台湾当代文学理论批评史》，武汉出版社1994年出版。

---

① ［意］葛兰西：《狱中札记》，International Publishers，1971年，第9页。
② 袁良骏：《夏志清的历史评价》，《中国文学批评》，2016年第2期。
③ 古远清：《给张爱玲戴的帽子太沉重——质疑〈中国文学批评〉的一篇头条文章》，《南方文坛》，2017年第2期。
④ ［美］爱德华·W.萨义德著，单德兴译：《知识分子论》，生活·读书·新知三联书店2013年版，第76页。

3. 《香港当代文学批评史》，湖北教育出版社1997年出版。

4. 《台湾当代新诗史》，文津出版社2008年出版。

5. 《香港当代新诗史》，香港人民出版社2008年出版。

6. 《海峡两岸文学关系史》，福建人民出版社2010年出版。另有海峡学术出版社2012年增订本。

7. 《台湾新世纪文学史》，台湾花木兰文化出版社2016年出版。

8. 《当代台港文学概论》，高等教育出版社2012年出版。

9. 《华文文学研究的前沿问题——古远清选集》，花城出版社2016年出版。

10. 《世纪末台湾文学地图》，台湾扬智文化事业出版公司2005年出版。

主要论文

1. 《大陆、台湾、香港当代文论连环比较》，《社会科学战线》，1994年第5期。

2. 《中国15年来世界华文文学研究的走向》，《南方文坛》，1999年第6期。

3. 《东南亚华文文学与台港澳文学之比较》，《河北学刊》，2000年第6期。

4. 《21世纪华文文学研究的前沿理论问题》，《甘肃社会科学》，2004年第6期。

5. 《天南地北的台湾文学——新世纪台湾文学的走向》，《当代文坛》，2007年第3期。

6. 《重构"香港文学史"——有关香港文学研究的反思和检讨》，《社会科学战线》，2008年第5期。

7. 《台港文学的特殊经验与问题》，《天津师范大学学报》（社会科学版），2011年第2期。

8. 《机会主义的经典人物：陈芳明》，《台湾研究》，2012年第3期。

9. 《国民党为什么不认为〈秧歌〉是"反共小说"》，《新文学史料》，2011年第1期。

10. 《六十年来的香港文学及其基本经验》,《贵州社会科学》,2009年第12期。

11. 《中国大陆台港文学研究的走向及其病相》,《中国现代文学研究丛刊》,2013年第6期。

12. 《台湾新世纪文学的"政治时间"与"文学时间"》,《南方文坛》,2015年第5期。

13. 《外流作家:从逃亡港澳到定居珠海》,《华文文学评论》,2016年。

14. 《名不副实的〈世界华文新文学史〉》,《南方文坛》,2015年第5期。

15. 《"粤派批评"批评实践已嵌入历史》,《文艺报》,2016年6月27日。

16. 《华语文学研究的歧路——评藤井省三〈华语圈文学史〉》,《中国文学批评》,2016年第3期。

17. 《香港当代文艺思潮的混合性结构》,《中国文艺评论》,2017年第6期。

第八章

黄子平的文学研究

20世纪80年代，我国文学批评界发生了深刻的变革。在这场变革中，涌现出一批优秀的中青年文学批评家，他们锐意进取，富有创造力，给当代文学批评带来新风气。黄子平就是当时有影响力的一员。他与钱理群、陈平原两位先生合作提出的"二十世纪中国文学"概念突破了"文学史分期"的固有思路，[1]他提出的"当代文学的宏观研究""深刻的片面""革命历史小说"等命题成为20世纪八九十年代重要的文学遗产。[2]从事文学批评以来，他既有宏观研究，又有微观探析，既有专题研究，又有各种体裁作品的散论，文学批评的触角延伸到文学领域的各个方面，取得了丰硕的成果。他的文学批评沉朴睿智中透着"活泼"，被誉为中国当代文学研究领域的"第一小提琴手"。下面从20世纪80年代、90年代和新世纪三个时间段回顾和"观察"黄子平的文学批评，感受其独特性。

第一节　敏锐的观察视角

　　黄子平喜欢文学，进入北京大学念书之前，就开始诗歌创作，进入北京大学之后，参与编辑《早晨》《未名湖》《这一代》等"校园文学"刊物。他的第一篇文学批评——评查建英的第一篇小说《最初的流星》——就发表在油印杂志《早晨》上。该文获得一片喝彩之后，他又评论了北岛的《波动》，从此之后他关于文学批评的文章日渐增多，逐渐成为名副其实的文学批评家。

　　20世纪80年代，黄子平的主要成绩是出版了文学评论集《沉思的老树的精灵》、学术小品《文学的"意思"》，参与中国年度小说的编选及评论，最重要的是他与钱理群、陈平原合作，发表了影响深远的《论"二十世纪中国文学"》。下面我们一一展开述评。

---

　　①　黄子平、陈平原、钱理群：《二十世纪中国文学三人谈》，人民文学出版社1988年版，第112页。

　　②　洪子诚：《"边缘"阅读和写作——"我的阅读史"之黄子平》，《文艺争鸣》，2009年第4期。

文学评论集《沉思的老树的精灵》收录了19篇文章，包括文学理论的探讨、文学研究笔记、文学叙事模式的探析、文学作品的赏析以及如何把握文学批评对象等内容。其中，流传最广的当属《深刻的片面》一文。该文是黄子平在吴亮的两篇文章《批评即选择》和《认识发展的环节：片面性与不成熟》的基础上进一步发挥的结果。该文首先指出文学批评必然选择模式、范畴和尺度，否则文学批评就失去了自己的确定性，"但是，一种选择必将带来一种新的局限，也就是说，带来一种片面，甚至是一种偏激和狭隘"[1]。接着，该文指出文学批评乃围绕着一个固定点展开与运动，"但是，一旦展开和运动，它就不再被视为固定点，不再拥有那种虚假的全面性，而转化为系列不完整、不成熟的环节。在每一个这样的环节上，空洞的'广阔'和无内容的'深邃'都消失了，呈现出来的恰恰是真实的片面和片面的真实，唯其真实，便有力，不但有力，而且深刻"[2]。然后，该文列举新文学运动先驱们的偏激片面中蕴含着的"生机勃勃的推动历史的深刻力量"[3]。至此，"深刻的片面"在他的论证下有理有据，铿锵有力，自然而然。关于"深刻的片面"，读者理解之后往往佩服黄子平的眼光与胆识，而谢冕先生却是这样点评："他的这种惊世骇俗的宣告是基于文学实际的启示，他深深觉察到了传统文化因素的顽强，刻意以立论的'片面'打破那万古不移的平衡和稳定。"[4]显然，与一般读者相比，谢冕先生更深知黄子平的用意。

说到《深刻的片面》，我们不得不说《当代文学中的宏观研究》，因为两者是互相照应的。该文提出"在微观研究的基础上开展宏观研究，就是要求把当代文学作为文学领域内的历史发展来研究，作为一门历史科学来研究"[5]，"它要求打破单向思维和平面思维，而采用双向思维和立体思维。它要求把文学现象看作多层次多结构的整体。它要求在丰富的'历史储存'中

---

① 黄子平：《沉思的老树的精灵》，华东师范大学出版社2014年版，第8页。

② 黄子平：《沉思的老树的精灵》，华东师范大学出版社2014年版，第9页。

③ 黄子平：《沉思的老树的精灵》，华东师范大学出版社2014年版，第11页。

④ 谢冕：《并非遥远的期待——序》，见黄子平：《沉思的老树的精灵》，华东师范大学出版社2014年版，第4页。

⑤ 黄子平：《沉思的老树的精灵》，华东师范大学出版社2014年版，第5页。

来接受、阐述全部新出现的文学信息"①。这样一来，"宏观研究的开展又必然反过来加强我们的微观研究，提高作家作品评论中的历史深度和科学水平"②。显然，黄子平对当代文学批评有着清醒的认识：当强调"片面"的微观研究时，近距离的"观察"会局限批评者的视野，限制他们的判断，影响他们对对象的整体把握；而宏观研究则不同，它跳出具体的文学批评，在宏观版图中把握对象的位置，使文学批评具有"史"的视野，显然是微观研究的有益补充。

除了上述两篇文章之外，《沉思的老树的精灵》中的其他文章也闪烁着睿智的光芒：《"诂"诗和"悟"诗》一文指出"就其'合规律'的一面而言，诗是可以'诂'的；就其'无规律'的一面而言，则非靠'悟'不可"③；《艺术创造和艺术理论》一文揭示"艺术创造总是'逸出'旧的理论框架，引出新的解释的需要；但理论也并非静止凝固的寄生物，它自身的'再生产'也常常激发新的创造"④；《论中国当代短篇小说的艺术发展》"从'结构—功能'的角度粗略地勾勒出当代中国短篇小说艺术发展的轮廓，发现它与新诗的发展呈现某种平行的关系"⑤；《同是天涯沦落人——一个"叙事模式"的抽样分析》指出文学的叙事模式"是艺术技巧的一种物态化的凝定，不单是某种特定的人物关系的展开过程的艺术概括，更是反复出现的同一历史内容向同一审美形式的积淀"⑥；《从云到火——论公刘"复出"之后的诗》以凝练的语言准确概括出公刘"从云到火"的创作历程，凸显公刘对人民命运的深度关切，见解可谓深刻独到。另外，对林斤澜的小说的综合分析，对艾青诗歌的品评，对《绿化树》《你别无选择》《山上山下》等作品的纵深分析都体现了黄子平敏锐的艺术感受力和睿智的洞察力。

关于《沉思的老树的精灵》，有一点需要重点指出，那就是它的序中包

① 黄子平：《沉思的老树的精灵》，华东师范大学出版社2014年版，第6页。
② 黄子平：《沉思的老树的精灵》，华东师范大学出版社2014年版，第6页。
③ 黄子平：《沉思的老树的精灵》，华东师范大学出版社2014年版，第15—16页。
④ 黄子平：《沉思的老树的精灵》，华东师范大学出版社2014年版，第29页。
⑤ 黄子平：《沉思的老树的精灵》，华东师范大学出版社2014年版，第213页。
⑥ 黄子平：《沉思的老树的精灵》，华东师范大学出版社2014年版，第245页。

含很多真知灼见。这些真知灼见也是黄子平文学批评的基石。他说："批评，是自我意识的产物。因此，不可避免地，批评在某种程度上是一种自我表现，是自我的一种存在方式……文学批评尤其需要创造性。创造性靠一种无拘无束的自由心态。"①读懂这些话，我们就能理解黄子平的文学批评为什么沉朴睿智中总跳跃着"活泼"。"活泼"是因为他的文学批评的主体性很强，追求无拘无束、文无定法。正因如此，谢冕先生在此书序中这样评价："黄子平的批评是杜绝了陈词滥调的……他力求以自己的语言，讲与作品实际紧密相连的自己对于艺术的领悟。"②此语切中肯綮，体现了黄子平的文学批评风格。

接着，我们谈一下学术小品《文学的"意思"》。《文学的"意思"》是一本小册子，由十二篇侃侃而谈的机智文章组成（1988年由浙江文艺出版社出版，2014年被《沉思的老树的精灵》收入再版）。它的内容涉及文学"意思"的探讨，文学如何表达造成"有点意思"或"没意思"，怎样把握文学"意思"的传达（包括陌生化效果），如何理解隐喻、误解、空白、误读等文学问题，总体体现黄子平对阅读与写作的深层思考。其中有些见解独到深刻，如对文学价值的阐释："阅读，正如写作一样，是用语言呼唤我们生命深处共同的回忆，正是这古老的记忆把我们，被日常分工所割裂所隔绝的个人联结到一起，去面对人类共同的困境和前景。这就是我所说的文学的'意思'，文学的根本价值。"③又如对读者谏言："明智的做法是不要轻易抹杀自己'不懂'或'不习惯'的作品……更好的方式是充满了信心，因为艺术家只是以他个人的方式对人类的共同生活作出反应，我们依据自己的生活多多少少也能理解这种反应。"④再如对陌生化的理解："使习以为常的事物涌现出新鲜的'意思'的程序，叫作'陌生化'程序。"⑤这些见解——体现了黄子平善用清浅机智的语言阐释复杂文学问题的才力，体现了他对阅读与写作的洞见和妙悟。

---

① 黄子平：《我与批评——代自序》，见黄子平：《沉思的老树的精灵》，华东师范大学出版社2014年版，第1—2页。

② 谢冕：《并非遥远的期待——序》，见黄子平：《沉思的老树的精灵》，华东师范大学出版社2014年版，第6页。

③ 黄子平：《沉思的老树的精灵》，华东师范大学出版社2014年版，第259页。

④ 黄子平：《沉思的老树的精灵》，华东师范大学出版社2014年版，第266页。

⑤ 黄子平：《沉思的老树的精灵》，华东师范大学出版社2014年版，第281页。

这种洞见与妙悟也体现在中国年度小说的品读上。从1986年开始，黄子平与李陀等人着手编选中国年度小说。在年度小说集的序中，黄子平常常洞见年度小说存在的共同问题；对年度小说佳作进行精要点评时，他不时"溢出"妙悟之语，令人惊奇，再次验证其文学批评的睿智与"活泼"。

　　最后，我们重点谈一下20世纪80年代黄子平与钱理群、陈平原合作发表的《论"二十世纪中国文学"》。"二十世纪中国文学"概念的形成一方面源于他们从各自的研究出发，"发现了一些总体特征，然后上升到总体性质"①，另一方面源于他们"从方法论的角度，寻求一种历史感、现实感和未来感的统一，意识到文学史、文学批评、文学理论三者的不可分割"②。他们从"二十世纪中国文学"与世界文学的关系、"二十世纪中国文学"体现的现代民族意识以及"二十世纪中国文学"的艺术思维特点等方面论证了"二十世纪中国文学"的整体性。经过交流与讨论，他们认为"'二十世纪中国文学'的总主题是改造民族的灵魂"，其"总体美感特征是一种现代的悲剧感，其核心是'悲凉'"③。在他们看来，"二十世纪中国文学"概念的提出"意味着文学史从社会政治史的简单比附中独立出来，意味着把文学自身发生发展的阶段完整性作为研究的主要对象"，其蕴含的"整体意识"可以弥补文学史、文学批评与文学理论三个部类的割裂。④当然，他们也意识到自身的不足，坦言知识结构、视野、经历、思维特点等制约着他们对此课题的深入开掘。⑤

　　《论"二十世纪中国文学"》发表之后，引起国内外学界强烈的关注与热烈的反响。《文学评论》编辑部在《致读者》中认为《论"二十世纪中国文

　　① 黄子平、陈平原、钱理群：《二十世纪中国文学三人谈》，人民文学出版社1988版，第38页。

　　② 黄子平、陈平原、钱理群：《二十世纪中国文学三人谈》，人民文学出版社1988版。

　　③ 黄子平、陈平原、钱理群：《二十世纪中国文学三人谈》，人民文学出版社1988版。

　　④ 黄子平、陈平原、钱理群：《二十世纪中国文学三人谈》，人民文学出版社1988版，第25—26页。

　　⑤ 黄子平、陈平原、钱理群：《二十世纪中国文学三人谈》，人民文学出版社1988版，第104页。

学"》"阐发的是一种相当新颖的'文学史观'，它从整体上把握时代、文学以及两者关系的思辨，应当说，是对我们传统文学观念的一次有益突破"①。赵园先生撰文认为"二十世纪中国文学"的概念"突破了'文学史分期'问题的固有思路"，"总体构想大胆且富于理论深度"。②陈思和先生表示："把20世纪的文学（或称作中国新文学）视为一个不可分割的整体，是目下许多同行们所感兴趣的课题，黄子平、陈平原、钱理群、王晓明、李劼等同志正在这方面进行着极有意义的工作，我愿意加入这一行列。"③李俊国、张晓夫两位先生亦撰文认为《论"二十世纪中国文学》"打破了传统的文学史研究格局"④。1986年7月2日和1986年10月25日，北京大学就"二十世纪中国文学"这一命题分别举行了两次学术座谈会。在第一次学术座谈会中，洪子诚、谢冕、孙玉石等先生纷纷肯定"二十世纪中国文学"概念的突破性，严家炎、张钟、方锡德等先生在肯定它的合理性之后提出补充意见。⑤第二次学术座谈会主要是对"二十世纪中国文学"这一命题感兴趣的竹内实、丸山升、伊藤虎丸、木山英雄、李欧梵等学者，与黄子平、钱理群、陈平原三位先生展开对话，日本学者想从"二十世纪中国文学"这一命题中得到启发，去把握日本的现代文学。⑥此外，受"二十世纪中国文学"这一概念的启发，张颐武写了《中国农民文化的兴盛与危机——对二十世纪文学的一个侧面的思考》的论文，揭示了农民文化对20世纪中国文学的深刻影响，可以说是《论"二十世纪

---

① 文学评论编辑部：《致读者》，《文学评论》，1985年第5期，第144页。

② 赵园：《1985：徘徊、开拓、突进》，《中国现代文学研究丛刊》，1986年第2期。

③ 黄子平、陈平原、钱理群：《二十世纪中国文学三人谈》，人民文学出版社1988版，第117页。

④ 李俊国、张晓夫：《"二十世纪中国文学"走向世界文学的基点问题》，《江汉论坛》，1986年第5期。

⑤ 孙玉石、严家炎：《关于"二十世纪中国文学"的两次座谈》，《当代作家评论》，1989年第5期。

⑥ 孙玉石、严家炎：《关于"二十世纪中国文学"的两次座谈》，《当代作家评论》，1989年第5期。

中国文学"》的侧面补充。①当然，还有其他文学研究者撰写的赞同文章，此不赘述。需要重点指出的是，"二十世纪中国文学"这一概念对学界"重写文学史"产生深远影响，以"二十世纪中国文学"命名的文学史层出不穷，如唐金海、周斌合著的《20世纪中国文学通史》、顾彬写的《二十世纪中国文学史》、严家炎主编的《二十世纪中国文学史》、卓如与鲁湘元主编的《二十世纪中国文学编年》等等。

"二十世纪中国文学"作为新锐的概念，在当时也引起了争议。如肖君和、何新、余飘等研究者撰文与黄子平、钱理群、陈平原三位先生商榷。②无论学界赞成与否，我们都可以窥见"二十世纪中国文学"这一命题在当时的巨大影响。所以，从影响力角度而言，《论"二十世纪中国文学"》无疑是黄子平在20世纪80年代的重大成果。

第二节　透彻的分析能力

20世纪90年代，除了继续编选和品评中国年度小说之外，黄子平于1996年出版了《革命·历史·小说》（由香港牛津大学出版社出版，2001年在内地修订更名为《"灰阑"中的叙述》）。黄子平自告此书是"自我精神治疗的产物"③，未料此书广受好评。此外，他在90年代还出版了《边缘阅读》《幸存者的文学》《漫说文化》（与钱理群、陈平原合作），并主编《男男女女》和《中国小说与宗教》。下面我们一一展开述评。

首先，重点谈一下《"灰阑"中的叙述》。这本书主要是重新解读"革命历史小说"。"革命历史小说"这一概念，"在当代文学史中并无统一的称谓。较简洁的，叫'革命历史题材'小说，或'革命斗争历史题材'小

---

① 张颐武：《中国农民文化的兴盛与危机——对二十世纪文学一个侧面的思考》（摘要），《中国现代文学研究丛刊》，1986年第2期。

② 黄子平、陈平原、钱理群：《二十世纪中国文学三人谈》，人民文学出版社1988版，第118—123页。

③ 黄子平：《〈"灰阑"中的叙述〉沪版后记》，《"灰阑"中的叙述》，上海文艺出版社2001年版，第282页。

说。"①在黄子平看来，"它们承担了将刚刚过去的'革命历史'经典化的功能，讲述革命的起源神话、英雄传奇和终极承诺，以此维系当代国人的大希望与大恐惧，证明当代现实的合理性，通过全国范围内的讲述与阅读实践，建构国人在这革命所建立的新秩序中的主体意识"②。这些"革命历史小说"作品印刷数量庞大，且常常改编为电影、话剧、连环画等，渗入普通百姓的日常生活，极大影响了人们对"革命历史"的认识。对这些"革命历史小说"作品的解读，就是"回到历史深处去揭示它们的生产机制和意义架构，去暴露现存文本中被遗忘、被遮掩、被涂饰的历史多元复杂性"③。

在《"灰阑"中的叙述》里，黄子平通过截取深具特殊意义的"点"来解读"革命历史小说"，这与以往体大虑周的学术著作形成鲜明对比，可以看出他学术眼光的独特性。在首章中，他把目光聚焦在"革命历史小说"的"经典化"与"再浪漫化"。通过详尽研究，他指出"革命历史小说"的"经典化"往往与题材有关。在他看来，"革命历史小说"的题材（"写什么""怎么写"）是由"文化—权力"结构划定的，它的"经典化"过程往往受意识形态、教育体制、文化机构、阅读群体等因素的影响。④而"革命历史小说"的"再浪漫化"表现为被"革命"排斥的"小资情调"再次回到"革命"身边，夹在叙事的缝隙中，凸显"革命"的浪漫特质。在第二章中，他探析"革命历史小说"的叙述与时间的关系，指出"革命历史小说"的叙述存在时间上的"进化史观"，即"'革命历史小说'遵循'从失败走向胜利，从胜利走向更大胜利'的模式来构思情节，并依照各阶级在时间矢线上的'前进'程度来安排人物关系。但是，一旦革命被神圣化，被理解为历史的常态，鲁迅所说的

① 黄子平：《〈"灰阑"中的叙述〉沪版后记》，《"灰阑"中的叙述》，上海文艺出版社2001年版，第2页。

② 黄子平：《〈"灰阑"中的叙述〉沪版后记》，《"灰阑"中的叙述》，上海文艺出版社2001年版，第2页。

③ 黄子平：《〈"灰阑"中的叙述〉沪版后记》，《"灰阑"中的叙述》，上海文艺出版社2001年版，第3页。

④ 黄子平：《"灰阑"中的叙述》，上海文艺出版社2001年版，第5页。

'革命、革革命、革革革命'的恶性循环就无法避免"①。这导致一种奇特现象的产生，那就是曾被肯定的"革命历史小说"被现实革命"虐杀"。②这一现象深具讽刺意味。

从第三章到第九章，黄子平分别选取茅盾的长篇小说、革命英雄传奇、"革命历史小说"的宗教修辞、鲁迅的《故事新编》、巴金的《激流三部曲》、丁玲的《在医院中》、王安忆的《小鲍庄》——这七个"点"来解读"革命历史小说"。这七个"点"表面看来似乎关联不大，不成体系，但在黄子平看来，它们深藏解读"革命历史小说"的符码：在茅盾的社会全景式小说中，他发现"革命"改变了人们的社会行为，也改变了人们阅读与讨论自己身体的方式，"性"成为"革命"所要解放或压抑的对象；③在《林海雪原》《红旗谱》《红高粱》等革命英雄传奇中，他发现当代意识形态对传统英雄传奇的"收编"与"招安"；④在"革命历史小说"（如《烈火金刚》《保卫延安》《林海雪原》等作品）的修辞中，他发现当代意识形态如何借助宗教修辞表达自己，确立自己的地位，如政治上的"革命"与"反革命"借助宗教的"神"与"魔"或"正"与"邪"来表达自己，创造民众阅读与理解的语境；⑤在鲁迅的《故事新编》中，他发现鲁迅向我们提供了重写历史的"油滑"叙述方式，这种"油滑"叙述方式并未被20世纪50—70年代"革命历史小说"所接受，但20世纪80年代以后，这种"革命历史小说"的"油滑"叙述方式成为一种欣然的选择；⑥在巴金的《激流三部曲》中，他发现"革命历

---

① 黄子平：《〈"灰阑"中的叙述〉前言》，《"灰阑"中的叙述》，上海文艺出版社2001年版，第3页。

② 黄子平：《〈"灰阑"中的叙述〉前言》，《"灰阑"中的叙述》，上海文艺出版社2001年版，第3页。

③ 黄子平：《〈"灰阑"中的叙述〉前言》，《"灰阑"中的叙述》，上海文艺出版社2001年版，第3—4页。

④ 黄子平：《〈"灰阑"中的叙述〉前言》，《"灰阑"中的叙述》，上海文艺出版社2001年版，第4页。

⑤ 黄子平：《〈"灰阑"中的叙述〉前言》，《"灰阑"中的叙述》，上海文艺出版社2001年版，第4页。

⑥ 黄子平：《〈"灰阑"中的叙述〉前言》，《"灰阑"中的叙述》，上海文艺出版社2001年版，第5页。

史小说"延续了巴金的"激情通俗剧"的写作传统，故事中充满了正与邪的较量；[①]在细读丁玲的《在医院中》后，他发现20世纪中国思想史中的隐喻之一——"疾病"与"革命"的关联，如《在医院中》的病人被治愈恰恰隐喻了知识分子被改造好了，改造的方式是政治运动；在王安忆的《小鲍庄》中，他发现"当代神话"（有关革命起源的回忆、阶级斗争的警告、美好社会的承诺）与其他语言符码的较量，尽管"当代神话"在《小鲍庄》里占上风，但无法阻止人们对它的思虑，无法阻止其他语言符码对其的"冲撞"。[②]

显然，上述对"革命历史小说"的解读视角是独特的，它表明黄子平摆脱了经典文本的既定阐释。对历史的熟悉和对文本的敏感使他回到历史"深处"，察觉到经典文本被忽视的"空白"与"缝隙"恰恰隐藏着解读"革命历史小说"的符码。

作为黄子平90年代的代表作，《"灰阑"中的叙述》的独特性不仅仅体现在上述的内容及视角上，还体现在它的阐释策略上。这本书每一章"所论问题，都是点到为止，不做很长很大的铺排；他的理论、知识，都完全溶解在简约的文字里头，就像钱锺书说的，'如盐入水，有味无痕'"[③]。另外，该书在简洁平和的语言中潜藏着深刻的思想与尖锐的批判，它是黄子平文学批评风格的另一体现。还有，在研究方法上，它"把社会、历史等对象不再看成我们有待努力去认识的现实、存在或实体，而是跟文学作品一样也是我们破译或诠释的众多'文本'"[④]。这种方法的优势在于"可以化解'主客二分'带来的诸多解释学难题，使得各种'决定论'变成虚假的问题，而批评家自己作为

①　黄子平：《〈"灰阑"中的叙述〉前言》，《"灰阑"中的叙述》，上海文艺出版社2001年版，第5页。

②　黄子平：《〈"灰阑"中的叙述〉前言》，《"灰阑"中的叙述》，上海文艺出版社2001年版，第189页。

③　黄子平、杨联芬：《革命·历史·小说：怎样叙述，如何解读》，《文艺争鸣》，2016年第2期。

④　张定浩、黄德海：《黄子平访谈：批评总是同时代人的批评》，《书城》，2012年第11期。

'读者'的位置，以及他的破译行为本身，成为关注的焦点"①。也正是这种方法的运用，《"灰阑"中的叙述》给人耳目一新的感觉。

由于《"灰阑"中的叙述》对"革命历史小说"的论述鞭辟入里、见解独到，受到学界的普遍关注，亦获得广泛的好评，一时成为师生竞相阅读的名作。洪子诚先生看完该书后，认为"黄子平对于现代小说中'病'的隐喻的精彩分析，对于革命小说中的时间观，以及隐含的具有'颠覆'功能的'宗教修辞'的揭示，凡此种种"，都显现其"边缘"写作策略的犀利之处。②王光明先生认为"最能体现黄子平从文本内部发掘自身的力量，以'边缘故事'质询'主题叙事'的重头之作，是他的专著《革命·历史·小说》"③。杨联芬先生认为《"灰阑"中的叙述》"不但为当代文学史研究贡献了不少新的理论见解，而且其对文本的细读及方法，已然为当代文学史研究提供了一种新的典范"④。另外，还有许多文学研究者写了书评，高度评价《"灰阑"中的叙述》的学术价值，限于篇幅，此不赘述。

下面谈一下他在90年代的另外两部著作。

其一是《边缘阅读》。在人们的脑海中，"边缘"自然与"中心"相对，取名"边缘阅读"是不是意味着远离"中心"的阅读？事实并非如此。黄子平认为"边缘"不是与中心僵硬对立的，"边缘"阅读"只是表明一种移动的阅读策略，一种读缝隙、读字里行间的阅读习惯，一种文本与意义的游击运动"⑤。《边缘阅读》收录的文章时间跨度大（近十年）、体例庞杂，却多多少少体现"边缘"阅读的策略。

书中的文章虽然内容驳杂，但在字里行间可以看到黄子平文学批评的特

---

① 张定浩、黄德海：《黄子平访谈：批评总是同时代人的批评》，《书城》，2012年第11期。

② 洪子诚：《"边缘"阅读和写作——"我的阅读史"之黄子平》，《文艺争鸣》，2009年第4期。

③ 王光明：《释放文学内部的能量——黄子平的文学批评》，《当代作家评论》，2001年第2期。

④ 黄子平、杨联芬：《革命·历史·小说：怎样叙述，如何解读》，《文艺争鸣》，2016年第2期。

⑤ 黄子平：《边缘阅读》，辽宁教育出版社2000年版，第281—282页。

点。特点一是采取读"缝隙"、读"空白"的"边缘"阅读策略，如他在赵园先生的《艰难的选择》中读出知识分子"治史的诗心"与"盗火""理水"的情结，又如在《中国小说一九八七》中读出"价值冲突的混乱"。特点二是"文无定法"，表现在同样是写序，他有时从历时性角度切入写，有时从共时性角度切入写，有时是历时性与共时性交叉的方式切入写，这充分体现他文学批评的睿智与"活泼"。特点三是"一针见血"的标题，黄子平的文章大标题或文中小标题时常令读者拍案而起，连声叫好，因为这些标题恰恰点中了评论对象的重要"穴位"，不妨试看以下文章大标题："'新写实'来不及'主义'——《新写实小说选》序""'人文山水'中的文人冥想"（评余秋雨的《文化苦旅》）、"被诗歌烧伤的人"（评苏童）、"在这平庸残酷的时代寻找同类"（评严歌苓的《少女小渔》），还有小标题"现时代的生死场"（概括作品的内容）、"'冷抒情'的文字"（概括作品不动声色的抒情格调）、"阁楼里的肉身互动史"（揭示作品的主题）等，都给人眼前一亮的感觉。特点四是语言沉朴又不失机智。"沉"是指用语慎重、不虚浮，给人真挚恳切感；"朴"是指用语朴实，不矫饰；机智是指用语表面诙谐实质暗含严峻的批评。总体而言，阅读《边缘阅读》收录的文章，读者会被其充满灵性的文学批评所吸引，会不由地赞叹——原来文学批评可以这样写。

　　其二是《幸存者的文学》。这本书收录的文章大多数在前文已谈到。下面着重谈一下它的序及本文前面没谈到的三篇文章：《千古艰难唯一死——读几部写老舍、傅雷之死的小说》《汪曾祺的意义》与《笔记人间——李庆西小说漫论》。这本书的序有感于朋友提出把中国新时期文学更名为"劫后文学"而写。黄子平指出"劫后文学"的命名固然可以凸显空前破坏之后中国大陆（内地）文学艰难重建的历史背景，也可以在欧美文学中的"战后文学""废墟文学"那里找到某种阐释通道，但"劫后文学"的命名意义更在于它抗拒遗忘和警醒未来。他在序中强调："'劫后文学'是幸存者的文学。……幸存者所要对抗的'选择性遗忘'，不单来自权势者和权力机制，亦来自幸存者自身。"①显然，他对"幸存者的文学"面临的自我困境深有体会——幸存者如

---

① 黄子平：《幸存者的文学》，台湾远流出版事业股份有限公司1991年版，第9页。

何阐述真实历史及真实自我恐怕是一种灵魂的拷问。

《千古艰难唯一死——读几部写老舍、傅雷之死的小说》的特别之处在于敏锐意识到小说并非文学传记，当活着的作家用小说写死去的作家时必然遇到艺术表现层面的难题（即如何突破真人真事及意识形态的限制，用艺术手法抒写老舍、傅雷之死）。从这个角度出发，该文认为汪曾祺的《八月骄阳》"侧写"作家之死，苏叔阳的《老舍之死》写作家"显灵"，陈村的《死》写活着的作家与死去的作家对话，都是不错的艺术表现手法。另外，该文指出用小说探讨老舍、傅雷之死也是颇具意义的，因为"探讨死也就是探讨生。死的不讲理由便最鲜明地逼问了人们生的理由。人不可能再麻木不仁地活着。一旦我们与死者直接对话，死就不再以那种外在于我的假象而存在"①。此语可谓发人深省。《汪曾祺的意义》的亮点是一方面在"现代抒情小说"的历史脉络中肯定汪曾祺小说的意义：它延续了鲁迅、沈从文、废名开创的"现代抒情小说"的传统；另一方面，它赞赏汪曾祺"用审美主义或抒情的人道主义来维持中国知识分子的独立人格和生活勇气"②——这是前人忽视或贸然否定的。《笔记人间——李庆西小说漫论》的精彩之处是既从笔记小说的宏观版图中审视李庆西的笔记体小说，又从美学意味去品读李庆西的笔记体小说，体现了黄子平坚持的宏观审视与微观细读相结合的文学批评方法。

除了上述谈到的三本著作，黄子平在90年代还与钱理群、陈平原两位先生合作出版了《漫说文化》一书，此书收录了黄子平的文章：《男男女女的主题》，该文也是黄子平主编散文集《男男女女》的主题。散文集《男男女女》收录了周氏兄弟、朱自清、徐志摩、张爱玲等中国现当代作家"言说"男人与女人的散文，自然而然，《男男女女》的导读也是一篇重要的文学批评。该文从"文体史""妇女史"出发考察"性别与文类"的变化。它认为："文类之别"与"男女之别"实际上受政治、伦理、文化、文学自身因素的影响；相对于描写妇女地位的变化，现当代作家更多地是抒写男女不公平的现象。该文充分体现了黄子平文学批评的"历史感"，即在"史"的宏观视野下把握作家作

---

① 黄子平：《幸存者的文学》，台湾远流出版事业股份有限公司1991年版，第130页。
② 黄子平：《幸存者的文学》，台湾远流出版事业股份有限公司1991年版，第109页。

品的特点。此外，黄子平在90年代还主编了《中国小说与宗教》，主编此书的
意义诚如他所言："编选，也是一种批评，一种阐释。"①因为编辑文章免不
了在阅读评判后才加工整理。

第三节　理性的深刻反思

进入新世纪后，黄子平一方面继续在大学任教，另一方面念念不忘他的
文学批评。他出版了文学评论集《害怕写作》、自选集《远去的文学时代》、
小说双年选《香港短篇小说选（2002—2003）》（与许子东合编），另外，还
编辑和品评香港散文。

文学评论集《害怕写作》共四辑，收录了19篇文章。乍一看书名，读者
都会好奇：作为当代文学批评家，黄子平怎么会害怕写作？实际上该书名是
作者真挚情感的流露，他说："要是不害怕，就一个字也写不出来了。害怕得
跟喜欢一块儿说，正因为喜欢，所以会害怕，没包含了害怕的喜欢，不是真喜
欢。"②可见，黄子平不是真的"害怕写作"，而是由内心喜欢写作产生的敬
畏之心。他还说："作为一个写文学评论的人，你对他人的写作说三道四，调
动所有的理论资源，义正词严，去驯服文学原野上狂奔四散的作品。看清楚你
的位置，是谁给了你写作的权力、写作的资格，就凭那几张体制认可的学位证
书么——我感到害怕。"③这种害怕源于对当下文学批评的反思，源于自我反
省，它体现着批评家的良知和自我解剖的勇气。

与以往黄子平的文学批评有所不同，《害怕写作》的触角延伸到他先前
未涉及的领域。在第一辑中，他探讨的是"文学与教育"领域中的广义文学
批评。文学教育离不开文学教学，文学教学离不开以"体裁"为重点的作品解
读。作品解读自然是一种文学批评。但是，当下学校以"体裁"为重点组织的
文学教学却陷入了困境。困境源于当"文学体裁的日常生活性消失以后，试图

---

① 黄子平：《边缘阅读》，辽宁教育出版社2000年版，第35页。
② 黄子平：《害怕写作》，江苏教育出版社2006年版，第258页。
③ 黄子平：《害怕写作（代序）》，《害怕写作》，江苏教育出版社2006年版，第
7页。

用'辞典和语法书'去重建'母语'的文学表述"①，脱离了文学欣赏与文学教育的正常轨道。黄子平认为真正的"以体裁为重点来组织文学教学，目标是要把学生培养成'用体裁来观察现实'的人，敏感于生活中以各种体裁呈现的文化价值，在生活的'散文'中发现'诗'，洞察日常世界中的'悲剧'与'喜剧'，学会在这变幻莫测的21世纪，更真诚地与'他人'对话"②。正因为秉持这一理念，他抨击"本文通过什么什么，叙述了什么什么，表达了什么什么，反映了什么什么，揭示了什么什么，赞美了什么什么，抨击了什么什么"这种"万应灵丹"的解读文本的方法。③他指出这种方法"破坏了几代人的感知能力"，使文学作品成为冷冰冰的知识，学生成了鲁迅笔下麻木不仁的"看客"。④由此可见，黄子平对当下文学教学弊端有着清醒认识，他呼吁文学教学回归育人的层面，体现了其文学批评注重"人文关怀"的特点。

在第二辑中，《害怕写作》把文学批评的触角延伸到"衣食文学"当中。黄子平坚持认为衣服不仅仅是御寒与遮羞，衣服及上面的装饰是一种文化的表征，在衣饰上面我们看到威仪、德行、财富等，在这个意义上，我们是穿着"社会符号"行走的。正是这一看法，让他对张爱玲的作品做出别样的解读。他认为："张爱玲的早年作品《更衣记》，就是一部博学多闻的'民国服装史'。"⑤而"《对照记》可以说整个是一册作家的'服装传记'"。张爱玲作品中的人物对"'中国/中国女人'无条件或有条件的爱（恨），靠得住或靠不住的爱（恨），无不借由对衣装的'观感'而充分地呈现出来了"⑥。这些新颖的看法并非标新立异，它是黄子平品读张爱玲众多作品，从人物服装饰物等细节描写中提炼出来的，体现了文学批评家对文本细节的"抓捕"能力和敏锐的洞察力。

如果说黄子平在张爱玲作品中读出服饰的"微言大义"，那么，他在现

---

① 黄子平：《害怕写作》，江苏教育出版社2006年版，第14页。
② 黄子平：《害怕写作》，江苏教育出版社2006年版，第21页。
③ 黄子平：《害怕写作》，江苏教育出版社2006年版，第26页。
④ 黄子平：《害怕写作》，江苏教育出版社2006年版，第27页。
⑤ 黄子平：《害怕写作》，江苏教育出版社2006年版，第37页。
⑥ 黄子平：《害怕写作》，江苏教育出版社2006年版，第38—44页。

代文人散文中读出了味觉记忆与怀乡症。他考察从周作人、梁实秋一直到汪曾祺的怀乡散文，发现故乡食物是他们抒写的主题之一。现代文人"寄乡愁于食物，不厌其烦地叙写自己的味觉记忆，这构成了一种颇具独特意味的文化现象"①。在黄子平看来，故乡食物不仅牵涉现代文人的味觉记忆，还牵涉人情伦理，因为进食往往不是个人的事情，它常常牵涉社会群体。②其次，当故乡食物引发现代文人的味觉记忆时，意味着他乡与故乡之比或今昔与往昔之比产生了，接着怀乡症油然而生。这种解读让读者豁然开朗，明白了现代文人"言说"故乡食物是"醉翁之意不在酒"，在于表达自己在漂泊流离的人生当中，故乡是抹不去的生命记忆。从"食"的视角品评文学作品，在这一辑当中还有《宵夜、消夜与夜宵》。该文考察了文学作品中关于"消夜（宵夜）"及"夜宵"的描写，指出五四新文学中"消夜"一词仍占主导地位，其意思为夜点心或吃夜点心，它与古代的"消夜果"和"消夜果儿"有密切的联系。但后来发生了逆转，现代词典把"消夜（宵夜）"界定为方言，"夜宵"代替"消夜（宵夜）"成为规范语。这表明文学作品中的词语并非一成不变，也会"与时俱进"。

《害怕写作》的第三辑是"边缘阅读"，依旧采取读"缝隙"和读"空白"的阅读策略品评文本。该辑的首篇文章考察了鲁迅与赛义德的批评实践，认为他们从事社会（文化）批评时所处的位置与使用的方法都不相同。在赛义德那里，由于经验的积累与个人身份的复杂，其批评的位置是游动的。在鲁迅那里，由于与社会"格格不入"，其社会（文化）批评的位置与众不同。鲁迅把自己视为"历史中间物"乃众人所知，但黄子平补充指出鲁迅"地理中间物"的发言位置不容忽视。鲁迅的独白"两间余一卒，荷戟独彷徨"，其杂文取名"南腔北调""二心集""且介亭"等都显示其"地理中间物"的发言"位置"。③就批评方法而言，赛义德采取对位批评法（"通过现在解读过去"），④鲁迅采取对比批评法（援引"野史"质疑"正史"）和"推背图"

---

① 黄子平：《害怕写作》，江苏教育出版社2006年版，第57页。
② 黄子平：《害怕写作》，江苏教育出版社2006年版，第67页。
③ 黄子平：《害怕写作》，江苏教育出版社2006年版，第84—85页。
④ 黄子平：《害怕写作》，江苏教育出版社2006年版，第86页。

法（"从反面来推测未来的情形"），两者的差异性非常明显。①显然，黄子平上述的对比意义重大，因为文学批评何尝不重视批评的位置与方法呢？在某种程度上而言，批评的位置与方法决定了文学批评的内容与姿态。该辑第二篇文章《白话经典·八股眼光·才子文心》与上述首篇文章不一样，它由中外的横向比较转向古今的纵向溯源。它认为在中国文学新经典的建构过程中，金圣叹的"六才子书"系列及其评点所起的作用甚是微妙——新文化运动中尊崇白话、扬弃八股的做法与金圣叹遥相呼应，而金圣叹探讨文人"才子"的传统与五四现代浪漫思潮存在相通之处。②这一揭示，表明中国新文学的发展与传统文学息息相关。

《害怕写作》第三辑后面部分主要是书评，这些书评语言简洁、行文活泼、点评扼要，闪烁着睿智的光芒。如黄子平在北岛的《零度以上的风景》中读出北岛近年诗作的鲜明特点——"语词与道路的精警组合"③；在《2000年文库——当代中国文库精读》中读出"选家的文化意识、品鉴眼光和批评标准"④；在《作文杂谈》中读出张中行先生提倡多读多写以提高学生写作能力的良苦用心；在《香港后青年散文集合》中读出"出位"散文虽然内容与形式新颖，但颠覆不了常规散文；在《明清之际士大夫研究》中读出赵园先生突破思想史研究的传统路径，注重从士人的自我想象、心态、生存方式方面去研究他们的思想。此外，在《读书小札》中，我们读到黄子平的针砭时弊，在文中他抨击当前是"精明正确的时代"——书名要"正确"，文学艺术技巧"精明"以致用烂，唯独文学作品不再感动、刺痛乃至激怒我们，唯见适应市场、搜奇猎艳的书显摆在书架上。⑤这些揭示可谓振聋发聩，发人深省。

《害怕写作》的第四辑是"香江话语"，主要内容包括香港文学在内地的传播、香港文学史的探讨、香港小说的未来发展、香港诗歌在多媒体时代的发展及如何用汉语在香港写作等。这些内容的展开及论述渗透在文本的细读及

---

① 黄子平：《害怕写作》，江苏教育出版社2006年版，第87页。
② 黄子平：《害怕写作》，江苏教育出版社2006年版，第93页。
③ 黄子平：《害怕写作》，江苏教育出版社2006年版，第109页。
④ 黄子平：《害怕写作》，江苏教育出版社2006年版，第111页。
⑤ 黄子平：《害怕写作》，江苏教育出版社2006年版，第127—130页。

文学现象的层层剖析上。具体而言，通过纵深的历史溯源与微观的考察，黄子平认为：1. 香港文学在"文革"之前已零散流入内地，内地并不聚焦香港的"现实主义"作品而是热衷香港作品的"现代主义"技巧；2. 香港文学并非等同于流行作品，随着香港回归，内地对香港文学的研究呈现微妙的变化，但对其解读已转向"民族—国家"意识；3. 在香港，用纯粹的现代汉语写作会遇到困境，因为那里流行的是文言、白话加粤语的结合体；4. 香港的文艺有两大支流，一是"通俗浪漫主义"，二是"后浪漫主义"；5. 关于香港文学史的起点众说纷纭，但都摆脱不了以标志性事件作为源头的文学史叙述传统；6. 小说的主题、语调、种类、篇幅等因素会影响香港小说未来的发展；7. 香港诗歌的发展关键不在于科技的高低（如印刷技术和网络平台的发展），而在于诗与人的存在方式。这些发现一方面源于黄子平身居香港近距离"观察"香港文学的结果，另一方面源于他把香港文学的发展及流变放在"史"的坐标图上进行考量，从而得出颇具"历史感"的结果。

除了宏观审视香港文学的发展，这一辑也有微观品评香港作品的文章。如黄子平在黄灿然的《哀歌》中读出其辉煌交响曲的味道；在《香港短篇小说选（2002—2003）》（与许子东合编）中读出"情"与"色"已成为香港小说的主要题材，茶餐厅成为香港小说的"寓言化形象"，[①]等等。

上面花了较长篇幅谈黄子平在新世纪的主要著作《害怕写作》，下面谈一下他的《远去的文学时代》。《远去的文学时代》是黄子平从事文学批评30年的自选集，共44篇文章，大体呈现了他文学批评的思想及风貌。下面对先前著作没有收录而在《远去的文学时代》里出现的重要文章进行述评。

《星光，从黑暗和血泊中升起——读小说〈波动〉随想录》是该书的首篇文章。该文体现了黄子平后来文学批评的某些特点。如该文对《波动》核心人物杨讯、肖凌和白华的精彩分析体现其敏锐的艺术感受力和非凡的洞察力；剖析灵活、行文机智，体现其活泼睿智的批评风格。另外，该文对文学批评的见解也锋芒初露："文学的欣赏是一种享受，而文学批判则是一种心灵的探险。批评者依据自己的审美意识对文学作品进行再创作，借此寻找心灵

---

① 黄子平：《害怕写作》，江苏教育出版社2006年版，第219—223页。

的共鸣和契合。"①《与他人共舞》是一篇探讨中国当代文学理论与西方文学理论复杂关系的文章，该文旗帜鲜明地认为刘再复提出的中国文学理论要走出西方的"阴影"实际上是对外来影响的焦虑，破除这种焦虑不是完全拒绝西方文学理论的阐释模式，而是对西方阐释模式保持警觉之外对其进行再阐释与再创造——与西方"共舞"才能更好地生存下去。《历史碎片以及中国诗的现代行程》的亮点在于指出一些学者以"现代汉语诗歌"的概念重新梳理中国百年诗歌有其优势，但它不讲现代诗的"岔道和死胡同"，不讲现代诗的"历史碎片"（如五四以来鲁迅、胡适等人别有深意的打油诗），②因此依旧是不理想的。《鲁迅的文化研究》的精彩之处在于黄子平发现鲁迅自己做文化研究不仅重视正规的学术研究（如《中国小说史略》），还特别重视灵活的、非正规的历史文化研究（如"学匪派考古学"、脏话文化研究、药与酒及魏晋风度等）。在黄子平看来，鲁迅的文化研究有六大特点：1. 善于选用边缘材料（如"野史匪笔"），站在边缘的非主流的位置思考文化问题；2. 长于把握材料当中的历史延续性；3. 注意大众文化与精英文化的区别及两者之间的转化；4. 重视物的文化史；5. 特别关注文化观念的呈现形式，如文章的时代风格等；6. 擅长在文化批评中揭开麒麟皮，让对方露出马脚。③《左翼文学新论——曹清华〈左翼文学史稿（1921—1936）〉序》的亮点是肯定曹清华以"知识考古学的方法"还原"左翼文学"被建构的历史之后，还指出"左翼文学"叙事存在悖论，即"左翼小说的苦难叙事大多时候离开了肉体、个人，离开了具体的历史位置"，"叙述者以底层身份出场，却滔滔不绝地侃侃而谈"，身份与语言能力存在重大裂痕。④《中国新文学大系与文学史》的亮点在于洞悉"大系"与"文学史"的内在逻辑关系：赵家璧主编的《中国新文学大系》确立了"文学史"的叙事原则——"文学的进化史观及以'十年'作为分期单元，文学史内容的'理论、运动、作品'三大'板块'，小说、诗

——————————
① 黄子平：《远去的文学时代》，复旦大学出版社2012年版，第6页。
② 黄子平：《远去的文学时代》，复旦大学出版社2012年版，第261—264页。
③ 黄子平：《远去的文学时代》，复旦大学出版社2012年版，第288—289页。
④ 黄子平：《远去的文学时代》，复旦大学出版社2012年版，第293页。

歌、散文和戏剧的'四大文类'"①；20世纪80年代以后续编的"大系"虽然时间跨度大，收录作品多，但带来了"文学史的断裂与连续，文学的地缘政治，文学知识生产的平衡与不平衡，文学史的文献学与系谱学"等文学史难题。②《世纪末的华丽……与污秽》一文洞察力非凡，它并不从"时不待我""莫等闲白了少年头"的角度理解张爱玲所言"出名要趁早呀"，而是从当时的"时"与"势"——张爱玲所处的上海战时写作环境来解析张爱玲"来不及"的创作心态，可谓独到深刻；另外，该文抓住了张爱玲"物化苍凉"的意象技巧，犀利地指出张爱玲领悟华丽琐细背后的荒凉之后，更是抓住华丽琐细不放，她的作品并非《红楼梦》式的"色即是空，空即是色"，而是美丽装饰着罪恶，暴力与污秽并存。③《业余读史者的读史笔记》的独到之处不仅在于洞悉韩少功的读史方法——"从生活形态史、风俗文化史、日常语言史读出思想，读出政治，读出生命"④，还在于明晰了业余者读史的规律：要与许许多多的生命对话，"需要谦卑的感动，也需要激情和想象力、无畏与悲悯"⑤。

《远去的文学时代》作为黄子平从事文学批评30年的自选集，展现了他文学批评的心路历程，以及他沉朴睿智中透着"活泼"的批评风格，更体现了他独立的批评姿态和深切的人文关怀。在此书中，我们强烈感受到他是带着"新启蒙"之心从事文学批评的（此书序言所言黄子平的文章被后来者归为"新启蒙知识档案"就是例证之一）。

除了上述所谈的两本书之外，黄子平在新世纪令人瞩目的文学批评还有编选和品评香港散文。具体而言，他主编了"香港散文典藏"系列，包括《旧日红》《蓝天作镜》《是那片古趣的联想》《繁花时节》《寻他千百度》等。他对香港散文名家的点评简明扼要、意味深长。他鲜明地指出：董桥的散文妙在"以虚笔烘托实情，以实笔敷设虚境"⑥；刘绍铭的散文话题包罗万象，

---

① 黄子平：《远去的文学时代》，复旦大学出版社2012年版，第303页。
② 黄子平：《远去的文学时代》，复旦大学出版社2012年版，第312页。
③ 黄子平：《远去的文学时代》，复旦大学出版社2012年版，第322—328页。
④ 黄子平：《远去的文学时代》，复旦大学出版社2012年版，第337页。
⑤ 黄子平：《远去的文学时代》，复旦大学出版社2012年版，第338页。
⑥ 黄子平：《"香港散文典藏"序言三篇》，《书城》，2012年第7期。

笔墨功力全在于不着痕迹的精彩"转述"①；金耀基的散文重在"人文山水"游记，在学府风景的描写中涌动着强烈的求知欲；②罗孚的散文之精彩在于其"资深老报人的新闻敏感，亲历者、践行者的历史洞识，趣闻逸事的生动细节，晓畅而又睿智的文笔"；③金庸的散文"天上地下，无所不谈"，其引人入胜的原因在于金庸本人"对历史、对人生、对文化的深切理解和博闻多识"。④

第四节　卓绝的学术奉献

要想全方位地理解黄子平的文学批评思想以及掌握他文学批评的特点，我们不能忽视他接受访谈时所表明的主张以及发表的重要期刊论文中的观点。这些主张和观点是他文学批评大厦不可或缺的部分。下面我们一一展开述评。

一、关于文学批评方法

前文已谈到黄子平的文学批评方法，但并不完整，还要结合他接受访谈时所表明的主张及其重要期刊论文中的观点才能窥其全貌。2012年9月12日，黄子平接受张定浩、黄德海的访谈时否定了文学批评有"行之有效的方法论和操作样板"，因为他连下一篇文章如何开头都不知道。⑤黄子平认为文学批评是"文成法随"，所谓"文成法随"就是"你的文章写成了，那个方法就体现在你的文章里头"⑥。他还直言："我从来不把'方法'看成好像工具箱里边的工具一样的东西，可以从工具箱里面掏出来，甚至可以把它传递给别人。我觉得方法跟你的经历、你的体验、你看问题的角度或者你的某种敏感都有

---

① 黄子平：《"香港散文典藏"序言三篇》，《书城》，2012年第7期。
② 黄子平：《"香港散文典藏"序言三篇》，《书城》，2012年第7期。
③ 黄子平：《"香港散文典藏"序言又二篇》，《书城》，2013年第4期。
④ 黄子平：《"香港散文典藏"序言又二篇》，《书城》，2013年第4期。
⑤ 张定浩、黄德海：《黄子平访谈：批评总是同时代人的批评》，《书城》，2012年第11期。
⑥ 黄子平、杨联芬：《革命·历史·小说：怎样叙述，如何解读》，《文艺争鸣》，2016年第2期。

关系。"①这些肺腑之言道出了文学批评的真谛——不存在一成不变的文学批评，也不存在万能的文学批评方法，文学批评方法与批评主体的生活阅历、生命体验、研究视角以及文本敏感度密切相关，它常常因人而异，没有固定模式。

既然没有"行之有效的方法论和操作样板"，那么我们应该如何对待那些自诩能指导文学批评的文学理论呢？黄子平认为首先得了解文学理论的特点："第一，理论是互相解构的，谁都想去抽他人釜底之薪来煮自家的理论之汤；第二，理论变成了时尚，日新月异，层出不穷。"②因而，我们要长期坚持读各家各派的理论，充分了解它们，这样才能不被它们的语句拴住。其次，我们要明白"理论只是思考问题的诸多方式之一。而且，理论有时能启发你，有时则是误导你思考问题的方式之一"③。既然文学理论对于文学批评有利有弊，那么我们该如何对待它呢？黄子平直言："我不会用理论来鸣锣开道，理论是你的'后勤支援'，而不是开路尖兵。"④从这句话当中，我们可以知道黄子平清醒意识到文学理论在具体的文学批评当中，只是充当了"支援"的角色，并非解析文章的先锋。解析文章的先锋在黄子平那里是文本的细读。⑤文本的细读不仅仅是精研细读文本，在黄子平看来，文本的细读还要"把个别'乐句'或'音符碎片'视为通向想象的'历史总谱'的通道"⑥。如何理解这句话？我们要回到黄子平的文学批评中来理解。我们发现，他的文学批评特别重视那些可以通向历史"深处"的语句，特别注重解析那些看似平淡无奇却

---

① 黄子平、杨联芬：《革命·历史·小说：怎样叙述，如何解读》，《文艺争鸣》，2016年第2期。

② 张定浩、黄德海：《黄子平访谈：批评总是同时代人的批评》，《书城》，2012年第11期。

③ 张定浩、黄德海：《黄子平访谈：批评总是同时代人的批评》，《书城》，2012年第11期。

④ 张定浩、黄德海：《黄子平访谈：批评总是同时代人的批评》，《书城》，2012年第11期。

⑤ 张定浩、黄德海：《黄子平访谈：批评总是同时代人的批评》，《书城》，2012年第11期。

⑥ 张定浩、黄德海：《黄子平访谈：批评总是同时代人的批评》，《书城》，2012年第11期。

隐含历史符码的语句——代表作《"灰阑"中的叙述》中对革命历史小说的话语分析就是典型例子，这无形中导致他的文学批评深具"历史感"，也就是上述所言寻找通向"'历史总谱'的通道"。黄子平为什么要这样做？洪子诚先生道出了原因："黄子平的研究自然会引入另外的历史叙述作为参照，这是发现'缝隙''空白'的有效手段。"①从洪子诚先生的话中，我们可以知道，这是黄子平文本阅读的策略，也是他的一种文学批评方法。

由于黄子平秉持文本细读的理念，坚持"文成法随"的批评方法，所以，在与其他文学研究者讨论如何评价作家与作品时，他非常警惕模式化的文学批评。如他与王晓明先生讨论作家作品的评论时，犀利地指出从前通行的分析线索："社会（政治、经济、阶级）——作者（生平）——作品（思想艺术）"，是从"'已知'的社会经济框架出发给作家作品定性，难免削足适履"。②此外，针对文学批评领域中"文如其人"的观点，黄子平辩证地指出"作者的个性并不全部进入作品。进入作品的往往是作者个性中较美好或较高尚的部分，当然也有人正好相反。另一方面，进入作品的也有不完全属于作者的东西，比如时尚、文学惯例、语言系统，'集体无意识'等等。也就是说，作品既'大于'作者又'小于'作者"③，可谓眼光独到，见解深刻。

二、关于文学评论生成的时代和时效问题

2015年1月初，《深圳商报》"文化广场"栏目专访黄子平。当访谈人提问黄子平20世纪90年代以后对中国当代作家作品的品评不多的原因时，黄子平作了自我批评，并提出了"批评总是同时代人的批评"的重要命题。这一命题在《〈沉思的老树的精灵〉再版后记》一文中有所提及，但并未真正展开。这一命题的真正展开是2016年5月在暨南大学举行的"文学评论与20世纪文学史的生成"研讨会上，当时黄子平做了关于"批评总是同时代人的批评"的发言。

① 洪子诚：《"边缘"阅读和写作——"我的阅读史"之黄子平》，《文艺争鸣》，2009年第4期。
② 王晓明、黄子平：《在作家与作品之间》，《中国现代文学研究丛刊》，1989年第1期。
③ 王晓明、黄子平：《在作家与作品之间》，《中国现代文学研究丛刊》，1989年第1期。

　　"批评总是同时代人的批评"实际上是关于文学评论生成时代的问题的回答。黄子平认为：20世纪90年代以后自己对中国当代作家作品的分析和评价不多的原因在于"对新人新作已经丧失了'同时代人感'"①。他在发言中指出文学批评领域中"批评总是同时代人的批评"是非常鲜明的，如当年茅盾评鲁迅、冰心和丁玲，严家炎先生评柳青的《创业史》等，都是"同时代人"的批评。在黄子平那里，"同时代人"是这么定义的："一方面他是如此密切地镶嵌在时代之中，另一方面他又是不合时宜、格格不入的人，他跟时代有一种非常复杂的关系，他既属于这个时代，但是又不断地要背叛这个时代，批判这个时代，这种人才能叫作同时代人。"②那种紧跟着时代、顺应着时代而走的人不是"同时代人"，因为这种人看不清时代。另外，黄子平还补充指出"同时代人"具有以下特点：1."不合时宜"；2."紧紧地凝视自己时代的人"并"感知时代的黑暗"；3."有意地去关注这个时代的断裂，甚至有意地去制造这种时代的断裂"。③

　　从黄子平对"同时代人"的定义及其特点的概括当中，我们不难发现，黄子平对文学批评的主体提出了很高的要求，即文学批评的主体必须是"同时代人"。因为"同时代人"不仅密切关注时代的发展，还深切关怀同一时代人的发展；不仅洞察时代的黑暗，还要批判时代的黑暗；不仅"不合时宜"地嵌入时代当中，还刻意地追寻时代的"断裂"处。简而言之，"同时代人"作为文学批评的主体，他时刻关注同一时代作家与作品的发展，由于自身的时代责任感，他审视作品的目光更锐利，更具有时代批判性，更能挖掘作品蕴含的超时代的意义。从这个角度而言，我们认为黄子平提出"批评总是同时代人的批评"这一命题与其说是自我反省、自我批判，④毋宁说是对当代文学批评界的真诚谏言。

---

　　①　魏沛娜：《把文学史作为辅助"工具书"》，《深圳商报》，2015年1月5日。

　　②　黄子平：《批评总是同时代人的批评——在暨南大学"文学批评与20世纪文学史的生成"研讨会上的发言》，《文艺争鸣》，2016年第10期。

　　③　黄子平：《批评总是同时代人的批评——在暨南大学"文学批评与20世纪文学史的生成"研讨会上的发言》，《文艺争鸣》，2016年第10期。

　　④　黄子平：《批评总是同时代人的批评——在暨南大学"文学批评与20世纪文学史的生成"研讨会上的发言》，《文艺争鸣》，2016年第10期。

除了上述对文学评论生成时代的问题的回答，黄子平还对文学评论生成时效问题进行反思。他说："文学评论类乎杂文的写作，属于鲁迅所说的'速朽'的文体。有时候碰巧评论了一篇后来成为所谓'经典'的作品，你的评论因参与'经典化'而可能被人顺便提起（或许也有罕见的相反的情形）。"①换句话说，当代文学批评的时效是微妙的，如果所评的作品没有成为后世所谓"经典"作品，那么当初煞费心思的文学批评将很快被人忘掉；如果当初的文学批评参与了所谓"经典"作品的建构，那么会被后人屡屡提及。这是当代文学批评吸引或不吸引评论者的地方。黄子平充分意识到这个问题之后，坦诚地指出评论者不能为了追求文章"不朽"而写文学批评。就他自己而言，当初痛下功夫写的文学批评已"灰飞烟灭"，而"信口而出的片言只语（如'深刻的片面'之类）流毒甚广，经常被人引用"②。这充分说明文学批评的时效并不是评论者能左右的事情，但是，不能因此停止文学批评。

三、对文学批评的预设的反思

黄子平认为，当评论者从事文学批评时，并非"天真无邪""赤膊上阵"，无论来自哪个门派，使用哪一套路，实际上评论者都接受了"批评的预设"。何谓"批评的预设"？他认为"批评的预设"是指"'批评'这一社会语言行动得以实施的那些前提和条件"③。在他看来，这些前提和条件"决非先验地、理所当然地，而是历史地具体地、约定俗成地设定、存在和演变着"④。不少评论者察觉不到"批评的预设"的存在，是"由于我们身处其中的'文学机制'的教化、熏染和制约，才使我们在接受它们时竟对它们的存在以及此一存在的'人为性'浑然不觉"⑤。也就是说，"批评的预设"早在评论者进行文学批评之前已经客观存在，只是评论者"身在此山中"没有充分意识到它而已。

---

① 黄子平：《〈沉思的老树的精灵〉再版后记》，《现代中文学刊》，2014年第5期。
② 黄子平：《〈沉思的老树的精灵〉再版后记》，《现代中文学刊》，2014年第5期。
③ 黄子平：《批评的预设》，《文艺研究》，1989年第3期。
④ 黄子平：《批评的预设》，《文艺研究》，1989年第3期。
⑤ 黄子平：《批评的预设》，《文艺研究》，1989年第3期。

　　"批评的预设"是非常鲜明的，"无论古人所说的'入乎其内，出乎其外'也好，或是洋人所说的'叮在牛背上的牛蝇'也好"，都认定了可以在"批评主体"与"批评客体"之间作截然划分。①也就是说，"批评主体"和"批评客体"是界限分明的。这一界限的划分有其合理性，但也有值得反思的地方。黄子平指出作为"批评客体"的作品其实存在于作者、读者的关系网中，它与"批评主体"很难划清界限。其表现在评论者评论作品时，"时常或惊觉于自己所讨论的到底是作品'原有'的东西，还是讨论了自己'读出来'的东西"②。即评论的内容究竟是作品本有的，还是评论者自己思想感情的投射，已经很难区分开来。所以，黄子平犀利地指出"批评主体与批评客体一样，都是在批评和前批评的历史实践中产生的。它们交融于历史实践之中，判然的划分已越来越困难了"③。从中我们可以知道，传统的"批评主体"和"批评客体"的对立划分是不严谨的，因为它忽视了文学批评实践中两者交融的现象。它告诉我们：评论者完全站立于作品之外评论作品是不大可能的。

　　"批评的预设"第二个表现是"假定批评能够使用与作品判然相异的'理性语言'来讨论作品"④。黄子平认为从语言蕴含的思维方式而言，这一假定是成立的。因为评论者使用的"理性语言"往往运用概念、逻辑推理来武装自己，去界定文学作品的意义与价值，它蕴含的抽象思维与作家写作时运用的形象思维是截然不同的。但是，黄子平指出这一假定也有值得反思的地方。其表现在评论者使用的"理性语言"离不开形象思维，比如文学批评所说的"'反映'不就是个有关'镜子'的隐喻么？'模式'里暗喻了金属浇铸，'思潮'让你想起大海，'流派'借喻于江河——不胜枚举"⑤。换句话说，文学批评的语言很难逃脱隐喻性，它与形象思维是相融的。其次，文学评论者与别人争鸣的时候，反反复复地证明对方误解了自己的批评语言，也证明文学批评中的"理性语言"存在多样解释的可能性，这种多样解释的可能性很大程

---

①　黄子平：《批评的预设》，《文艺研究》，1989年第3期。
②　黄子平：《批评的预设》，《文艺研究》，1989年第3期。
③　黄子平：《批评的预设》，《文艺研究》，1989年第3期。
④　黄子平：《批评的预设》，《文艺研究》，1989年第3期。
⑤　黄子平：《批评的预设》，《文艺研究》，1989年第3期。

度上是因为隐喻的存在。①由此可见，文学批评的“理性语言”与作品语言并非泾渭分明，两者常常纠缠在一起，试图用绝对的“理性语言”剖析作品是难以想象的。

“批评的预设”第三个表现是“认定存在着一种与作品相峙立的分类和评判的‘标准’‘尺度’和‘方法’，可供批评家在工具箱里随意取用”。其表现在“欢呼某作品‘打破常规’‘惊世骇俗’”“惊呼‘圭臬之死’‘文学进入无标准时代’”，都是承认这一预设的情况下所作的表态。但是，黄子平反思这一预设之后指出，批评家将评价作品的“标准”与作品僵硬对立起来的做法是不可取的。因为“标准决非先验地存在于作品之外，它由已经存在和将要存在的作品群所修正、颠覆。脱离作品群背景的抽象标准是不存在的”。也就是说，批评家对作品进行分类和评判所持的“标准”“尺度”和“方法”是“约定俗成”的，这种“约定俗成”源于历史上对作品群的分类与评判。这告诉我们：在文学批评实践中，批评家不能脱离某一作品所属的作品群背景去评判作品，否则会在文学批评上栽跟斗。②

综上所述，我们对黄子平的专著、编著、重要期刊论文及其接受访谈时的言论做了一一回顾与述评。从回顾与述评当中，我们察觉到，黄子平不仅为文学批评界作出了巨大的贡献，而且还以具体的文学批评实践为当代批评界树立了典范——他坚持宏观思维格局下的文本细读，深入历史“深处”，以沉朴睿智又不失活泼的论说方式剖析文本的内容与形式、风格与技巧，使文本的意义与价值得以充分显现。从这两方面而言，黄子平的文学批评是当代批评界的宝贵财富。

附：黄子平的主要学术成果

主要著作

1. 《沉思的老树的精灵》，浙江文艺出版社1986年初版，华东师范大学

---

① 黄子平：《批评的预设》，《文艺研究》，1989年第3期。
② 黄子平：《批评的预设》，《文艺研究》，1989年第3期，第68页。

出版社2014年再版。

2. 《文学的"意思"》，浙江文艺出版社1988年初版，1997年再版。

3. 《二十世纪中国文学三人谈》，与钱理群、陈平原合著，人民文学出版社1988年初版，北京大学出版社2004年再版。

4. 《幸存者的文学》，台湾远流出版事业股份有限公司1991年出版。

5. 《边缘阅读》，辽宁教育出版社2000年出版。

6. 《"灰阑"中的叙述》，上海文艺出版社2001年出版。

7. 《害怕写作》，江苏教育出版社2006年出版。

8. 《中国小说：一九八六》，编，三联书店（香港）有限公司1987年出版。

9. 《中国小说：一九八七》，编，三联书店（香港）有限公司1988年出版。

10. 《中国小说：一九八八》，编，三联书店（香港）有限公司1989年出版。

11. 《中国小说：一九八九》，编，三联书店（香港）有限公司1990年出版。

12. 《中国小说：一九九〇》，编，三联书店（香港）有限公司1991年出版。

13. 《中国小说与宗教》，主编，中华书局（香港）有限公司1998年出版。

14. 《男男女女》，编，人民文学出版社1990年出版，复旦大学出版社2005年再版。

15. 《香港短篇小说选（2002—2003）》，与许子东合编，三联书店（香港）有限公司2005年出版。

主要论文

1. 《从云到火——公刘新作初探》，《北京大学学报》，1983年第2期。

2. 《"沉思的老树的精灵"——林斤澜近年小说初探》，《文学评论》，1983年第2期。

3. 《当代文学中的宏观研究》，《文学评论》，1983年第3期。

4. 《论中国当代短篇小说的艺术发展》，《文学评论》，1984年第5期。

5. 《深刻的片面》，《读书》，1985年第8期。

6. 《论"二十世纪中国文学"》，与钱理群、陈平原合著，《中国现代文学研究丛刊》，1986年第1期。

7. 《批评的预设》，《文艺研究》，1989年第3期。

8. 《语言洪水中的坝与碑——重读中篇小说〈小鲍庄〉》，《北京文学》，1989年第7期。

9. 《革命·性·长篇小说——以茅盾的创作为例》，《文艺理论研究》，1996年第3期。

10. 《革命·历史·小说》，《当代作家评论》，2001年第2期。

11. 《"故乡的食物"：现代文人散文中的味觉记忆》，《中外文学》，2002年第3期。

12. 《左翼文学新论——曹清华〈中国左翼文学史稿（1921—1936）〉序》，《书城》，2008年第8期。

13. 《世纪末的华丽……与污秽》，《现代中文学刊》，2010年第3期。

14. 《"香港散文典藏"序言三篇》，《书城》，2012年第7期。

15. 《"香港散文典藏"序言又二篇》，《书城》，2013年第4期。

16. 《批评总是同时代人的批评——在暨南大学"文学批评与20世纪文学史的生成"研讨会上的发言》，《文艺争鸣》，2016年第10期。

第九章

"岭南三剑客"的文学批评

郭小东、陈剑晖和宋剑华三人，学界习惯称为"岭南三剑客"。他们从20世纪80年代开始，就活跃在海南和广东两地的学术界，他们都在各自的研究领域，作出了学术贡献，受到了国内学人的一致好评。

第一节　郭小东的文学研究

在当代文坛，集知青作家、知青文学的评论家与文学史家于一身的人不多，郭小东是其中深具影响力的一位。他出生于广东潮阳，却因时代的原因到了海南岛黎母山林场当知青。他"从黎母山的大森林，从荒原的滂沱大雨和林中空蒙的小雨中，从伙伴们九死一生的命运中，缓缓走向文学"[1]。他创作了大量的诗歌、散文与小说，也写了不少文学评论。由于自身的知青经历以及对知青一代命运的深切关注，使得他的作品深具"知青"色彩，与此同时，对知青作家创作的感同身受及对知青作品的精确把握，使他对知青文学的研究达到一般研究者无法企及的深度。正因为如此，他写就的知青文学史受到当代学界的普遍关注与认可。本节以郭小东先生的四本知青文学史作为基本点，尝试勾勒出他研究知青文学的脉络，探讨他著述知青文学史的路径与方法，以求达到深入理解其知青文学史的目的。

一、《中国当代知青文学》

《中国当代知青文学》是郭小东研究知青文学的第一部文学史专著，也是中国第一部知青文学研究专著。这部在1988年1月就诞生的关于知青文学的研究专著被饶芃子誉为"一本难得的、有开拓意义的书"[2]。这部著作是长期积淀的结果。在《中国当代知青文学》诞生之前，郭小东已经对知青文学做了系统研究，发表了一系列论文，如《论知青小说》（1983年）、《知青文学主

---

[1]　郭小东：《文学的锣鼓》，广东人民出版社1997年版，第330页。

[2]　郭小东：《〈中国当代知青文学〉序》，《中国当代知青文学》，广东高等教育出版社1988年版，第1页。

潮断论》（1984年）、《知青文学态势论要》（1986年）、《论知青作家的群体意识》（1986年）、《众神渴了：论知青文学的孤独感》（1986年）、《母性图腾：知青文学的一种精神变格》（1987年）、《在深刻的悲观背后——论知青文学的忧郁气质》（1987年）、《重归伊甸园：论知青文学的爱情模式》（1987年），等等。这告诉我们：著述文学史（哪怕是小类别的文学史）并非一蹴而就，它需要研究者持之以恒的关注与深入的研究才能写就。

《中国当代知青文学》共十七章，其内容包括总结知青文学发展的历程、界定知青文学的范畴、概括知青作家群体意识的特点、揭示知青作家孤独意识的历史缘由、追溯知青文学忧郁风格的成因、探讨知青文学中爱情悲凉的缘故、反思知青文学死亡意识凸显的因由、解析知青文学的结构特点。另外还研究了知青文学的代表性作家作品，剖析其在思想、内容及艺术形式上的特征。最后一章中郭小东先生回应了王爱英对他的批评——郭小东通过社会史料的考察和文本的阐释，力证评价"文革"期间知青小说的标准是当时的历史环境而非当下的尺度。总体而言，整部文学史"从纵横两方面对当代知青文学作了全面、系统、详尽的论述和分析"[1]，在饶芃子看来，此书"对知青文学发展历程的描述和不同阶段的划分是符合历史实际的，对知青文学的总体评价基本公允"[2]。也就是说，《中国当代知青文学》作为知青文学的记述基本符合客观的历史，符合文学史著述的第一要求。

冯友兰在《中国哲学史》中曾说："历史有二义：一是指事情之自身……历史之又有一义，乃是指事情之记述。"[3]郭小东所著的《中国当代知青文学》自然属于"事情之记述"，它能做到符合客观的历史即"事情之自身"，反映了郭小东治史的严谨和撰写的扎实。但是，正如冯友兰所言："事情之记述可名为'写的历史'，或主观的历史。"[4]它逃脱不了执笔者的主观

---

① 　郭小东：《〈中国当代知青文学〉序》，《中国当代知青文学》，广东高等教育出版社1988年版，第1页。

② 　郭小东：《〈中国当代知青文学〉序》，《中国当代知青文学》，广东高等教育出版社1988年版。

③ 　冯友兰：《中国哲学史》（上），华东师范大学出版社2000年版，第11页。

④ 　冯友兰：《中国哲学史》（上），华东师范大学出版社2000年版，第11页。

因素。郭小东的《中国当代知青文学》亦是如此，例如他对知青文学范畴的界定。郭小东指出："知青文学，在某种意义上，是超越了那种在本来意义上的知青题材的狭隘范畴的，是从更为广泛的题材外延与丰富的内涵包容上，对于一切与'知青'这一历史现象相关的文学现象的涵盖。"①他认为"宽泛地把那些与知青相关的文学作品统称为'知青文学'，这对于文学现象本身及其评论都是大有好处的"②，因为知青文学背后"是一片广袤的历史时间与空间，是整整一代人的文学创作，是新时期文学潮流中一股有独特格局与意识的文学浪潮"③。郭小东的观点显然与一般研究者的观点大相径庭。郭小东对知青文学范畴的界定突破了"知青题材"的狭窄范围，是他对知青文学进行历史考察的结果。他意识到"作为知青题材，对知青生活及知青形象的具体描写，在近年的作品中，正在淡化，描写的着重点及其意向已出现了转化的迹象。知青作为形象在有的作品中隐去，而作为一种精神审视，其灌注力却愈加膨大"④。

在郭小东看来，知青文学作为一种文学现象，至少包括三种形态：一是"对知青时代的本色描写"；二是"知青生活描绘在整部作品中已经不成为大部。作品描写的主体部分，是返城知青当前的生活内容"；三是"知青生活与知青形象内化为一种情绪，一种态度，最终凝结为一个视角。由此产生了一个非知青生活实录却以知青独特心态为特征的文学世界"。⑤这三种形态是郭小东先生研究知青文学的主要对象，也是《中国当代知青文学》的研究范畴。

作为知青文学坚定的研究者，郭小东还在《中国当代知青文学》中道明了研究知青文学的目的——把知青文学"作为一种生命的形态，一个活体，不断演化的主题和不断变幻的世界，从文学和非文学的角度，来解释这一代人在文学中的意识，及文学中的这一代人的形象、行为模式和精神模式"⑥。为了逼近或达到这个目的，郭小东先生在知青文学史的撰写当中，不遗余力地去发

① 郭小东：《中国当代知青文学》，广东高等教育出版社1988年版，第3页。
② 郭小东：《中国当代知青文学》，广东高等教育出版社1988年版，第2页。
③ 郭小东：《中国当代知青文学》，广东高等教育出版社1988年版，第2页。
④ 郭小东：《中国当代知青文学》，广东高等教育出版社1988年版，第2页。
⑤ 郭小东：《中国当代知青文学》，广东高等教育出版社1988年版，第3—5页。
⑥ 郭小东：《中国当代知青文学》，广东高等教育出版社1988年版，第10页。

现、识断、精审与爬梳史料，勇于建构知青文学史的论述框架。以《中国当代知青文学》为例，郭小东先生不仅对优秀的知青作家如孔捷生、朱晓平、张承志、梁晓声、晓剑、阿城、王小鹰、张抗抗等人的作品作了详尽爬梳，还对他们的作品蕴含的死亡意识、群体意识、忧郁气质等内容做了深度剖析；不仅注重宏观上把握知青作家群的创作特点，而且注意微观上解析代表性知青作家的创作特点；不仅关注知青文学作品的结构、主题与风格的特点，而且注重知青文学作品中人物、情节的精细分析。可以说，郭小东对知青文学的考察与分析是全方位的。

《中国当代知青文学》的最大特点是郭小东以亲历者的身份和灵动的生命体验探讨知青文学，使得他的知青文学史著作充满真切的魅力和深邃的思想穿透力。正如饶芃子先生所说——郭小东"不可多得的人生机缘，诱发了评论家与评论对象精神气质的重叠化合，内部的沟通使他的专著充满着感觉的真实魅力，同时又不乏理性的辉耀"①。另外，由于长期写小说、散文与文学评论，不断磨砺自己的语言，使得郭小东在描述文学史现象和表达自己观点时文笔畅达，富有文采，读者不时有在读精美的散文之感。

二、《中国叙事：中国知青文学》

《中国叙事：中国知青文学》是郭小东的第二部知青文学史专著，是他对20世纪80年代的知青文学做了相关专题研究后写就的。在知青文学的专题研究中，他把知青后文学以及前知青文学文本进行对比，发现"主流的正统的知青文学的背后，潜行着一条非主流的、超现实的知青文学发展线索——知青文学的另类书写，这是一种更为典型的中国叙事"②。另外，他还发现"知青后文学的历史命运，因其知青后的中国社会特质，而变幻着非主流的态势，这可能是更为重要的文学姿态"③。于是，他把自己80年代的知青文学论述，作为

① 郭小东：《〈中国当代知青文学〉序》，《中国当代知青文学》广东高等教育出版社1988年版，第2页。
② 郭小东：《〈中国叙事：中国知青文学〉自序》，《中国叙事：中国知青文学》花城出版社2005年版，第4页。
③ 郭小东：《〈中国叙事：中国知青文学〉自序》，《中国叙事：中国知青文学》花城出版社2005年版，第4页。

“中国叙事”的重要组成部分，并入《中国叙事：中国知青文学》当中，写成新的知青文学史。

作为郭小东先生的第二部知青文学史专著，《中国叙事：中国知青文学》在不少地方保持着《中国当代知青文学》的风貌。如它对知青文学发展历程的总结、对知青文学作家群体的创作特点的概括、对知青文学爱情题材的剖析、对知青文学死亡意识的揭示、对知青文学文本结构的分析都或多或少存有第一部知青文学史的印迹。但是，细心阅读《中国叙事：中国知青文学》之后，我们发现，它与郭小东先生的第一部知青文学史相比有很多不同点，有很多新看法。

首先，在个人知青经验介入知青文学史的研究方面，两者区别明显：《中国当代知青文学》注重自己的知青经历对知青文学的“印证、破译和阐释”①；《中国叙事：中国知青文学》注重自己的知青文学创作与知青文学史研究之间“互为引证的圆通感觉”②。两者侧重点不一样。文学史的书写离不开史家的立场与文学现象的梳理，史家立场是文学史大船的“锚”，史家一旦抛出“锚”，其文学史著述的立场就确立了；文学现象的梳理在尊重历史事实的前提下，允许史家的主体投入，而主体投入离不开史家的个人经验。从这个角度而言，郭小东先生确立自己为知青作家立言的史家立场之后，从个人知青经验介入知青文学史的研究是有益的。但是，个人经验介入文学史的著述时，也需要保持一定的距离，对自己的态度、经验有所反思，避免“自我”的迷失。细察《中国叙事：中国知青文学》的书写，郭小东先生注重“春秋笔法”的运用，善于在客观的评述中蕴含褒贬，很好地处理了史家主体经验与客观史实的关系。

其次，在知青文学发展阶段的划分方面，《中国叙事：中国知青文学》做了细化处理。它把《中国当代知青文学》所述的知青文学的三种形态转化为三个阶段：“知青时期文学”“知青追忆文学”及“知青后文学”，并概括了这三个阶段的特点。他认为“知青时期文学”是“活跃但是病态的一脉”，

---

① 郭小东：《中国当代知青文学》，广东高等教育出版社1988年版，第309页。

② 郭小东：《〈中国叙事：中国知青文学〉自序》，《中国叙事：中国知青文学》花城出版社2005年版，第4页。

"虚拟与先验的文学元素装饰而成的故事、人物、情节与性格，至今读来仍令人忍俊不禁"①。第二个阶段"知青追忆文学"是一种"集体追忆的历史书写"，它借"以集体共名的角色表达群体的声音，以个体人物去展示和铺排历史的效果。从本质上看，80年代的知青追忆书写了80年代文学最为辉煌的情景"②。第三个阶段"知青后文学"是一种"知青文学的另类表现"，它是知青追忆书写在90年代式微之后出现的，包括延续主流知青文学的悲剧风格的"中国知青民间备忘文本"、"告别一个文学时代"的知青回忆实录、主流知青文学以外对知青生活重新想象的新历史主义写作。③

对知青文学发展阶段进行具体划分并概括它们的特点，使《中国叙事：中国知青文学》的研究脉络更加清晰，整体性更明显，这是郭小东先生敏锐洞察知青文学发展的特点的结果。

再次，在文学史的具体篇章方面，《中国叙事：中国知青文学》与《中国当代知青文学》显著不同。它撤掉了《中国当代知青文学》的不少内容，同时，以崭新的篇章补充了第一部知青文学史忽视的内容。其增加的章目有《知青后文学状态》《知青文学的另类书写》《南方知青文学的初始形态》《北方知青文学的异动形式》。这些章目是他从事知青文学专题研究的成果，内容上有很多精彩之处，例如，《知青文学的另类书写》的过人之处在于从《醉人花丛》《棋王》《我的遥远的清平湾》《黄金时代》《大树还小》等个案中提炼出知青文学另类书写的主题："逃离和拯救"；④《南方知青文学的初始形态》的出色之处在于从孔捷生、陈建功、张承志、王安忆等知青作家身上勾勒出南方知青文学的特点："不安宁的艺术躁动"；⑤《北方知青文学的异动形式》的闪光点在于从朱晓平、张承志等人的小说当中捕捉到北方知青文学的特点：凸显农村题材和张扬流浪精神。

最后，在文学史的研究方法方面，《中国叙事：中国知青文学》也有自

① 郭小东：《中国叙事：中国知青文学》，花城出版社2005年版，第2—4页。
② 郭小东：《中国叙事：中国知青文学》，花城出版社2005年版，第4页
③ 郭小东：《中国叙事：中国知青文学》，花城出版社2005年版，第7—9页。
④ 郭小东：《中国叙事：中国知青文学》，花城出版社2005年版，第57页。
⑤ 郭小东：《中国叙事：中国知青文学》，花城出版社2005年版，第281页。

己的特点：1.注重把知青文学放在中国百年文学的大背景下进行考察和分析；2.注意从社会史料方面着手探讨中国知青运动及知青文学的历史真相；3.在知青文学作品内容的述评方面，不仅力求简明扼要，还重视援引众多论者的评价。

三、《中国知青文学史稿》

郭小东先生的第三部知青文学史《中国知青文学史稿》的诞生一方面源于时间过滤之后，他"对知青文学将近60年的发展道路，有了一种更为明确的认识"①；另一方面源于"中国知青文学，作为中国当代文学课程的重要组成部分"，郭小东先生"已经在大学讲授30多年"，具备了撰写更好的知青文学史的条件。②

与前面两部知青文学史相比，这部知青文学史最大的不同点是它是由郭小东先生主编，集体合作撰写的。把它纳入本文当中探讨，不仅因为郭小东先生撰写了此书较多内容，而且此书的撰写团队基本上是他所带的研究生——他们基本按照郭小东先生拟定的写作框架撰写不同篇章（该书后记谈到郭小东先生对他们的口传面授与反复交谈）。另外，需要指出的是，为了让撰写团队更深入地理解知青文学，更好地把握知青文学的特点，郭小东先生还带着他们"去海南体验知青生活，瞻仰知青烈士墓，赴上海、新疆、云南等地参加知青文化国际论坛等活动，与众多知青作家接触，阅读大量知青文学经典"③。可以说，为了更好地撰写这部知青文学史，郭小东先生及其团队做了充分的前期准备。

《中国知青文学史稿》字数近53万，花了整整三年的时间，十易其稿之后于2012年与读者见面。这部知青文学史"既能够依照时间的顺序记载历史的发展过程，理清历史的线索，包含了中国古代编年体的优点，又能够在各

---

① 郭小东：《〈中国知青文学史稿〉后记》，《中国知青文学史稿》，北京十月文艺出版社2012年版，第489页。

② 郭小东：《〈中国知青文学史稿〉后记》，《中国知青文学史稿》，北京十月文艺出版社2012年版，第489页。

③ 郭小东：《〈中国知青文学史稿〉后记》，《中国知青文学史稿》，北京十月文艺出版社2012年版，第489页。

个不同时段里铺展开来，描述空间的复杂多样性，使组成历史的各个部分不至于遗漏，包含着古代的纪传体、纪事本末体的长处"①。细读这部文学史，我们发现它比郭小东先生先前两部知青文学史的体例更完备，体系更完整。具体而言，它较之前两部知青文学史增加了不少章节内容，如"知青后文学的理性呈现""后知青文学的后现代状况""灵魂的重量（即对铁凝等人知青作品的精神世界的揭示）""中国知青诗歌""知青影视作品巡礼""知青纪实的文本书写"等章节是先前两部知青文学史所没有的。这些新章节内容表明郭小东先生研究的范围扩大了，在体裁上延伸到了影视作品、纪实文本，在时间上延伸到了21世纪，在分析层次上延伸到了人的主体性、精神世界等。与此同时，这部知青文学史扩充了"知青时期文学""知青追忆文学"的内容，把它们分为几个部分来细写，体现郭小东先生对这两个时期知青文学的重新认识。总体而言，整部文学史在知青文学作品的分析方面更详尽，在引用社会史料方面更严谨翔实，在论述框架方面更稳妥周全。诚如洪子诚先生所言，此书是郭小东"日积月累的果实，是他多年心血的结晶"②。

当然，这部知青文学史也保持着先前两部知青文学史的特色，那就是知青生活的经历，为郭小东先生感知和把握知青文学提供了他人不具备的条件，也为郭小东先生审视、评述他人的知青文学找到良好的通道。需要指出的是，"郭小东在这部书里，在发挥他作为历史亲历者优势的同时，也坚持了节制和距离"③，这是难能可贵的。

与先前两部知青文学史作对照，《中国知青文学史稿》也有很多新颖之处。第一个新颖之处在于，它进一步扩充了"知青文学"的内涵。郭小东先生对洪子诚先生在其著作《中国当代文学史》中关于"知青文学"的界定持保留态度。郭小东先生认为洪子诚先生谈及的"知青文学"概念是较普遍的说法，

---

① 黄修己：《〈中国新文学史编撰史〉导言》，《中国新文学史编撰史》（第2版），北京大学出版社2007年版，第2页。
② 郭小东：《〈中国知青文学史稿〉序》，《中国知青文学史稿》，北京十月文艺出版社2012年版，第1页。
③ 郭小东：《〈中国知青文学史稿〉序》，《中国知青文学史稿》，北京十月文艺出版社2012年版，第2页。

但其有褊狭之处：它把知青文学的作者局限在"文革"期间上山下乡的知识青年，忽视了"文革"前后上山下乡的知识青年的文学创作；它把知青文学作品的内容限于知青在上山下乡中的遭遇，"而非主要有关于知青在'文革'中的遭遇"①。这不符合历史实情。郭小东先生中肯地指出对"知青文学"的界定不宜强调作者的"知青"身份，因为"在'知青文学'中几乎没有纯粹的知青作家，因此对有上山下乡经历的作家的作品不能一概视之为'知青文学'作品，要加以鉴别"②。他坚持自己先前在知青文学史研究中对"知青文学"的界定，并按历史实情把知青文学发展划分为五个阶段："前知青文学""'文革'时期知青文学""知青追忆文学""知青后文学""后知青文学"。他这样做是值得肯定的，因为理清"知青文学"的概念、明晰"知青文学"的发展阶段是"知青文学"研究的基础，而且他持之有故、言之成理，令人信服。

《中国知青文学史稿》第二个新颖的地方在于呈现知青文学发展的真实面貌时，"不将历史记忆在集体化过程中空心化，成为无物的滥调；也警惕个体经验在自我修饰的推进中不断放大苦难，夸张崇高激情，深陷于自怜和自恋罗网的趋向……特别关注不同个体因不同身份、处境、价值观在文化想象中的差异和分裂"③。这是撰写知青文学史特别难以做到的地方，但这部文学史做到了。洪子诚先生认为这是"书中最有价值的所在"④。

《中国知青文学史稿》第三个新颖的地方在于：不仅采取纵向梳理和横向比较的方法来把握知青文学的历史进程，而且善于挖掘各个阶段知青文学发生的历史语境及其背后意识形态的功能；不仅批判知青文学作品中人物概念化、简单化的做法，而且肯定"文革"时期知青文学（如手抄诗歌、小说）存有真实的一面；不仅重视知青文本内容的立体呈现，而且注重知青文本与文化

---

① 郭小东：《中国知青文学史稿》，北京十月文艺出版社2012年版，第3页。
② 郭小东：《中国知青文学史稿》，北京十月文艺出版社2012年版，第6页。
③ 郭小东：《〈中国知青文学史稿〉序》，《中国知青文学史稿》，北京十月文艺出版社2012年版，第2页。
④ 郭小东：《〈中国知青文学史稿〉序》，《中国知青文学史稿》，北京十月文艺出版社2012年版，第2页。

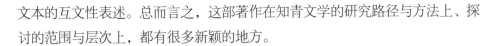

文本的互文性表述。总而言之，这部著作在知青文学的研究路径与方法上、探讨的范围与层次上，都有很多新颖的地方。

四、《现代主义视野下的知青文学》

《现代主义视野下的知青文学》是郭小东先生研究知青文学的第四部著作，也是一部"特别"的文学史。这本书是郭小东先生研究知青文学的课题成果，参加此课题的作者都是他所带的研究生——他们撰写的篇章内容基本统辖于"现代主义视野"。在"现代主义视野"下探讨知青文学，源于郭小东先生的考察结果。他认为"20世纪90年代以降的知青文学，迄今已经基本上完成了从社会主义批判现实主义向现代主义、后现代主义的文学蝉蜕，从内容到形式的新变，已经成为知青作家的文学自觉"[1]。而完成这种新变的是"80年代的老牌知青作家、90年代以及21世纪的知青文学作家"[2]。

黄修己先生在《中国新文学史编纂史》中曾言："撰写文学史，大概也有两条思路，或'我思故史在'，或'史在促我思'。前者是先有个对历史的看法，然后依照这一看法整理史实；后者则从整理史实入手，在这一过程中受到客观史实的触动、促发而产生某种认识，形成某种见解、理论。"[3]显然，郭小东先生遵循的是前者，他对20世纪90年代以后的知青文学有了整体性看法之后，才着手整理这个阶段的知青文学。这样做有其合理性。然而，以现代主义或后现代主义审视90年代以后的知青文学是否得当？偏于感悟式批评的郭小东先生自然保持警惕，他说："以后现代状况或后现代性来归纳或规范后知青文学创作实绩所体现出来的状态，也许并非是最确切的。"[4]但是，他意识到"后现代是一种无法回避的文学意识形态状况，它左右着我们生活的同时自然也就扼制我们思想的流向"[5]。于是，他在保留警惕的同时，还是选择了现代主义或后现代主义的视野审视90年代以后的知青文学。

---

①　郭小东：《现代主义视野下的知青文学》，武汉大学出版社2013年版，第436页。

②　郭小东：《现代主义视野下的知青文学》，武汉大学出版社2013年版，第436页。

③　黄修己：《〈中国新文学史编撰史〉导言》，《中国新文学史编撰史》（第2版），北京大学出版社2007年版，第9页。

④　郭小东：《现代主义视野下的知青文学》，武汉大学出版社2013年版，第40页。

⑤　郭小东：《现代主义视野下的知青文学》，武汉大学出版社2013年版，第40页。

除了审视角度与先前的知青文学史不同之外，《现代主义视野下的知青文学》的"特别"之处还在于它不是体大虑周的文学史著述——它是断代的，主要研究20世纪90年代以后的知青文学；它不采取"章节体"的结构述评具体的知青作家及其作品，而是由16个具体的个案"串"起来，构成知青文学史的图景。这样做也许不周全，但未尝不是知青文学史书写的有益尝试。这是此书第一个"特别"的地方。第二个"特别"的地方在于它区别了知青作家与知青文学作家两个概念，并理清了他们创作的差异性。具体而言，知青作家是"指活跃于80年代，有过红卫兵、老三届、知青经历的作家"，他们"在文学上受革命现实主义与革命浪漫主义特别是苏俄等社会主义革命文学的熏陶，同时又深受五四运动现实主义文学的左的方向的影响"①。知青文学作家，"指的是有过短暂的知青经历，或完全没有知青生活经验却进行知青文学创作的作家"，与知青作家的区别"在于他们以历史经验及对之的历史想象，作为创作资源，或完全抛却知青运动的历史事实而对之作形而上的叙事"。②知青作家与知青文学作家虽然都注重现实主义的细节描写，但是作品现代性方面，后者比前者更鲜明。

此书第三个"特别"的地方是在现代主义视野的观照下，16位作家的共性与个性分明。也就是说，他们的创作都具有现代主义或后现代主义的色彩这一共性，同时蕴含的现代主义或后现代主义的技巧不一样。具体而言，蒋韵作品中"情感和心理发展为主导的结构模式已经成功颠覆了传统的中规中矩的以情节为主线的叙述模式"③；李洱的小说"把现代主义的文学立场和思想观念渗透到文本当中"④；李晶和李盈合著的知青题材小说不再是讲故事，而是"叙述一种感觉，一种游走在时空中的情绪，若有若无，没有完整的画面"⑤；史铁生的作品"是一种独异的生命存在，是一种对人的命运倾听与倾诉的文

① 郭小东：《现代主义视野下的知青文学》，武汉大学出版社2013年版，第436页。

② 郭小东：《现代主义视野下的知青文学》，武汉大学出版社2013年版，第437—438页。

③ 郭小东：《现代主义视野下的知青文学》，武汉大学出版社2013年版，第49页。

④ 郭小东：《现代主义视野下的知青文学》，武汉大学出版社2013年版，第80页。

⑤ 郭小东：《现代主义视野下的知青文学》，武汉大学出版社2013年版，第104页。

字"①；王松的知青题材小说"全方位地描绘氛围和编织人事，不断地挖掘人物内心的隐秘因素，竭力混淆现实与虚构的界限"②；王小波的知青作品充满着黑色幽默的风格，总是不忘记解构历史的神圣与崇高；都梁的作品体现后现代主义的某些元素，如颓废、焦虑、反传统、颠覆等；艾米的纯净爱情小说表现现代主体性的文化诉求；郭小东小说中的感觉化描写、象征手法使其小说充满现代主义意味……可以说，在现代主义视野的观照下，我们充分认识到20世纪90年代后知青题材作品的价值。

综上所述，通过对郭小东先生的文学史著作进行回顾与述评，我们发现，其著述有着鲜明的特点，那就是知青的经历给他提供了感知与把握知青文学的良好条件，知青问题研究者的身份使他更能洞悉知青文学的真相，知青文学作家与评论家的身份使他更敏锐地捕捉到知青文学的价值所在。他的知青文学史体现了他对知青一代的深度关切，他对知青文学的研究折射了一代人的精神状况。

附：郭小东的主要学术成果

主要著作

1. 《中国当代知青文学》，广东高等教育出版社1988年出版。
2. 《文学的锣鼓》，广东人民出版社1997年出版。
3. 《中国叙事：中国知青文学》，花城出版社2005年出版。
4. 《中国知青文学史稿》，北京十月文艺出版社2012年出版。
5. 《现代主义视野下的知青文学》，主编，武汉大学出版社2013年出版。

主要论文

1. 《评晓剑的长篇小说"泥石流"》，《当代文坛》，1985年第10期。
2. 《论知青作家的群体意识》，《文学评论》，1986年第5期。

---

① 郭小东：《现代主义视野下的知青文学》，武汉大学出版社2013年版，第165页。
② 郭小东：《现代主义视野下的知青文学》，武汉大学出版社2013年版，第172页。

3.《众神渴了：论知青文学的孤独感》，《当代作家评论》，1986年第5期。

4.《论知青文学的死亡意识》，《文学自由谈》，1987年第5期。

5.《重归伊甸园：论知青文学的爱情模式》，《文艺评论》，1987年第5期。

6.《诸神的合唱：寻找亚当与夏娃的知青文学》，《海南大学学报》（社会科学版），1987年第4期。

7.《蛰伏的冲突：论文学中性别冲突的磨合》，《文学自由谈》，1988年第6期。

8.《转型期文学风度（上）——〈转型期文学批判〉之一》，《广东民族学院学报》（社会科学版），1989年第3期。

9.《把忧伤还给从前——读张建星〈书祭〉》，《文学自由谈》，1991年第3期。

10.《永远的异乡人二题——论梦莉与司马攻》，《暨南学报》（哲学社会科学版），1992年第3期。

11.《以革命的名义——〈中国知青部落〉第二部〈流放者归来·自序·后记〉》，《海南师范学院学报》（人文社会科学版），1994年第1期。

12.《童年梦想——我与文学》，《南方文坛》，1997年第1期。

13.《知青后文学状态》，《南方文坛》，1998年第4期。

14.《幽闭语境中的知青文学——〈新中国知青文学史纲〉序论》，《海南师范学院学报》（人文社会科学版），2001年第3期。

15.《中国叙事：知青文学流程的基本范式》，《粤海风》，2003年第3期。

16.《中国知青文学——非主流倾向的现状表述》，《汕头大学学报》（人文社会科学版），2005年第5期。

17.《知青文学的另类书写》，《文学自由谈》，2006年第3期。

18.《知青一代及知青文学的历史起源》，《上海文化》，2009年第1期。

19.《知青一代的终结 从知青文学到知青后文学》，《上海文化》，

2009年第2期。

20. 《现代小说的碎片化叙事》，《广东技术师范学院学报》，2013年第8期。

第二节 陈剑晖的文学研究

陈剑晖的研究重点是散文，但在近40年的文学研究中，他也多次涉足文学史领域，并出版了相关专著《新时期文学思潮》，还主编了《海外华文文学史初编》（与陈贤茂等合作）、《海外华文文学史》（四卷本，任副主编）、《20世纪中国文学批评史》（与宋剑华合作）、《20世纪90年代以来中国散文现象》《岭南现当代散文史》等多部文学史著作。陈剑晖的文学史写作，尽管不是他的主攻方向，但同样体现出了他的学术个性和批评风采。

一、文学思潮研究别具一格

陈剑晖的《新时期文学思潮》一书是新时期较早研究文学思潮的专著，同期出版的还有朱寨的《中国当代文艺思潮史》、何西来的《新时期文学思潮论》、陈辽的《新时期的文学思潮》、孙书第的《当代文艺思潮小史》、宋耀良的《十年文学主潮》等，它们在20世纪80年代末的中国文坛，刮起了一股不大不小的"文学思潮"热。

与上述文学思潮论著相比，陈剑晖的《新时期文学思潮》自有其特点和格局。饶芃子在评论此书时曾指出："陈剑晖是新时期批评家中，一个比较稳固地形成了自己的批评观念、批评标准与批评模式的人。这使他的批评变得成熟并且有了独特的格局。"这样的判断是准确的。因为早在1986年5月，在海南召开的"全国青年评论家文学评论"研讨会上，陈剑晖曾做了《作为历史文化建构的批评——关于批评观的一个提纲》的发言，精彩地阐述了他对于批评的见解。他认为，"在本质上，创作和批评都是人类历史文化活动的一种方式，是人对现实和自身的双向认识"，因而"批评是一种历史文化的建构"。他接着为"历史文化批评观"确立五个同构互补的层次：第一，要求批评家"具有历史的胸怀和眼光"；第二，"有比较强烈的文化意识，尤其是具备一

定的文化形态学的知识";第三,"对于个性化的创造活动的渴望";第四,
"对于人生真理的热爱追求和不倦探索的精神";第五,"特别强调积累审美
经验,培养良好的艺术感受力,并把它作为营构自己的理论大厦的基点"。他
进而解释说:历史文化建构的批评是一个系统,"当我们面对一个批评对象的
时候,如果我们具备历史文化的眼光,我们就有可能把整个批评对象置于整个
历史文化的框架中来确定它的价值,找出它的文学源流和流变的历史轨迹,从
而达到一种整体性的宏观把握"①。应该说,在20世纪80年代中期,就有如此
的文学史眼光和理论自觉,将批评的主体与对象同时置于整个历史文化的系统
时空之中来考察,殊属不易。这样的批评观,较之纯历史主义的、社会学的、
系统论的、心理学的、美学的,更不用说"游戏心态"的批评,都要浑厚有
力,因而更符合文学内外共时与历时的复杂性。而《新时期文学思潮》,正是
这一批评观念的成功实践。

《新时期文学思潮》的价值,首先是重新思考、审视文学思潮的概念。
以往一些文学研究者,总是将文学思潮等同于文学创作手法。陈剑晖认为:
"这种观念历来众说纷纭、看法种种,归纳起来大致有如下几种意见:第一种
意见认为,文艺思潮指特定时代里有影响的创作方法。这种观点有一定的合理
性,但它的片面性也显而易见。诚然,一些作家遵循相同或相近的创作方法,
在作品中表现出共同的特点,并由此形成一股影响巨大的文学潮流,这在文学
上并不乏先例。比如19世纪的浪漫主义、批判现实主义和自然主义文艺思潮就
是以特定的创作方法为其主要内容的。但是,这种例子并不是在所有的时代里
都能找到。在多数情况下,文艺思潮并不一定要包括一种特定的创作方法,如
我国五四时期的文学革命思潮或欧洲14—16世纪的文艺复兴思潮,就没有特定
的创作方法或创作原则。这种现象说明创作方法仅仅是构成文艺思潮的一个重
要方面,而不是全部。它们之间既有密切的联系又有明显的区别。创作方法是
作家在一定的世界观和文艺思潮的指导下,认识和表现现实生活、创造艺术形
象时所遵循的基本方法和原则;文艺思潮则是在特定的历史时期里,一批作家
在社会思潮的激发下,自觉地提倡一种文艺观点或文艺思想,自觉地遵循某种

---

① 陈剑晖:《我的批评观》,漓江出版社1987年版,第145页。

创作方法，并形成一种运动，产生普遍的影响，这在文学史上就称之为文艺思潮。"①

对于文艺思潮即文学观念和文学主张的观点，陈剑晖也明确地表示反对。至于将文艺思潮的发展演变看成政治斗争、文艺思想的更迭，陈剑晖认为："这样的划分很勉强和不科学。所谓'左'的、'右'的概念，其实只能用于政治而不能用于文学领域，更不能用它来代替对文艺思潮的研究。上段时间之所以有人将'小资产阶级自由化'当作文艺思潮来批判，主要也是因为没有弄清政治的概念和文艺思潮的概念的区别所致，这样自然便得出南辕北辙的结论，干扰了新时期文学的正常发展。"②

在对文学思潮的概念进行了一番辨析之后，陈剑晖便推出了他心目中较为理想的文艺思潮概念："文艺思潮是指这样一种现象：在历史发展的某一个特定时期，由于时代生活的推动，社会思潮的影响，哲学思想的渗透，一些世界观、艺术情趣相近的文学艺术家，在共同或相近的文艺思想或文艺观点的指导下，用共同的或相近的题材、表现手法创作了一大批艺术风格接近的文艺作品。这些作品不仅具有鲜明的时代和个人特色，而且在社会上产生广泛的影响，形成了某种思想倾向和潮流（有时是运动），于是，我们便把它称为文艺思潮。在这里，需要明确的是，能够称为文艺思潮的，必须包括如下几个方面：1. 有社会思潮、哲学思想做基础；2. 有文艺思想、创作理论的指导；3. 有一批艺术风格相近的作品体现这种文艺思想和理论。单有创作倾向而不伴随着相应的文艺思想和创作；或者单有文艺思想、文艺主张，而没有与这种理论相一致的创作；或者两者都具备，但没有社会思潮的推动和哲学思想的影响，都不能构成严格意义上的文艺思潮。"③

陈剑晖关于文学思潮的定义，尽管还存在缺陷，比如，对文艺思潮作为

---

① 陈剑晖：《文艺思潮：概念、范围及其意义新探〈新时期文艺思潮漫论〉之一章》，《海南大学学报》（社会科学版），1985年第3期。

② 陈剑晖：《文艺思潮：概念、范围及其意义新探〈新时期文艺思潮漫论〉之一章》，《海南大学学报》（社会科学版），1985年第3期。

③ 陈剑晖：《文艺思潮：概念、范围及其意义新探〈新时期文艺思潮漫论〉之一章》，《海南大学学报》（社会科学版），1985年第3期。

历史性范畴的存在，对它的规则以及价值体系等，他或多或少有所忽略。但在当时乃至今天来考量，陈剑晖的文艺思潮概念依然是富于学理性和创见的。这一文学思潮概念，廓清了文学思潮与文学史、文学思想、论争史，以及与创作方法、文学流派、文学阶段种种文学现象的联系与区别，使文学思潮这一概念具有较为丰富的内涵和明晰的边界。也许正是这个原因，陈剑晖的文艺思潮概念被《中国当代文艺思潮》（陆贵山主编）等十几部文学史著引用。古远清的《文艺新学科》中的"文艺思潮"条目，也主要采用了陈剑晖关于文学思潮的有关论述。

《新时期文学思潮》的另一个重要价值，是对于新时期文学思潮的梳理与把握。新时期的文学纷纭复杂，对文学思潮的理解更是千差万别。有的从主题学角度，将新时期的文学思潮归纳为"民族灵魂的发现与重铸"。有的从文化学和社会学着眼，将文学思潮归纳为"人文主义与启蒙主义""民族主义""大众文学""自由主义文学"四种文学思潮。更有人从政治学角度，将新时期的文学思潮分为"左""中""右"三种。陈剑晖则是从"历史文化"和"创作方法"两方面来考察新时期的文学思潮。他将新时期十年的文学概括为四大思潮：反思—寻根文学思潮、人道主义文学思潮、现代现实主义文学思潮（分为心理现实主义思潮、生存主义思潮、新象征主义思潮）、感伤浪漫主义文学思潮。这种立足于文学实际、比较纯粹又相对有较大涵盖性的划分法，的确与众不同。它不但更贴近文学思潮本体，思和潮的味更浓，而且从更宽广更深邃的角度阐述特定时期文学的现象与本质，从整体上展示了特定时期文学的成就以及面临的问题，这是颇富创新意味的。比如，在《理想主义者的精神漫游——论感伤浪漫主义文学思潮》这一章里，陈剑晖首先从"感伤浪漫主义"在当代的遭遇谈起。指出这两个既是同位词组又是偏正词组的什么主义，在当代的确在遭人误解、冷落，乃至遗忘。他对这六个字的辨析，对其本义的发掘，对"感伤性激情和追求美好崇高事物的志向"之特征的概括，令人信服。接着，他从五四时期一般浪漫主义追溯而来，认为"一种以豪迈粗犷的阳刚之气为表层形态，以感伤忧郁为'内核'的真正意义上的浪漫潮流又开始回归了"。从五四到新时期，这之间有一个暗合的"环"，一种灵魂的共通性。他还看到，张承志、梁晓声等感伤浪漫主义作家，"他们的创作在本质上都秉承了郁达夫等人的浪漫主义风格",而不是郭沫若式的。这无疑是慧眼独具的。接着具体考察新时期感伤浪漫主义激情的状况、形成的各种因由;张承志、梁晓声等作家的作品里浪漫形象有着怎样的原型性特征与个性人格;这个思潮与大自然所特有的契合交感关系。陈剑晖还提供了欧洲浪漫主义思潮在创作思想、艺术表现、文学与外界的联系诸方面对世界文化与文学的影响。最后,在《简短的结语》里,他又涉及这一思潮借以生存的时代与社会根源,以及它带给人们的特殊意义。从以上对"感伤浪漫主义"思潮简略的解析,我们便可发现陈剑晖的批评观念与其文学史写作具有很高的吻合度:从导论到思潮形态,没有哪一个部分不是尽量把分析的对象放在尽可能深远的历史文化这条奔腾的河流中去,从源到流,古今中外,他都能勾勒出合理而且清晰的轮廓,这使他的文学思潮研究不但具有了一定的原生状貌,还形成了其合理性。

在《新时期文学思潮》中,陈剑晖还探讨了当代文学思潮研究之所以落后的原因,以及研究文艺思潮的价值和必要性。这些研究富于启示性和超前性,具有开拓性的意义。总之,陈剑晖的《新时期文学思潮》,是文学研究的重要收获。特别是他对于文艺思潮概念的界定与甄别,将是未来中国当代文艺思潮体系建构的重要参照系。

二、文学批评史的突破与创新

《20世纪中国文学批评史》,是陈剑晖与宋剑华联手合作,获得教育部人文社科课题立项的一部批评史专著。此书体现了两位主编力图独辟蹊径,在批评史这块领地有所创新、有所突破的学术志向。

首先,在史料把握方面,该书对20世纪中国文学批评史总体发展趋势的把握高屋建瓴,逻辑性强。对具体批评家、批评流派的论析善于选择,具有历史的信度。

20世纪中国文学批评关涉的具体史料十分复杂,倘无对整个历史时期文学批评发展趋势的总体把握,要将这些史料组织成一个有机的系统是不大可能的。该书将20世纪的中国文学批评,按其自身的演变形态,划分为五个不同的逻辑发展阶段,对史料的梳理起到了重要的构架作用。第一阶段,从晚清的文学改良运动到五四文学革命前。此期文学批评的价值取向与标准尺度,主要取决于社会政治文化变革的客观要求。但是，在此期间对文学进行审美艺术理论探讨的主张并未消失，王国维、徐念慈、黄摹西等人都曾试图创立一套纯粹的文学审美理论体系；在梁启超的理论主张中，也不乏对文学审美性进行探讨的成分。第二个阶段，从五四文学革命到1927年。这一时期全面接受西方18、19世纪“为人生”的文学主张，并初步建立起了一套比较完备的社会学文学批评理论体系。在此期间对文学进行审美批评的理论较诸第一个时期也并不弱。第三个阶段，从1927年至1949年。在此期间文学批评多元格局初步形成，阶级论的文学批评、自由论的文学批评、人文主义的文学批评、直觉主义的文学批评、精神分析学的文学批评、存在主义的文学批评等，均能发声。第四个阶段，从20世纪50年代初至70年代末。其主要特征是形成了毛泽东文艺思想一家独语的局面。但在文艺批评斗争的过程中，人文主义的、审美的文学批评仍然存在着。第五个阶段，从20世纪70年代至20世纪末。这一时期的文学批评以人文主义哲学为基础，开创了20世纪中国文学批评史上最为活跃、最富有进取精神的全新时代。该书论者通过对20世纪中国文学批评的整体考察，提出了20世纪中国文学批评存在文学社会学批评、审美艺术批评、人文主义批评、心理分析批评、文化批评、比较文学批评、接受美学与审美反应批评、性别批评等不同的模式，并以此来对既往的史实进行梳理、叙述。正是凭借这种高屋建瓴的逻辑把握，该书避免了常见的批评史著作史料罗列过多的不足。

该书对批评家的选择也体现了较为合理的学术理念，并对重要批评模式中的代表人物进行了专章论析。该书尤为重视批评家理论主张的学术价值而不是一般的历史价值，因此专章论述了李健吾的文学批评，对梁宗岱、李长之的文学批评也给以相当的重视。相比之下，该书对一些文学活动的组织者，如成仿吾、周扬的文学批评就论列不多。

其次，在史实的分析方面，该书长于融通、善于互见。该书主张用“透视和互见式”的方法来研究20世纪的中国文学批评史。“透视”就是将各种类型的批评看作一个整体，这个整体随时都在变化着，不仅可以分析评判，而且充满了各种可能性。“互见”即各种类型的批评都是互相比较、互相补充而存在着的。很显然，“透视和互见”研究方法其实就是一种融通的研究方法，这一研究方法是合乎20世纪中国文学批评史实际的。在既往的文学批评史研究中，人们对不同批评话语间的差异往往取断裂式的看法，用时代、派别等等不同的标准将原本变动、混沌并生的批评类型看成是对立、否定、相互取代的批评类型，由此产生了对文学批评史的不少误读。该书打破以往对立思维的老路，采用"透视互见"的研究方法，这对文学批评史的研究来说是有补偏救弊的力量的。

任何一部有特色的文学批评史，都应有属于自己的体例、理论方法和学术选择。在以往的文学批评史研究中，研究者多采用"编年史"的体例。《20世纪中国文学批评史》在总结前人经验教训的基础上，创造性地采用了一种新的"分解综合体"。它不是面面俱到，全景式地展示20世纪中国文学批评的整体面貌，而是以文学思潮、批评流派、批评方法、批评模式为纲；以人为本，抓住代表性的批评现象和人物，将晚清至20世纪80年代末近百年的文学批评史，分为"社会功利主义批评""历史—审美批评""人文主义批评""20世纪其他批评模式"四编，而后根据文学思潮、批评流派的内在发展线索，点面结合，个别研究和单元思想研究并重，尽可能科学地、客观地描述中国现代文学批评的进程。在这里，我们看到，编者不是简单地按照年代次序表述批评家们的批评观，也不是将时代背景、文学思潮、文学运动、文学论争和批评家分开逐一介绍，而是用综合的眼光去观察、透视批评史上曾经发生的各种批评现象，特别是批评的流变。批评史是一个动态的进程，因此，注重进程的描述，尽可能做到让史的线索清晰，同时又突出整体，即一方面要探本溯源，精确地展示批评史上一些重要的"景点"；另一方面要兼顾重大的文艺思想和一般的批评趋向，使纵向考察与横向研究贯通合一，单元思想分析与总体轮廓勾勒并举，这便是陈剑晖与宋剑华两位主编的努力方向，也是本书的特点。当然，如果从传统的眼光来看，本书的体例还不够严密整齐，某些章节的表述过于主观化和散文化——这与传统的批评史写法所要求的冷静、客观、科学的风格有所不合。

可见，陈剑晖、宋剑华主编的《20世纪的中国文学批评史》是一部体例独特、方法新颖、视界开放、卓见迭出的巨著。它从一种新的角度研究中国20世纪文学批评史，弥补了以往中国文学批评史研究的多方缺憾，开拓了文学批评史研究的新视野，显示了文学批评的新成就。

三、理论建构与散文史写作齐头并进

陈剑晖在散文史研究方面也倾注了不少心力。在建构散文理论话语的同时，他还构筑了一个散文史的世界。这方面的代表专著是《20世纪90年代以来中国散文现象》和《岭南现当代散文史》。

《20世纪90年代以来中国散文现象》没有像以往文学史那样，面面俱到，全景式地反映新时期以来的散文创作，而是从流派思潮的角度，抓住20世纪90年代以来的诸多散文现象，将全书分为"文化大散文""学者散文""思想散文""性灵散文""女性散文""新乡土散文""新散文""在场主义散文"8章。由于此书被列进"高等学校特色专业建设教材"系列，其框架结构也较为独特，每一章都由四部分构成：1. 学习提示；2. 论述（主要是对这一散文现象的客观考察和评述）；3. 代表作家的作品及赏析；4. 问题与思考。这种兼具学术和教学的"普及型"文学史，可视为文学史的"另类"。它可能在学术深度上比不上"学术性的文学史"，但因有"导读""问题与思考"，并配有作品和赏析，因此更符合课堂的需要，也更受学生欢迎。

尤其值得嘉许的是，作为一个粤派学者，陈剑晖不仅关心全国性的散文问题，对广东本土的散文创作同样长期跟踪。早在20世纪80年代初，他便和郭小东合作，在《文学评论》上发表了《岭南散文风格初探》一文，后来，他更加集中研究岭南散文，并于2015年推出了《岭南现当代散文史》。

《岭南现当代散文史》从文化视角，考察岭南散文的发生、发展和变化。在绪论和第一章，首先探讨岭南的地理环境与文化精神，并对岭南文化作出新理解和新阐释："文化作为人类社会的产物，是动态发展的，它的生成、存在和变化发展，是受一定的时间和空间制约的。就时间而言，既表现为某些文化现象的不断丰富，也表现为某些文化现象的逐渐消亡。就空间而言，不同地域的存在，不同生成环境的存在，决定了文化的格局也不可能是整齐划一、凝固不变的。用历史的、静止的观点来看待文化，无视文化变革，也即是无视正在发展变化中的文化现实。这对于我国当代文化的建设其实是不利的。因此，评判文化也要相应有一个变化的、发展的、多元的观点。衡量某一地域文化的优劣，不应仅仅以这一地域的文化积淀、资源累积、有多少所名校以及

多少大师级的文化名人为依据，而应看这一地域文化的开放性、创造性、探索性、多元性和兼容性如何。仅从文化资源与积淀的累计来谈文化显然有失片面和空疏。文化的内在精神，即价值观念，才是文化发展的内在动力。"①这是颇具识见的文学地理论。梳理了岭南文化的源流，对岭南文化作了一番新理解和新阐释后，第二章便从地理环境与岭南散文风格的形成、主题与题材选择的南国情调与色彩、"阴柔之美"的美学追求、共同色调中的差异性、岭南散文之于当代散文的意义的宏观视角，综论岭南散文的思想艺术风格。而后再从岭南散文的发生、发展，各个时期的代表性散文家，对岭南散文分而论之。可谓纲举目张，线索清晰，既有宏观把握，又有对文本细致具体的分析。

《岭南现当代散文史》秉承了陈剑晖一贯的写作风格，即为文富于激情，既有情怀，也有体温，而且文采飞扬，充满散文韵味。这一点从各章节的标题命名就可看出——"林遐：以异乡人的眼睛发现岭南生活的美""陈残云笔下的大沙田水乡风情画""杜埃的'山颂'与'乡情曲'""紫风的'葵韵'与'海恋'""杨石：'岭南春'中的风土人物志""黄秋耘散文的情致美""岑桑：写出自己的情调和色彩""杨羽仪：追求和创造美的知春鸟"。这样的文学史虽有点"另类"，但它是建立于扎实的文献资料、严谨的学理和文本的细读之上。因此，不但可以使读者了解岭南散文的发生发展和总体成就，也能给他们美的享受。

在2017年发表于《中国文学批评》的《剑走偏锋与理解之同情——评顾彬的文学史观》一文中，陈剑晖认为文学史写作应是文学史、文学理论和文学批评三者的结合。同时，文学史写作，还必须有情怀、生命和趣味的投入，这样写出来的文学史才不会过于刻板僵硬，才有可读性，有生命的体温和亲切感。这是陈剑晖心目中的理想文学史的模样，当然也是他的文学史写作的目标。

---

① 陈剑晖主编：《岭南现当代散文史》，广东人民出版社2015年版，第55页。

附：陈剑晖的主要学术成果

主要著作

1. 《我的批评观》，漓江出版社1987年出版。

2. 《新时期文学思潮》，广东高等教育出版社1989年出版。

3. 《文学的星河时代》，南海出版公司1992年出版。

4. 《文学的本体世界》，南海出版公司1995年出版。

5. 《海外华文文学史》（四卷本），副主编，鹭江出版社1999年出版。

6. 《散文文体论》，中国文联出版社2002年出版。

7. 《20世纪中国文学批评史》，与宋剑华合编，海南出版社2003年出版。

8. 《中国现当代散文的诗学建构》，江西高校出版社2004年出版。

9. 《诗性散文》，广东教育出版社2009年出版。

10. 《20世纪90年代以来中国散文现象》，主编，广东高等教育出版社2013年出版。

11. 《审美、审丑与审智：百年散文理论探微与经典重读》，广东人民出版社2014年出版。

12. 《诗性想象：百年散文理论体系与文化话语建构》，广东人民出版社2014年出版。

13. 《岭南现当代散文史》，主编，广东人民出版社2015年出版。

主要论文

1. 《岭南散文风格初探》，与郭小东合著，《文学评论》，1982年第2期。

2. 《岭南小说风格试论》，《社会科学战线》，1983年第1期。

3. 《文艺思潮：概念、范围及其意义新探——〈新时期文艺思潮漫论〉之一章》，载于《海南大学学报》（社会科学版），1985年第3期。

4. 《骚动与喧哗——新时期文学思潮一瞥》，《当代作家评论》，1986年第6期。

5. 《论90年代的中国散文现象》，《文艺评论》，1995年第2期。

6. 《现代性：百年文学的艰难历程》，《文艺研究》，1998年第1期。

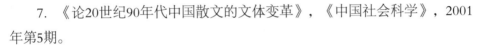

7. 《论20世纪90年代中国散文的文体变革》，《中国社会科学》，2001年第5期。

8. 《论散文作家的人格主体性》，《文艺理论研究》，2003年第5期。

9. 《断裂中的痛苦与困惑——20世纪散文理论批评评述》，载于《华南师范大学学报》（社会科学版），2004年第1期。

10. 《中国散文理论存在的问题及其跨越》，《中国社会科学》，2005年第1期。

11. 《论现代散文的文体选择与创造》，《文学评论》，2007年第5期。

12. 《论散文的叙述诗性》，《学术研究》，2007年第12期。

13. 《散文意境的特征及其构造》，《华南师范大学学报》（社会科学版），2008年第4期。

14. 《星垂平野阔　月涌大江流——新时期散文研究三十年》，《中国社会科学》，2009年第2期。

15. 《论当代散文创作的现实性问题——兼及当下的一些散文现象》，《文艺评论》，2010年第5期。

16. 《现代批评视野与诗性散文理论建构》，《文艺争鸣》，2011年第3期。

17. 《散文"真情实感"之辨析》，《南京社会科学》，2012年第8期。

18. 《中国文体研究的演变、特征与方法论问题》，《福建论坛》（人文社会科学版），2012年第10期。

19. 《中国现代散文与"言志性灵"文学思潮》，《福建论坛》（人文社会科学版），2013年第9期。

20. 《散文价值的发现与中国当代文化建设》，《学术研究》，2015年第6期。

第三节　宋剑华的文学研究

20世纪80年代，中国现代文学研究界出现可喜的现象，那就是涌现出一大批满怀学术热情的中青年研究者。"他们思想活跃，富有时代敏感，勇于接受新鲜事物和打破旧的框框"①，开启了中国现代文学研究的新时代。宋剑华先生正是在那个充满学术热情的年代里成长起来的具有鲜明研究个性的学者。自从1986年发表见解深刻的《论中国现代文学的发生期》以来，他一直在中国现代文学的园地里辛勤耕耘，并取得了丰硕的研究成果。他视野开阔，问题意识强，善于思辨，在许多重大的学术问题上执着开拓，有突破之功，因而受到学界的普遍肯定与赞许。下面我们以时间为轴，对宋剑华先生的学术研究进行述评，探寻他的学术研究路径和方法，同时感受他在学术研究上与众不同的魅力。

一

20世纪八九十年代，有一研究课题一直是宋剑华关注的对象，且有关这一课题的研究成果也受到学界普遍肯定，那就是关于曹禺及其戏剧的研究。对曹禺戏剧的研究，宋剑华先生首先从《雷雨》的中心人物着手，于1987年发表了首篇论文《从邪恶走向忏悔——论周朴园性格的内在矛盾》。这篇论文"将周朴园纳入'人'的范畴加以考察，揭示出他性格的内在矛盾"②，这一研究方法突破了以往从"阶级性"分析周朴园的研究路径，使周朴园的"人性"色彩得以展现。在对周朴园内在心灵世界进行深入探寻时，他发现了一条非常重要的研究线索，那就是"周朴园乃至《雷雨》总体表现出的忏悔意识，都带有一定的西方宗教色彩"③，曹禺正是"从基督教与天主教那里得到启发，使他能够把从日常生活中所观察到的种种矛盾现象同'人性'的多层次结构联系起来，编成艺术的光环，给读者以心灵的映照"④。

这一研究线索是长期文本细读得来的，宋剑华先生在回顾自己的曹禺研究时透露："从1986年起，我的阅读直觉便提醒我注意到曹禺早期的话剧创

①　王瑶：《在现代文学研究创新座谈会上的讲话》，《中国现代文学研究丛刊》，1985年第4期。

②　宋剑华：《从邪恶走向忏悔——论周朴园性格的内在矛盾》，《青海民族学院学报》，1987年第3期。

③　宋剑华：《从邪恶走向忏悔——论周朴园性格的内在矛盾》，《青海民族学院学报》，1987年第3期。

④　宋剑华：《从邪恶走向忏悔——论周朴园性格的内在矛盾》，《青海民族学院学报》，1987年第3期。

作，的确客观存在着一种'异己'的力量——基督教人文主义'惩恶劝善'的伦理思想，这构成了他作品感化社会的悲剧氛围。"①

在基督教文化与曹禺戏剧这一研究方向上，宋剑华先生勇往直前。在请教曹禺先生及田本相教授之后，②综合自己的详尽研究，宋剑华先生发表了一系列论文。这些论文在宏观、中观与微观的视野中建构起基督教文化与曹禺戏剧之间紧密的架构。在宏观方面，他细致考察了基督教在中国传播的历史，着重研究近代以来基督教在中国社会的传播及影响，尤其是基督教文化对中国现代知识阶层的影响。他认为基督教文化对中国现代知识阶层的心态产生极大影响，在于他们当时所受的教育以及当时"比较文化"的影响。③这一研究勾勒了基督教与近现代中国的文化背景，为深入探讨曹禺个人与基督教文化的紧密关系奠定了坚实的基础。

在中观研究方面，宋剑华先生主要着手曹禺本人的研究。他从精神分析学的角度切入，探讨曹禺的精神世界与作品的对应关系。通过详尽考察与分析，他发现：1.曹禺作品中的"俄狄浦斯情节"与曹禺童年时被剥夺母爱（生母因产褥热而去世）形成苦闷的心境有关；2.曹禺小时候与异性（继母、姐姐和保姆）的密切交往使他对女性的性格特征、精神世界与言行举止有着透彻的体验和把握，影响了他的戏剧创作；3.戏剧中对缺乏男子汉气概的男性的否定，隐含着曹禺对自身脆弱性格产生的恐惧感的否定；4.曹禺希望通过戏剧舞台形式，运用道德理性意识排斥童年时代发现人类动物性本能的危害，以达到重建社会和谐秩序的目的；④5."曹禺虽然不是一个基督教徒，但他从少年时代起对《圣经》感兴趣，到青年时代希望从它那里寻找生活之路，基督教精神

---

① 宋剑华：《我所理解的曹禺》，《安徽教育学院学报》（社会科学版），1997年第1期。

② 宋剑华：《曹禺早期话剧中的基督教伦理意识》，《江汉论坛》，1988年第11期。

③ 参见宋剑华：《略论基督教在中国的传播》，《理论学习月刊》，1989年第10期；宋剑华：《基督教文化与中国》，《海南师院学报》，1998年第1期。

④ 参见宋剑华：《苦闷与自责——对于曹禺及其作品的精神分析》，《海南师院学报》，1991年第3期；宋剑华：《论曹禺的情感生活与其作品的对映关系》，《河北学刊》，1996年第3期。

实际上已在他的思想深层，埋下了潜伏的影响。"①这一系列发现破解了很多谜团：首先让读者理解了曹禺作品情节中多次出现"俄狄浦斯情结"的原因；其次，让读者充分体会到曹禺戏剧能刻画出丰满女性形象的背后缘由；再次，让读者体悟到曹禺运用艺术手法处理戏剧中男性自责一面的理由；最后，它向读者呈现了当曹禺运用道德理性宣扬"惩罚邪恶，昭示正义"的主题，拯救人类自身时，自然而然地，与自己接受的基督教文化产生密切的联系。

微观方面，"如何将宗教的影响从作品中恰如其分地剥离出来，又尽可能还原其文学与宗教互动相生的状态"②，这是阐释基督教文化如何影响曹禺戏剧的难点，也是宋剑华先生微观研究的着力点和出彩的地方。首先，他从《圣经》中的"原罪说""博爱说"与"救赎说"切入探讨曹禺戏剧，认为"原罪意识"与"博爱意识"是曹禺戏剧的中心主题，是其受基督教文化影响的标志，曹禺"不仅以艺术化的手法演绎了基督教文化的'原罪'理念，同时也将人性无法完全克服的根本弱点带入'原罪'意识中加以解剖，最终提出了人类灵魂拯救与自救的命题"③。"不仅以艺术化的手法演绎了基督教文化的'博爱'理念，同时也以基督的博爱意识重新阐释了现代意识和世界意识，从而显示出他与其他中国现代作家完全不同的思维方式和价值观念。"④其次，宋剑华先生指出基督教精神影响了曹禺的精神人格，其主要体现在曹禺戏剧的创作模式与人物类型上，如《雷雨》的创作模式与"原罪意识"相关；《日出》的创作模式与世界末日情绪相关；《原野》的创作模式与爱的教义相关；《北京人》的创作模式与人性重构联系紧密。曹禺戏剧人物类型——贪婪型、淫乱型、仇恨型、使徒型、市侩型、无辜型等——均可见到基督教文化的

① 宋剑华：《试论〈雷雨〉的基督教色彩》，《中国现代文学研究丛刊》，1988年版第1期。

② 温儒敏、李宪瑜、贺桂梅、姜涛等：《中国现当代文学学科概要》，北京大学出版社2005年版，第353页。

③ 宋剑华：《基督精神与曹禺戏剧的原罪意识》，《文学评论》，2000年第3期。

④ 宋剑华：《基督精神与曹禺戏剧的博爱意识》，《涪陵师范学院学报》，2000年第2期。

影响。①再次，基督精神也影响了曹禺戏剧的艺术风格，其主要体现在曹禺戏剧的"梦幻结构""恐怖氛围"与"人物塑造"上，有一种"大悲、大恸、大彻、大悟的悲剧艺术风格"贯穿其中。②此外，在基督教文化视野下，宋剑华先生对曹禺四部戏剧做出新阐释，认为《雷雨》是"迷惘人生的罪与罚"；《日出》是"灵魂的毁灭与再生"；《原野》是"失去理智的疯狂"；《北京人》是"原始野性的呼唤"，在曹禺戏剧解读方面又向前迈了一大步。③

结合宏观、中观与微观的研究，宋剑华先生先后出版了两部学术专著：《困惑与求索——论曹禺早期的话剧创作》和《基督精神与曹禺戏剧》，后者是他十多年潜心研究曹禺及其戏剧的全面总结，"为我们提供了一套新的解释话语，建立了一个独到的文本分析系统，并且充分展现了学者的良知、价值立场及其追问与论争的勇气，具有鲜明而独特的研究个性"④。

宋剑华先生的突破性研究成果受到学界普遍肯定。如田本相先生认为"在新时期的曹禺研究领域中，宋剑华同志是第一个开辟新径的人"⑤。钱理群先生认为"其方法的创新尤其令人感兴趣：这是一个结构模式分析的有益尝试"⑥。王富仁先生认为"宋剑华先生抓住了曹禺与西方基督教文化的关系，也就抓住了曹禺戏剧艺术的本质特征……是体现着曹禺研究的新高度的"⑦。何锡章先生也认为"宋著是曹禺研究的新的收获，将曹禺研究推向了新的阶段，开辟了新的领域，尤其是细读文本得出的结论，更是文本分析的成功典范，其影响将会逐步显示出来"⑧。斯洛伐克学者高力克先生曾多次将宋剑华先生关于曹禺的研究成果用英文向西方学界做详尽介绍。而北京大学温儒敏教

---

①　宋剑华：《基督精神与曹禺戏剧的结构模式》，《荆州师范学院学报》，1999年第4期。

②　宋剑华：《基督精神与曹禺戏剧的悲剧艺术》，《海南师范大学学报》（社会科学版），1999年第3期。

③　宋剑华：《基督精神与曹禺戏剧》，湖南师范大学出版社2000年版，第176—284页。

④　何锡章：《读宋剑华〈基督精神与曹禺戏剧〉》，《文学评论》，2001年第3期。

⑤　兵：《宋剑华〈困惑与求索——论曹禺早期的话剧创作〉出版》，《海南师范学院学报》，1993年第2期。

⑥　钱理群：《大小舞台之间：曹禺戏剧新论》，北京大学出版社2007年版，第362页。

⑦　宋剑华：《基督精神与曹禺戏剧》，湖南师范大学出版社2000年版，第8页。

⑧　何锡章：《读宋剑华〈基督精神与曹禺戏剧〉》，《文学评论》，2001年第3期。

授在《中国现当代文学学科概要》中，更是将宋剑华先生作为新时期曹禺研究的代表性人物做了着重介绍。①由此可见，宋剑华先生关于基督教文化与曹禺戏剧的研究在曹禺研究史上占有重要地位。

二

在20世纪90年代，除了基督教文化与曹禺戏剧的关系研究产生广泛影响之外，宋剑华先生还有一项学术举措在学界产生重要影响，那就是与著名文艺理论家杨春时先生一道，在学术界发起了一场规模宏大的关于"现代性"的学术大讨论。

这场学术大讨论，源于宋剑华先生参与主持社科基金项目"20世纪中国文学批评史"时涉及如何评价20世纪中国文学性质的问题。为20世纪中国文学定性与定位，在当时宏观性思想理论研究式微的情况下，是非常具有挑战性的课题。宋剑华先生本着严谨治学的理念，多次与杨春时先生深入交流与探讨，两人达成了共识，合写了《论二十世纪中国文学的近代性》，发表在《学术月刊》上，《新华文摘》对其全文转载。

该文指出以往"中国现代文学史"的概念注意到了世界文学对于20世纪中国文学的影响，"但并没有从世界文学史的观点（而只是从自然时间概念上）对20世纪中国文学进行定位。它不顾20世纪中国文学与世界文学之间发展水平的巨大差距，套用世界文学史分期于中国文学史，把五四以后的文学定位于现代文学"②，这是一大误解。该文立论持重、逻辑严密、推导严谨，首先对古代文学、近代文学与现代文学的性质与特征做了考察与界定，接着指出"20世纪中国文学的近代性质与20世纪中国社会的近代性质，是基本一致的"③，因为整个20世纪，中国社会依旧在近代化的道路上艰难前行，现代化的目标远未实现。"20世纪中国文学的主题，是对国家、民族、阶级命运的深切关注，它

---

① 温儒敏、李宪瑜、贺桂梅、姜涛等：《中国现当代文学学科概要》，北京大学出版社2005年版，第352—353页。

② 杨春时、宋剑华：《论二十世纪中国文学的近代性》，《学术月刊》，1996年第12期，第91页。

③ 杨春时、宋剑华：《论二十世纪中国文学的近代性》，《学术月刊》，1996年第12期，第86页。

以自己的方式作为近代意识形态的载体参与了社会的变革，这明显属于近代文学的主题，而不属于关注个体精神归宿的现代文学主题。"①然后，该文从历时性角度，考察了晚清至20世纪后期中国文学的发展特点，指出"它埋葬了古典主义，结束了新古典主义，也告别了现实主义，开始走向现代主义"，但现代主义作品尚未成熟。②最后，该文着重强调确立20世纪中国文学的"近代性"不仅仅是概念澄清与历史分期问题，还关乎20世纪中国文学的根本性质与今后中国文学的发展方向。

另外，需要重点指出的是，该文"强调20世纪中国文学的近代性，并不是说在百年之中，中国毫无现代文学因素可言"③，该文也列举了现代派诗歌、曹禺的表现主义戏剧、"新感觉派小说"等现代文学作品。由此可见，该文看待问题是理性辩证的。该文发表后，引起了许多学者的强烈关注，他们纷纷写下不同看法、不同意见的文章进行商榷，形成了以《学术月刊》《文艺研究》《南方文坛》等重点期刊为阵地的争鸣局面。如朱寿桐先生认为20世纪中国文学的"近代性"提法忽视了两个基本前提：一是开放的时代前提，"使得独立的近代文学营造成为不可能"；二是进化的非线型前提——"在中国近现代社会发展运作中，资本主义的发展与无产阶级的发展都是变速的，不宜用世界近现代文明发展的平均值加以时代量化"。④龙泉明先生认为"20世纪中国文学的现代化行程虽是艰难曲折的，但是在总体上却是逐步深入的，它的现代性质与特征也是逐渐呈现出来的，并且越到后来越鲜明"，"从世界意识、先锋意识、民族意识、人性意识、创造意识等五个维度的交接点上，可以建构起一个

————————

①　杨春时、宋剑华：《论二十世纪中国文学的近代性》，《学术月刊》，1996年第12期，第86页。

②　杨春时、宋剑华：《论二十世纪中国文学的近代性》，《学术月刊》，1996年第12期，第90页。

③　杨春时、宋剑华：《论二十世纪中国文学的近代性》，《学术月刊》，1996年第12期，第89页。

④　朱寿桐：《论中国新文学的现代性品格》，见宋剑华：《现代性与中国文学》，山东教育出版社1999年版，第133页。

评估20世纪中国文学的现代性的标准"①。刘锋杰先生认为"现代性的概念与其建立于时间的划分上，还不如将它建立在审美倾向的类型学划分之上，这样更可以标示人类精神活动的多样性"②，他认为"从整体倾向的角度来理解20世纪中国文学，它是具有现代性的。因为它在取向上已偏离传统而朝向西方，在打破权威而走向自由"③。陈剑晖先生认为"20世纪的中国文学，既不属于'新民主主义'性质的现代文学，也不能用近代文学概而括之。准确说，它是一种以现代为基调的带有近代因素的文学"④。杨义先生认为"'近代/现代'之分，是20世纪推动历史前进的中国人为了追求更高的社会理想和革命方式，而采取的历史逻辑思维方式。或者说，是置身于急速转折和发展中的20世纪中国人的一种特殊的时间感觉。其实它们在西文中是同一个词"⑤，"在新的世纪有可能把以往所说的'现代文学'划入近代范畴之时，我们有必要适时地调整关于现代性追求的战略思路"⑥。另外，还有刘海波、魏健、逄增玉、伍方斐、孙絮等学者提出商榷的文章，限于篇幅，不一一列举。⑦

喜于学界对《论二十世纪中国文学的近代性》一文的热烈反应，杨春时先生写了《文学的现代性与中国现代文学》《试论20世纪中国文学的前现代性》《古典主义传统与当代文艺思潮》等文作出回应。宋剑华先生写了《错位的对接——漫谈中国文学现代化》《二十世纪：中国近代批评的历史终结》《现代意识与现代文学》《现代主义：20世纪中国文学一个未竟的使命》《再

---

① 龙泉明：《20世纪中国文学的现代性论析》，见宋剑华：《现代性与中国文学》，山东教育出版社1999年版，第136页。

② 刘锋杰：《何谓20世纪中国文学的现代性》，见宋剑华：《现代性与中国文学》，山东教育出版社1999年版，第155页。

③ 刘锋杰：《何谓20世纪中国文学的现代性》，见宋剑华：《现代性与中国文学》，山东教育出版社1999年版，第157页。

④ 陈剑晖：《现代性：百年文学的艰难历程》，见宋剑华：《现代性与中国文学》，山东教育出版社1999年版，第203页。

⑤ 杨义：《关于中国文学现代性的世纪反省》，见宋剑华：《现代性与中国文学》，山东教育出版社1999年版，第195页。

⑥ 杨义：《关于中国文学现代性的世纪反省》，见宋剑华：《现代性与中国文学》，山东教育出版社1999年版，第198页。

⑦ 详见宋剑华：《现代性与中国文学》，山东教育出版社1999年版，第165—234页。

论二十世纪中国文学的近代性——兼答朱寿桐、龙泉明、刘锋杰先生》《论20世纪中国文学批评的性质与特征》等文章继续阐明自己的观点。例如针对中国文学"现代化"问题，他严正指出"我们常常提及的'中国现代文学'，只获得了时间与形体上的意义，而缺乏真正属于本质性的精神内含"①。针对朱寿桐、龙泉明、刘锋杰先生的观点，他客观地指出三者把"开放意识""主体意识"理解为"现代意识"，误用"现代因素"代替"现代性质"，犯了概念上的错误；"他们人为地将世界现代文学分为中西方两种不同的标准，客观上仍是对西方现代文学的推绝和否定"；另外，"文学史的分期与文学的审美特性毕竟是两回事"，刘锋杰先生"不能混为一谈"。②针对百年中国文学批评的性质问题，宋剑华先生认为"20世纪中国文学批评的主体倾向，是社会功利主义。这就决定了近百年来中国文学批评的基本性质，是属于近代史的范畴而不是现代史的范畴"③。针对以时间概念来确定20世纪中国文学性质的做法，他犀利地指出20世纪中国文学是近代文学而非现代文学，"其最为重要的理论依据或价值尺度，就是'现代意识'的生成与确立。无论是东方还是西方，都适用于这一法则"④。

　　随着这场学术大讨论的进一步发展，越来越多的学者加入了这一行列。王富仁、谭桂林、王一川、杨剑龙、刘增杰、王又平等学者纷纷发表相关文章进行探讨，⑤客观上推动了学界对20世纪中国文学性质的认识，使"现代性""现代化""现代主义"等高频使用的文艺理论词语的内涵明晰化。正因为如此，这场学术大讨论受到学术界同行的积极评价。杨春时、宋剑华先生的学术观点因其新锐合理，也受到尊重与赞许。朱寿桐先生认为"如果光是从社

　　①　宋剑华：《错位的对接——漫谈中国文学现代化》，《中国现代文学研究丛刊》，1996年第3期。

　　②　宋剑华：《再论二十世纪中国文学的近代性——兼答朱寿桐、龙泉明、刘锋杰先生》，《涪陵师专学报》，1997年第4期。

　　③　宋剑华：《二十世纪：中国近代批评的历史终结》，《文艺理论研究》，1997年第2期。

　　④　宋剑华：《现代意识与现代文学》，《文艺研究》，1998年第1期。

　　⑤　详见宋剑华：《现代性与中国文学》，山东教育出版社1999年版，第237—407页。

会形态、意识形态的两两类比对照而言，（杨、宋）这样的观察大致是准确的"①。刘锋杰先生认为杨、宋之文"从取范对象、社会基础两方面得到了佐证。从形式逻辑角度分析，几乎无懈可击"②。刘海波、魏健先生认为杨、宋的"'性质界定'则意味着对中国20世纪文学历史进程作一次全方位的重新估量，它将直接影响文学史的书写"③。杨义先生认为杨、宋之文"充满着论辩性，体现了作者想超越五四以来新文学传统的更为新锐的现代性追求"④。李怡先生认为在"现代性终结"来势汹汹的时候，宋、杨发起的"文学现代性品格"论争是关于"现代性"之思的"最有影响的事件"。⑤

三

进入21世纪之后，宋剑华先生的学术研究，主要转向了三个理论命题的研究，首先是新文学与中国传统文化的关系探源。关于新文学与中国传统文化（文学）的关系，学术界一直存在激烈论争。20世纪80年代以前，学界宣扬五四反传统的精神，倾向认同新文学对中国传统文化（文学）的彻底批判和疏离。到了20世纪80年代，陆续有学者对此发表不同的看法。如王瑶先生撰文认为中国现代文学所反映的社会生活与所要适应的受众欣赏习惯具有民族性，现代作家所受的教育及其文艺修养与中国古典文学（民族文化）有密切的联系。⑥唐弢先生发文认为从生活出发，民族传统的影响是持续的；西方思潮与

① 朱寿桐：《论中国新文学的现代性品格》，见宋剑华：《现代性与中国文学》，山东教育出版社1999年版，第133页。

② 刘锋杰：《何谓20世纪中国文学的现代性》，见宋剑华：《现代性与中国文学》，山东教育出版社1999年版，第153页。

③ 刘海波、魏健：《回顾与回答——关于20世纪中国文学性质的思考》，见宋剑华：《现代性与中国文学》，山东教育出版社1999年版，第166页。

④ 杨义：《关于中国文学现代性的世纪反省》，见宋剑华：《现代性与中国文学》，山东教育出版社1999年版，第195页。

⑤ 李怡：《多重概念的歧义与中国文学"现代性"阐释的艰难》，《社会科学研究》，2005年第5期。

⑥ 详见王瑶：《中国现代文学和民族传统的关系》，《上海师范大学学报》（哲学社会科学版），1982年第1期；王瑶：《中国现代文学与古典文学的历史联系》，《北京大学学报》（哲学社会科学版），1986年第5期。

外来形式须与中国人的欣赏习惯和艺术趣味相合，西方的表现方法要因地制宜，才能"开花结果"。①贾植芳先生著文认为"在当时隐隐约约地制约着中国的新文学战士的，一种是来自于西方文化的影响，一种是来自他们个人的古典文化修养，仿佛两根红丝带，暗暗地将中国现代文学与传统文化连接在一起"②。

与以往的研究相对照，宋剑华先生又向前迈了一大步。他在《中国社会科学》陆续发表了四篇鸿文，对新文学与中国传统文化的关系作了深入阐述，又在《文学评论》《学术研究》《社会科学辑刊》等重要刊物上发表一系列论文作为补充阐明。总体而言，宋剑华先生的研究有四点突破：

其一，揭示五四新文学的精神资源既是西方的，更是中国的。针对以往人们认为五四文学是"西方人文主义哲学思潮在中国营造出的文艺复兴运动"③，宋剑华先生提出质疑："新文学的精神资源，是否是西方人文主义的原生状态？"学界必须弄清楚"它究竟从何种渠道传播而来，又对新文学创作产生过怎样的深刻影响"才能下结论。④首先，他考察五四新文学精英知识分子的语言能力和当时翻译的材料，得出结论：除了个别人（如胡适）精通英语外，大多数人不通晓西方文字，加上当时没有系统翻译介绍西方近现代文学及思潮，他们所理解的西方人文主义大多是通过日本这一中介获得的。其次，宋剑华先生又详细考察了五四精英知识分子对西方人文主义的认知，认为他们虽然推崇"科学"技术与"民主"制度，但"科学"技术与"民主"制度并不等同于西方人文主义；他们将中国的"仁学"等同于西方的"人学"，将当时国内的"写实主义"等同于西方的"现实主义"，都是对西方人文主义的错误认知。另外，宋剑华先生还指出，五四精英知识分子"为人生"的文学价值理念实际上是儒学实用功利主义的表现，与西方人文精神并非一回事。综上所述，"五四文学对西方人文精神的接受具有悖论的性质：一面是二者的错位与不对接，从而形成精神资源的忽略、误读与流失；一面是前者对于后者创造性的阐

① 唐弢：《西方影响与民族风格——中国现代文学发展的一个轮廓》，《文艺研究》，1982年第6期。
② 贾植芳：《中国新文学与传统文学》，《学术研究》，1987年第6期。
③ 宋剑华：《五四文学精神资源新论》，《中国社会科学》，2006年第1期。
④ 宋剑华：《五四文学精神资源新论》，《中国社会科学》，2006年第1期。

释与增值，从而获得了中国式的人文精神与启蒙传统”①。因而，五四新文学精神资源既是西方的，更是中国的。这一阐释对以往学界认为五四文学精神资源是“西方人文主义的原生状态”的看法做了补充与调整。

其二，揭示五四以来的文学主张和创作实践与中国诗学传统有着不可分割的血缘关系。对于中国现代文学的诗学建构，宋剑华先生犀利地指出以往学界忽略了一个重要问题：中国现代文学的诗学“是偏离‘传统’而师从‘西方’，还是借助于‘西方’来言说‘传统’”②。对于这一问题，他做了详尽的考察与论证之后，认为“五四时期所坚守的‘西学’理念，都是通过传统思维的意义转换，所以西方诗学的‘中国化’诠释本身就是一种‘传统’诗学的‘现代’言说”③。具体而言，他首先考察了周作人与朱自清关于“言志”与“载道”的争辩，认为中国民族传统诗学仍未过时，新文学依旧在“言志”与“载道”，只不过以“西化”言说的隐蔽方式进行。接着，他又详尽考察了中国现代启蒙文学、现代唯美文学、现代左翼文学的理论与实践，得出结论：1.“现代知识精英拯救‘他者’的‘启蒙’理想，更符合中国传统文化的‘诗教’意识，而不是西方人文精神的‘自我’救赎”④；2. 中国现代唯美文学不是效法西方，而是依旧沿袭传统诗学的“缘情”说与“性灵”说；3. 中国现代左翼文学尽管有历史局限性，但它“继承和发扬古典主义文学精神和艺术形式却是不可否认的”⑤。由此，宋剑华先生纠正了中国现代文学远离“传统”、师从“西方”的偏颇说法，肯定了民族传统诗学对中国现代文学的内在影响。

其三，从突围与重构的角度分析新文学对传统文化的批判与继承。正如上面所提到的，王瑶、唐弢、贾植芳认为中国现代文学与传统文化有着密切

① 宋剑华：《五四文学精神资源新论》，《中国社会科学》，2006年第1期。
② 宋剑华：《“言志”诗学对中国现代文学的内在影响》，《中国社会科学》，2010年第6期。
③ 宋剑华：《“言志”诗学对中国现代文学的内在影响》，《中国社会科学》，2010年第6期。
④ 宋剑华：《“言志”诗学对中国现代文学的内在影响》，《中国社会科学》，2010年第6期。
⑤ 宋剑华：《“言志”诗学对中国现代文学的内在影响》，《中国社会科学》，2010年第6期。

关系，但他们并非从突围与重构的角度着手分析，他们并不深入反思五四一代提出的礼教"吃人"、个性解放、婚姻自由、反对家长专制等命题的复杂性，而宋剑华先生恰恰是从这些命题着手分析五四一代对传统文化的突围与重构及新文学对传统文化的批判与继承。具体而言，在《五四文学革命：传统文化的突围与重构》中，他指明五四文学革命通过语言文字、价值观念、意识形态、文学观念的变革，获得了现代性的话语平台。但是，它只是"传统"文化的突围与重构而不是对"传统"的否定。①在《儒学之难：论新文学反"礼教"的概念置换》中，他指出新文学对"礼教"的非难涉及的"节操"问题、婚姻问题、"纳妾"问题等恰恰是"礼教"所抵制的社会"庸俗"。将"礼教"与"庸俗"置换，是思想启蒙精英的运作策略。②在《"父亲"的放逐与回归：新文学家长批判的价值偏离》中，他阐明新文学基于反传统的目的，把父权批判作为其思想启蒙的内容，形成了"仇父"的情绪。实际上，"仇父"情绪很大程度上是青春期心理现象而并非启蒙精英认为的社会文化现象。新文学由"恨"父回归到"怜"父的抒写，恰恰体现了新文学理性回归传统文化。③而《新文学对传统文化的批判与承续》是先前观点的深化，该文从"新文学培育期的文化背景""新文学反传统的情感纠结""新文学现代性的自我抉择"三个方面评析了新文学与传统文化的关系，认为"新文学虽表现出强烈的反传统气势，但并未割裂与传统文化之间的血脉联系；虽倡导西方人文精神，但并未建立起西方文学的审美价值观。由于汉语思维的文化特性和历史延续性，新文学不可能背离母体文化"④。正因为持这一观点，宋剑华先生写了长文与陈平原教授所言的传统"断裂说"进行商榷，⑤受到学界的广泛关注。

---

① 宋剑华：《五四文学革命：传统文化的突围与重构》，《社会科学辑刊》，2007年第1期。

② 宋剑华：《儒学之难：论新文学反"礼教"的概念置换》，《天津社会科学》，2015年第2期。

③ 宋剑华：《"父亲"的放逐与回归：新文学家长批判的价值偏离》，《河北学刊》，2015年第3期。

④ 宋剑华：《新文学对传统文化的批判与承续》，《中国社会科学》，2014年第11期。

⑤ 宋剑华：《五四与传统：我们"成功"地"断裂"了吗？——兼与陈平原教授的论点进行商榷》，《理论与创作》，2009年第3期。

其四，阐明五四以来新文学是"化西"而非"西化"。晚清以来，西学东渐，给中国社会带来巨大变化。由于强大"西方"背景的存在，新文学"西化"说成为一种主流看法。宋剑华先生对此提出质疑，并作了详尽考察与论证。首先，他在《新文学汉语关键词的重新释义》与《"化西"思维与新文学现代性的艺术呈现》中指出"科学""民主""自由"等五四新名词客观上丰富了民族词汇，拓展了思维空间，但把它们定义为西方意识并与西方思维对接，显然"忽视了民族语言的文化特性"；①接着，他在《"中体西用"与新文学的民族本色》中阐明外来文化经过中华民族的加工与改造，会逐渐失去其原有的文化属性，最终溶解到中国传统文化里面，可以说"中体西用乃是中国文化的一种常态"；②然后，他在《百年新文学的"新"之释义》中做了深化与总结：从汉字、汉语思维、中国文化的犀利角度力证五四以来，虽然西方文化的涌入给中国社会带来巨大的变化，可是基于汉字的汉语思维并没有改变，汉语负载的传统文化也没有断流。与此同时，汉语思维的言说方式往往把西方文化和民族经验融合在一起，赋予西方文化相关的汉语意义。这样，"西方"的言说都演变成了"化西"的言说，③即"西化"实际上是"化西"。

宋剑华先生关于新文学与中国传统文化的关系探源亦在学界产生了广泛影响。刘勇、方维规、周毅等先生曾引用宋剑华先生这方面的研究成果作为论文例证，冷川先生在《中国现代文学研究丛刊》上发文认为"宋剑华考察了传统的'言志'诗学在现代文学发展进程中的流变——从新文学伊始的批判对象，变成新文学自身固有的特征，其间的历史缘由值得深思"④。著名文艺理论家朱立元先生甚至直言不讳地说："'化西'的提法不知是谁首创，笔者是

---

① 详见宋剑华：《新文学汉语关键词的重新释义》，《晋阳学刊》，2015年第6期；宋剑华：《"化西"思维与新文学现代性的艺术呈现》，《暨南学报》（哲学社会科学版），2016年第05期。

② 宋剑华：《"中体西用"与新文学的民族本色》，《学术研究》，2016年第9期。

③ 宋剑华：《百年新文学的"新"之释义》，《中国社会科学》，2016年第12期。

④ 冷川：《2010年中国现代文学研究述评》，《中国现代文学研究丛刊》，2011年第7期。

从宋剑华的文章中看到的，深为赞同。"①

以上所谈的是宋剑华先生在学术研究上产生重大影响的三大方面。其实，进入21世纪之后，宋剑华先生还有两大研究亦产生广泛影响。其一是关于中国现当代女性文学的研究。他创建了中国现当代女性文学研究的全新视角，突破了以往陈旧的认识，这可以从他的众多学术论文和学术专著《"娜拉现象"的中国言说》中感受到。由于他在这一研究领域的突破，引起了学界尤其是女性学者的共鸣，也得到她们的肯定。其二是关于鲁迅的研究，近十年来，他发表了20余篇有关鲁迅研究的学术论文，并出版了学术专著《"围城中的巨人"：理解鲁迅的"寂寞"与"悲哀"》。他匠心独运、勇于突破，对鲁迅及其作品做出了不落俗套、与众不同的重新解读，为步入困境的鲁迅研究另辟蹊径。由于宋剑华先生的鲁迅研究的突破性与独特性，刘增人、崔云伟等先生在鲁迅研究述评中，赞许他的研究"精彩""别具一格""新颖独到"。

我们述评了宋剑华先生五大方面的研究（限于篇幅，后面两大方面没有展开论述）。其实，这五大研究只是他学术研究"山脉"中突起的五座"山峰"，还有其他"山峰"一样值得我们去"攀登"与领略。但仅从这五大研究，我们就可以感受到，作为新时期的学者，他在学术上执着开拓、勇于突破，取得的成果是丰硕的，他的研究路径与方法值得我们借鉴，他崇尚独立思考、不盲从的研究品格值得我们学习。

附：宋剑华的主要学术成果

主要著作

1. 《胡适与中国文化转型》，黑龙江教育出版社1996年出版。

2. 《困惑与求索——论曹禺早期的话剧创作》，文津出版社1996年出版。

3. 《文化视角中的现代文学》《现代性与中国文学》，南海出版公司1999年出版。

---

① 朱立元：《关于中国古代文论现代转换的再思考》，《中国社会科学》，2015年第4期。

4.《基督精神与曹禺戏剧》,湖南师范大学出版社2000年出版。

5.《百年文学与主流意识形态》,湖南教育出版社2002年出版。

6.《前瞻性理念:三维视角中的中国现代文学史论》,文化艺术出版社2005年出版。

7.《四海南音话文学》,与朱寿桐合编,文化艺术出版社2005年出版。

8.《文学的期待——转型期中国文学现象论》,作家出版社2006年出版。

9.《现象的组合:中国现代文学史的另一种解读方式》,岳麓书社2008年出版。

10.《生命阅读与神话解构:20世纪中国文学经典文本的重新释义》,广东人民出版社2010年出版。

11.《"娜拉现象"的中国言说》,人民文学出版社2016年出版。

12.《"围城中的巨人":理解鲁迅的"寂寞"与"悲哀"》,华南理工大学出版社2017年出版。

主要论文

1.《五四文学精神资源新论》,《中国社会科学》,2006年第1期。

2.《"言志"诗学对中国现代文学的内在影响》,《中国社会科学》,2010年第6期。

3.《新文学对传统文化的批判与承续》,《中国社会科学》,2014年第11期。

4.《百年新文学的"新"之释义》,《中国社会科学》,2016年第12期。

5.《基督精神与曹禺戏剧的原罪意识》,《文学评论》,2000年第3期。

6.《变体与整合:论民间英雄传奇的现代文学演绎形式》,《文学评论》,2002年第6期。

7.《"误读"西方与20世纪中国文学的"现代性"》,《文学评论》,2003年第6期。

8.《论"赵树理现象"的现代文学史意义》,《文学评论》,2005年第5期。

9. 《实用科学理性与五四新文学的逻辑关系》，《文学评论》，2007年第1期。

10. 《错位的对话：论"娜拉现象"的中国言说》，《文学评论》，2011年第1期。

11. 《从反叛到皈依：论新文学"家"之叙事的复杂心态》，与杨红军合著，《文艺研究》，2015年第5期。

12. 《哀莫大于心死：重读〈野草〉》，《文艺研究》，2016年第5期。

13. 《〈尘埃落定〉中的"疯癫"与"文明"》，《民族文学研究》，2011年第1期。

14. 《论20世纪的中国文学运动》，《中国现代文学研究丛刊》，2000年第2期。

15. 《灵魂的"失乐园"：论萧红小说的女性悲剧意识》，《中国现代文学研究丛刊》，2004年第4期。

16. 《试论中国现代文学的"暴力"叙事现象》，《中国现代文学研究丛刊》，2009年第5期。

17. 《从"延安戏改"到"样板戏"》，与惠雁冰合著，《中国现代文学研究丛刊》，2010年第9期。

18. 《疲惫地独舞：石评梅文学创作特质论》，《中国现代文学研究丛刊》，2014年第9期。

19. 《论中国现代文学多重视角下的"乡俗"叙事》，与晏洁合著，《中国现代文学研究丛刊》，2015年第9期。

20. 《论新文学言说父亲的历史与隐喻》，与侯陈辉合著，《中国现代文学研究丛刊》。2016年第9期。

21. 《论"左翼"文学现象》，《文艺理论研究》，2000年第6期。

22. 《通感与质感：浅谈饶芄子先生的学术研究》，《中国比较文学》，2015年第1期。

23. 《"在酒楼上"的"孤独者"》，《鲁迅研究月刊》，2016年第1期。

24. 《为史需严谨：夏志清〈中国现代小说史〉勘误》，《中国文学批评》，2016年第2期。

粤派批评丛书

大家文存

《康有为集》 郑力民 编

《梁启超集》 付祥喜 陈淑婷 编

《黄遵宪集》 龙扬志 编

名家文丛·第一辑

《黄药眠集》 刘红娟 编

《钟敬文集》 包莹 编

《萧殷集》 傅修海 编

《梁宗岱集》 付祥喜 编

《黄秋耘集》 吴琪 编

名家文丛·第二辑

《刘斯奋集》 刘斯奋 著

《饶芃子集》 饶芃子 著

《黄树森集》 黄树森 著

《黄修己集》 黄修己 著

《黄伟宗集》 黄伟宗 著

《谢望新集》 谢望新 著

《李钟声集》 李钟声 著

名家文丛·第三辑

《蒋述卓集》 蒋述卓 著

《程文超集》 程文超 著

《林岗集》 林岗 著

《陈剑晖集》 陈剑晖 著

《江冰集》 江冰 著

《宋剑华集》 宋剑华 著

《金岱集》 金岱 著

《郭小东集》 郭小东 著

《徐肖楠集》 徐肖楠 著

专题研究·第一辑

《「粤派评论」视野中的「打工文学」》 柳冬妩 著

《中外粤籍文学批评史》 古远清 著

《粤派网络文学评论》 西篱 主编

专题研究·第二辑

《「粤派批评」与港澳台地区及海外华文文学研究史》 贺仲明 主编

《粤派传媒批评》 陈桥生 著

《「粤派批评」与现当代文学史研究》 宋剑华 主编